Os

Náufragos

DA AUTORA:

Um Caso de Verão

Elin Hilderbrand

Os Náufragos

ROMANCE

Tradução
Dênia Sad Silveira

BERTRAND BRASIL

Rio de Janeiro | 2013

Título do original: *The Castaways*

Capa: Humberto Nunes

Imagem de capa: Inti St. Clair/Getty Images

Editoração: FA Studio

Texto revisado segundo o novo
Acordo Ortográfico da Língua Portuguesa

2013
Impresso no Brasil
Printed in Brazil

Cip-Brasil. Catalogação na fonte
Sindicato Nacional dos Editores de Livros. RJ

H543n Hilderbrand, Elin
Os náufragos / Elin Hilderbrand; tradução Dênia Sad Silveira – Rio de Janeiro: Bertrand Brasil, 2013.
448p.: 23 cm.

Tradução de: The castaways
ISBN 978-85-286-1689-7

1. Romance americano. I. Silveira, Dênia Sad II. Título.

CDD: 813
13-1712 CDU: 821.111(73)-3

EDITORA BERTRAND BRASIL LTDA.
Rua Argentina, 171 – 2º andar – São Cristóvão
20921-380 – Rio de Janeiro – RJ
Tel.: (0XX21) 2585-2070 – Fax: (0XX21) 2585-2087

Atendimento e venda direta ao leitor:
mdireto@record.com.br ou (0XX21) 2585-2002

Para meu irmão gêmeo, Eric Hilderbrand,
meu mais antigo e verdadeiro amigo.

O DELEGADO

Como o acidente aconteceu no mar e não em terra sob jurisdição do delegado, foi atípico ele ter sido o primeiro a saber. Mas esta é a vantagem de um cargo oficial: o delegado era um para-raios de informações, um conduíte. Tudo passava primeiro por ele.

Dickson, seu melhor sargento, entrou na sala do delegado sem aquele costumeiro ar de autoconfiança, fresco como uma brisa de hortelã. Será que estava doente? Tinha a pele avermelhada pelo frio, muito embora fosse o primeiro dia do verão. Segundos antes de Dickson se arrastar para dentro da sala, o delegado pensava em Greg com inveja. O vento estava forte: o dia não poderia estar melhor para velejar. Greg planejava ir até o vinhedo e, se pegasse as rajadas de vento, estaria lá em cinco minutos. Tess iria odiar. Estaria agarrada ao mastro ou lá embaixo, na proa apertada, com o rosto tão verde quanto uma tigela de sopa de ervilhas.

– O que foi? – perguntou o delegado.

Dickson, que possuía os ombros mais largos que ele já tinha visto num ser humano, estava curvado. Parecia prestes a vomitar bem ali na mesa. Havia cortado os cabelos naquela manhã. Raspado, na verdade, o que deixava sua cabeça quadrada e estranha, e seu couro cabeludo, vulnerável.

– A Guarda Costeira acabou de ligar – disse Dickson. – Houve um acidente no mar.

– Humm – fez o delegado.

Seus dias eram repletos dessas coisas: acidentes, crimes, pessoas se ferrando muito ou pouco. Na maioria das vezes, pouco, como ele se deu conta depois de dezessete anos na profissão.

– Delegado... – disse Dickson. – Os MacAvoy estão mortos.

O delegado se considerava inabalável. Até mesmo em uma ilha tão privilegiada e bela como Nantucket, já tinha visto de tudo: um menino de 8 anos que levara um tiro no rosto, disparado pelo rifle de caça do pai; uma mulher apunhalada cinquenta e uma vezes pelo ex-namorado ciumento; overdoses de heroína; um conluio de prostituição búlgaro; cocaína; ecstasy; contrabando de bebidas; alunos de ensino médio roubando anéis de diamantes das cabines de banhistas; gangues; e inúmeras brigas domésticas, incluindo um homem que quebrara uma cadeira na cabeça da mulher. No fim das contas, o delegado estava certo, era mesmo inabalável, pois, quando Dickson disse: "Os MacAvoy estão mortos" – os MacAvoy sendo Tess, a prima de Andrea, e Greg, a coisa mais próxima de um irmão ou de um melhor amigo que o delegado já havia tido –, ele tossiu secamente, cobrindo a boca com a mão. Sua reação inicial não passou disto: uma tosse rouca.

– O quê? – perguntou.

Sua voz mal sussurrou. "O quê? O que você está dizendo?" As mãos ficaram frias e anestesiadas, e ele olhou fixamente para o telefone. Àquela altura, não fazia sentido entrar em pânico porque poderia ter havido um engano. Tantas vezes houvera enganos, recados cruzados e conclusões precipitadas. Tantas vezes as coisas não eram tão ruins quanto pareciam. Ele não podia ligar para Andrea antes de conversar com a Guarda Costeira e descobrir o que exatamente havia acontecido. Eram quatro e meia. Andrea estaria... Onde? Ainda na praia, supôs ele. Finalmente seus dois filhos tinham arranjado empregos de verão, e no feriado do Memorial Day, na última segunda-feira de maio, Andrea já havia embarcado no que chamara de "Meu Verão". Ela mantinha sua palavra: fazia uma caminhada intensa toda manhã e passava as tardes na costa sul, nadando como a atleta olímpica que fora. Entrava em forma, pegava um bronze e exercitava a mente ao ler todos aqueles romances instigantes. Tentava conversar com o delegado sobre esses romances quando os dois se deitavam à noite, mas a vida dele já era uma novela em si, e não havia espaço em sua mente para ainda mais personagens. No dia anterior, ele tinha ouvido Andrea ao telefone com Tess, conversando sobre seu livro. Havia escutado palavras como *ambivalência* e *desencantamento*, palavras que eram inúteis para ele.

O delegado não conseguia erguer os olhos para fitar a cara de quem está prestes a vomitar de Dickson. Não podia telefonar para sua mulher e jogar a bomba que a faria ficar sem chão. A prima em primeiro grau de Andrea, sua amiga mais íntima – uma pessoa por quem ela tinha muito carinho, talvez até mais do que por ele –, Tess MacAvoy, estava morta.

Ou talvez não.

– Não sei o que aconteceu – disse Dickson. O delegado não conseguia olhar para ele nem para aquele corte de cabelo tão curto que parecia doer. – Só ligaram para avisar que houve um acidente. E que os MacAvoy morreram.

ADDISON

Addison Wheeler tomava coquetéis no Galley com alguns clientes. Era uma comemoração, e ele havia pedido uma garrafa do champanhe Cristal. Um acordo de compra e venda referente a uma casa de frente para o mar, no porto de Polpis, no valor de nove milhões e duzentos mil dólares, tinha acabado de ser assinado. Mas até mesmo enquanto Addison tomava um gole de champanhe, até mesmo enquanto imaginava como gastaria a gigantesca comissão, seus olhos examinavam as cristas espumosas das ondas que cobriam o estreito de Nantucket. O restaurante tinha toldos de plástico nas laterais para proteger os fregueses do vento, que soprava do norte. Havia barcos no mar, muitos barcos, apesar das ondas entre dois e três metros de altura. Seria algum deles o de Greg e Tess? Os dois teriam chegado ao vinhedo entre uma e duas horas, e agora estariam voltando para casa. A menos, é claro, que tivessem decidido passar a noite lá. Addison teria alegado estar além desse tipo de ciúme, desse tipo de obsessão, mas sentia ambos: ciúmes e uma obsessão apavorada. Se Tess e Greg ficassem no vinhedo, em um quarto do Charlotte Inn, fariam amor? Addison tomou um gole de champanhe. É claro que fariam. Era o décimo segundo aniversário de casamento deles.

Addison tentara ligar para Tess nada menos do que cinco vezes antes de ela sair, mas ninguém atendera.

Havia muitos indícios de que era um dia especial. Os dois levaram champanhe e uma cesta de piquenique que Andrea tinha preparado para eles de presente. Greg estava com seu violão. Passara no escritório de Addison naquela manhã, a caminho do cais.

– Um violão? – perguntou Addison.

– Sou melhor cantor que velejador – respondeu Greg. Ele balançou a cabeça para tirar a franja caída do rosto, um gesto que fez Addison estremecer. – Compus uma canção para ela.

Compôs uma canção para ela. Ele bancaria o trovador, tentaria reconquistar Tess. Depois de tudo o que acontecera no outono anterior, Greg precisava recuperar a confiança dela.

– Boa sorte – disse Addison.

Na última vez que Addison telefonara para Tess, deixara um recado. "Você vai contar a ele? Vai contar a ele que me ama?" A pergunta encontrou apenas o silêncio eletrônico.

Seus olhos encontraram os do maître. Addison inclinou a cabeça. Os clientes conversavam entre si, desajeitadamaente, sobre a qualidade do champanhe, sobre o mar e o vento impressionante. Este arrastaria Greg e Tess para o vinhedo, mas os dois teriam que navegar contra ele na volta. Será que arriscariam? Se passassem a noite no Charlotte Inn, Addison ia enlouquecer. O lugar era romântico demais – cama com dossel, piano de cauda branco, aquecedor de toalhas e cestas de prata repletas de rosas desabrochando. Addison se hospedara no Charlotte Inn com sua primeira mulher vinte anos antes e se lembrava de que o hotel realmente tivera o poder mágico de melhorar seu relacionamento durante as noites que passaram ali e por vários dias depois. Não queria que Greg e Tess ficassem lá porque o mesmo poderia acontecer com os dois. Ele enfiou a mão no bolso para tocar no coração que Tess lhe dera em seu aniversário. Ela cortara o coração de um feltro vermelho, usando uma tesoura de criança. Addison o tratava como um talismã, embora fosse velho e racional demais para acreditar nesse tipo de coisa. Passou os dedos pelo coração – agora viscoso, cheio de bolinhas e prestes a se rasgar – e se perguntou se Tess pensava nele. Ela teria coragem de contar a Greg? Addison poderia esperar tudo o que quisesse, mas sabia que a resposta era não. Nunca. Nem em um milhão de anos.

A mulher de um casal de clientes fez uma pergunta a Addison, mas ele não ouviu. Tinha se distraído demais da conversa. Tinha que se concentrar e voltar ao jogo. Nove milhões e duzentos mil dólares, e seu escritório tinha tanto a corretagem quanto o comprador. Era o maior acordo do ano até então. Todavia, algo acontecia em frente ao restaurante. O maître fazia um sinal para Addison? Queria atrair a sua atenção?

– Com licença – disse Addison. Ele se levantou e forçou um sorriso. – Já volto.

Phoebe estava no estacionamento. *Era* Phoebe, não era? Era o carro dela, o Triumph Spitfire vermelho e havia aquela mulher do porte dela, de cabelos louros brilhantes, mas com o rosto rosado e amassado como um lenço caído no chão, e as bochechas borradas de maquiagem. Ela estava ajoelhada, soluçando, *enlouquecida*. Surtando ali, em público! Não podia ser sua mulher. Sua mulher, Phoebe Wheeler, raramente dava um sorriso ou derramava uma lágrima. Addison a agarrou pelos ombros. Era ela mesmo? Sim, aqueles olhos, como fogo azul. Ela era emocionalmente ausente, uma mulher feita de gelo, aço, giz, plástico, pedra, borracha, argila, palha, mas seus olhos revelavam uma chama, e esse era um dos motivos por que Addison permanecia ali. Estava convencido de que ela voltaria para ele um dia.

– Phoebe? – disse ele.

Ela o empurrou. Grunhia como um animal, e seus belos cabelos lhe encobriam o rosto. Tentava falar, mas não conseguia fazê-lo com coerência. Bem, havia uma palavra que ela repetia uma e outra vez, como um sibilo: "Tess."

– Tess? – indagou Addison.

Então, será que Phoebe sabia? Ela teria descoberto? Isso era impossível, porque ninguém sabia, e não havia uma provinha sequer que os entregasse. A conta do celular, talvez, mas apenas se Phoebe tivesse passado um pente-fino por ela e visto as ligações que ele havia feito para Tess enquanto ela visitava a filha na Califórnia, duas semanas antes. É, só podia ser isso. O coração de Addison rachou e chiou como um ovo na chapa quente do estacionamento. Ele poderia explicar as ligações. Afinal, era amigo de Tess. Daria para inventar uma justificativa plausível.

– Querida, você precisa se controlar – disse Addison.

Não conseguia acreditar que seu casamento explodiria ali, naquele momento, quando se encontrava completamente despreparado, mas uma parte sua se intrigava com a reação descontrolada de Phoebe. Ela estava histérica. Ele não conseguia acreditar naquilo. Pensava que, quando Phoebe soubesse de Tess, ela não faria nada além dar as costas, como se aquilo não importasse.

Do nada, os remédios de Phoebe fizeram efeito. Ela tomou as rédeas do que a conduzia. Parou de chorar. Fungou. Addison a vira desmoronar daquela maneira apenas uma outra vez – em 11 de setembro. O irmão gêmeo de Phoebe, Reed, trabalhava no centésimo primeiro andar da segunda torre. Ele pulara de lá.

– Tess – disse Phoebe. – E Greg. Tess e Greg morreram.

JEFFREY

A terceira semana de junho tinha um cheiro, e era o de morangos. A época dos morangos parecia durar somente uns cinco minutos, mas, naquele ano, a primavera fora de temperaturas agradáveis, interrompidas apenas por chuvas firmes, com o volume de água ideal para encharcar a terra, e *voilà*! Os morangos corresponderam. Jeffrey agitou a bandeira do morango no começo da semana, e as pessoas vieram aos montes para colher as próprias frutas, pagando sete dólares por quilo. Aqueles morangos eram vermelhos e suculentos do começo ao fim, a coisa mais doce que já se provou na vida, pedacinhos de céu colhidos no morangal. O ar por sobre a fazenda Seascape praticamente tremeluzia tons rosados. Eles estavam vivendo em uma névoa de morangos.

No fim daquele dia, Jeffrey voltava com o trator para o galpão, depois de fertilizar a plantação a ser vendida – milho, ervas, flores, beterraba, pepino e abobrinha –, quando avistou o Rubicon prata de sua mulher no estacionamento. Delilah havia levado as crianças para colher morangos.

Ambos tinham começado o dia com o pé esquerdo. Ela havia ficado até tarde no Begonia, tomando "alguns drinques" com Thom e Faith, os proprietários, e com Greg, que tocava violão naquela noite. Tomar "alguns drinques" com aqueles três era quase sempre como um filme violento. Thom e Faith eram bebedores profissionais de vodca, e Greg era um valentão com certificado de especialista em bebidas, que sempre pedia doses de tequila e Jim Beam para todo mundo, sobretudo se Thom e Faith estivessem pagando a conta. Então, como que para atenuar a perfídia das bebidas, Greg pegou o violão e tocou "Sunshine, Go Away Today" e "Carolina on My Mind". Todos cantaram juntos, embolando uma palavra na outra. Quando Delilah consultou o relógio e viu que eram três da madrugada, não conseguiu acreditar.

Ela cambaleava para casa no exato momento em que o sol nascia, quando Jeffrey costumava se levantar para começar o dia de trabalho. Ele gostava de terminar a rega até as seis, e o mercado abria para o público às sete.

Jeffrey e Delilah se encontraram no banheiro. Ela estava de joelhos, forçando o vômito na privada.

– Bom-dia – sussurrou ele.

Jeffrey tentou manter um tom leve e brincalhão porque Delilah sempre reclamava de que ele era rígido, dado a fazer julgamentos, nada divertido, de que era mais seu pai do que seu marido.

"E fugi do meu pai", dizia ela.

Era verdade que Jeffrey não aprovava o fato de ela ficar fora até altas horas. Ele não aprovava a vida no restaurante de um modo geral – havia drogas e bebedeira –, e muito embora Delilah tivesse prometido manter distância de tudo aquilo, a não ser de uma taça de vinho depois do trabalho, que era o suficiente para ela espairecer enquanto descansava os pés, ele não acreditava nisso. Em duas ou três noites por semana, ela chegava em casa absurdamente tarde, cheirando à maconha, e acabava daquele jeito: cara a cara com a privada, vomitando.

"O que nossos filhos vão pensar?", costumava perguntar a ela.

"Faço um café da manhã quentinho para eles", respondia Delilah com rispidez. "Levo esses meninos para a escola na hora certa e com roupas limpas. Preparo lanches saudáveis para comerem no intervalo. Passo mais tempo com eles do que você."

Era verdade: não importava quão tarde chegasse, não importava quanto havia se permitido beber depois do trabalho, ela se levantava com as crianças, preparava panquecas, fazia suco e checava o dever de casa. Jeffrey não poderia dar aos cuidados maternais de sua mulher nada menos do que seu endosso.

"Você quer que eu seja a mulher de um fazendeiro", dizia Delilah. "Quer que eu use tranças e um avental."

As brigas do casal eram sempre as mesmas. Tão parecidas que era como se os dois tivessem simplesmente voltado a fita e apertado o "play".

"Você deveria gostar do fato de eu ser independente. Tenho vida própria, um emprego, amigos e uma renda extra. As crianças compreendem e respeitam isso."

Jeffrey não queria que sua mulher deixasse de ter vida própria – queria apenas que essa vida estivesse mais de acordo com a sua de fazendeiro. Ele se levantava às cinco, gostava de se deitar às nove e várias vezes adormecia enquanto lia para os filhos. O que mais desejava era passar um tempo em frente à lareira, só os quatro, ou comer um cozido com batatas e cenouras. Delilah, porém, precisava de uma multidão. Sempre convidava o grupo para ir à sua casa – Greg e Tess com os gêmeos, o delegado e Andrea, Addison e Phoebe – e fazia martínis e preparava sanduíches e abria pacotes de batata e ligava a TV no canal de esportes e pegava um jogo de tabuleiro ou insistia para Greg tocar todas as canções de Cat Stevens que ele conhecia. Não existia calmaria com Delilah. Sempre havia uma festa, e isso era exaustivo.

Naquela manhã, ela estava irritadiça, com um péssimo humor, apesar do "Bom-dia" amigável e desprovido de julgamentos que tinha ouvido do marido. Forçava o vômito e chorava. Ele não conseguiu concluir se deveria perguntar o que havia de errado. Às vezes, quando perguntava, ela lhe dizia para cuidar da própria vida, mas, se ele não perguntasse, era acusado de não se importar. Se fosse para Jeffrey ser muito sincero consigo mesmo, admitiria que nem sempre se importava com o que perturbava Delilah. Ela vivia dramas que se desenrolavam como um carretel e que ele não conseguia acompanhar. Por isso, ela contava com Phoebe. Meu Deus, Phoebe era capaz de passar horas ouvindo alguém.

Enquanto Jeffrey abotoava a camisa, Delilah se aproximou, fungando.

– É o aniversário de casamento de Greg e Tess – disse ela.

– É mesmo? – perguntou ele.

Então lembrou. Era época de morangos quando os dois se casaram. Jeffrey comparecera ao casamento sozinho. Andrea fora a madrinha; sua beleza impressionava. Várias vezes ao longo dos anos, desde que se separaram, ele fora tomado de arrependimento, mas, no dia em que Greg e Tess se casaram, aquela angústia foi insuportável. Andrea usava um vestido de cetim rosa esfumaçado que deixava seus ombros à mostra; os cabelos presos num coque elegante. Seu sorriso iluminou a igreja. Na recepção, ele a convidara para dançar, e ela aceitara. Enquanto dançavam, ela falara do quanto estava feliz por Greg e Tess, e ele tentara ignorar o delegado que os vigiava do bar.

Delilah disse:

– Vou ficar com os gêmeos hoje. Greg e Tess irão de barco até o vinhedo.

– Que legal – comentou Jeffrey.

– Legal mesmo – disse Delilah. – Vão fazer um piquenique.

Ela se derramou em lágrimas.

Está vendo? Jeffrey simplesmente não entendia aquilo.

– O que foi? – perguntou ele.

– Nunca fazemos esse tipo de coisa! – respondeu ela.

Naquele momento, Jeffrey estava indo procurar a mulher nos morangais. Ela era o tipo de mãe que sempre *fazia* coisas com os filhos. Hoje, como ele sabia, o dia havia começado com uma caminhada em meio à natureza. Em seguida, apanharam uns sanduíches na cidade e foram pescar no lado sul do lago, longe do vento, e Delilah, incansável, punha as iscas nos anzóis uma e outra vez. O dia costumava terminar com um sorvete ou um filme, mas hoje seria com uma colheita de morangos. Os meninos estavam com 8 e 6 anos de idade e ambos tinham a energia de Delilah – nunca paravam, nunca se cansavam. Suas vidas eram uma longa aventura junto da mãe, entremeada por mimos. Ela raramente lhes dizia não. Todavia, em quatro noites por semana, quando Delilah saía para o restaurante, Jeffrey assumia o comando, e a realidade se mostrava. Ele fazia os filhos comerem legumes, tomarem banho e descansarem. Não era tão empolgante quanto sua mulher, mas as crianças precisavam dele.

Jeffrey avistou Delilah logo de cara em um vestido de verão branco com um belo caimento e um chapéu de palha com borda larga que ela usava todo ano quando ia colher morangos. Por causa do vento, a saia levantava o tempo todo e o chapéu corria o risco de voar e cair nas fileiras de morangueiros. Ele sorriu contra a vontade. Delilah era uma mulher bonita, e as quatro crianças – seus dois filhos, Drew e Barney, e os gêmeos de Tess e Greg, Chloe e Finn – estavam felizes, dando gargalhadas, ora pondo os morangos nas cestas verdes, ora enfiando-os na boca.

– Ei – disse Jeffrey.

Delilah ergueu a cabeça, mas não ficou feliz em vê-lo. Ainda estaria chateada pelo que tinha acontecido naquela manhã? Se ele a compreendia, ela estava aborrecida porque era o aniversário de casamento de Greg e Tess, e o casal velejava para o vinhedo. Jeffrey tinha passado boa parte do dia tentando pensar em algo – uma excursão, uma surpresa – que satisfizesse o que havia na mente de Delilah. "Nunca fazemos esse tipo de coisa!" Ele não podia discutir com ela quanto a isso. Os dois eram escravos de seus horários insanos: Jeffrey trabalhava o dia todo e Delilah trabalhava quatro noites por semana. Naquela noite, porém, ela estaria em casa. Eles poderiam arranjar uma babá e sair para jantar. Isso seria exótico o bastante? Ventava demais para comerem na praia, mas dava para pegar uns sanduíches e uma garrafa de vinho e abrir um cobertor em meio ao milharal. Os milheiros já estavam na altura da cintura. Ninguém os veria. Poderiam fazer amor no campo. Costumavam fazer isso antes de se casarem, antes de compartilharem um lar, antes das crianças, mas agora os campos e as horas absurdamente longas que Jeffrey passava cuidando deles haviam se tornado algo desgastante. Portanto, era difícil imaginar que sentissem algum romantismo com relação à fazenda, como no passado.

Era noite de lua cheia. O vento enfraqueceria. O céu estaria claro e bonito. Ele iria sugerir um piquenique nos campos e ver o que ela diria.

Naquele instante, veio um zunido de seu bolso. O celular. Ele checou a tela. Era o delegado.

– Pronto – falou Delilah, segurando a saia para baixo e endireitando o chapéu. – Temos frutas suficientes para o resto de nossas vidas. Vamos para casa fazer geleia.

– Geleia! – exclamaram as crianças.

Jeffrey abriu o telefone.

– Alô – disse ele.

Jeffrey era um fazendeiro e tanto. Metódico e conservador. Como dizia Delilah, estava sóbrio até mesmo quando bêbado. Tinha a postura de um ministro: aprumado, honesto e um tanto rude. Acreditava no processo, acreditava em ciclos – a lua, as marés, as estações. Respeitava as diversas complexidades da natureza, desde uma teia de aranha a um raio. Ele, Jeffrey Drake, era capaz de enfrentar qualquer coisa – praga, furacão, fome, o apocalipse. Ou pelo menos era o que pensava.

Jeffrey e o delegado eram amigos, mas sempre houve algo bloqueando o caminho entre os dois, e tratava-se de Andrea. Ela tivera um relacionamento com Jeffrey primeiro. Os dois namoraram por sete meses e, então, viveram juntos no minúsculo chalé da fazenda por mais um ano e meio. O fato de Andrea agora estar casada com o delegado havia anos e de todos eles fazerem parte do mesmo grupo unido de oito amigos, era estranho e desconfortável, mas provavelmente apenas para Jeffrey. Aquilo não parecia incomodar nem um pouco Andrea ou o delegado. Eles o tratavam como um membro da família.

O delegado não se deu ao trabalho de dizer oi. Nunca fazia isso.

– Delilah está com os gêmeos? – perguntou ele.

Que pergunta estranha. O delegado estava tão sério que fez Jeffrey se sentir um comediante.

– Afirmativo – respondeu Jeffrey. Ele pensou em emitir uns ruídos de walkie-talkie, mas não era engraçado o bastante para pôr isso em prática. Não era de admirar que Delilah o achasse enfadonho. – Está, sim, delegado. Eles estão aqui na fazenda neste momento, fugindo com cinco quilos de morangos.

– Estão indo para casa?

– Sim, senhor. Para fazer geleia, senhor.

– Está bem – disse o delegado. – Mantenha todos lá. Chego em... Meu Deus, não sei. Daqui a pouco. Cuide para que permaneçam lá, está bem?

– Entendido – falou Jeffrey. Aquela brincadeira de soar como um típico policial era a melhor forma de tratar a conversa amigável com o delegado, mas, naquele dia, parecia ter perdido a graça. – Aconteceu alguma coisa?

O delegado respirou fundo e em seguida fez um ruído indistinguível. Uma risada? Uma gargalhada? (Dava para afirmar com toda certeza que o delegado nunca tinha gargalhado na vida.) Um soluço?

– Não sei como dizer isso. Meu Deus, não consigo dizer isso.

Jeffrey se preocupou.

– O que foi? – perguntou. Mas ele soube no instante em que sua boca pronunciou aquelas palavras. – Meu Deus, não me diga.

– Eles morreram – falou o delegado. – Afogados.

Jeffrey e o delegado eram muito parecidos. Todos diziam isso. Jeffrey nunca conseguiu concluir se ficava lisonjeado ou chateado com aquilo. Ambos eram sérios e estáveis. Jeffrey sabia que o delegado esperava que ele recebesse a notícia como um homem. Eram o tipo de pessoa que sabe resolver os problemas, fazer planos. Jeffrey, porém, se viu arrasado. Uma vez fora atingido por um tiro, uma bala perdida de um caçador. Levara um chumbo grosso em um dos flancos que o derrubara do arado. Receber aquela notícia, "Eles estão mortos. Afogados", foi parecido, mas pior. Ele perdeu o fôlego. Não conseguiu reagir.

O delegado disse:

– Sei que é difícil.

Jeffrey quase falou: "Foda-se, não me trate com condescendência. Deixe-me digerir a notícia, deixe-me recuperar o fôlego, Ed. Pelo amor de Deus." De repente, teve vontade de socar a boca do delegado. Diante daquelas palavras, "Sei que é difícil", ele se deu conta de que queria socar a boca de Ed Kapenash havia vinte anos.

Jeffrey só não respondeu de forma inapropriada e grosseira porque avistou os gêmeos, Chloe e Finn, carregando, orgulhosos, sua cesta contendo um quilo de morangos. Estavam com a boca toda vermelha, e a blusa branca de Chloe tinha manchas que pareciam ser de sangue. "Seus pais estão mortos", pensou Jeffrey. Eram crianças felizes, de 7 anos de idade. Comportavam-se bem e eram os amigos mais próximos de seus filhos. Os quatro pareciam irmãos. Os gêmeos chamavam Jeffrey de tio Jeff e Delilah de tia Dee. Ele não conseguiria contar aos dois que seus pais estavam mortos. Nem a Delilah. O delegado dava notícias horríveis às pessoas todos os dias. Eram ossos de seu ofício. Mas não do de Jeffrey. Ele percebeu que ainda não havia dito nada.

– Vamos até sua casa... daqui a pouco – avisou o delegado.

– Está bem – falou Jeffrey. Em seguida, pensou em Andrea. – Andrea já sabe?

O delegado limpou a garganta.

– Ainda não. Vou procurá-la. Para contar pessoalmente.

Jeffrey e Delilah eram amigos do delegado e de Andrea – bem como de Tess e Greg e de Phoebe e Addison – havia muitos anos. Eles se reuniam todo fim de semana, queriam notícias uns dos outros, ajudavam-se, dando uma mãozinha com as coisas do dia a dia – "Você pode me deixar na oficina para eu buscar meu carro?" "Posso pegar sua fritadeira emprestada?" Eles haviam saído de férias em grupo seis vezes, mas raramente os velhos sentimentos de Jeffrey por Andrea vinham à tona como vieram naquele instante. Ele pensou "Eu vou contar a ela. Eu vou contar pessoalmente". Jeffrey conheceu Tess quando ela tinha 15 anos. Na época em que ele começou a sair com Andrea, Tess ainda estava no ensino médio, em Boston. Mas o delegado era o delegado. Era difícil questionar sua autoridade ou seu senso de propriedade em situações como aquela. Andrea era mulher dele.

– Está bem – disse Jeffrey.

Delilah e as crianças caminhavam em direção ao carro. Ele tinha que segui-los até sua casa. Contaria a Delilah primeiro, e os dois esperariam pelo delegado e por Andrea para conversar com as crianças. Andrea – o que ela faria? Tess era seu bichinho de estimação, sua boneca, seu tesouro. Quando Jeffrey e Andrea viviam juntos e Tess ia visitá-los, as duas dormiam lado a lado na cama, e ele ficava com o sofá. E também houve aquela semana estranha no outono anterior em que Tess e Greg se separaram. Tess pegara as crianças e fora morar com Andrea e o delegado. Para Andrea, perder Tess seria como perder uma irmã. Como perder uma filha.

Jeffrey estava suado, empoeirado e com dor nos flancos. Sentia o peso da notícia e o inacreditável fardo diante da perspectiva de ter que compartilhá-la com alguém.

Ele desligou o telefone e se apressou para alcançar Delilah. Bateu de leve na janela do carro. Ela se virou e abaixou o vidro. O rádio estava estridente, como sempre. As crianças balançavam a cabeça e mexiam a boca como se estivessem cantando uma canção de rock, uma canção que Jeffrey nunca tinha ouvido antes. O carro inteiro cheirava a morangos.

Jeffrey olhou para Chloe e Finn. Os gêmeos estavam despreocupados agora. E continuariam despreocupados por cerca de uma hora. Para ele, essa ideia era horrível.

– Vou seguir você até nossa casa – disse Jeffrey.

– O quê? – perguntou Delilah. – Por quê?

– Nós nos encontramos lá – falou ele.

ANDREA

O Meu Verão: era uma brincadeira, mas, na verdade, não. Andrea Kapenash era mãe havia dezesseis anos, o que significava uma grande quantidade de verões de piscinas rasas, brinquedos de plástico na praia, caixinhas de suco, fraldas apropriadas, playgrounds, pranchas de body-board, pranchas de skimboard, pranchas de surfe, campos de beisebol, campos de futebol, quadras de ginástica, campos de lacrosse, aulas de tênis, aulas de golfe, festas do pijama, barracas armadas no quintal, milhares de lanches para viagem, milhares de trajetos como motorista, picadas de mosquitos, chinelos desaparecidos e a constante aplicação de protetor solar. Andrea amava seus filhos, mas nunca teria previsto a alegria que sentiu ao vê-los bater as próprias asas. Sua filha, Kacy, servia sorvetes no Juice Bar – um trabalho que adorava porque ficava constantemente ocupada. A fila sempre ia até o lado de fora e Kacy se sentia no centro das atenções. Embora não fosse exatamente por meio de cirurgias cerebrais, ela estava, de forma modesta, promovendo a felicidade alheia. Quando Kacy entregava um sundae com calda quente por cima do balcão, os outros sorriam, agradeciam e lhe davam gorjetas. O filho de Andrea, Eric, trabalhava duas portas depois, na loja de bicicletas, alugando, redigindo contratos de aluguel e, quando a loja estava vazia, fazendo reparos, nos fundos. O trabalho valorizava suas qualidades: a tranquilidade, o charme natural, a atenção aos detalhes e o amor por consertar máquinas. Eric nasceu com a misteriosa capacidade de consertar qualquer coisa, o que foi muito bom para ele, já que o delegado não era nem um pouco habilidoso e, além do mais, nunca estava em casa.

O verão de Andrea agora caía na prazerosa rotina de ver os filhos saírem para o trabalho e ter o dia só para si. Ela estava livre para fazer o que desejasse – almoçar com Tess, Phoebe ou Delilah, ir à praia e nadar o quanto quisesse e ler metade de um livro sem ser interrompida. Tinha tempo para caminhar até a cidade e fazer compras; tinha tempo para demorar no caminhão da fazenda, escolhendo verduras e legumes; tinha tempo para passar na delegacia e ver o marido ou dar uma olhada discreta nos filhos em seus trabalhos. O Meu Verão: ela era adulta de novo, fazendo coisas de adulto.

Então, ela tinha tempo para gentilezas simples. Por exemplo, havia preparado o almoço mais delicioso do mundo para o piquenique de Tess e Greg, que navegariam até o vinhedo de Martha: gaspacho apimentado com pedaços de abacate cremoso, sanduíches de salada com lagosta em pão chalá, salada de batatas com bacon e queijo azul, salada de frutas com morangos, framboesas, manga e hortelã, e *macarons* de coco puxa-puxa. O piquenique era um presente de aniversário de casamento – embora a regra fosse não trocar presentes entre o grupo – porque aquele aniversário era especial. O extraordinário não era o marco de doze anos e sim o fato de que Tess e Greg haviam conseguido permanecer casados apesar de tudo o que tinha acontecido nos nove meses anteriores. Greg fora acusado de cometer uma transgressão com uma de suas alunas no outono anterior e, independentemente de isso ter acontecido, a tormenta em torno da acusação teria bastado para abalar a mais resistente das fortalezas. Era uma história que não passaria, um boato que não morreria. Tess dizia que ouvia sussurros aonde quer que fosse. Toda vez que Greg saía de casa, ela alimentava desconfianças. Os dois gritaram, berraram, choraram, procuraram aconselhamento, desistiram do aconselhamento e se separaram por uma semana. No entanto, permaneceram ali. Continuaram casados. O aniversário deveria ser celebrado.

– Me ligue quando voltar! – pediu Andrea ao deixar a cesta de piquenique na casa de Tess naquela manhã.

– Está bem, vou ligar! – prometeu Tess. Ela usava um biquíni vermelho, shorts jeans e óculos de sol vermelhos com bolinhas brancas. Em um tom de voz mais baixo e sério, ela disse: – Obrigada pelo piquenique. Você não precisava ter tido tanto trabalho.

– Sei que não – falou Andrea. – Mas eu quis.

Andrea e Tess eram primas em primeiro grau. Seus pais eram irmãos, os poderosos e formidáveis DiRosa, ambos detetives do departamento de narcóticos da polícia de Boston. Andrea tinha três irmãos mais jovens, e Tess, três irmãos mais velhos. Então, além de serem primas, elas também eram irmãs – as únicas meninas DiRosa. Andrea era nove anos mais velha que Tess. Então, além de serem primas e irmãs, eram mãe e filha.

Em todas as lembranças que Andrea tinha da própria infância, ela estava molhada. Estava mergulhando na piscina comunitária ou nadando quarenta e cinco metros ao largo da costa da ilha Thompson, cruzando as águas verdes do porto de Boston. Era uma sereia. A água era seu habitat. Dela e somente dela. Seus irmãos se divertiam nas ondas da praia, mas não nadavam como ela.

A capacidade de Andrea na água lhe conferia autoridade. Por conta de sua habilidade, os adultos confiavam nela, tratavam-na como se fosse mais velha. Aos 12 anos, lhe permitiam tomar conta de Tess e levá-la para dar longos passeios no carrinho. Quando fez 15 e recebeu seu certificado de salva-vidas júnior, permitiram que ela liderasse os irmãos e os primos em excursões à praia – oito crianças DiRosa sob seu comando. Ela nadou borboleta para a equipe de natação da Escola de Latim de Boston e, no último ano, venceu os campeonatos de cem e duzentos metros. Naquele mesmo ano, resgatou um homem que sofrera um infarto enquanto nadava no meio da piscina da associação. Recebeu uma medalha da Câmara de vereadores. Sua foto saiu no jornal.

Ao completar 18 anos, Andrea arranjou um emprego como salva-vidas na praia da rua L. Usava um maiô vermelho e pasta d'água no nariz. Tinha óculos de sol Ray Ban aviador e um apito na ponta de um cordão trançado que enrolava nos dedos, primeiro para um lado, depois para o outro. Quando Tess ia à praia, permanecia, quase que literalmente, à sombra de Andrea, no primeiro degrau do posto dos salva-vidas, devorando picolés de cereja. Nas lembranças de Andrea, era como se Tess estivesse lá todos os dias. Andrea olhava para baixo e via a risca lisa e branca no cabelo escuro de Tess. Tess nadava e Andrea a observava. Tess tentava o borboleta, mas fracassava e se aborrecia. Andrea tentava lhe ensinar o movimento, mas os ombros de Tess ainda não eram fortes o bastante, e Andrea estava ocupada, trabalhando. Havia centenas de crianças a serem vigiadas.

Era o fim do verão, uma semana antes de Andrea começar o primeiro ano da Faculdade de Boston, quando Tess quase se afogou. Andrea enrolava o cordão do apito de olho na areia e na parte rasa do mar, sonhando com finalmente morar longe dali. Depois de passarem meses brigando, seus pais haviam concordado em permitir que ela se mudasse para o alojamento da faculdade, embora pudesse ir e voltar com facilidade. No fim das contas, o argumento decisivo de Andrea foi o de que ela participaria da equipe de natação da faculdade para obter uma bolsa parcial, e o grupo praticava de manhã bem cedo.

– Vocês não querem que eu pegue o metrô para Brookline às quatro da manhã, não é?

Na verdade, Andrea queria se separar de sua família. O clã dos DiRosa era íntimo demais, barulhento demais, envolvido demais com a política do departamento de polícia de Boston, italiano demais, com seu *involtini* de alho, ricota e vitela e seus pesados crucifixos de ouro em toda parte. Ela queria experimentar uma vida mais tranquila, mais reservada, mais refinada, uma vida de universitária, uma vida intelectual. ("Que Deus a ajude!", disse sua avó. "Você está indo para os jesuítas!") O fato de Andrea não ter sido capaz de fugir da cidade onde nascera a desencorajava um pouco, mas não havia como evitar uma educação católica se seu pai pagasse por isso. Andrea passara para a Universidade de Notre Dame também, mas South Bend era considerada longe demais.

Andrea pensava nessas coisas, girava o cordão do apito e observava a parte rasa do mar, ouvia Van Halen vindo do som de alguém, apreciava o sol em seus ombros, quando foi tomada por aquele sentimento: um pânico que parecia uma doença. Foi como se ela tivesse olhado para baixo e notado que o posto dos salva-vidas tivesse desaparecido, como se estivesse sentada no ar, prestes a cair. Era *Tess* quem havia desaparecido. Isso não era raro – Tess nadava, brincava, ia ao bar e ao banheiro exatamente como todos os outros. Andrea viu o palito do picolé de Tess manchado de rosa enfiado na areia. Isso também não era raro. Tess, aos 9 anos, costumava jogar lixo no chão.

O trabalho de salva-vidas requeria mais meticulosidade do que instinto, mas foi o instinto que se manifestou. Andrea observou o mar mais além da região em que qualquer criança daquela idade nadaria e viu uma pequena mão ali. Ou pensou ter visto. A mão!

Andrea soprou o apito – três sons curtos, uma emergência! Pulou com descuido do topo do posto e quase quebrou os joelhos.

Agarrou sua prancha, se jogou na água e começou a remar. Avistou um rosto por um instante – sim, era Tess! A menina estava num lugar onde a água encobria muito a sua cabeça. O que fazia ali? O rosto desapareceu, a mão bateu na água. Andrea abandonou a prancha, que a desacelerava. Era a mais rápida da cidade – chegaria até lá mais rápido por conta própria. Nadou até o ponto em que a mão e o rosto haviam sido vistos, mergulhou e puxou Tess do fundo para a superfície. Aquele esforço de levar quase trinta quilos inanimados até a superfície quase a matou. Tess tinha se afogado. Mas não estava morta, não é? Andrea não podia se permitir se preocupar com qualquer coisa além das instruções sobre como salvar uma vida. Pegar a banhista por baixo do queixo e conduzi-la até a prancha, pôr a prancha sob Tess e nadar até a costa. Alguns salva-vidas vinham na sua direção. Eram três dos grandalhões com os quais Andrea trabalhava e que ela considerara completamente inúteis até aquele momento. Um deles, Hugo, pegou Tess e a prancha e acelerou para a costa. Os outros dois, Roxbury e Toxic Moxie (esses eram seus apelidos, e Andrea não fazia ideia de como se chamavam), deitaram Tess sobre uma toalha, fizeram massagem cardíaca e respiração boca a boca enquanto Andrea permanecia aos pés de Tess, trêmula, rezando a Ave-Maria e prometendo a Deus que, se Tess sobrevivesse, retribuiria, tornando-se uma freira.

Uma ambulância chegou. Havia uma multidão ao redor do corpo acinzentado e mole de Tess, incluindo Roxbury, Toxic Moxie e Andrea, que rezava e permanecia tão imóvel quanto uma imagem da Virgem Maria. Os paramédicos abriram caminho em meio aos espectadores e, enquanto faziam isso, Toxic Moxie devolveu a Tess o fôlego que a salvou. Ele soprou a morte para longe. Tess tossiu com a água do porto, cuspindo um riacho inteiro num projétil de vômito e, em seguida, sua cor voltou. A multidão suspirou, e Andrea chorou quando Tess abriu os olhos. Andrea pensou: "Vou me tornar uma freira."

Agora, ela estava com quarenta e quatro anos e nadando de novo. Não fazia isso havia dezesseis anos. Andara ocupada demais construindo castelos de areia e, mais tarde, observando os filhos praticarem body-board, caminhando de um lado para o outro na areia enquanto eles lutavam com as ondas que se quebravam. Todavia, estava de volta, religiosamente – oitocentos metros em estilo livre depois da rebentação. Meu Deus, como era bom! Agora ela usava óculos para natação, revelando sua idade, já que seus olhos não aguentavam mais o sal. Nadava, nadava e nadava – descendo até Surfside – e depois nadava de volta. Quando saiu do mar, suas pernas estavam trêmulas e fracas por causa do exercício. Lembrou-se da superestrela que costumava ser: a nadadora mais rápida do ensino médio e, depois, da faculdade. Fora escolhida como uma das melhores dos Estados Unidos; quebrara quatro recordes na Big East; conseguira chegar às competições olímpicas em Mission Viejo, onde deixou de se classificar nos duzentos metros por três centésimos de segundo.

Quando seus filhos eram pequenos, Andrea raramente olhava para seus troféus ou pensava em seu nome no quadro de recordes pendurado acima da piscina da Faculdade de Boston. No entanto, ao fazer isso, perguntava-se: aquela nadadora era realmente a mesma pessoa que agora misturava cereal de arroz com comida para bebê? Naquele verão, nadando com mais intensidade do que nunca, a resposta era sim. (Ela se imaginou fazendo a virada olímpica ou sacudindo os músculos, relaxando-os, antes de tensioná-los, se preparando para o sinal...)

"Andrea DiRosa!"

Era impossível ver com os óculos – era como olhar por um para-brisa em uma chuvarada. Todavia, quando emergiu da água, pensou ter visto o delegado sentado em sua toalha. Ela tirou os óculos. Era o delegado, Ed Kapenash, Eddie, seu marido havia dezoito anos, sentado sobre a toalha de praia com seu uniforme. A viatura estava estacionada na descida íngreme. Do nada, aquele sentimento voltou, a sensação apavorante e enjoativa de estar sentada no ar, prestes a cair. Eram cinco e meia. Os filhos saíam do trabalho às seis e o delegado costumava parar por volta das sete, se não houvesse emergências.

Seria aquilo uma emergência ou a falta de uma emergência? Será que ele havia aparecido para lhe fazer uma surpresa, para ser romântico? O delegado tinha apenas uma expressão facial, e esta era estoica, mas, naquele momento, a expressão estoica parecia diferente, embora Andrea não conseguisse explicar como.

– Tudo bem? – perguntou ela.

Ele deu um tapinha ao seu lado sobre a toalha.

– Sente-se.

– Aconteceu alguma coisa com um de nossos filhos?

– Não.

Andrea se sentou, enxugou o rosto e passou os dedos pelos cabelos. Seu livro estava ali, *O paciente inglês*, aberto e virado para baixo. Ela havia visto o filme, mas não tinha lido o livro, apesar de sempre ter desejado fazer isso. E aquela era outra alegria do Meu Verão: ela de fato estava fazendo coisas que queria fazer havia anos. O livro se revelou impressionante e complexo, um banquete para sua mente. Afinal, ela fizera faculdade e se especializara em literatura comparada, lera Kafka e Saul Bellow e E. M. Foster, mas as ideias e imagens que haviam sido desencadeadas por esses livros tantos anos antes tinham se perdido.

Voltar a ler era um luxo e um deleite. Até aquele instante, ver o exemplar de capa dura de *O paciente inglês* fazia com que ela se sentisse privilegiada, inteligente e notável. Agora, porém, tinha a estranha sensação de que nunca o terminaria.

– Foi com Tess – respondeu o delegado. – E Greg.

– Eles morreram? – perguntou Andrea, apenas para descartar essa possibilidade.

– Morreram – respondeu ele.

Quando Tess tinha 9 anos, quando ela quase se afogara na praia da rua L, os paramédicos a levaram, por precaução, para o hospital pediátrico, e foi lá que Andrea se deparou com o resto da família: seus pais, Mikey e Rose; os pais de Tess, Giancarlo e Vivian; sua avó; suas tias; o padre Francis, o sacerdote da paróquia; e a irmã Maria José, a freira da Guatemala que vivia em um cômodo no porão da casa de Mikey e Rose. Metade da família pensava que Andrea fosse uma heroína – mais uma vez, uma heroína! – por ter salvado Tess, que se aventurara onde não dava pé. No entanto, havia uma determinada parte da família – tia Agropina, que na verdade não era tia de Andrea e, sim, de Vivian, bem como, talvez, os próprios Giancarlo e Vivian – que se perguntavam por quanto tempo Tess nadara até Andrea notá-la. Tess não era uma banhista qualquer da praia da rua L. Ela era a priminha adorada de Andrea. “Praticamente irmãs, aquelas duas! Por que ela não estava de olho? É da família!” O irmão mais velho de Tess, Anthony, também estava na praia e contou que vira Tess ir para longe, nadando borboleta. Andrea vira os imperceptíveis acenos com a cabeça, ouvira os pequenos ruídos de reprovação. Não só Andrea não estava olhando como também não estava vendo a pobre Tess se esforçar para nadar borboleta, como a prima mais velha. Tess queria impressionar Andrea e quase morrera.

Andrea foi tomada de remorso e culpa e vergonha. Sentou-se com a irmã Maria José, que usava uma blusa branca engomada, uma saia azul e um véu preto e branco, pensando: "Vou me tornar uma freira."

Quando ouviu o delegado dizer que Tess e Greg estavam mortos, Andrea se projetou para a frente, vendo as próprias pernas cansadas. Emitiu um gemido longo e gutural, o tipo de gemido que não fazia desde que dera à luz. Sentiu seu corpo ser envolvido pelos braços do delegado.

– Estou com você – disse ele. – Tudo bem. Estou com você.

Andrea berrou. Tess. "Eles morreram? Morreram." Pensou no piquenique. Era a melhor cesta de piquenique da sua vida. Ela havia feito um purê com todos os vegetais para preparar o gaspacho; mantido o abacate em um saco de papel por três dias para amadurecê-lo; preparado a salada de lagosta sozinha, fervendo as malditas, abrindo-as e tirando a preciosa carne. Tinha se levantado às seis da manhã para apanhar o pão chalá na padaria, quentinho, recém-saído do forno. No último instante, enfiara um pacote de oxicocos cobertos de chocolate para Greg, na tentativa de fazer as pazes. Ele era louco por isso. Andrea pensou em Tess usando os óculos de sol vermelhos com bolinhas brancas. Ninguém morria usando aqueles óculos. Lembrou-se por completo do quase afogamento e de Tess parecendo um amontoado no fundo arenoso da baía de Dorchester. Tess poderia ter morrido vinte e seis anos antes, mas Andrea a salvara. Andrea, porém, não mantivera sua palavra: não se tornara freira. Havia se casado com Edward Kapenash e tinha dois filhos. Levara Tess para Nantucket, onde esta conheceu Greg, que se tornou seu marido. Por diversas vezes ao longo dos nove meses anteriores de agonia, Andrea se culpara por ter levado a prima para Nantucket. Andrea se sentia tão responsável por ela quanto por seus próprios filhos – talvez mais, pois a conhecia desde o início de suas vidas. Quase permitira que Tess se afogasse, não estivera de olho, estivera absorta em seus pensamentos, e não se tornara freira.

Tess estava morta. Andrea pegou o livro e rasgou suas páginas com insensatez. Em seguida, atirou-o na areia, a poucos metros dali, mas não tão longe nem com tanta fúria quanto desejava por causa dos braços que a impediam. "Estou com você". Andrea gemeu. Nunca terminaria o livro. Dava à luz o próprio pesar.

JEFFREY

As crianças estavam do lado de fora, na mesa de piquenique, cortando o talo dos morangos com facas para manteiga. Parecia a cena de um crime: tudo manchado de vermelho e rosa – a madeira da mesa, as mãos e o rosto das crianças. Eram quase seis horas e ainda estava tão claro quanto o meio-dia. As crianças decepavam com alegria o fruto do trabalho de Jeffrey. Ele as observou por alguns segundos, mas não deu uma palavra.

Delilah estava na cozinha, vasculhando os armários à procura de uma panela.

– Preciso falar com você – disse Jeffrey.

Ele se sentiu aliviado ao ver que as crianças estavam ocupadas. Contaria a Delilah primeiro, e ela o ajudaria a decidir o que fazer.

Os dois conversariam juntos com as crianças ou esperariam até que alguém aparecesse – o delegado e Andrea, Addison e Phoebe. Todos se reuniriam lá, como sempre.

– Quero fazer geleia – disse Delilah. – Prometi às crianças e gostaria que fervesse antes de eu começar o jantar. – Ela olhou para ele. O bom humor, a determinação e a animação perdiam a força. Ela havia dormido por apenas uma ou duas horas. – Você acha que devo usar a panela de pressão?

– Venha comigo até o quarto – pediu Jeffrey.

Delilah franziu a testa e olhou para as crianças.

– Você só pode estar brincando – falou.

Ela pensou que ele quisesse sexo. E, por mais que estivesse enganada, também tinha razão: uma parte de Jeffrey queria negar a terrível notícia da morte de Tess e Greg e fazer amor com sua mulher, levantar a saia dela e tomá-la, encostando-a na parede.

– Tenho uma coisa para contar – disse ele.

Delilah bufou enquanto andava atrás de Jeffrey pelo corredor, a caminho do quarto. Ele a ouviu murmurar:

– Minha mãe fazia geleia, mas não sei como. Ela nunca seguia uma receita. Morangos, açúcar, e alguma coisa para deixá-la gelatinosa.

"Pectina", pensou ele. Mas não disse nada.

Ela perguntou:

– O que está acontecendo?

Delilah estava de pé, em frente à porta do armário, que se encontrava aberta, revelando as roupas de trabalho dele, os vestidos de recepcionista dela, o terno azul-marinho (que Jeffrey usaria no velório, como imaginava), as camisolas e os saltos altos. Ele deveria aconselhar que ela se sentasse. Era a melhor maneira de dar uma má notícia, mas aquilo parecia apenas outra delonga. Jeffrey tinha que contar a Delilah *logo*! Apenas contar logo. Mas, meu Deus, ele não conseguia. Sentia-se a personificação da morte. Como o delegado fazia isso? De forma rápida, direta. Falar logo. Soltar a lâmina da guilhotina, puxar o gatilho.

– Delilah?

Ela o encarou, impaciente, querendo voltar para a geleia.

– Tess e Greg morreram.

Os olhos de Delilah se arregalaram. Ficaram mais brancos do que castanhos e, em seguida, completamente brancos. Ela caiu no chão. Desmaiou.

O DELEGADO

Ele tinha dois grandes problemas. Três. Quatro, na verdade. O primeiro era sua mulher, a quem ainda amava intensamente. Ela estava com um maiô preto, uivando, tremendo, convulsionando, ora chorando como um bebê e gritando, ora emitindo outros ruídos que ele não conseguia nem começar a descrever. Se alguém tivesse lhe perguntado mais cedo naquele dia como Andrea receberia a notícia da morte trágica e repentina da prima, ele teria respondido que ela reagiria exatamente daquela maneira, o que queria dizer com a tristeza, a decepção, o choque e o horror de tamanha intensidade que ninguém suportaria imaginar. No entanto, uma parte do delegado esperava que ela se saísse melhor, fosse mais forte. Meu Deus, ele se sentiu malvado e até injusto só por ter desejado isso. Andrea, porém, havia enfrentado muitas coisas com o passar dos anos. Compreendia acidentes e tragédias: eles não discriminavam. Aconteciam com qualquer um. Andrea era a primeira responsabilidade do delegado. Ele manteve os braços em torno dela, absorvendo seus tremores e gritos. Ela era tudo com que ele podia lidar.

No entanto, seu celular vibrava na cintura. Ele era um de um punhado de pessoas que sabiam todos os detalhes. Havia ido ao posto da Guarda Costeira para conversar com Joe. Os corpos estavam lá. O delegado foi reconhecê-los. Estavam cobertos por lonas alaranjadas no porão do posto da Guarda Costeira, num lugar resfriado. Depois que o delegado fizesse o reconhecimento, eles seriam levados pelo serviço funerário. O delegado desceu as escadas até o porão e, sinceramente, foi como um filme de horror, como descer para adentrar um pesadelo. Os corpos se encontravam lado a lado, sobre tábuas. O delegado sentiu seu coração enlouquecer. Tinha que se controlar. Fazia aquele tipo de coisa o tempo todo, ou seja, lidava com o que ninguém mais queria lidar. Era um especialista em desastres. Joe lhe fez o favor de acompanhá-lo – já havia visto um homem afogado antes, muitos homens afogados, e sabia o que esperar, mas o delegado, não. Joe puxou a primeira lona para o lado, e – que azar – era Tess. Ela estava inchada, tinha a pele da cor de massa de vidraceiro e uma mecha de seus cabelos havia sido arrancada na parte da frente. Morta, ela parecia uma criança, se parecia um pouco com a filha do delegado. Ok, já era o suficiente, podiam voltar a cobri-la, não dava para aguentar, mas ele também não suportava pensar que aquilo era a última coisa que veria dela.

O delegado assentiu com a cabeça.

Em seguida, passou para Greg. Este estava com um corte na testa, um talho que devia ter jorrado sangue como um gêiser, mas, por causa da água, parecia um vergão enrugado. Também tinha o nariz fora do lugar. O delegado passara um tempo ao longo dos nove meses anteriores estudando o rosto de Greg, tentando descobrir se dizia a verdade sobre o que acontecera com a garota na escola. Greg seria um homem honrado ou um canalha? O delegado era notoriamente parcimonioso com o benefício da dúvida. No entanto, o tinha concedido a Greg – por Andrea, sim, e por Tess, mas também porque amava Greg. Ele era como seu irmãozinho fraco, o talentoso, o bonito, o perseguido por mulheres jovens e velhas. Greg chorou abertamente no dia de seu casamento, quando Tess caminhou em sua direção pelo corredor e, de novo, quando os gêmeos nasceram. E menos abertamente naquela noite no Begonia quando o delegado o levou para tomar alguma coisa e disse:

– Não sei se acredito em você, mas, mesmo assim, vou arriscar meu pescoço por sua causa.

Agora ele estava morto.

O delegado assentiu com a cabeça. Joe cobriu o corpo de Greg.

– Você está preocupado com aquele corte na cabeça dele? – perguntou o delegado. – Ou com como Tess perdeu aquela mecha de cabelo?

– Não consigo decidir.

– O que achamos que aconteceu? – Ele olhou para Joe Finch, o oficial comandante das águas, um homem que não considerava exatamente um amigo, mas um colega estável e verdadeiro. – Qual é a sua melhor suposição?

– Eu diria que os dois pegaram uma rajada de vento na direção errada – respondeu Joe. – Ele foi atingido por um botaló e caiu na água. Ela foi atirada para fora do barco ou foi atrás dele. Os dois ficaram desorientados. As pessoas ficam mesmo quando estão debaixo d'água. E ela bateu a cabeça no casco ou, por alguma outra razão, não conseguiu voltar à superfície. O pé direito dele estava enrolado nas cordas. Minha tripulação encontrou uma garrafa de champanhe quebrada flutuando em meio aos pertences do casal. Portanto, os dois andavam bebendo. Podiam estar bêbados. Talvez estivessem bêbados e tenham caído, e ele estivesse numa situação complicada e ela tenha tentado alcançá-lo e ficado confusa, ou talvez tenha entrado em pânico... Há milhares de explicações para isso ter acabado assim. Nenhum dos dois usava salva-vidas. E estavam bem no meio do nada, a cerca de um quilômetro ao norte de Muskegut. Se o cara não sabia velejar, não tinha nada que ir tão longe, não em um dia como hoje, a menos que conhecesse muito bem o vento e o que ele poderia provocar.

O delegado assentiu com a cabeça e gesticulou com a mão para interromper Joe. Não queria ouvi-lo pôr a culpa em Greg. O cara estava morto, deitado sob uma lona. E, no entanto, o delegado sabia que Joe tinha razão. Greg era um navegador confiante demais. Sempre fora. Um veleiro que levava o delegado e ele havia tombado na lagoa Coskata, dois verões antes. A compreensão que Greg tinha sobre o vento, a giba e mudar de curso era confusa, mas até mesmo quando o delegado se encharcara na lagoa não repreendera Greg como deveria. Na época, não fazia sentido para ele. Greg velejava por instinto em vez de seguir as regras, e isso significava acabar se molhando às vezes. E daí?

Agora ele estava morto. Havia tentado ir até o vinhedo nas rajadas de vento de cinquenta quilômetros e andado bebendo. Não era preciso ser um especialista para imaginar que tivessem perdido o controle do barco. O botaló girara por causa do vento e pegara Greg desprevenido. Ele caíra, sua perna ficara presa nas cordas, e ele não conseguira se soltar. Tess tentara salvá-lo, mas tinha medo do mar. Era assim desde criança. Não era forte o bastante para resgatar um homem adulto que se afundava em meio a ondas agitadas. Os dois se afogaram. Ou Tess foi atirada e Greg tentara salvá-la. Tentara puxá-la pelos cabelos, o que explicaria a falha no couro cabeludo.

– Supomos que a hora da morte tenha sido uma e meia, talvez duas. Outro navegante fez a ligação sobre um barco virado abandonado às quinze para as três e nos deu as coordenadas. Chegamos lá quarenta minutos depois, às três e vinte e cinco. Os dois estavam presos debaixo do casco.

– E isso não lhe parece estranho? Isso não pode ter acontecido de milhões de maneiras diferentes?

Joe tirou os óculos e esfregou os olhos de um tom acinzentado tão claro que eram quase transparentes, da cor da água. Provavelmente, como Ed, renegava seu aniversário de 50 anos, mas algo fazia com que parecesse mais velho – a barba, o uniforme, o título. Ele conhecia aquelas águas, conhecia o vento e conhecia a embarcação. Tess e Greg velejavam em uma chalupa de doze metros, um barco bem maior do que o que Greg estava acostumado a usar.

– Só me pergunto o que aconteceu. Por que não conseguiram chegar à superfície?

– Digamos que estivessem bebendo. O discernimento e a coordenação motora estariam comprometidos. Uma garrafa de champanhe e algumas cervejas bastariam para incapacitá-los? Bem, decerto não os ajudariam nessa situação. É possível que isso também acontecesse se estivessem sóbrios. Um dos dois pode ter levado um golpe e caído, inconsciente, ou perdido o equilíbrio. Talvez ela tenha caído enquanto urinava na parte de trás do barco e ele tenha ido atrás dela e ficado preso nas cordas, sem conseguir voltar à superfície. Posso cuidar para que o legista faça um exame toxicológico. Você quer que eu peça a ele para fazer isso?

O delegado queria fazer aquilo? Adiantaria saber que Tess estava bêbada e que Greg estava drogado? Meu Deus, não. Não ajudaria a ele nem às crianças. O delegado poderia pedir a Joe para providenciar isso confidencialmente. As únicas pessoas que veriam os resultados seriam ele próprio e o médico, Danny Browne. No entanto, de alguma forma, de alguma maneira, os rumores circulariam. Sempre circulavam. O delegado já tinha visto isso uma e outra vez. Pensava-se que um segredo estivesse bem-guardado e todo mundo acabava falando sobre ele, até mesmo as meninas que trabalhavam na cozinha da pizzaria. Obtendo a história certa o bastante para mutilar e errada o bastante para matar. Tess e Greg haviam acabado de ter suas vidas examinadas em um microscópio com o maldito caso April Peck. Uma criança da sala de Finn, que estava no segundo ano, dissera a ele que seu pai era um papa-anjo. Um aluno do segundo ano! Isso deixou o delegado irritado a ponto de querer jogar alguém na prisão – o aluno do segundo ano ou Greg, ele não sabia ao certo. A fofoca era insidiosa. O delegado não podia, em sã consciência, provocar ainda mais fofocas. No entanto, era o delegado. Precisava saber o que havia acontecido.

– Providencie o exame toxicológico.

– Vou fazer isso – disse Joe.

– Mantenha sigilo – falou o delegado.

– Claro.

– Não, estou falando sério.

– Entendi – falou Joe. Ele olhava para o delegado com firmeza. – Você tem minha palavra.

– Isso basta – disse o delegado.

O delegado acompanhou Joe até o andar de cima para assinar a papelada. Joe pegou dois sacos plásticos resistentes e transparentes com a sigla da Guarda Costeira dos Estados Unidos. Um deles continha o estojo do violão de Greg.

– Isso é o que meus homens encontraram na cena – disse Joe. – Dividimos os objetos entre pertences e o que parece ser lixo. Mas dê uma olhada no lixo para se certificar de que não jogamos alguma coisa importante fora por acidente.

Tudo aquilo era procedimento padrão, mas o delegado não sabia ao certo se conseguiria seguir adiante. No entanto, se não conseguisse, quem faria aquilo? Ele não podia pedir a Andrea para vasculhar os sacos, nem a Delilah, Jeffrey ou Phoebe. Ver o estojo do violão de Greg lhe deu ânsias. Ele o abriu. Para a sua surpresa, o violão estava seco, leve e intacto. O delegado o segurou como vira Greg fazê-lo centenas de vezes e se sentiu um tolo. Ainda assim, estava certo de que se dedilhasse um acorde, este soaria limpo, sem problemas. O violão havia sobrevivido ao soçobro, mas dois adultos fortes e capazes estavam mortos.

O delegado resistiu ao desejo de tocar o violão incorretamente e o guardou de volta no estojo.

Joe Fich lhe pediu licença a fim de telefonar para o médico que faria o exame. O delegado remexeu o saco de lixo primeiro, pensando que aquele seria mais fácil. Havia uma garrafa de Moët & Chandon quebrada no gargalo e na lateral. E também a rolha, o lacre e o arame. Havia duas taças de plástico, ambas rachadas.

Duas garrafas vazias de Heineken sem tampa. Duas tigelas de vidro para comer cereal que o delegado reconheceu serem da sua própria cozinha, trincadas. Duas metades de um livro de capa dura encharcado, *Life's a Beach*, de Claire Cook. O livro parecia uma esponja, e as páginas estavam mais para uma polpa. Todavia, era de Tess, e o delegado tinha que se perguntar: Andrea iria querer isso? Ele concluiu que não. Deixou-o com os vidros quebrados. Passou para os pertences.

Encontrou uma cesta de piquenique trançada, outro habitante da fortaleza Kapenash (fora um presente de casamento e passara grande parte de seus dezoito anos languescendo em uma prateleira do porão), e as peças das quais era composta, presas ao topo por tiras de couro: copos de plástico, garfos e facas baratos, guardanapos de pano, saca-rolhas. Havia vários potes de plástico que o delegado também reconhecia vagamente. Um deles continha meio sanduíche de salada com lagosta, e o outro, uma dúzia ou mais dos *macarons* de Andrea. Os *macarons* tinham sobrevivido, mas Greg e Tess estavam mortos. O delegado parou por um minuto depois de pôr os *macarons* de lado. Seus olhos estavam secos, mas, por dentro, ele se desmanchava. Os chinelos de Tess se encontravam no saco, e um dos pés dos sapatos gastos de Greg também. Ele era conhecido por comprar um novo par de sapatos a cada dez anos. Havia toalhas de praia ensopadas, duas garrafas de água mineral lacradas e uma maleta de couro com zíper que, ao ser aberta, revelou escovas de dentes, desodorantes, uma muda de roupas e um robe.

Está bem, já basta. O delegado fechou a maleta.

Um par de óculos escuros rachados ao meio. Armação vermelha com bolinhas brancas. Era de Tess. O delegado considerou a hipótese de jogá-los no lixo. Mas depois lembrou que poderia colá-los e dá-los a Chloe.

Ele não queria pensar em Chloe.

O BlackBerry de Greg estava frio e morto. Parecia um pedaço de torrada queimada. Jogá-lo fora? O delegado decidiu mantê-lo. Iria guardá-lo num saco de arroz (um truque que lhe fora ensinado pela experiente despachante, Molly) e ver se conseguiria trazê-lo de volta do mundo dos mortos.

O celular poderia ser trazido de volta, mas Greg e Tess, não.

No fundo do saco com os pertences havia uma embalagem plástica protegendo o iPhone de Tess com a típica carcaça amarelo-limão. Ela era uma mulher, era mãe. Não seria exatamente uma surpresa o fato de Tess cuidar melhor de seus eletrônicos do que Greg. Ela precisaria do telefone para saber notícias das crianças.

Com cuidado, o delegado retirou o telefone da embalagem. O aparelho ganhou vida ao ser tocado por ele. Mostrou uma radiante fotografia de Chloe e Finn. Os gêmeos estavam sentados à mesa de café da manhã, em seus pijamas de verão, comendo panquecas. Finn segurava uma banana curvada no lugar onde seu sorriso deveria estar e, ao ver aquilo, o delegado sorriu. Então se sentiu desmoronar de novo. Aquela fotografia era recente. Poderia ter sido tirada naquela manhã mesmo.

Largue o telefone! Ele poderia "investigar" mais tarde. Mas era o delegado. Checou as chamadas registradas pelo aparelho de Tess. Havia uma ligação de Andrea às 8h04 naquela manhã (para dizer: "Estou indo deixar a cesta de piquenique aí!" Ele ainda estava em casa quando sua mulher fez aquela ligação). Também havia chamadas de Addison às 9h, 9h03, 9h10, 9h16 e 9h24 da manhã. Aqueles telefonemas poderiam ter sido de Phoebe, mas, quando o delegado checou, viu que vinham do celular de Addison e não do número da casa. Por que Addison teria ligado cinco vezes? Só Deus sabia. O delegado verificou as chamadas feitas por Tess.

Procurava pistas? Seria esclarecedor se Tess tivesse tentado telefonar para alguém do barco, caso se sentisse... Meu Deus, caso se sentisse em perigo com Greg. No entanto, as últimas chamadas haviam sido feitas na véspera – para Addison, Delilah, Andrea, Addison, uma amiga de Tess chamada Lisa Schumacher, Andrea, Delilah, um número do vinhedo, Addison, Addison, Addison.

Muitas chamadas de e para Addison, pensou o delegado.

De repente, foi como se o que ele estava fazendo não fosse procurar pistas e sim invadir a privacidade daquela mulher. Sentiu-se monstruoso. Tess estava morta, e ali estava ele, sondando os interiores particulares e frágeis de sua vida – deslizando os dedos pela lingerie que ela planejava usar na noite de seu aniversário de casamento, checando para quem ela havia telefonado e quem havia telefonado para ela. Ordenando que seu sangue fosse examinado para que pudessem determinar a quantidade de champanhe que tinha ingerido. Então, por impulso, o delegado pensou em cancelar o exame toxicológico, mas, àquela altura, Joe já teria conversado com Danny ou deixado um recado, e suspender o exame poderia arquear mais sobrancelhas do que o fato de solicitá-lo.

Cobriu o celular de Tess com a palma da mão. O que ele sabia? As ligações para Addison poderiam ter sido para Phoebe. Devia haver mensagens de texto. As mensagens de texto revelariam mais... mas o delegado precisava parar de xeretar daquele jeito. O que teria acontecido no mar? Ele nunca saberia ao certo. Ninguém nunca saberia. Ficar se perguntando o deixaria louco.

O delegado havia deixado o posto da Guarda Costeira e ido direto para a costa sul, encontrar-se com Andrea. No entanto, o fato era que ele tinha que voltar para a delegacia para lidar com os procedimentos. Falar em "procedimentos" agora seria cometer um pecado que Andrea nunca perdoaria. Então, ele continuou abraçando-a com firmeza, perguntando-se como transportá-la e para onde levá-la. Para casa? Para a casa de Jeffrey e Delilah? Para a casa de Greg e Tess?

Seu terceiro problema: as crianças, Chloe e Finn. Havia um testamento em algum lugar, mas Greg e Tess teriam nomeado tutores? O lógico seria Greg e Tess terem nomeado Andrea e o delegado como tutores, mas não se lembrava de um dia ter sido consultado quanto a isso. Andrea era madrinha das duas crianças, mas aquilo não significava nada além do escopo da Igreja. O pai de Tess, Giancarlo, estava morto. Sua mãe, Vivian, sofria de Alzheimer e morava em um asilo em Duxbury. Tess tinha três irmãos mais velhos: um vivia em Amsterdã com sua mulher indonésia; o outro era investigador secreto especialista em narcóticos do Departamento de Polícia de Boston, e o terceiro era divorciado pela segunda vez e gerente geral de uma cadeia de cinemas em Pembroke. O único parente que o delegado sabia que Greg tinha era uma irmã em Vermont que era tecelã e vivia, romanticamente, com outra mulher.

Ele e Andrea ficariam com as crianças.

O quarto problema do delegado eram todos os outros. Seus próprios filhos, para começar, e o restante do grupo – Addison, Phoebe, Jeffrey, Delilah – e todos os que estavam além dele. A comunidade, o pessoal das escolas, a ilha inteira. A ilha seria sacudida, devastada. As pessoas apareceriam com comida, doações para as crianças, ofertas de ajuda e apoio. O delegado já tinha visto isso antes – quando o menino de 8 anos atirara no próprio rosto, foi enorme o número de pessoas demonstrando gentileza que o fez concluir que não importava o que acontecesse, ele permaneceria naquela ilha para sempre. Era uma ilha de gente de bem.

Devagar e com cuidado, o delegado pôs Andrea de pé, envolveu-a em uma toalha de praia e juntou suas coisas: o lixo do almoço, os óculos, o livro ferido. Ele a conduziu para o carro, ergueu-a e orientou-a a andar:

– Por aqui, suba, só mais um pouquinho, estou com você.

Sua mulher, a quem ele ainda amava profundamente, arrastava-se como se tivesse 90 anos de idade.

Seu quinto problema era o próprio pesar. Mas o delegado lidaria com ele mais tarde. Haveria muito tempo para isso.

DELILAH

Foi Delilah quem teve a ideia do nome. Os Náufragos.

Por que precisavam de um nome? Era coisa das gangues de rua e de irmandades femininas nas universidades. Mas Phoebe insistiu. (Delilah precisava mencionar que Phoebe fora uma Alfa Kappa Delta na Universidade de Wisconsin?) Phoebe se encarregara de organizar a primeira viagem que os oito amigos fizeram juntos, para Las Vegas. Encomendou chapéus: bonés de beisebol feitos de brim azul com bordados em verde-vivo. *Las Vegas 2000* na frente e, acima da abertura, atrás, Phoebe queria um nome para o grupo. Em sua vida antes de conhecer Addison, ela organizara viagens para a Elderhostel dos EUA. Os grupos da instituição tinham um boné para cada viagem.

– Precisamos de um nome! – implorara Phoebe, juntando as mãos.

Elas tiveram um monte de ideias, e o nome mais interessante foi "Estrelas Pornô", sugerido por Greg, mas depois ele deixou escapar que era como se chamava sua primeira banda de garagem. Elas descartaram a possibilidade no mesmo instante, pois *não* queriam ter o nome de um dos fracassados empenhos musicais de Greg.

Tentaram incorporar Nantucket, a ilha, a praia, as primeiras letras de seus nomes, GATEPADJ, JEDAGATP. Nada funcionou.

Delilah pensara em "Os Náufragos" enquanto adormecia, momento em que tinha todas as suas ideias brilhantes. Sempre fizera questão de manter um bloco de anotações sobre a mesa de cabeceira para anotar seus pensamentos ou palavras que a fariam lembrar-se deles. Mesmo assim, acordara sem se lembrar da ideia que tivera para um nome perfeito. No entanto, ele viera à tona: Os Náufragos.

Os Náufragos: porque Delilah fugira dos pais e encontrara Nantucket, porque Jeffrey herdara uma fazenda de um tio que mal conhecera, porque Greg tocara em uma banda (diferente) com um cara cujos pais possuíam uma casa em Sconset, porque Andrea fora recrutada para ser a chefe dos salva-vidas no verão de 1988 e, aonde quer que Andrea fosse, era certo que Tess a seguiria. Porque Addison dera uma olhada na comunidade com os imóveis mais valiosos da Costa Leste e levara sua nova noiva, Phoebe, para lá. Porque o delegado fora transferido de Swampscott para fomentar o departamento de polícia. Eles se banharam nas praias de Nantucket. Permaneceram na ilha e fizeram dela seu lar. Encontraram uns aos outros.

Todos concordaram que aquele era o nome certo. Ele foi bordado nos bonés, e Phoebe se sentiu feliz.

Naquela época, todos eles eram felizes.

Las Vegas! Vegas, baby! O que acontece em Vegas fica em Vegas!

Janeiro de 2000: eles andavam conversando sobre viajar juntos havia meses, mas levaram uma eternidade para decidir aonde e quando ir. Escolheram Vegas por ser o lugar mais diferente da ilha de Nantucket no mundo. Nantucket é histórica e extremamente preservada. Tranquila, acinzentada, monótona e segura. Uma ilha cercada por águas geladas. Era como uma mulher usando um vestido com cinquenta colchetes e um colarinho de renda largo. Vegas é luzes brilhantes e fumaça de cigarro. Piscinas com excesso de cloro, caça-níqueis bulímicos, devorando e cuspindo trocos. Anúncios, letreiros em neon e decotes; pisos de mármore; fontes; bourbon com gelo. Uma ilha de eletricidade cercada de poeira alaranjada. É como uma garota performática de 19 anos de idade usando franjas vermelhas, saltos de quase treze centímetros e adesivos nos mamilos e na vulva.

Nantucket é um lugar autêntico, um lugar em grande parte inalterado desde 1845, que possui ruas pavimentadas com pedras, lares de capitães caçadores de baleias, mirantes nos telhados e pisos de cedro, janelas chumbadas com bandeiras, escadas nos fundos com corrimãos de corda, lareiras de tijolos com panelas penduradas em ganchos de ferro. As fachadas das lojas, as igrejas, os bancos, o clube no fim da rua principal – tudo isso está como há cento e cinquenta anos.

Vegas é uma mímica estudada, quase cinco quilômetros de ilusão de óptica. Imita o resto do mundo – Paris, Nova York, Veneza. Tenta fazer o autêntico perder a autenticidade. O que Addison disse enquanto caminhavam pelo Hotel Aladdin?

– Este lugar se parece mais com o Marrocos do que o próprio Marrocos.

Todos os clichês sobre Vegas eram verdade, e eles adoraram isso!

Ficaram no Caesars Palace, na torre recém-reformada. Acomodaram-se em quatro quartos, um ao lado do outro, no décimo nono andar. Os quartos dos Kapenash e dos MacAvoy eram conjugados – e Delilah e Phoebe brincavam que era porque Tess poderia acordar no meio da noite e querer sua mamãe. Todos estavam felizes naquela época, mas, ainda assim, havia brincadeiras e críticas em voz baixa. Essa é a natureza da fera, a natureza das mulheres. As quatro mulheres se dividiam em dois pares: Andrea e Tess, Phoebe e Delilah. Andrea e Tess formavam um par por serem primas em primeiro grau. Andrea era uma menina de 9 anos sentada na pequena escada da frente em Dorchester no dia em que Tess foi levada do hospital para casa em seu saco de bebê. Andrea era dona de Tess. Costumava começar conversas que Delilah e Phoebe não conseguiam acompanhar – sobre a irmã Maria José, tia Agropina ou o louco do Richard da avenida Harborview e a história da maconha em meio a uma confusão de manjericão e cebolinha. Delilah e Phoebe não tinham escolha alguma, a não ser se aproximar uma da outra, furar os dedos, misturar os sangues, trocar votos – melhores amigas para sempre – embora as duas, no fundo, quisessem se aproximar de Tess. Quisessem ser sua preferida. Bem, você sabe, sua preferida depois de Andrea.

Todos eram felizes naquela época. Os filhos do delegado e de Andrea estavam na escola primária e haviam sido deixados com a sra. Parks, a despachante do departamento de polícia aposentada. Ninguém mais tinha filhos, embora Delilah e Jeffrey estivessem conversando sobre isso – ou, mais precisamente, Jeffrey falava sobre isso e Delilah evitava falar sobre isso. Tess e Greg também pensavam no assunto. Talvez estivessem até tentando. Desapareciam e iam para o quarto quando achavam que ninguém iria notar. Addison tinha uma filha, que vivia com sua primeira mulher. Phoebe não desejava engravidar. Estava envolvida com seus "negócios" – ainda prestava consultoria à Elderhostel e a outros grupos que ofereciam serviços turísticos à terceira idade – e também com seu corpo.

Em Las Vegas, Phoebe corria ao longo da Strip toda manhã. Ia até o Hotel Stratosphere e voltava, malhava na sala de ginástica, bronzeava-se na piscina, depilara-se para usar biquíni, fizera tratamento facial e recebera uma massagem com pedras quentes. Arrastava as outras meninas para a Ferragamo e Elie Tahari e Prada e Armani e Gucci e Ralph Lauren. Phoebe usava tamanhos pequenos e Addison ganhava milhões de dólares – por que ela não iria fazer compras? Andrea foi a primeira a se cansar disso. Iria ficar no saguão e telefonar para a sra. Parks de seu celular para saber notícias das crianças. Delilah e Tess continuaram naquela por mais um tempo. As coisas serviam em Tess, mas ela não tinha dinheiro algum (salário de professora, reclamava). Phoebe se ofereceu para comprar o que ela quisesse, mas o grupo tinha uma regra de não dar presentes uns aos outros. Era uma boa regra, concluiu Delilah, ainda mais que sentiu que Phoebe tentava comprar o amor de Tess. Aquela não foi exatamente uma avaliação justa, pois Phoebe se oferecera para comprar coisas para Delilah também, mas esta tinha bunda e seios fartos e curvas para as quais Versace não desenhava. Delilah e Tess acabaram indo tomar um sorvete enquanto Phoebe comprava e Andrea telefonava e, quando se reuniram, estavam felizes. Tess e Delilah compartilharam seu sorvete, Phoebe exibiu o que comprara e Andrea comentou as principais notícias sobre as crianças.

Eles estavam felizes em configurações diferentes. Jeffrey queria ver a represa Hoover. Então, ele e Delilah alugaram um Ford Mustang conversível de cor vinho e perguntaram quem mais gostaria de ir. Phoebe recusou, e Addison decidiu ficar com ela. Tess recusou, e Andrea decidiu ficar com ela. Greg queria ir, e o delegado também. O delegado dirigiu porque era o delegado, e Jeffrey se sentou à frente porque havia alugado o carro. Delilah e Greg foram no banco de trás, apreciando o sol e o vento e o deserto.

A represa era impressionante, extraordinária, duzentos e vinte metros de concreto segurando uma quantidade bíblica de água. Delilah ficou genuinamente admirada. Ela fora para acompanhar o marido e porque não aguentava mais compras nem fumaça nem anúncios. Quando desceram pelo meio da represa com um guia de turismo, cumprimentou a si mesma pela bela decisão. E se tivesse *perdido* aquilo?

Enquanto esperavam pelo elevador que os levaria de volta para o topo da represa, Greg sussurrou no ouvido de Delilah:

– Eu devia ter trazido um baseado.

Delilah deu uma risadinha, mais por conspiração do que por divertimento, já que Greg e ela eram os únicos do grupo que fumavam maconha, em grande parte para o desprazer de seus respectivos cônjuges.

Jeffrey lançou um olhar penetrante para Delilah – o guia estava no meio de um discurso sobre a Works Progress Administration –, e ela se sentiu ainda mais ligada a Greg. Os dois eram os adolescentes rebeldes que distraíam a turma. Não costumava ser assim quando Delilah era uma menina? Ela desencaminhava os meninos ou permitia que eles a desencaminhassem. Estava sempre passando dos limites, sempre se metendo em encrencas.

Eles pararam para almoçar mais tarde num restaurante de beira de estrada no caminho de volta para Vegas. Delilah e Greg tomaram, ávidos, três cervejas cada um e começaram a contar histórias sobre as aventuras sexuais de sua juventude. Os dois riam como tolos, jorrando cerveja por toda parte sobre a mesa enquanto o delegado olhava, alheio e um tanto indulgente (afinal, sexo não é crime) e Jeffrey a encarava, nervoso.

– Por que vocês não contam histórias? – perguntou Delilah.

Eles ficaram constrangidos com a pergunta, e ela sabia por quê. Por causa de Andrea, a mulher que compartilharam. O delegado não contaria história alguma sobre outras mulheres por receio de desrespeitar Andrea diante de Jeffrey. Jeffrey, como Delilah sabia, dormira apenas com duas mulheres: ela mesma e Andrea, o que encerrava o assunto definitivamente. Não tinha a menor graça contar histórias sobre sua mulher nem sobre a mulher de alguém que se encontrava à mesa.

Jeffrey fez sinal para pedir a conta, e Delilah pediu licença para ir ao toalete.

Vinte minutos depois de sair do restaurante, Delilah já precisava fazer xixi de novo.

– Você acabou de fazer – disse Jeffrey com rispidez.

Delilah lera em algum lugar que a bexiga humana podia se expandir até atingir o tamanho de uma toranja. A sua era como uma bola de basquete, um balão cheio de água dilatado e trêmulo. Ela precisava ir ao banheiro *naquele instante*, estava a segundos de liberar o fluxo aquecido, aliviada, no banco de trás inteiro do carro alugado. E foi o que anunciou.

O delegado estacionou e Delilah se jogou para fora do Mustang sem abrir a porta. Ela se agachou atrás do cano de descarga e levantou sua saia. O fluxo percorreu a terra avermelhada e rígida como um riacho. Jeffrey levou as mãos à testa. Não conseguia acreditar que ela estivesse fazendo aquilo, muito embora fosse o tipo de coisa que fazia sempre. Ela voltou para o carro com um sorriso enorme no rosto.

– Pronto – disse ela. – Podemos continuar.

Delilah tombou a cabeça para trás e a acomodou no encosto do banco, pegando os últimos raios de sol no rosto. Estava feliz. A tarde em que foi visitar a represa Hoover se tornou uma das tardes mais extraordinárias de sua vida.

Greg, o delegado e Andrea se levantaram cedo e caminharam até o Hotel New York New York em busca de rosquinhas. Addison, Tess e Delilah foram para o Bellagio ver a coleção de obras impressionistas. Andrea, Addison, Delilah e Greg estavam viciados nos caça-níqueis. Cada um circulava por ali com uma caneca de plástico cheia de moedas de vinte e cinco centavos e parava para jogar quando alguém do grupo ia ao banheiro. No MGM Grand, Addison acertou em cheio. As moedas jorraram da máquina, caindo no chão. Ele ganhou mil e setecentos dólares. Todos grunhiram. Dentre o grupo de amigos, Addison era quem menos precisava do dinheiro! Ele parecia envergonhado por ter vencido. Enrubesceu até o topo careca de sua cabeça – ou talvez tivesse tomado sol demais na piscina com Phoebe.

– O jantar é por minha conta – dissera ele. – Podem escolher o restaurante!

Todos concordaram que a ideia era maravilhosa, apesar da regra de não dar presentes.

Foram para o Le Cirque porque todos já tinham ouvido falar dele – até mesmo o delegado, que alegava não saber nada sobre as coisas refinadas da vida. Na verdade, Addison estivera no Le Cirque original, em Nova York, com sua primeira mulher. (No internato, ela fora colega de um dos filhos de Sirio Maccioni.) Phoebe reclamava que não via graça em ser a segunda mulher e levar uma segunda vida com alguém que já havia feito de tudo – e muito bem – na primeira vez. Ela reclamou com Delilah em segredo enquanto o grupo se dirigia em massa para a rua principal em meio à multidão, se esquivando dos imigrantes de baixa estatura que distribuíam cartões de visita baratos anunciando massagens e dançarinas. Delilah ouvia pela metade. Tivera uma briga com Jeffrey e não conseguia parar de remoer aquilo.

A briga acontecera enquanto os dois se aprontavam para o jantar. Delilah pedira uma garrafa de Sancerre pelo serviço de quarto. O vinho chegou, elegante e resfriado, e Delilah, em seu roupão branco cuja trama parecia um waffle, esperou enquanto o homem que bateu à porta servia duas taças. Ela lhe deu uma gorjeta de dez dólares.

Jeffrey estava ensopado, obedientemente, na banheira para duas pessoas. A banheira era apenas para entrar no clima, para as preliminares. Delilah já tinha planejado tudo: vinho juntos na banheira, sexo selvagem na impressionante extensão da cama king californiana ou no tapete de pelúcia do banheiro, seguidos de uma longa chuveirada. Ela queria se livrar da fumaça de cigarro e do ranço de 24 horas do cassino que impregnavam sua pele e seus cabelos. No entanto, quando ela entrou na banheira e entregou a taça de vinho a Jeffrey, ele disse:

– Você me decepcionou muito. Sabia disso?

Foi a escolha da palavra *decepcionou* o que atingiu Delilah primeiro. Era um vocabulário tão típico de pais.

– Por quê? – perguntou ela.

– Por ter se comportado daquele jeito com Greg na represa Hoover.

– Eu ter me comportado?

– Vocês pareciam dois adolescentes. A piadinha da maconha. As histórias de sexo. E depois você levantou a saia na frente de todo mundo. Você fez xixi na frente de todo mundo. Fiquei envergonhado.

– Envergonhado?

– Muito constrangido. Você é adulta. É minha mulher.

– E daí?

– Você não faz ideia de como se comportar. Não tem senso de decoro.

– Decoro?

– Foi nojento. Três cervejas no almoço e uma dose de tequila?

Ela não percebera que ele vira a dose de tequila, mas, sim, Greg a arrastara na volta do banheiro feminino e cada um mandara para dentro uma dose de Patrón prata, de virada.

– Não suporto isso – disse ela.

– O quê?

– Ser *monitorada* desse jeito. Ouvir um sermão sobre *decoro*. Estamos de férias, Jeffrey. Estamos em *Las Vegas*.

– Não é desculpa.

Ela se levantou, instável, e saiu da banheira.

– Foda-se – falou ela, embora quisesse dizer o contrário.

Não haveria sexo selvagem. Ela entrou no chuveiro. Quando saiu, Jeffrey estava sentado à beira da cama em seu terno azul-marinho, sombrio e taciturno, como um diretor de velórios.

– Quero que você peça desculpas – disse ele.

– Pedir desculpas? – indagou Delilah. – Ah! Sou eu que mereço um pedido de desculpas.

– E por que seria?

Ele tombou a cabeça num movimento rígido, como o boneco de um ventríloquo.

– Por você estar agindo como meu pai – respondeu ela. Delilah pôs um vestido pela cabeça. Phoebe usaria roupas novas naquela noite, um pensamento que desmoralizava e enfurecia Delilah. Até aquele momento da viagem, Phoebe usara um vestido novo toda noite. – E não se esqueça. Fugi do meu pai.

– E o que isso quer dizer? – perguntou Jeffrey.

– O que você acha que quer dizer? – falou Delilah.

Ela vasculhou a mala em busca de sua outra sandália preta. Alguém bateu à porta.

Era Tess com um frescor no rosto e sorrindo como uma bandeirante.

– Prontos? – perguntou ela.

Apesar disso, os dois estavam felizes no jantar. Le Cirque era o lugar mais glamuroso em que Delilah já havia comido, e ela estava relaxada, sabendo que Addison pagaria a conta. Ele pediu duas garrafas de champanhe Cristal. Delilah se animou. Greg estava à sua esquerda; Jeffrey, à sua direita; e Andrea, do outro lado de Jeffrey. Tess se encontrava ao lado de Greg; Addison, entre Tess e Phoebe; e o delegado, entre Phoebe e Andrea. As férias faziam com que se dividissem em pequenos grupos, com que se reorganizassem e formassem novas alianças, mas, quando se sentavam para uma refeição juntos, sempre se sentavam daquela maneira.

Era curioso.

O champanhe chegou, e Phoebe, assumindo o papel de primeira-dama (porque Addison pagava pelo jantar ou porque ela organizara a viagem, Delilah não sabia ao certo), queria fazer um brinde.

– A nós – disse ela. – Os Náufragos.

– Os Náufragos! – repetiram todos.

As taças tiniram, mas nenhuma se cruzou! (Phoebe jurava que isso dava azar.) Delilah tomou um gole de champanhe. Costumavam contar com ela para manter a conversa, mas, naquela noite, não faria isso. Não estava a fim. Ninguém entendia o quanto era difícil inventar temas novos e interessantes para conversar com pessoas que já tinham esgotado todos os assuntos possíveis. Ninguém lhe dava crédito por sua ginástica coloquial, e ela estava certa de que Jeffrey a lamentava. Quantas vezes ela já ouvira aquilo? "Você falou muito durante o jantar." Naquela noite, Delilah observaria todas as regras de decoro. Não se tornaria indecente. Não seria a primeira a falar de sexo, bebidas nem outros temas lascivos. Pressionou os lábios para manter a boca fechada.

Uma calmaria tomou a mesa. Esperavam por ela. "Qual é a melhor canção que os Rolling Stones já gravaram? Para mim, é 'Loving Cup'. O que você acha, Andrea?" Não, ela não faria isso. Alguém olhava para Delilah? Ela não se importava. Não se importava se comessem o tempo todo em um silêncio estranho. Estudou o cardápio.

De repente, o delegado começou a falar. Aquilo era impressionante, já que ele costumava falar muito pouco, muito pouco como homens que têm cargos importantes, quase confidenciais. Aparentemente, ele havia deparado com um oficial do Departamento de Polícia de Las Vegas na roleta. O delegado mostrou seu distintivo. Disse que o outro oficial estava na delegacia de costumes. Os dois passaram um bom tempo conversando.

– Vocês não acreditariam nas coisas que ele me contou – disse o delegado.

– Tipo o quê? – perguntou Delilah, esquecendo-se de manter a boca fechada.

O delegado tomou a cerveja da garrafa. (O garçom quis servi-la em um copo de vidro, mas o delegado ergueu a palma da mão e disse "A cerveja já vem em um vidro", de um jeito muito típico.) Ele balançou a cabeça para Delilah. Não contaria mais nada aos amigos. Tinha a fama de despertar o interesse de todos daquela maneira e depois perdê-lo.

Bom, está bem, deixe para lá, Delilah não forçaria a barra, embora a vida de um oficial da delegacia de costumes de Las Vegas parecesse fascinante para alguém como ela, que adorava violência e obscenidades – além de ser relevante. No entanto, ela fizera um voto de silêncio e estava determinada a mantê-lo.

Phoebe entreteve a mesa com detalhes das horas que passara na piscina:

– Está bem, todas nesta cidade têm peitos falsos ou o quê?

E a mente de Delilah dispersou-se. Agora que ela declinara temporariamente de seu cargo de mestre de cerimônias das conversas, ficava evidente o quanto esse papel se consolidara. Todos tinham seus papéis, cada um deles. Tinham suas personalidades, inclinações, interesses, preferências e aversões. Eram adultos, eram previsíveis. Isso era bom ou ruim? Eles não conseguiam surpreender uns aos outros. Não era provável que mudassem ou agissem de forma atípica. Como o fato de o delegado insistir em tomar sua cerveja na garrafa, até mesmo ali, no Le Cirque, porque era como ele tomava sua cerveja. Totalmente previsível.

No entanto, os papéis lhes faziam sentir-se confortáveis, a falta de surpresa trazia segurança, uma sensação de compreensão, amizade, família, aceitação. Não é?

O delegado era o guia espiritual do grupo. Era o cara em caso de emergência, o melhor para resolver problemas (embora Jeffrey ficasse em segundo lugar por muito pouco). Era o chefe de polícia. Sabia tudo e antes de todos, mas não entregava nada. O homem era um túmulo. Se um dia o violassem e o abrissem, o que encontrariam? Um tesouro abandonado repleto de segredos e confissões guardados por sua honra. O delegado tinha princípios e era discreto. Fazia parte de uma fraternidade no país inteiro, no mundo inteiro. A da execução da lei. A melhor da Terra.

Andrea era a chefe de bandeirantes, Mãe Terra, Mãe Natureza. Delilah sempre achou que devia ser chato ser Andrea – que ela era matrona e nada sexy, usava saias até os joelhos, maiôs e sapatos confortáveis – mas Andrea parecia contente. Não procurava nada, não estava em busca de si mesma, experimentando identidades ou atitudes como Delilah fazia às vezes, como Tess e Phoebe também faziam. Andrea se agarrava firme a quem era e, com isso, tinha tempo e energia de sobra para se concentrar nos outros (no delegado, nos filhos, em Tess). Quando Delilah fizesse 60 ou 70 anos, queria ser exatamente como Andrea. Uma vez, ela disse isso a Jeffrey, e ele fez cara de quem achava a declaração ridícula ou inapropriada. Jeffrey fora apaixonado por Andrea muitos anos antes. Os dois tinham namorado, tinham se beijado, dado uns amassos, transado, já estiveram apaixonados e moraram juntos. Tinham conversado sobre casamento e filhos. Naquela época, Jeffrey não estava pronto. Andrea foi a primeira mulher com quem ele fez amor (a namorada de longa data de Jeffrey no colégio e na faculdade, Felicity Hammer, era batista devota, determinada a permanecer casta até o dia do casamento e, por isso, durante seis anos, ele foi conduzido por aquele caminho virginal). No entanto, Jeffrey não deixou Andrea para sair galinhando por aí. Ele a deixou para de fato cuidar de galinhas, grãos e vegetais. Herdara cento e sessenta e dois acres de terras férteis, uma verdadeira oportunidade de negócios e queria ser bem-sucedido. Não dava para manter a fazenda e Andrea em primeiro lugar. Os dois se separaram. E isso foi, nas palavras dele, muito triste.

Aquilo poderia ter feito com que Delilah passasse a pensar em Jeffrey de imediato, mas ela não se permitia desconstruí-lo. Ele era seu marido, ela o conhecia bem demais e estava zangada. Pularia essa. "Você me decepcionou muito." Meu Deus, como aquilo a enfurecia, mas não a surpreendia.

Addison falava agora, resgatando os amigos do discurso que Phoebe fazia sobre a vida vista de uma espreguiçadeira. Ele descrevia as tendências do mercado imobiliário de Las Vegas (Addison amava tendências) e explicava como os antigos cassinos – Sands, Golden Nugget e Desert Inn – vinham sendo usados para eventos ligados à medicina e substituídos por parques temáticos gigantes – Luxor, Venetian, Treasure Island.

O garçom voltou e todos fizeram seu pedido. Delilah escolheu a salada *frisée avec lardons* e o filé. Jeffrey queria beterraba, mas desistiu porque não era da estação. Acabou ficando com a salada de abacate e toranja e a massa com lascas de caranguejo. (Nem mesmo os pedidos surpreenderam Delilah. Phoebe quis uma salada com legumes grelhados. Addison e o delegado ficaram com o filé, como Delilah.)

Addison era o executivo, o homem do dinheiro. Seu sobrenome era Wheeler, e todos de Nantucket o chamavam de "Wheeler Negociante". Ele era alto, magro e careca e usava óculos com armações feitas de um plástico que imitava chifres. Era meio nerd, meio aristocrata. Seu pai possuíra uma empresa de pisos e carpetes em New Brunswick, e sua mãe trabalhara na enfermaria da Universidade de Rutgers. Até o ensino médio, a vida de Addison fora bem simplória: McDonald's, depois de jogos de futebol; Bruce Springsteen e passar verões "lá na praia". No entanto, como todo *crème de la crème*, Adison chegou ao topo. Segundo ele dizia, nem sequer tentou. Era brilhante, educado e charmoso. Tinha lábia. Era um gênio do convívio social e, por isso, se destacava. O diretor da escola sugeriu que ele tentasse ir para um internato, onde poderia se beneficiar de verdadeiras oportunidades.

Entrou em Lawrenceville com base apenas em sua entrevista. De lá, passou para a Universidade de Princeton, onde foi presidente do Cottage, um clube em que os alunos apreciavam belas refeições e conversas agradáveis. Havia algo engraçado sobre a graduação de Addison, e, com "engraçado", Delilah queria dizer peculiar: ele não tinha os devidos créditos no fim do último ano para receber o diploma. Concluíra os estudos no verão seguinte, na Rutgers. Então, tecnicamente, ele se formara na Rutgers? Ou seria um diploma da Princeton com um asterisco da Rutgers? Delilah também ouvira falar que Addison fora expulso da Princeton por ter tido um caso com a mulher do reitor de artes e ciências, que conhecera em um coquetel da faculdade, no qual comparecera sem ser convidado. *Aquilo*, sim, parecia Addison, mas Delilah não conseguira confirmar a história. Certa vez, reunira coragem suficiente para perguntar a Phoebe, que respondera com indiferença:

– Não tenho como acompanhar todas as histórias. Esse homem já teve nove vidas.

Eis a verdade sobre Addison: ele tivera nove vidas. As histórias eram numerosas e complicadas demais para serem acompanhadas. Quais eram reais e quais eram folclóricas? Ele afirmava ter morado em Belfast, Nápoles e Paris no tempo em que trabalhara como corretor para a Coldwell Banker. Todavia, acabava de completar 40 anos. Como poderia ter vivido tudo aquilo? Falava francês e italiano com fluência e um pouco de gaélico. Sabia tudo o que havia para se saber sobre comidas e vinhos, pintura, escultura, arquitetura, música clássica e literatura. Sua primeira mulher, Mary Rose Garth, era magra como uma anoréxica e herdeira de uma empresa de borracha. Tinha uma casa com uma fachada castanho-avermelhada no parque Gramercy e uma queda por homens mais jovens – seu personal trainer, o belo porteiro porto-riquenho. Mary Rose levara Addison para o melhor passeio de sua vida. Mostrara a ele as melhores maneiras de se gastar dinheiro no mundo. No entanto, era demais até mesmo para Addison. Os dois se divorciaram amigavelmente e agora Mary Rose vivia em Malibu com a filha, Vanessa. Se o que Addison dizia era verdade, Mary Rose e Vanessa compartilhavam namorados.

Delilah comeu seu filé. Pedira a carne malpassada e ela viera preparada com perfeição: selada por fora e rosa-escuro por dentro.

Addison também pedira sua carne malpassada, mas o delegado quisera a sua bem-passada. (Previsível.) Agora tomavam um vinho tinto argentino – o que chocava, já que Addison era francófilo. Entretanto, era o vinho mais incrível que Delilah já havia provado. Como beber veludo. Como beber o sangue de seu único e verdadeiro amor. Se ela comentasse isso, todos dariam gargalhadas. Phoebe diria: "Meu Deus, Delilah, você é tão inteligente", falando sério, e Jeffrey balançaria a cabeça, constrangido.

Andrea falava dos filhos. Que tédio. Delilah, porém, não iria salvá-la.

Em sua mente, passou para Phoebe. Ela era sua melhor amiga, embora formassem uma dupla estranha. Phoebe era loura, fina como um graveto, jamais vista em público sem um batom Chanel aplicado com perfeição. Já tinha sido diretora de um cruzeiro e chefe de torcida. Um grupo de chefes de torcida inteiro. Uma esposa-troféu. Gostava de ser tudo aquilo. O estereótipo era sua identidade, e ela apreciava isso. Compras, depilação, saltos Valentino, perfume Dior, sua devoção nada original por *Sex and the City*. Phoebe não cozinhava, não limpava nem lavava, mas fazia aulas de spinning e de ioga, evitava carne vermelha, bem como frango, peixe e todos os carboidratos. Parecia comer do mesmo jeito que tomava champanhe: com moderação e em ocasiões especiais. Naquela noite, pedira uma bela salada de folhas com um timbale de legumes grelhados, mas em casa havia apenas bolinhos de arroz, laranjas-baía e água mineral.

Entretanto, Delilah aprendera que havia profundidade com Phoebe. A mulher era uma administradora fantástica. Fazia parte da diretoria de duas instituições de caridade e da organização de eventos que arrecadavam enormes quantias em dinheiro.

Gerenciava sua empresa de consultoria com acuidade. Era tão perspicaz quanto Addison – talvez até mais, pois enquanto o viam como perspicaz, a viam como uma tonta sem conteúdo.

Phoebe vinha de uma família unida de Milwaukee. Crescera com pais amáveis e um irmão gêmeo, Reed, que ela adorava. Os dois eram o tipo de gêmeos que criava a própria linguagem. Eram, nas palavras de Phoebe, "exatamente como os gêmeos de *O jardim dos esquecidos*, sem toda aquela sordidez". Seus pais, Joan e Phill, ainda estavam casados, morando numa elegante casa colonial em Whitefish Bay e vivendo do leite e do queijo da juventude de Phoebe e Reed. Reed era um fantástico e bem-sucedido negociador de títulos em Nova York. Phoebe falava com ele pelo menos duas vezes por dia. Ele investia o dinheiro dela. Fizera milhões para ela.

Algo caiu e atingiu o pé de Delilah. Foi... a colher de Greg, uma das várias colheres de Greg. (Aquele jantar requeria a linha de talheres completa sugerida por Emily Post, a especialista em etiqueta.) Ele se abaixou para apanhá-la, num movimento nada recomendado por Emily Post. (Quantas vezes a mãe de Delilah já havia dito que, quando deixamos um talher cair, devemos deixá-lo de lado e pedir ao garçom para trazer outro?) Delilah sentiu os dedos de Greg acariciando seu calcanhar. Ficou chocada, mas manteve uma expressão neutra. Os dedos prosseguiram. Ele os deslizou por trás da panturrilha, até a dobra do joelho dela. Aquilo era ultrajante. Sem precedentes. De fato, novas alianças haviam sido formadas naquela viagem, e talvez Greg, como Jeffrey, estivesse se lembrando da tarde de flertes na represa Hoover –, mas acariciar os pés dela sob a mesa durante o jantar?

Greg emergiu como uma criança pescando moedas no fundo de uma piscina, segurando a colher erguida no ar.

– Peguei!

Podia até parecer que Addison e Phoebe eram o casal mais misterioso, irreconhecível e malcompreendido, mas Delilah se intrigava com Greg e Tess. Porque os dois, de alguma forma, tinham vencido. Eram os preferidos de todos. O garoto brilhante e a garota luminosa. Tinham o que todo mundo queria.

No que dizia respeito a Greg, dava para entender. Afinal, ele era o astro do rock. Tocava violão e piano. Cantava. Tinha cabelos castanhos compridos e desajeitados, olhos verdes e intensos e um rosto sem uma ruga sequer. Um metro e oitenta e dois de altura – doze centímetros mais baixo que Jeffrey e sete mais baixo que Addison –, mas o corpo de um surfista profissional. Seis linhas de músculos no abdome e os ombros de Adônis. Uma tatuagem de vinha contornando o bíceps esquerdo. Usava duas argolas de prata na orelha esquerda e um anel também de prata no segundo dedo do pé esquerdo, o que só alguém como Greg conseguia usar. Se havia uma mulher no mundo capaz de resistir aos encantos de Greg MacAvoy, Delilah ainda precisava conhecê-la. De certa forma, ela era imune. (A aparência e o charme de Greg eram um vírus com o qual ela já havia se encontrado muitas vezes.) Orgulhava-se de ser parceira de Greg, seu cúmplice. Não fantasiava com ele. Não o desejava.

(Mas o que acabara de acontecer sob a mesa – o que era aquilo? Uma brincadeira, concluiu ela. Engraçada e inofensiva.) Delilah olhou para Tess. Será que ela havia notado algo de estranho? Não. Ouvia com avidez e atenção ridículas enquanto Andrea falava da queda de Eric pela professora de artes.

Tess era a ingênua, a irmãzinha. Era Amy em *Mulherzinhas*. Franny Glass, de *Franny & Zooey*. Adorada, afagada, mimada e adorada um pouco mais.

O fato de ela ser pequena ajudava – um e cinquenta e dois de altura, quarenta e quatro quilos –, como também ajudava ela ter cabelos escuros e espessos até o queixo, que punha para trás das orelhas, exibindo seus brincos de pérola ou seus diamantes microscópicos. Ajudava o fato de ter sardas e a voz da Minnie Mouse. Ajudava ser a pessoa mais legal, gentil e generosa da face da Terra. Amava bebês e animais. Chorava em filmes e em comerciais de empresas de telefonia. Contribuía com a educação de uma órfã no Brasil: uma menina de 8 anos chamada Esmeralda. Além de enviar cheques regularmente, Tess mandava caixas repletas de arroz integral, granola, livros para colorir, canetas hidrográficas e lápis de cor, quebra-cabeças, argila para modelar, uma escova de cabelos, grampos, pacotes de roupas íntimas novas, escova de dentes, fio dental, pasta de dentes, adesivos, uma lanterna e um exemplar especialmente encomendado de *A princesinha*, em português.

Só Tess.

Ela era legal. De verdade. Nunca dizia coisas mesquinhas a ninguém. Amava Greg, Andrea e o delegado e os demais amigos com uma intensidade desenfreada. Era bom sentir o carinho de Tess, sentir o amor de Tess. Era como a luz do sol, como uma calda quente de chocolate sobre o sorvete.

Greg não era bobo. Podia ter a mulher que quisesse e, portanto, agarrou seu prêmio: Tess DiRosa. Ele tocava com sua banda no Muse, e Tess estava na primeira fila, usando – quantas vezes Delilah já tinha ouvido aquela história? – jeans e uma bandana verde no cabelo. Greg disse ao baixista:

– Ei, aquela garota que parece a Gidget é gostosa.

Agora, os dois eram o casal perfeito.

Ou será que já tinham sido? Delilah estava desconfiada. Não acreditava em casais perfeitos. Não acreditava em famílias perfeitas.

Contava piadas e histórias indecentes, lançava o decoro ao vento, e os outros gostavam disso nela porque, em maior ou menor grau, todos se identificavam. A vida era uma bagunça. De fato peidava e arrotava, deixava um fedor no banheiro e manchas de sangue nos lençóis. A sociedade educada tinha seus podres. As pessoas levavam vidas complicadas, secretas, e isso fascinava Delilah.

Mas o que é que ela sabia?

A mão de Greg estava no seu pé. Na sua perna!

A sobremesa foi servida, e Delilah estava cansada de pensar. Queria conversar. Pigarreou, e todos da mesa olharam para ela. Estavam ávidos por ela.

– A melhor banda de todos os tempos – começou Delilah. – Qual é? – perguntou, apontando para Greg. – Não vale responder "Estrelas Pornô".

– Nem "Biquínis Europeus" – acrescentou Addison.

Aquele era apenas o começo.

Quando saíram do Le Cirque, estavam todos bêbados. Felizes e bêbados! Bêbados demais para o show de Wayne Newton, bêbados demais para Barry Manilow, bêbados demais para um espetáculo do Cirque du Soleil. Bêbados demais para o cantor no saguão de segunda do Caesars que gostava de encerrar sua apresentação de cabaré com "Someone Left the Cake Out in the Rain".

No entanto, não estavam prontos para ir para cama. Ainda não! Não era nem meia-noite!

Fazer o quê? As fontes do Bellagio – de novo? Não. Os tigres brancos no Mirage? Não. Tomar alguma coisa no Venetian? Não. Caça-níqueis? Talvez, só por alguns minutos. Um stand up comedy com Howie Mandel? Não.

Decidiram ir ao Circus Circus andar na montanha-russa. Tess deu a ideia, e como ela era a queridinha, como nunca decidia nada, foi o que fizeram. Todos estavam bem-vestidos, mas não importava. Entraram de dois em dois (dessa vez, apenas em casais) nos carros da montanha-russa, com Delilah e Jeffrey lá na frente. Delilah recostou a cabeça no ombro de Jeffrey. De tanto apertá-la, quase arrancou a mão de fazendeiro do marido, que era tão larga e forte quanto uma espada. Ninguém acreditou naquilo. De fato, foi uma *surpresa* para todos. Mas Delilah tinha medo de montanhas-russas. Pavor. E não do jeito que pessoas normais têm medo de montanhas-russas. Estava no modo "completamente surtada". Seu coração estava como um animal enlouquecido, atacado por eletricidade em alta voltagem. Ela pensou em chorar ou insistir para ficar no chão, onde era seguro, mas tratava-se de algo do grupo. Tess escolhera isso, e não seria Delilah quem estragaria tudo.

Ela se agarrou a Jeffrey. O cara era uma manta de segurança que falava e andava. Não deixaria que nada acontecesse com Delilah. No fim das contas, fora por isso que ela se casara com ele. Não queria um homem com empolgação e encrencas. Já criava muito disso sozinha.

– Você é a melhor companhia do mundo para andar na montanha-russa – disse ela ao marido.

Jeffrey parecia não precisar de uma explicação. Entendeu o que ela quis dizer. Como um pedido de desculpas.

– Obrigado – disse ele.

O carrinho da montanha-russa balançou para a frente. Delilah gritou. Eles ainda não tinham ido a lugar algum.

– Lá vamos nós! Aaaaahhhhhh!

O carrinho deu um solavanco para cima, subindo a inclinação, que trazia agouro. Delilah pressionou as costas contra o encosto do assento. Seu coração queria saltar para fora. Meu Deus. Vai ser emocionante, pensou ela, tão emocionante por ser tão assustador. Eles chegaram ao topo e o carrinho hesitou. Delilah não conseguia ver o fim da descida, mas podia senti lo. O ar abaixo, a trajetória de tirar o fôlego.

De repente, o carrinho disparou. O estômago de Delilah foi parar em algum lugar acima de sua cabeça. Ela gritou. Todos gritaram.

(Naquele momento, não sabiam o que estava por vir. Não sabiam que em 11 de setembro o irmão gêmeo de Phoebe pularia do centésimo primeiro andar. Não sabiam que perderiam bebês. Não sabiam da variedade de remédios voltados para disfunções pós-traumáticas. Não sabiam que seus casamentos desmoronariam e, então, se salvariam. Não sabiam dos casos nem das reorganizações amorosas. Não sabiam da existência de uma garota chamada April Peck nem da tempestade de merdas que ela provocaria. Não sabiam que deixariam e seriam deixados. Não sabiam que morreriam.)

Gritaram. Naquela época, todos eram felizes.

ADDISON

Havia cerca de dez anos que Addison Wheeler se considerava um homem rico. Tinha uma bela casa, quatro carros, títulos de sócio em dois clubes privados, uma caixa de vinhos do Porto com safra de 1967 em sua adega e oito investimentos aos cuidados de seu corretor em Nova York. Tinha uma filha de 16 anos na melhor escola particular do sul da Califórnia e uma ex-mulher tão rica por si só que tudo que pedia a Addison eram favores especiais. (Ele tinha um cliente que lhe arranjava ingressos para qualquer coisa, em qualquer lugar – como a final do campeonato de futebol americano e a cerimônia do Oscar.) A partir de agora, porém, o dinheiro não significaria nada. O dinheiro não o ajudaria. O dinheiro não importava.

Tess estava morta.

Eles se reuniram na casa dos Drake porque sempre se reuniam na casa dos Drake. A casa de Greg e Tess era pequena demais, a de Andrea e o delegado era policial demais (havia um scanner lá que apitava o dia inteiro, e todos sabiam que o delegado guardava armas em algum lugar). A de Addison e Phoebe era a maior, com vista para a lagoa Sesachacha. Do mirante no telhado, dava para ver os três faróis de Nantucket. Addison e Phoebe já tinham tentado receber os amigos antes, mas nunca se saíram muito bem. Phoebe fizera uma incursão a uma elegante loja de queijos e gastara centenas de dólares em Asiago e salames, e Addison, como sempre, possuía o melhor vinho, sem contar a TV e o aparelho de som mais sofisticados, mas faltava alguma coisa. A casa daqueles dois era fria demais, formal demais. Eles não tinham filhos. Talvez esse fosse o problema. Ainda assim, no porão, havia um home theater com todos os DVDs que se pode imaginar, de *O clube dos cinco* a *Bee Movie – A história de uma abelha*, bem como uma mesa de sinuca. Eles tinham pufes, uma tabela de basquete e uma piscina, metade dela com apenas um metro de profundidade. Era o paraíso para crianças, então, esse não era o problema. O problema era outro.

Ou talvez fosse apenas insegurança de Addison (ele era rico, sim, mas não o bastante para calar a voz em sua cabeça que lhe lembrava constantemente de suas deficiências). Talvez não houvesse nada de errado com a casa de Addison e Phoebe. Só que a casa dos Drake era melhor. Mais aconchegante. Essencialmente, uma fazenda com uma mistura cativante de madeira e tapeçarias, tecidos vívidos, panelas de cobre, a lareira acesa ou a fumaça da grelha no deque. Delilah fazia tudo desde o começo em vez de comprar coisas prontas. Era uma anfitriã nata, dessas que servem a bebida antes de o convidado tirar o casaco. Preparava coquetéis deliciosos, tinha os guardanapos para coquetéis mais engraçados, cozinhava com creme e manteiga, ervas e ingredientes recém-colhidos. Tinha as melhores seleções de músicas no iPod e estava sempre, sempre pronta para aumentar o volume. Addison adorava ir à casa dos Drake, e Phoebe teria posto a própria casa à venda e ido morar com os Drake sem pensar duas vezes. Havia algo de especial ali. Era um lar feliz, equilibrado.

Mas não naquele dia, é claro.

Addison e Phoebe chegaram às dez para as sete, embora parecesse muito mais cedo. Era o dia mais longo do ano. O delegado e Andrea já estavam lá e, por instinto, Addison procurou pelo Kia de Tess. Nos seis meses anteriores, ao estacionar naquela entrada, ele procurava o carro de Tess. Tinha decorado a placa: K22 M3E. No inverno, esperara diversas vezes que aquele carro estacionasse na entrada do chalé em Quaise, à venda exclusivamente por sua corretora, onde os dois costumavam se encontrar.

O carro de Tess não estava ali. Estava no estacionamento em frente ao píer da cidade.

Ao lado de Addison, Phoebe se encontrava tão imóvel e silenciosa quanto uma estátua num jardim. Tinha se automedicado, o que era perigoso depois de um acontecimento como aquele. Ele, porém, não havia sido capaz de checar o que ela pusera na boca. Tentava monitorar o que o dr. Field prescrevia, o que ela tomava, o que ela escondia, o que dava para Delilah (Phoebe era uma mulher muito generosa, até mesmo com seus remédios), mas deixara isso de lado nos últimos meses, em parte por causa de Tess e em parte porque a responsabilidade de vigiar a esposa constantemente era desgastante. Tentara sermões, tentara uma intervenção (uma mini-intervenção em que ele e o dr. Field explicaram a Phoebe que ela estava se tornando dependente daqueles medicamentos e que, aos poucos, teria que se libertar deles: os antidepressivos, os remédios para dor, os comprimidos para dormir). Nada funcionou. Phoebe tomava muitas drogas e, em vez de matarem-na, pareciam mantê-la viva. Portanto, enquanto Addison tinha vontade de pegar uma faca de carne e arrancar as próprias tripas, de cortar fora o coração para parar de sentir dor – Tess estava morta! –, Phoebe estava tão calma quanto uma planta decorativa. Não tinha muito a ver com topiaria.

Addison desligou o carro. Não sabia ao certo se conseguiria entrar naquela casa e disfarçar bem, como precisava fazer.

– Ele a matou – disse Addison.

Phoebe se virou para o marido.

– O quê? – perguntou ela.

Uma mensagem de texto tinha sido enviada para o celular dele às 9h45 naquela manhã. Addison estava no escritório, revisando o acordo de compra e venda para o grande negócio. Viu que a mensagem era de Tess e desejou que fosse "Amo você" – descobriu que precisava que isso fosse constantemente reforçado por ela –, mas, ao abri-la, deparou com "Estou com medo".

Addison olhara fixamente para a mensagem, perguntando-se como respondê-la. Tess tinha razão em sentir medo. Ele próprio estava apavorado. Greg fazia de tudo para reconquistá-la. Ela precisava ter cuidado, precisava resistir a ele! A mensagem chegou no momento em que os dois deviam estar velejando para fora do porto. Então, Addison pensou que ela quisera dizer que estava com medo do mar. Tess já tinha quase se afogado na baía de Dorchester quando criança. Nadava com os filhos na praia, mas apenas na costa norte, onde o mar era calmo, e mesmo assim entrava na água e saía logo em seguida. Quando seus filhos nadavam na piscina de Addison, ela permanecia ao lado, vigilante, muito embora Chloe e Finn tivessem sofrido com anos de aulas de natação, provocadas por aquele velho medo. Velejar, pescar, passear de barco, praticar mergulho livre ou autônomo e até mesmo pegar a barca que ia para o continente e voltava incomodavam Tess. Ela se lembrava de como fora, aos 9 anos, submergir e não conseguir lutar para voltar à superfície.

Addison estremeceu.

– Acho que devemos nos oferecer para ficar com as crianças – disse Phoebe.

– Vamos entrar – falou ele.

A casa dos Drake não era a casa dos Drake. Não havia comida nem bebida, não havia música, não havia Delilah. Na sala, Jeffrey estava sentado com o delegado, cara a cara, sem dar uma palavra.

– Chegamos – disse Addison.

Os dois acenaram com a cabeça.

– Onde está Delilah? – perguntou Phoebe

– No nosso quarto – respondeu Jeffrey. – Esperando por você.

– E as crianças? – prosseguiu Phoebe.

– Lá embaixo.

– Elas já sabem? – perguntou Addison.

– Ainda não – respondeu o delegado.

– Vamos ficar com elas – disse Phoebe. – Temos muito espaço.

– Phoebe... – começou Addison.

Ele devia ter cortado essa ideia quando ainda estavam lá fora. Ninguém ficaria satisfeito se Addison e Phoebe obtivessem a guarda das crianças, ainda que temporária.

– Uma coisa de cada vez – disse o delegado.

– Onde está Andrea? – perguntou Addison.

– Dormindo lá em cima – respondeu o delegado.

– Dormindo?

– O médico deu alguma coisa a ela. Andrea não consegue lidar com isso. Tess era... tudo para ela.

Tess era tudo para mim, pensou Addison. E ninguém nunca vai saber disso.

"Estou com medo", dizia a mensagem.

Phoebe atravessou o corredor na ponta dos pés em busca de Delilah. Lá embaixo, Addison ouvia as crianças.

– O que aconteceu exatamente? – perguntou ele.

– Não está claro – respondeu o delegado. – O barco virou. Os dois se afogaram. Ficaram presos embaixo do casco. O pé de Greg estava enrolado nas cordas. Eles tinham bebido.

Addison imaginou Tess e Greg no deque do barco, tomando champanhe, comendo morangos e se beijando. Conversando – sobre o quê? Havia tanta raiva entre o casal, tanta desconfiança e confusão quanto ao que acontecera no outono anterior com April Peck. Greg nunca chegara a abrir o jogo. Insistia em sua história absurda. Uma vez, quando os dois estavam muito bêbados, Addison lhe pediu:

– Conte o que aconteceu, cara. A verdade.

E Greg hesitara, como se estivesse pensando. Será que podia confiar em Addison? Os dois eram amigos muito íntimos. Mas, no fim, a resposta só podia ter sido não. Ele disse:

– Cara, já contei a verdade para todo mundo.

Aquilo consumia Tess. Sua confiança em Greg tinha sido destruída. Ela não acreditava em mais nada: nem no casamento, nem na amizade. Apaixonara-se por Addison. Ou alegava ter se apaixonado. Addison se preocupava com a possibilidade de Tess estar usando-o inconscientemente (meu Deus, inconscientemente, é claro, aquela mulher não tinha nada de mesquinha) para voltar para Greg. Ela ainda se importava com o que ele pensava, com o que ele fazia, aonde ia, quem via.

– A Guarda Costeira recuperou as coisas deles. O violão de Greg, a cesta de piquenique, os sapatos...

– Ele a matou – sussurrou Addison. Falou consigo mesmo. Estava tão agoniado que não conseguia evitar e não ligava se os outros soubessem o que pensava. Eles não o ouviram.

O delegado disse:

– Greg se considerava um navegante melhor do que realmente era. Não tinha nada que ter tentado ir até o vinhedo. Eu devia tê-los impedido.

– Eu devia tê-los impedido – falou Addison.

Ele estava morrendo de vontade de dizer a Tess para não ir. Queria lhe dar um ultimato. "Se você me ama, não vá." Naquele momento, porém, não imaginava que isso resultaria em mais do que magoar Tess e talvez em descobrir coisas que ele não quisesse saber. Como que ela ainda amava Greg, apesar da raiva e da desconfiança. Como que, se Addison a forçasse a escolher – ele ou eu –, ela escolheria Greg.

No entanto, se tivesse insistido, talvez ela ainda estivesse viva.

– Agora vou lá embaixo contar às crianças – disse o delegado.

– Também posso fazer isso – ofereceu Jeffrey.

– Eu tinha imaginado que essa fosse uma missão de Andrea – disse o delegado. – Mas ela não está em condições.

– Nem Delilah – disse Jeffrey.

– Sou tio deles – disse o delegado. Ele respirou fundo, e Addison reparou no quanto o amigo aparentava ter envelhecido. Mau sinal, já que os dois tinham a mesma idade. Quarenta e nove. – Já cumpri muitas tarefas ruins neste trabalho, mas...

– Esta é a pior – completou Jeffrey.

– A pior – ecoou Addison.

Ele estava tão, tão desamparado, mas não tinha como expressar isso. Deveria ser ele a ir lá embaixo contar a Chloe e Finn que seus pais estavam mortos? De forma alguma. E, no entanto, Tess e ele haviam tido tanta intimidade. Nos seis meses anteriores, tinham sido apenas os dois em um mundo de faz de conta, uma fantasia preservada com cuidado, apenas os dois se tocando e se beijando, vivendo uma ternura sem precedentes. Eles concordavam um com o outro. Ele a abraçava enquanto ela dormia; ele a ouvia; comprava-lhe biscoitos, marzipã e trufas, já que ela era louca por doces. Ele fazia cócegas nela, os dois riam, ele escovava os cabelos dela, ela esfregava as costas dele e, quando se separavam, chorava. "Não quero voltar para ele."

Depois da Páscoa, os dois começaram a falar em fugir. Viver juntos. Foi Addison quem tocou no assunto primeiro. Ele tinha muito dinheiro. Podia fazer qualquer coisa acontecer: pagar advogados, deixar a casa para Phoebe e comprar uma nova para morar com Tess. Podiam comprar o chalé. Assim, nunca teriam que ir embora, nunca teriam que se despedir.

Tess concordava, mas não por inteiro. Addison percebeu que ela repetia aquelas palavras para ele porque sabia que aquilo o deixava feliz. "Nunca ter que ir embora, nunca ter que se despedir."

Ele a amava mais do que já tinha amado qualquer outra pessoa, incluindo a inflamada Mary Rose Garth, incluindo Phoebe, incluindo sua própria filha. Tess desencadeara algo dentro dele. Tudo o que fizera, tudo o que vira, tudo o que possuía não significava nada até ela se tornar dele. Ela dera sentido à vida dele.

Mas será que Tess iria querer que ele contasse às crianças que ela estava morta?

Addison tinha certeza de que a resposta era não.

O delegado desceu.

Addison e Jeffrey permaneceram sentados, juntos, em um silêncio estranho. Estavam esperando. Ouvindo... para quê? A filha de Addison, Vanessa, era extremamente sensível e propensa ao melodrama. Se fosse informada da morte dele ou de Mary Rose, gritaria tão alto que quebraria as vidraças. Entraria em seu Miata e dirigiria por Beverly Hills como um piloto de corridas, chorando com os amigos por telefone. Mas como duas crianças de 7 anos, doces e equilibradas, reagiriam? Addison e Jeffrey esperavam. O barulho de alegria lá embaixo parou. Em seguida, Addison ouviu passos na escada. Virou-se. Eram os filhos de Jeffrey, Drew e Barney. Eles choravam como meninos choram depois que deixam de ser bebês. Com os olhos vermelhos, lágrimas, mas sem barulho.

Jeffrey abriu os braços e disse:

– Venham aqui.

– O delegado contou para a gente – falou Drew. – Depois pediu para a gente vir aqui para cima.

– Ele precisa de um tempo com Chloe e Finn – disse Jeffrey.

O pai abraçou seus filhos com força. Addison compreendeu o significado daquilo – *Amo vocês dois. Sempre amarei. Temos tanta sorte por isso não estar acontecendo conosco* – e ficou incomodado. A emoção era tão intensa que ele se sentiu como alguém que aprecia o sofrimento alheio. Levantou-se.

Na entrada da casa, no quartinho onde deixavam roupas e calçados molhados, sujos de lama, ele encontrou o saco que o delegado havia apanhado com a Guarda Costeira. Os objetos pessoais. Addison tirou o violão de Greg do estojo.

"Estou com medo."

Greg tinha matado Tess.

No entanto, afirmar isso só serviria para perturbar as crianças.

Addison vasculhou o saco. Precisava de alguma coisa para fazer. Andrea dormia. Delilah e Phoebe se encontravam enclausuradas em uma toca de laços femininos. O delegado estava com os gêmeos, e Jeffrey, envolvido com os filhos. Do saco, Addison retirou potes de plástico, e alguns ainda continham comida. Inspecionou o conteúdo de um deles: um sanduíche de lagosta comido pela metade. Será que era o sanduíche de Tess? Seus lábios teriam tocado o pão? Addison ergueu a cesta de piquenique. As fibras estavam encharcadas e se desfaziam. Ele pegou os chinelos de Tess. Tamanho trinta e três da marca J. Crew, vermelhos, com tiras de gorgorão azul-marinho. Addison virou os chinelos. Aqueles pés minúsculos como os de uma boneca os calçaram naquela manhã. Os pés de Tess eram tão pequenos que ela tinha dificuldade para encontrar sapatos que lhe servissem. Addison queria ficar com aqueles chinelos. Mas, não, não podia. Onde os guardaria? O que faria com eles? Puxou o sapato de lona de Greg, que estava mais para um bife que passou do ponto. Duas toalhas de praia listradas; uma maleta. Addison se atreveria a abri-la? Não. Em seguida, deparou com o iPhone de Tess com sua carcaça amarela como o sol que parecia um preservativo. Nem pensou. Era o telefone dela. Era importante. Era uma prova. A mensagem "Estou com medo" estava ali, e quem sabia o que mais ela havia mantido ou apagado? Addison enfiou o telefone no bolso da calça e jogou a embalagem de plástico que o protegia no lixo. O delegado daria pela falta do telefone? Provavelmente. Se tivesse tido oportunidade de avaliar o conteúdo do saco de pertences, notaria. Será que ele havia tido essa oportunidade? A tarde do delegado tinha sido frenética. Ele havia ouvido a história toda da Guarda Costeira, decerto mais do que contava. Conhecendo Ed como Addison conhecia, este concluiu que sim, ele teria arranjado tempo para vasculhar o saco. Talvez tivesse até documentado o conteúdo. Daria pela falta do telefone.

Enfim, era uma pena. Se Ed quisesse o telefone, poderia brigar com Addison por causa disso.

Addison precisava de ar fresco. A casa estava quente demais. O vento tinha passado, e o calor do dia era pegajoso e desconfortável. Ele iria vomitar ou desmaiar. Tess estava morta. Havia ficado presa embaixo do barco e fora incapaz de nadar para fora dali. Ela estava com medo. Meu Deus, só de pensar no seu medo e no seu pânico, na sua luta contra a água, na sua necessidade de respirar, com os pulmões prestes a explodir, em seus gritos chamando as crianças... "Chloe! Finn!" No fim, só devia pensar neles.

Addison queria pegar o telefone surrupiado, entrar no carro e sair dirigindo. Ir para longe dali, apressado e desatento.

Ele explodiu com um grito interrompido, e lágrimas lhe embaçaram a vista. Foi até o deque. Os carros de todos eles estavam na entrada, menos o que importava. "Nunca ter que ir embora, nunca ter que se despedir."

Addison tirou o coração de feltro do bolso e, como era de se esperar, ele se partiu.

Seu coração! Não!

Ele segurou os dois pedaços juntos. Será que dava para colar? Parecia uma maçã mordida. Addison pôs os dois pedaços do coração partido no bolso. Era a única coisa que Tess lhe dera.

– Este – dissera ela – é o meu coração.

PHOEBE

Phoebe invejava Delilah por muitas razões e, naquele dia, mais uma foi acrescentada à lista: Delilah era capaz de expressar seu pesar com clareza e por completo, como uma criança. Estava na cama, encolhida em posição fetal, chorando como um bebê, soluçando, resfolegando, enxugando o nariz e o rosto e, em seguida, desabando de novo. Estava histérica. Nada a deteria, e isso só podia ser bom.

Phoebe se deitou do outro lado da cama de Delilah. Esticou-se e cobriu o corpo da amiga com o próprio. Emitiu sons para acalmá-la, como agiria com um bebê. Aqueles gestos não pareciam fazer a menor diferença para Delilah, mas Phoebe ficou ali. Sentiu, como sempre, que observava o resto do mundo por um vidro fosco. Havia uma barreira entre ela e todos os outros. Hoje, a barreira tinha cedido pela primeira vez em oito anos, quando ela fora se encontrar com Addison. Phoebe havia *perdido aquilo.* A notícia da morte de Greg e Tess – dada por Sophie de sua turma de pilates, cujo marido fazia parte da Guarda Costeira – tinha despedaçado o vidro fosco, e ela se encontrava cara a cara com o horror.

Phoebe já havia passado por tudo aquilo antes.

Reed!

Seu irmão gêmeo era... Como explicar? A pessoa mais querida de sua vida. Ele estava sempre ali. Desde quando Phoebe foi concebida, desde o ventre, desde o seu primeiro dia na Terra, os dois eram um par, rosa e azul, uma combinação, feitos para ficarem juntos. Às vezes, esse relacionamento entre os gêmeos era mal interpretado. Phoebe ouvira todo tipo de história estranha e distorcida. Quando tinha uns 20 anos, por fim, escutou os pais falarem de suas preocupações no tempo em que ela e Reed eram pequenos.

– Vocês eram íntimos demais. Só conversavam um com o outro. Queríamos levá-los ao terapeuta.

Phoebe e Reed desenvolveram a própria linguagem, e sua mãe temia que fosse para manter o resto do mundo distante. No entanto, quando Phoebe se lembrava da infância, havia apenas paz, acolhimento e um companheirismo constante e seguro. Reed e ela se gostavam, eram atenciosos um com o outro – mesmo na adolescência. Percebiam que magoar o outro seria como magoar a si mesmo. Reed era bonito, popular e inteligente. Jogava futebol, basquete e lacrosse. Phoebe era bonita, popular e inteligente. Editava o livro anual e animava as torcidas.

Reed ajudava Phoebe com trigonometria. Ela o ajudava com literatura americana. Ele era matemática e ciências. Ela era inglês e história. Reed desenhava. Phoebe cantava. Os dois iam mal em francês. Phoebe o chamava de Reedy, Reeder, Freebird, Sweet Reedy Bird. Ele, por sua vez, a chamava de Twist, abreviando Twister, que abreviava "twin sister" – "irmã gêmea" em inglês.

As pessoas provocavam os dois? Possivelmente, pelas costas. Eles eram bons demais, bonitos e perfeitos demais, íntimos demais. Certa noite, depois do treino de basquete, Reed chegou em casa com o olho inchado. Algo acontecera, uma briga com Todd Carrel, um rapaz com quem Phoebe terminara antes do Natal. No vestiário, Todd dissera uma grosseria sobre Reed e Phoebe, e Reed se enfurecera. Todd Carrel fora mandado para o hospital com um braço quebrado. Em vez de ficar magoada, Phoebe nem se importou.

– O resto do mundo não entende – disse ela.

Mais tarde naquele ano, Phoebe e Reed corriam o risco de serem eleitos rei e rainha da volta ao colégio. Ambos venceram, mas depois do incidente com Todd Carrel, Phoebe compreendeu que o grupo de estudantes não lidaria bem com isso. Como fazia parte do comitê de volta ao colégio, ajeitou os votos para que Shelby Duncan, que era namorada de Reed e ficara em segundo lugar, fosse declarada vencedora.

Phoebe e Reed estudaram na Universidade de Wisconsin. Levavam vidas separadas com naturalidade. Reed jogava futebol no time da universidade, cursava administração de empresas e entrou para a fraternidade TKE. Phoebe cursava comunicação e entrou para a Alfa Kappa Delta. Eles se falavam por telefone todos os dias e se encontravam para almoçar num fast-food toda quarta-feira, só os dois. Ao deixar a universidade, ambos se mudaram para a cidade de Nova York. Phoebe morou em Chelsea e foi uma requisitada modelo de catálogos por quase um ano antes de arranjar um emprego na Elderhostel. Reed viveu no Upper East Side. Seu primeiro emprego foi no banco Goldman Sachs. Em seguida, ingressou na Columbia Business School e depois arranjou um emprego na corretora Cantor Fitzgerald. Eles ainda se falavam por telefone todos os dias (e com a conveniência dos celulares, costumavam ser duas ou três vezes por dia), além de almoçarem juntos toda quarta num bistrô francês. Quando o avô dos gêmeos morreu, eles foram juntos de carro para o velório em Wisconsin. Reed enfrentou um rompimento doloroso com uma mulher dez anos mais velha que ocupava o terceiro lugar do topo da *Vogue*. Phoebe se encontrou com ele em uma cervejaria, os dois se embebedaram por completo e ficaram nas gangorras do parquinho da rua Bleecker até quatro horas da madrugada.

Phoebe conseguia explicar e explicar sem abranger tudo o que tentava expressar. Não brigava com Reed. Quando eles discordavam, faziam isso com muita gentileza. Conheciam-se bem demais para brigar. Compreendiam-se por completo. A verdade era que Phoebe nunca havia se sentido sozinha na vida porque sempre tivera Reed. Seu melhor amigo. Seu par. Ele era ela, ela era ele, e os dois eram rosa e azul, duas metades de um inteiro.

Reed conheceu uma garota e se casou. Foi morar em Connecticut. Phoebe amava a cunhada, Ellen Paige, e a ajudava a organizar almoços da liga de juniores em New Canaan. Então, Phoebe conheceu Addison e se mudou para Nantucket. Os almoços de quarta-feira se tornaram coisa do passado, mas Phoebe e Reed ainda se falavam por telefone duas ou três vezes ao dia. Passaram uma semana juntos em Wisconsin no Natal. Reed e Ellen Paige passaram uma semana em Nantucket em junho. Phoebe e Addison estiveram em Connecticut por uma semana em outubro.

Ellen Paige engravidou e teve um menino. Seu nome era Domino, mas Phoebe o chamava de Sweet Reedy Junior. Mimou demais o sobrinho, mandando para ele um roupão com seu monograma, um trenzinho com uma ferrovia completa, uma girafa de pelúcia de mais de um metro de altura da FAO Schwarz. "Sou titia!" *A* titia. Era como se o filho de Reed fosse dela.

"No meu testamento", falava, "vou deixar tudo para ele".

O que Phoebe poderia dizer sobre 11 de setembro que ainda não havia sido dito em sessenta línguas? Era um belo dia. Addison levantara cedo para pescar tubarões com Bobby D. Phoebe estava a caminho da academia, mas teve ânsia e cuspiu na pia da cozinha ao sentir o cheiro do café que costumava tomar. Estava enjoada, mas também estava feliz.

Ela estava grávida! Ela, Phoebe Wheeler, ia ter um bebê!

Phoebe sequer havia se dado conta de que queria um bebê. Na verdade, quando perguntavam, afirmava com determinação que *não* queria ter filhos. Não queria estragar seu corpo, não queria comprometer o estilo de vida que cultivava com Addison, não queria lidar com cocô, vômito nem com os próprios seios prestes a explodir de tanto leite, que sem dúvida escorreria por suas camisolas da Elie Tahari inteiras. No entanto, desde que Domino chegara ao mundo, Phoebe se comovera com a ideia. Ela teria uma filha, e sua filha e Domino seriam como Reed e Phoebe, a geração seguinte. Em 11 de setembro, ela estava grávida havia onze semanas e quatro dias. Addison a levara para uma amniocentese, e os dois descobriram que o bebê tinha uma saúde perfeita e, sim, era uma menina.

O médico disse que não havia motivos para Phoebe não se exercitar. Na verdade, ela deveria fazer isso. "Só não exagere e trate de comer!" (Phoebe empalideceu. Não era de comer muito. Temia as calorias como se fossem aranhas venenosas e agora, com as náuseas, até mesmo sua costumeira dieta de café, aipo e iogurtes sem gordura não parava no estômago.)

Na academia, Phoebe subiu na esteira. Faltavam apenas três dias para o fim do primeiro trimestre, e ela poderia contar a todos que estava grávida. É claro que contara aos pais, a Reed e Ellen, Delilah e Jeffrey, Tess e Greg, Andrea e o delegado. No entanto, por exemplo, Jeremy, o adorável rapaz que checava as identidades na recepção da academia, não sabia. Devia ter olhado para o pequeno inchaço na barriga de Phoebe e imaginado que ela andara comendo muita torta de banana com wafers e chantilly. (Aquela era a sobremesa preferida de Phoebe, mas ela se mantinha a pelo menos um quilômetro de distância do doce.) Phoebe queria se ater à regra do primeiro trimestre porque achava que a única coisa pior do que perder um bebê seria os outros sentirem pena dela pela perda. Phoebe sempre fora sortuda e abençoada. Sua vida era feliz. Para ela, pena era algo estranho e horrível. Mais temido do que calorias e aranhas venenosas.

Enquanto corria na esteira, assistia a um programa matinal. Eram oito e meia. Existia um limite de permanência de meia hora nos aparelhos da academia, mas, se não houvesse fila (e não haveria, já que os frequentadores de verão tinham ido para casa), ela poderia forçar até os sessenta minutos. Às cinco para as nove, Phoebe atingiu o seu limite. Estava exausta, trêmula, ofegante. O médico lhe avisara para não exagerar. Era melhor parar. Tinha uma sessão de pilates às quatro. No entanto, pôs os fones e prosseguiu.

Ouvia Taylor Dayne cantar "Tell it to My Heart" e seus pés se mexiam agora. Havia se recuperado e se sentia melhor do que no verão inteiro. Era o que todos os livros sobre gravidez diziam: chega um dia em que a náusea e o cansaço passam, e a gestante se sente bem. Phoebe pensava nisso, perguntando-se se poderia acreditar que sua transição se daria naquele dia, terça-feira, qualquer coisa de setembro, quando notou algo na TV. O programa matinal fora interrompido. O jornalista Tom Brokaw estava no ar com uma expressão muito séria. Em seguida, uma imagem foi exibida: um avião voando ao lado de um prédio alto. As pessoas se amontoaram entre as esteiras, tentando ver a TV. Jeremy da recepção estava entre elas.

Phoebe hesitava em desacelerar ou parar. Seu ritmo estava ótimo. Naquele instante, ela vivia a experiência em que seu corpo e a máquina funcionavam perfeitamente juntos.

Continuou. De novo, mostraram o avião voando na direção do prédio. Mais pessoas se aglomeraram. Não queriam usar a esteira, só queriam ver a notícia. Phoebe tirou o fone da orelha esquerda e perguntou a Jeremy:

– O que está acontecendo?

– Um avião atingiu o World Trade Center – respondeu ele.

Phoebe sentiu ânsia. Está bem, espere aí. Espere aí! Ela socou a sequência correta de botões da esteira para fazê-la desacelerar e, em seguida, parar. Suas entranhas eram como uma tempestade de fermentação. Ela estava prestes a evacuar bem ali na esteira, diante de todo mundo. Mais uma indignidade do corpo de uma gestante. Ela não conseguia recuperar o fôlego. Estava com uma sensação de diarreia, calor e tremedeira. Tinha medo de se mexer e explodir. Havia uma palavra na ponta da língua, uma palavra, mas ela precisava cuidar de sua emergência pessoal primeiro. Saia da academia! Ela precisava alcançar sua bolsa, seu *telefone*, precisava chegar ao carro. Antes de sair da academia, olhou para a tela da TV de novo. O World Trade Center? Na cidade de Nova York? É claro que o prédio era aquele. Ela olhava para a tela, como todos os outros. Viu o avião voar na direção do prédio – atravessar o prédio –, como todos os outros. No entanto, estava tão voltada para si mesma, tão consumida pelos sistemas cardiovascular e reprodutor de seu corpo, que não pensou em se perguntar onde ficava o prédio. Sob pressão, teria respondido Jerusalém ou Líbano ou algum outro lugar do mundo onde aviões voavam para prédios porque os conflitos políticos faziam parte do cotidiano ou porque, nesses países, não eram tão cuidadosos quanto os americanos. Mas a cidade de Nova York? O World Trade Center?

Phoebe segurava a palavra na boca como um pedaço de bala dura. Ela cuspiu.

– Reed!

Desceu as escadas correndo e foi para o carro, discando. O primeiro número da discagem rápida, que vinha até mesmo antes de Addison, era o do trabalho de Reed. Cantor Fitzgerald, centésimo primeiro andar, World Trade Center, Torre Um.

Ela caiu na secretária eletrônica.

– Meu Deus, Reed, me ligue! – gritou ela.

Duas mulheres que Phoebe mal conhecia saíam de seus carros no estacionamento. Uma delas, Jamie, perguntou:

– Ei, Phoebe! Você está bem?

Phoebe acenou e entrou no carro. Ligue para Addison! A secretária do escritório de Addison, Florabel, atendeu ao telefone. Phoebe detestava Florabel e desconfiava de que o sentimento fosse recíproco. Falou:

– Addison, por favor?

Florabel não reconheceu a voz de Phoebe porque esta era refém do pânico e respondeu:

– O sr. Wheeler não está no escritório hoje. Quer o número do celular dele?

Merda! Addison estava pescando! Phoebe desligou. Tentou o celular e caiu na caixa de mensagens de voz. Ele estava tão afastado da costa que nunca haveria sinal.

Ela ligou para Reed de novo. Eram nove e cinco.

– Ei, Twist – disse ele. Sua voz estava calma, mas, ao fundo Phoebe, ouvia gritos, que pareciam mais frenéticos do que o de costume na Cantor. – Você não vai acreditar no que está acontecendo aqui. Viu as notícias?

– Mais ou menos – respondeu ela. – Você está bem?

– Bem, acabo de vomitar na lixeira – disse ele. – Vou lhe contar, as pessoas estão *mortas* lá no outro prédio. Você tinha que ver a fumaça Está fedendo, até aqui.

– O que eles... Eles estão dizendo alguma coisa?

– Devemos permanecer sentados. Uns caras... Ernie, Jake, você sabe... Eles querem ir para o térreo para assistir, mas escombros estão caindo. É mais seguro, eu acho, ficar por aqui.

– Você acha?

– Foi o que...

– O quê? – perguntou ela, que não conseguia ouvir.

– Ligo de novo quando a poeira baixar por aqui, está bem? Amo você. Vou ficar bem. Eu juro.

– Combinado.

– Tenho que ligar para Ellen Paige. Ela está no grupo de brincadeiras com Domino, mas quando ficar sabendo disso, vai pirar.

– Está bem. Amo você – disse Phoebe.

– Ei – perguntou ele. – Como você está se sentindo?

– Eu? – indagou ela. – Tudo bem.

Houve um barulho. Para falar a verdade, parecia um rugido de leão ou uma onda quebrando sobre a cabeça dela. A ligação caiu. Phoebe quase bateu a lateral do carro na do carteiro, que entregava correspondências na estrada Old South.

Assistiu a imagem do avião atingindo a segunda torre na TV de plasma de sessenta polegadas de Addison, no conforto fechado e refrigerado de seu lar decorado por profissionais. Lá fora, a luz do dia enfraquecia. Nantucket estava tão tranquila e adorável quanto sempre foi. Phoebe voltou os olhos para o lado de fora, num torpor. De acordo com Tom Brokaw, os Estados Unidos estavam sendo atacados. Phoebe esperou que aviões chegassem gritando sobre o oceano. Nada. Uma borboleta-monarca pousou por um instante na mesa de piquenique e, em seguida, voou para longe.

Na TV, um avião atingiu a segunda torre, que era a Torre Um. Uma e outra vez. Phoebe ficou perplexa. Mostre de novo! Ela contava os andares e ligava para Reed do telefone fixo.

– Atenda! – gritava ao telefone.

Não havia ninguém por perto. Ninguém podia ouvi-la. Os vizinhos de um lado e de outro tinham partido depois do dia do trabalho.

A ligação caiu na caixa de mensagens de voz de Reed.

– Ligue para mim! – gritou ela.

Parecia que o avião tinha atingido a segunda torre, a Torre Um, de dois terços do prédio para cima. Com certeza em um ponto mais baixo do que o centésimo primeiro andar. Eram cento e cinco ou cento e dez andares? Ela não conseguia se lembrar.

Seu telefone tocou. Delilah. Phoebe deixou chamar. Não podia falar com ela agora.

Contou os andares de baixo para cima. Voltaram para Tom Brokaw.

– Mostrem o prédio! – gritava ela.

Ninguém da TV podia ouvi-la.

Outro canal, CNN, mostrou as torres enfumaçadas, em chamas. Esta emissora mostrou pessoas do lado de fora de suas janelas. Do lado de fora das janelas naquela altura? E se caíssem? Esperavam os helicópteros chegarem. Onde estavam os helicópteros? A Guarda

Nacional enviaria helicópteros para as pessoas presas acima das chamas? Phoebe já tinha visto aquilo inúmeras vezes nos filmes. Eram os Estados Unidos. O governo, os militares, as pessoas na porra do comando usariam sua tecnologia de ponta caríssima para resgatar os que esperavam nas janelas.

– Mandem os helicópteros! – gritou ela.

Onde estão os malditos helicópteros?

Em algum momento, sua ficha caiu. Aquilo era real. Reed estava naquele prédio, estava agarrado à janela daquele escritório – exatamente a mesma janela que durante anos lhe proporcionara o que ele chamava de vista de bilhões de dólares – porque a temperatura do lado de dentro, como disseram, era de mil seiscentos e cinquenta graus Celsius. Era isso mesmo? E existia algo como mil seiscentos e cinquenta graus?

Phoebe estava de joelhos. Congelando, tremendo, convulsionando. A TV mostrava pessoas pulando. Pulando do centésimo primeiro andar? Havia uma equipe de bombeiros no térreo segurando um daqueles paraquedas infláveis para pegar essas pessoas, isso faria com que pousassem em algo macio como marshmallow?

Não. A TV dizia que o mais provável era que os que saltaram sofressem uma parada cardíaca na queda. Chegariam mortos. Eles se despedaçavam como uma melancia que cai do caminhão da fazenda. Os que pularam tinham tanta velocidade, disse a TV, que matavam os espectadores lá embaixo.

Naquele instante ou num instante depois, Reed pulou.

Phoebe sentiu. Ela também despencava.

No colégio, na aula de francês que Phoebe e Reed detestavam e mal conseguiam manter uma média de setenta por cento, o professor exibiu um filme chamado *Os irmãos corsos*. Era sobre gêmeos que sentiam a dor um do outro. Um quebra o braço e o outro grita. Reed e Phoebe fizeram um número de comédia corso por um tempo: Reed batia a canela e Phoebe urrava.

"Vocês são uma cena barata de vaudeville", dizia seu pai.

Será que existia uma ligação espiritual entre os dois? Um sentia a dor do outro? Às vezes, as pessoas perguntavam isso. (Do mesmo jeito que sempre perguntavam se eram fraternos ou idênticos. Atenção para a pergunta mais idiota do mundo!)

"Não", respondiam.

E, no entanto, havia alguma coisa.

Poucos anos antes, Reed fora esquiar em Telluride com clientes da Cantor e algo dera errado em uma das pistas. Houve uma avalanche atípica, deixando Reed enterrado até a cintura, incapaz de se mexer ou até mesmo alcançar o celular durante uma hora e meia. Phoebe, que estava em Paradise Island nas Bahamas com Addison, sentiu os pés dormentes. Não conseguia senti-los nem quando agarrava os dedos ou caminhava sobre os azulejos escaldantes em torno da piscina.

– Tem algo errado com Reed – disse Phoebe. Ela telefonou para ele, e seu celular chamou e chamou. Fez Addison ir até a recepção do hotel para rastrear o número da montanha em Telluride.

Mais tarde, quando Reed cuidava da ulceração, enrolado em cobertores diante da lareira com um grogue, os dois riram ao telefone e disseram:

– Os irmãos corsos.

Então, sim, havia alguma coisa.

Nunca, porém, nada tão intenso quanto o sentimento que tomou Phoebe naquele momento em 11 de setembro. Ela pulara na vista de bilhões de dólares. Flutuava. E então, houve um movimento rápido, uma fricção, como se fosse sugada por um túnel.

O ar a devorava. Ela tentava reagir, mas não conseguia mexer os braços. Estavam presos, junto aos flancos, e, de repente, foram parar à frente do rosto. Ela estava de cabeça para baixo, saltando do trampolim na piscina do clube de Whitefish Bay. Atingiria a piscina a qualquer momento, espirrando água para toda parte e fazendo barulho, e ficaria com as costas vermelhas como morangos por causa do impacto. No entanto, não houve impacto algum. Ela ainda estava caindo, cantando um cântico fúnebre. O ar arrancou seus cabelos, seus dentes. Ela estava cega, ela estava surda. Havia tanto ar que ela não conseguia respirar. O vento a rasgou toda. Roçou em seu corpo como pederneira, e ela se incendiou. Explodiu em chamas, como uma estrela.

Reed se fora. E Phoebe também.

Ela não chorou. Encolheu-se no sofá e estremeceu. O telefone tocou. Primeiro, Phoebe checou a tela para o caso de ser Reed, para o caso de ele ter decidido, num lampejo de camaradagem com um irmão de fraternidade, descer com Ernie e Jake para acompanhar tudo do térreo, mas eram todos os outros ligando. Delilah de novo. Ellen Paige. O delegado. Andrea. Tess. A mãe de Phoebe. Ellen Paige. E finalmente Addison. Phoebe não atendeu. Essas pessoas deixaram recados na secretária. Ela percebeu preocupação (do delegado), ela percebeu histeria (de Ellen Paige, de sua mãe), mas não conseguia ouvir nada com clareza. Estava surda por causa do vento em suas orelhas.

Não conseguia mais ver TV, mas também não conseguia parar de ver. O avião atingiu o prédio. Cruzou a torre como um dardo envenenado atravessa a parede de uma cabana de palha. Ela pensou nas pessoas pulando. Era pular ou derreter, e Reed, cuja vida fora tão abençoada quanto a de Phoebe até aquela fatídica manhã, devia ter pesado duas opções impossíveis e decidido pular. Sua capa vermelha funcionaria? Ele escolheu acreditar que sim – pelo bem de Domino, pelo bem de Ellen Paige, pelo bem de sua mãe, pelo bem de Phoebe.

Freebird. Sweet Reedy Bird.

"Ligo de novo quando a poeira baixar por aqui."

Quando a poeira baixar.

Na TV, os prédios caíram como um castelo de cartas.

Quando Addison chegou em casa, queimado de sol e com um cheiro forte de peixe, Phoebe tinha vomitado no tapete de seda oriental, feito a mão em Teerã, de dezessete mil dólares, e havia se urinado toda. Os shorts de ginástica ficaram ensopados. Ela não se importou. Nada mais importava, nem quando Addison suspirou e disse:

– Meu Deus, Phoebe!

E foi então que ela percebeu que não havia urinado na roupa. Estava sentada sobre uma poça do próprio sangue.

Agora, oito anos depois, todos tinham se recuperado e seguido em frente. Os pais de Phoebe haviam começado a oferecer uma bolsa de estudos no nome de Reed na escola que ele e a irmã frequentaram. Era uma bolsa generosa com requisitos elaborados, e os dois passavam grande parte do tempo de aposentados administrando-a.

"Isso me mantém ocupado", dizia o pai de Phoebe.

Domino estava no quarto ano, vivendo com a mãe e seu novo marido, Randy, cuja ex-mulher fora gerente do luxuoso restaurante do Windows on the World. Os dois se conheceram num grupo de apoio.

Só Phoebe tinha ficado presa em uma caixa de acrílico. Ela conseguia enxergar o lado de fora, mas estava sozinha. Intocável.

Eram as drogas. Phoebe estava sob o efeito de antidepressivos, analgésicos e remédios para ajudá-la a dormir. Tomava os medicamentos que o dr. Field prescrevia com abundância e as drogas que conseguia no mercado negro com Brandon Callahan, ex-colega de quarto de Reed em Wisconsin e representante de vendas da... Bem, Phoebe hesitava em revelar o nome da empresa para qual Brandon trabalhava. Tratava-se de uma empresa grande, e as drogas eram boas.

Algumas pessoas – Addison, a mãe de Phoebe e, até certo ponto, Delilah – acreditavam que essas drogas prejudicassem Phoebe e que até a matassem aos poucos. Veja o que elas já tinham lhe tirado: sua empresa de consultoria afundara; seu corpo, um dia saudável e torneado, agora parecia um monte de galhos finos, dos quais a pele pendia como teias de aranha. E sua personalidade desaparecera. Ela sorria uma vez por mês, nunca chorava, nunca gargalhava. No entanto, se tornara excelente em ouvir as pessoas. Ouvir era algo que ela conseguia fazer. Por diversas vezes, as drogas faziam com que ela se sentisse grandiosa, como se flutuasse no ar acima de todos, um Buda sobre um pedestal, uma deidade chamando das nuvens. Agora, ela dava conselhos sábios. Todos (ou seja, Delilah) diziam isso porque Phoebe não tinha ego algum. Falava apenas a verdade porque não se importava mais.

Addison e o dr. Field tentaram libertá-la dos medicamentos. Queriam que ela diminuísse o consumo com a meta de acabar parando de vez. Ela compreendia o argumento deles. Iriam aos poucos, como se trata uma ulceração provocada pelo frio. Deve-se aquecer os pés devagar, esfregando-os, para que o sangue retorne. O tecido recobra o tom rosado e a vida. Era assim que funcionaria com Phoebe. Ela largaria as drogas e as coisas retomariam o foco. Recuperaria seu apetite; voltaria para a ginástica; assumiria um pequeno projeto de consultoria ou concordaria em coordenar um brunch de doações para o Ateneu; aceitaria fazer aulas de tênis com Delilah; compraria um vestido ou um cinto; conseguiria ver TV, fazer amor com o marido, morder um pêssego, nadar num dia quente, ler uma revista – e apreciar isso.

– A vida está lá fora, esperando por você – disse Addison, com o dr. Field assentindo ao seu lado. Ele parecia um evangelista da TV, um palestrante motivador com um livro na lista dos mais vendidos. Phoebe entendia que Addison tinha razão. A vida *estava* esperando por ela, dava para ver isso através das janelas transparentes de sua caixa. No entanto, ela não queria parar com os medicamentos. Eles eram o apoio de sua vida, eram o plástico bolha que a impedia de quebrar. Reed estava morto. Nunca voltaria. Ela *nunca mais voltaria a vê-lo*. Até mesmo agora, oito anos depois, isso a deixava sem ar. Era a vertigem. Ela estava caindo!

A vida estava lá fora, esperando por Phoebe, mas não estava esperando por Reed. Portanto, ela não iria, não podia, aproveitá-la. Aquilo parecia imaturo para o restante do mundo, mas era porque o restante do mundo não compreendia como era ter um irmão gêmeo como Reed.

Phoebe permanecia trancada em sua caixa de museu.

Com uma etiqueta que dizia: "Irmã gêmea de uma vítima do 11 de Setembro."

Phoebe se deitou com Delilah, absorvendo sua tristeza. Esta se contorcia, estava quente e agitada. Seu pesar era pornográfico. Ela mostrava a Phoebe suas partes feridas, rosadas, escancaradas, vazantes.

Tess e Greg estavam mortos. Phoebe tinha tomado quatro tranquilizantes entre o momento em que Sophie lhe dera a notícia e o que chegou ao restaurante para contar a Addison. As drogas a envolviam agora, cobrindo-a como um traje de proteção. O fascinante tinha sido seu espetáculo no estacionamento do restaurante. Ela havia se emocionado como uma pessoa comum – gritando, urrando, chorando.

Phoebe tinha sido convincente, até para si mesma.

O DELEGADO

A ligação de Danny Browne, o legista, chegou quando o delegado sestava de pé atrás de Finn, diante do espelho, dando um nó na gravata.

Faltava uma hora para o velório.

Andrea estava com Chloe no andar de cima. O secador de cabelos zumbia, e Andrea não teria ouvido o telefone. Então, o delegado atendeu – deixando o nó de Finn ainda frouxo – apesar de imaginar que Andrea teria dito "Agora *não* é hora disso, Ed".

Ele precisava saber.

– Você não vai acreditar – disse Danny Browne.

Não era o que o delegado desejava ouvir. Ele esperava por algo como um copo de água gelada: claro e transparente. Não queria turvação, não queria uma maldita história que envolvesse detetives, não queria algo em que não fosse acreditar.

No entanto, tinha um pressentimento. Duas pessoas presas debaixo de um barco, incapazes de lutar para chegar às extremidades ou nadar até se afastarem dele?

– O teor de álcool no sangue dele era de 0,9. E o dela era de 0,6... Mas ela estava sob o efeito de outra coisa.

– Outra coisa?

– Opiatos. O que costuma provocar índices tão altos disso no sangue é o uso de heroína.

Finn permanecia calado diante do espelho, encarando seu rosto sardento, exatamente como o da mãe, e, então, ao notar o olhar do delegado, tocou o nó frouxo da gravata em seu pescoço como que se perguntando o que fazer com aquilo.

"Agora não é hora disso, Ed." Andrea sempre tinha razão.

– Mande uma cópia para mim na delegacia. Em um envelope lacrado, por favor, com uma etiqueta de "Confidencial" Entendeu?

– Entendi – respondeu Danny Browne.

– Estou falando sério – disse o delegado. Ele não gostava de abusar de sua autoridade, mas, naquela situação, não tinha escolha.

– Ninguém mais vai ver isso – garantiu Danny.

A igreja estava lotada. O delegado havia mandado interditar a rua Federal no quarteirão ocupado pela igreja, entre a avenida principal e a Indian. As pessoas se espalharam do lado de fora da igreja, na rua Federal, e em ambos os lados da igreja, como se ela fosse um palco. O delegado acreditava conhecer todos que viviam naquela ilha, mas, aparentemente, tinha se enganado. Do lado de fora, estavam os alunos do ensino médio. E também as meninas do grupo de canto com seus amigos e os alunos de violão de Greg. Era fácil distingui-los com seus cabelos compridos e o olhar descontente. O delegado conhecia muitos deles, reconheceu outros, mas isso era porque ele tinha dois filhos na escola. Os amigos mais íntimos de Kacy e Eric se acomodaram do lado de dentro, mas esses outros garotos – o delegado não foi capaz, naquele estado, de se lembrar de um nome sequer – não se sentiram dignos de ocupar um lugar lá dentro ou apreciavam a liberdade de permanecer lá fora. Havia outro grupo: pais e mães jovens com filhos pequenos. Aqueles seriam os alunos e ex-alunos de Tess do jardim de infância com suas famílias. Havia uma geração inteira de pais criando seus filhos naquela ilha que era estranha ao delegado. Será que sabiam quem ele era? Imaginou que sim.

No total, o delegado estimou que houvesse mil pessoas.

Fazia mais calor do que no inferno. Um dia claro e ensolarado sem nem sequer uma rajada do vento que tinha tombado o barco de Greg e Tess. A ilha estava repleta de turistas. Na extremidade da rua principal, havia uma distinção clara entre os que estavam de férias e os que estavam de luto. Os veranistas usavam suas estampas de grife e carregavam cestas feitas na ilha enquanto compravam buquês de hortênsias. Os nativos estavam pesarosos e quietos, usando uma deprimente quantidade de roupas pretas. Quase todos choravam por trás dos óculos escuros.

O delegado estava à paisana, com um terno preto comprado para velórios de civis. Também trabalhava, tentando supervisionar o controle da multidão (o que teria sido mais fácil se estivesse uniformizado) e ensinando aos seus policiais de verão, que estavam no emprego havia nove dias, quais eram as ruas de acesso ao local. O carro funerário se encontrava estacionado em frente à igreja. E, além de tudo, o delegado ajudaria a carregar o caixão. Teria sido mais prático arranjar uma pessoa para assumir seu lugar, mas Andrea insistiu que ele levasse o corpo de Tess para a igreja e, então, para o túmulo. Ele iria fazer isso.

Quando a cerimônia começou, as coisas se tornaram mais fáceis. O delegado e Andrea ficaram lá na frente com Kacy e Eric, Delilah e Jeffrey com seus meninos, Phoebe e Addison. Chloe e Finn tinham pedido permissão para se sentarem na primeira fila, sozinhos.

– Vocês têm certeza? – perguntou o delegado.

Os dois assentiram. Em seguida, Chloe, que se nomeou a porta-voz, disse:

– Temos certeza.

Aquelas duas crianças eram mais sábias e tinham mais compostura do que muitas pessoas sentadas atrás delas. Estavam de mãos dadas (mais uma vez, ao que parecia, por insistência de Chloe). Finn vestia calças cáqui, uma camisa branca, e paletó e gravata azul-marinho – exatamente a mesma roupa com a qual recebera a primeira comunhão dois meses antes. Chloe usava um vestido azul-marinho que *deplorava* (nas suas palavras, ditas naquela manhã, para Andrea). Era o velório de seus pais. Ela deveria ir de preto. Seu guarda-roupa, porém, não revelou nada preto, com exceção de um vestido de veludo dois números menor para se usar no Natal. Portanto, Andrea tinha recomendado que ela usasse o azul-marinho. Como era de se prever, houve lágrimas e muita raiva inadequadamente direcionada a Andrea, mas esta havia deixado seu casulo de desespero para cuidar das crianças, principalmente de Chloe, com delicadeza e paciência. Chloe pôs o vestido azul-marinho e, como consolação, Andrea permitiu que ela levasse uma bolsa de lantejoulas pretas mais apropriada para um coquetel. O resultado, nas palavras de Andrea, foi algo meio Shirley Temple, meio Coco Chanel. Na bolsa, Chloe tinha guardado os óculos de sol com bolinhas vermelhas quebrados de Tess, o crucifixo dourado da crisma de Tess na igreja de St. Eleanor em Dorchester, um pacote de lenços de papel descartáveis (sugestão de Andrea), um protetor labial, uma foto sua com Finn que ela colocaria no caixão de Tess e uma carta que tinha escrito para ela. E pronto. Nada de Greg. Não pôs nada no caixão de Greg. Nem Finn. Andrea provavelmente notara isso, mas não comentou nada, e o delegado fez o mesmo. As duas crianças eram muito apegadas à mãe. Greg havia sido um bom pai, embora tivesse reclamado com o delegado e com todos os outros que Tess amava tanto os filhos que não lhe restava espaço para exercer sua paternidade, a não ser pelas beiradas. Tocava canções de ninar no violão para eles, lia *Harry Potter* para eles (apesar de Tess desaprovar; ela achava a história avançada demais para os filhos e, além do mais, assustadora), ajudava-os a pular de cambalhotas de seus ombros na praia, levava-os ao Scarlet Begonia, onde lhes comprava batatas com cheddar e refrigerante. Tess reclamava com Andrea e com todos os outros que Greg estava menos para o pai dos gêmeos e mais para um tio que saíra de casa sem aprovação da família e acabara de voltar, depois de acompanhar o Grateful Dead, aparecendo para quebrar as regras e atrapalhar a rotina.

Tess e Greg haviam tido suas brigas, exatamente como todos os outros. E agora ali estavam, em caixões, lado a lado, enquanto o órgão tocava o hino da procissão e os recepcionistas checavam cada banco em busca de um lugar desocupado. Daria para apertar de modo que coubesse mais uma pessoa? A igreja estava como um cinema na sessão das oito de um filme muito esperado.

Um murmurinho tomou a igreja. O delegado não gostava de murmurinhos. Murmurinho significava assassino na multidão. Ele esticou o pescoço. April Peck e sua mãe iam na direção do corredor à esquerda. Andrea cravou as unhas na parte macia do polegar do delegado. Delilah grunhiu. Até Phoebe fez um bico e balançou a cabeça.

April Peck usava um vestido frente única de brim, como se estivesse pronta para passar um dia no shopping center. Sua mãe, Donna, usava uma túnica floral até o calcanhar e um lenço preto enrolado na cabeça. O delegado olhou uma e outra vez: Donna perdera todos os cabelos, ao que parecia. Câncer? Aquela foi uma distração momentânea. O delegado não conseguia acreditar que a garota tivera a coragem de aparecer. O que ela tentava provar exatamente? O delegado pretendia acompanhar a sirigaita de volta à saída da igreja. Ela poderia ficar de pé lá fora, junto com os outros alunos de Greg. April Peck se considerava especial e achava que merecia um lugar lá dentro. Se a mãe não estivesse usando aquele lenço na cabeça, o delegado teria agido.

O padre chegou ao altar.

– Em nome do pai...

Todos se ajoelharam, menos o delegado. Tinha sido criado como unitarista e não apreciava os rituais confusos da Igreja anglicana – as mãos, as orações, as respostas que todos pareciam saber.

– Uma luz se apagou – disse o padre Dominic. – Duas luzes. É um belo dia de sol, mas estamos na escuridão.

O delegado tentava se concentrar na missa, mas também queria monitorar os gêmeos. Tudo o que conseguia enxergar de Finn era uns centímetros de um pescoço pálido avistado entre a linha reta de seu corte de cabelo e o colarinho engomado de sua camisa. Chloe se virava com frequência para sussurrar algo, mas ele não reagia. O que Chloe estaria dizendo? Ela já tinha desenvolvido uma personalidade muito assustadora: era rápida e esperta, educada com os adultos e autoritária com o irmão. O delegado sorriu. Os gêmeos eram um exemplo do milagre da vida. Eram seres humanos saudáveis, inteligentes e complexos. Todavia, por tanto tempo, não haviam passado de uma ideia, uma vontade, um projeto, um desejo reforçado por velas que eram acesas diariamente e correntes de orações. Tess perdera três filhos. Um deles em um terrível acidente, bem no segundo trimestre. Os gêmeos, quando chegaram, foram uma dádiva, e Tess nunca se permitiu esquecer isso.

O padre terminou. Delilah se levantou para fazer a leitura. Andrea fez as orações com calma e autocontrole e, então, Jeffrey ficou de pé para prestar a homenagem. A igreja permaneceu em silêncio. Ele tinha o porte de Abraham Lincoln – alto, esbelto e elegante –, além de ser um orador. Estudara na Universidade de Cornell. Contou que conhecera Tess quando ela tinha 15 anos e estava no segundo ano da Escola de Latim de Boston. Era tão ingênua que, no jantar, naquela primeira noite, enquanto ajudava Andrea a arrumar a mesa, pôs cubos de gelo na cerveja dele.

A igreja inteira riu. Aquilo era tão típico de Tess. Mesmo aos 35 anos, continuava ingênua quanto a algumas coisas.

April Peck estava na igreja. O delegado, que gostava de saber onde o franco-atirador se escondia, a localizara na nona fileira.

Danny Browe havia encontrado opiatos no sangue. Tess usando heroína? Isso era impossível. O laudo do exame toxicológico só podia estar errado.

Na noite anterior, o delegado e Andrea tinham vasculhado o saco da Guarda Costeira. Andrea pegara os óculos de sol quebrados para Chloe e os chinelos de Tess para Kacy, mas eram muito pequenos. Juntos, perguntaram a Eric se ele queria o violão de Greg – houvera um período em que Eric queria muito aprender a tocar com Greg –, mas ele disse que precisava pensar. Quando Andrea viu os *macarons* ainda intactos no pote de plástico, explodiu em soluços. O gesto emocionalmente delicado de passar pelos pertences acabou naquele instante. O delegado jogou fora todo o restante, menos a guitarra e a bolsa com uma muda de roupa. Ainda tinha que dar uma olhada em uma casa inteira cheia de coisas e administrar um testamento. Tess e Greg nomearam Addison testamenteiro em 2000, quando compraram a casa. Fizeram o testamento antes de Chloe e Finn nascerem e nunca o atualizaram. Nunca! Nenhum tutor nomeado! Esse foi um grande descuido da parte de Greg. Era um dos milhões de brechas que viriam à tona quando a vida do cara fosse examinada. O delegado tinha certeza disso. Andrea estava determinada a ficar com as crianças. O irmão de Tess, Anthony, concordou e disse:

– Você não era apenas a família de Tess, era a melhor amiga dela.

E ai da pobre alma que tentasse tirar aquelas crianças de Andrea agora.

Enquanto lidava com os pertences que tinham sobrado, o delegado deu falta da embalagem plástica com o iPhone de Tess. Revirou o que já havia jogado no lixo, pensando que a embalagem poderia ter ido junto por acidente. Não achou. Checou a mala com a muda de roupa: a cueca de Greg, a lingerie preta rendada de Tess, escovas de dente, escova de cabelos, camisa polo, shorts cáqui, creme para limpar a pele, comprimido para dor de cabeça. Nenhum telefone. O que teria acontecido com a embalagem de plástico? O delegado vasculhou o quartinho. Sua família guardava todos os pares de sapato que possuíam ali. Então, devia haver uns cinquenta pares no total, misturados nas cestas que Andrea comprara para abrigar a bagunça. O delegado se sentou e se sentiu no dever de esvaziar as cestas de sapatos. Nada. Em seguida, ficou de joelhos e procurou embaixo do aquecedor de ferro fundido. Nada. Olhou no lixo de novo.

Está bem. O iPhone desaparecera. Alguém o tinha pegado. Andrea? Ela vinha evitando o saco de pertences como se este contivesse o vírus ebola. Portanto, não. Kacy ou Eric? Impossível, mas os dois andavam quietos e introspectivos desde as mortes, além de atenciosos com a mãe. Não teriam retirado nada do saco da Guarda Costeira sem pedir. Chloe ou Finn? Talvez Chloe – a menina tinha 7 anos, mas se comportava como se tivesse 17 –, será que ela era sorrateira e curiosa o bastante para roubar o telefone da mãe? Nos últimos cinco dias, houvera um vaivém de pessoas na casa. Podia ter sido qualquer um.

O celular. Jeffrey ainda estava lá na frente falando, agora sobre Chloe e Finn e a responsabilidade de cada um que estava naquela igreja de conduzi-los até a vida adulta e de lembrar aos dois todos os dias o quanto seus pais os amavam.

Amém. Não havia um olho seco na casa. Nem os do delegado estavam secos. Ele pegou um lenço. Tinha que se preocupar com os policiais de verão lá fora, com os opiatos na corrente sanguínea de Tess, com mais duas crianças para criar num momento em que seus dois filhos estavam quase saindo de casa e com sua mulher, que chegaria ao estágio do pesar que leva à raiva prematuramente se April Peck e a mãe se atrevessem a aparecer na recepção. Andrea atacaria como um tigre siberiano que não se alimenta há duas semanas. E o celular (com cinco ligações de Addison em meia hora) tinha desaparecido.

No entanto, o velório estava quase acabando. Aqueles caixões seriam enterrados. Não dava para dizer o quanto aquilo era triste, horrível e injusto, e o delegado derramaria algumas lágrimas. Ele merecia isso.

PHOEBE

Ela não conseguia se forçar a chorar durante o velório, não importava o quanto tentasse. Vasculhava em busca de qualquer coisa até mesmo horror – afinal, os corpos de seus amigos Tess e Greg MacAvoy começavam a se decompor naqueles caixões. Mas, não, nada. Se Phoebe tinha sentimentos, eram murchos e frios, escondidos em algum canto escuro.

Chegaram os ritos finais. Phoebe avistou Chloe e Finn de relance. Finn estava chorando, e Chloe o abraçava como se ele fosse seu filho. Ela sussurrava alguma coisa. Phoebe observou seus lábios. A menina cantava:

– E vou erguer você. No último dia.

Phoebe ficou hipnotizada. Algo dentro dela perdeu a casca, revelando...

Em um instante, o padre sairia pelo corredor, seguido pelos caixões.

Phoebe se levantou. Apressou-se para alcançar Chloe e Finn. Disse algo inaudível até mesmo para os próprios ouvidos por conta do órgão e da cantoria muito pouco entusiasmada, mas as crianças pareceram escutá-la. Pareceram entender. Assentiram.

As crianças a entendiam! Entendiam de verdade. Phoebe podia ver isso em seus olhos.

– Vocês ainda têm um ao outro – disse ela. – Vocês ainda têm um ao outro.

JEFFREY

Ele havia feito a homenagem por decisão do grupo. Dizia "o grupo", mas, na verdade, queria dizer "Andrea". Andrea dava a última palavra em tudo que tinha a ver com Tess e Greg. Ela queria que ele fizesse a homenagem. E ele fez.

Agora que saíam da igreja em fila, ela se aproximou dele de novo.

– Preciso da sua ajuda.

Para mais alguma coisa além de prestar a homenagem? Para mais alguma coisa além se carregar o caixão de Greg?

– É só falar.

– Preciso que você garanta que April Peck não vá à recepção.

Ahhhhhhhh. Jeffrey já tinha ouvido horríveis insultos vindos de Delilah inspirados em April Peck quando a garota e a mãe entraram na igreja.

– Vadia, quem ela acha que... Quero dizer, meu Deus, ela precisa saber que não tem que estar aqui, que é a última pessoa... Todas as mentiras que contou... Os corações que partiu... E não estou falando apenas de Tess. Estou falando de Greg também...

Jeffrey havia emitido um som para que Delilah se calasse.

Então, ela sussurrou:

– Você não é meu pai!

Agora Jeffrey tinha preocupação no rosto.

– Não posso recebê-la lá – disse Andrea.

Apesar do luto ou talvez por causa dele, Jeffrey achou Andrea especialmente bonita. Ela parecia ter 25 anos e não 44. Seu rosto estava magro; e sua pele, muito bronzeada.

O que exatamente ele deveria dizer a April Peck? Na noite em que Andrea lhe pediu para prestar a homenagem, falou:

– Você sempre sabe o que dizer.

E todos, menos Delilah, concordaram.

– Eu pediria a Ed para fazer isso – disse Andrea agora. – Mas ele está... Bom, que droga, ele está muito ocupado comandando a polícia.

– Está bem – falou Jeffrey.

Andrea disse:

– Obrigada, Pêssego.

Era assim que ela costumava chamá-lo, vinte anos antes.

– Tudo bem – falou ele.

Jeffrey encontrou April Peck e a mãe, Donna, conversando com a sra. Parks, que havia sido despachante da polícia e agora tinha 80 anos. Ao que parecia, a sra. Parks havia confundido April e Donna com parentes dos MacAvoy – April com uma sobrinha de Greg, talvez, ou Donna com uma prima. Jeffrey aguardava o fim da conversa ao lado, constrangido, até April e a mãe se afastarem de modo que ele pudesse fazer o serviço sujo de informá-las de que as duas não seriam bem-vindas no clube Westmoor. Jeffrey não tinha certeza de que April Peck o conhecia. Será que ela sabia que ele e Greg haviam sido amigos? É lógico – ele acabara de prestar a homenagem! Ainda não tinha se dado conta de que, por um tempo, se tornaria um tipo de celebridade, até que a mãe de April interrompeu o papo com a sra. Parks, tocou em seu braço e disse:

– Você foi maravilhoso.

Jeffrey ficou tenso. Como responder?

– Obrigado – falou.

Agora, toda a atenção de Donna se voltava para ele. A sra. Parks já conversava com outra pessoa. E April estava de pé, pegando no cotovelo direito da mãe.

– Escutem, não sei bem como dizer isso...

– Vim pelo respeito que tenho pelo sr. MacAvoy – falou April com rispidez.

Ela não passava de uma cabeça flutuando acima do ombro da mãe. Cabelos louros puxados para cima, rímel borrado de um jeito apelativo, brilho labial transparente rosado reluzindo. April Peck derrubava qualquer um. Esse era o problema.

– Sim – disse Jeffrey. – Obrigado. – Ele deixou que aquela expressão de gratidão repousasse por um instante antes de prosseguir: – Mas, por conta da situação delicada... O que aconteceu no ano passado... A família pediu para você não ir à recepção. Acham que sua presença seria inapropriada.

Donna parecia verdadeiramente chocada com aquela declaração. Gaguejando, deu um passo para trás e quase esbarrou na sra. Parks atrás dela. O lenço preto caiu, revelando sua careca.

– Lamento – disse Jeffrey. – Mas isso é... difícil para a família.

– É difícil para mim! – falou April. – Ele está morto e quero demonstrar meu respeito! Acha que não *sei* que minha presença é "inapropriada"? Acha que não senti os milhares de olhares em mim? É claro que senti! – April falou alto. Sua mãe tinha uma expressão de horror, mas, se era por causa da explosão da filha ou da exposição da própria careca, Jeffrey não saberia dizer. Sentiu-se aliviado pelo fato de a igreja já estar quase vazia. Não queria uma cena e tinha certeza de que Andrea também não queria, mas o que ela esperava quando o mandou naquela missão?

– Está bem, escute... – falou ele.

– E só para você saber, não pode me impedir de ir à recepção.

– Bom, é particular.

– Não quero ir mesmo. Nunca tive qualquer *intenção* de ir. Minha mãe está doente. – Enquanto isso, Donna tinha seguido seu caminho até os fundos da igreja a passos instáveis e estava parada diante das fileiras de velas, como que em conflito quanto a acender uma ou não.

– Lamento saber disso...

– Ela está com câncer! – disse April. E como a mãe não podia ouvi-la, a garota acrescentou: – Talvez a quimioterapia não funcione.

Jeffrey acenou a cabeça com seriedade. A infeliz verdade sobre April Peck era que ela perdera toda a credibilidade.

– E mais uma coisa – falou April. Ela deu um passo na direção de Jeffrey. Estava oficialmente perto demais. Meu Deus, se Delilah visse aquilo, teria um ataque. Ele não queria saber mais uma coisa. Havia cumprido seu dever. April Peck não iria à recepção. Então, tudo que ele precisava fazer era sair da igreja. Mas a garota não queria deixá-lo sair. Estava determinada a lhe dizer algo. Havia chegado tão perto de Jeffrey que ele podia sentir o hálito dela: goma de mascar. Os olhos fuliginosos de April se estreitaram. Ela daria a última palavra. – Estive com Greg na noite da véspera da morte dele.

DELILAH

Delilah odiava Andrea Kapenash.

Odiava!

Talvez ela tivesse odiado Andrea durante anos, mas só agora, diante da morte de Tess e Greg, admitia isso para si mesma. Como podia odiar alguém de quem era tão amiga? De repente, tudo se tornou óbvio: Delilah odiava Andrea porque elas eram tão amigas. Porque passara anos e dias e semanas na presença irritante de Andrea. Esta sempre tinha resposta para tudo. Tess havia sido a criada de Andrea, ávida por agradá-la, ávida para que todos a agradassem. Portanto, ao longo dos anos em que foram amigas, Andrea controlara a vida de todos. Ela sempre tinha razão, era a mais velha, havia criado os filhos primeiro, lhe dizia como fazer as coisas. Era casada com o chefe da polícia. Isso lhe dava poder; dois pés fincados no terreno da moral e dos bons costumes.

Agora, porém, Tess estava morta e algumas coisas mudariam. Para começar, Delilah expressaria seus verdadeiros sentimentos por Andrea.

Talvez não. Acontece que Delilah era ótima em articular a raiva em sua mente, mas, na vida real, achava o confronto difícil e desagradável. Ainda mais com mulheres. Delilah nunca tinha discutido com Phoebe nem com Tess e nunca tinha discutido explicitamente com Andrea (discordado plenamente, talvez, mas esta a convencera em todas as vezes). Delilah não via problemas em brigar com Jeffrey. Os dois só faziam brigar! Também não via problemas em brigar com Greg. Tiveram uma briga na noite que antecedera a morte dele. Uma briga na qual ela não suportava pensar.

Delilah era a anfitriã da recepção-após-a-recepção, que seria apenas para os seis amigos e as quatro crianças. Ela havia preparado uma tigela de salada de frango, uma travessa de frios, fatias de melancia, uma tigela grande de batata frita e uma mistura concentrada de daiquiri feita com os morangos que tinha colhido na fazenda com as crianças. A comida era sempre a mesma, a bebida era a mesma, a arrumação era a mesma: no deque dos fundos com duas espreguiçadeiras e seis cadeiras de madeira, os arcos para jogar *croquet* fincados no gramado, a fonte de sereia murmurando, os cosmos e as bocas-de-leão florescendo, borboletas e abelhas voando –, mas é claro que nada era o mesmo. Delilah se viu incapaz de pôr uma música. Música faria com que todos se lembrassem de Greg. Um dia seriam capazes de voltar a ouvir música? Addison tinha recusado a oferta de daiquiri de morango e se juntado ao delegado para tomar Jack Daniel's com gelo. Já estava um tanto bêbado. Todos estavam um tanto bêbados, como os personagens de um romance de Hemingway. Andrea se encontrava em um estupor de *chardonnay*. Phoebe tomava um daiquiri devagar, ao qual havia acrescentado mais rum. Delilah estava quase confusa por causa dos daiquiris – além disso, já tinha tomado três taças de *pinot gris* e (por estupidez) martíni sujo no clube Westmoor. Jeffrey tomava cerveja e devia estar controlando a quantidade que já havia bebido em quanto tempo. Todavia, avaliando de perto, era Addison quem estava pior. Murmurava coisas sem sentido para o copo, tinha os óculos caídos; e os cabelos – a franja em torno da extremidade do couro cabeludo que ele chamava de cabelos –, desajeitados. Toda a sua postura de Princeton havia desaparecido como um bando de pássaros assustados ao vê-lo.

– Ninguém está comendo – reclamou Delilah.

Pegou uma batata da tigela, mas não conseguiu comê-la.

– Não sei por que você se deu ao trabalho de fazer tanta coisa – disse Andrea. – Todos nós comemos na recepção.

"Você poderia agradecer", pensou Delilah. No entanto, resolveu deixar isso para lá.

– Delegado, aceita um sanduíche?

– Claro – respondeu ele.

As crianças estavam lá embaixo, no porão, assistindo *Carros* pela milésima vez, apesar de ser uma bela noite que não escureceria antes das nove. Delilah tinha até liberado o PlayStation, mas disseram que não queriam jogar.

– Só queremos ficar quietos, mamãe – disse Barney, o filho de 6 anos de Delilah, de um jeito que a matou.

As regras de sempre não se aplicavam. O mundo estava de cabeça para baixo. As crianças não queriam jogar PlayStation, Addison não enchia uma baguete com a salada de frango de Delilah, não havia música.

Delilah se aproximou de Andrea com discrição e baixou a voz de um jeito que sugeria intimidade entre duas amigas.

– Quero conversar com você sobre uma coisa.

Andrea tinha deixado de lado o seu jeito meigo. Seus olhos azuis, quando ela se virou para Delilah, estavam brilhantes e penetrantes. Seu rosto era iluminado, um campo de força impenetrável.

– O que é?

– Eu gostaria de ficar com as crianças no verão.

– As crianças?

– Chloe e Finn.

– Nem pensar.

Está vendo? Quem diz coisas como essa?

– Deixe eu terminar – disse Delilah.

Andrea arqueou as sobrancelhas e fez um bico com os lábios, dando a impressão de estar assobiando. Delilah tentou se lembrar de uma época em que realmente gostava de Andrea. Bem, quando Drew nasceu, Andrea fora até a casa de Delilah, fizera faxina, lavara as roupas e assara um frango. Monitorava o fluxo do leite de Delilah. Acertara em cheio e consertara a forma como Drew mamava. Apertara os mamilos de Delilah com uma autoridade delicada, como se fosse enfermeira.

– Está melhor? – perguntara ela.

Por um milagre, estava mesmo. Amamentar não doía mais. Drew sugava grandes goles de leite. Delilah sentiu seus seios tamborilarem como uma máquina. Bem melhor!

Andrea passara semanas indo ver Delilah. Oferecera-se para tomar conta do bebê, de modo que Delilah e Jeffrey pudessem sair para jantar. Delilah percebera que Andrea preenchera o lugar que sua mãe deveria ocupar.

Então, houve o beijo em South Beach, em 2005. Todos estavam em uma danceteria, nas primeiras horas da madrugada. Delilah se embebedara com champanhe, e Andrea, com vodca. Tinham comido castanhas-de-caju e mais tarde descobriram que estas haviam sido batizadas com ecstasy. As duas dançaram no palco com postes. Foi divertido e sexy, e, embora Delilah se lembrasse muito pouco dos detalhes, ela de fato se lembrava de ter beijado Andrea diante dos trezentos corpos que se retorciam, e que o beijo fora ardente.

No entanto, pensar nisso agora era apenas intrigante.

Andrea podia ser divertida. Ela podia ser gentil e razoável. Phoebe acreditava que quando se tem fé em alguém, a pessoa reage, evoluindo para estar à altura dessa fé. Está bem. Delilah iria testar a teoria. Teria fé em Andrea, que ela fosse uma mulher razoável, capaz de ver que Chloe e Finn deveriam passar o verão ali. Se ela quisesse as crianças depois disso, tudo bem.

– Só durante o verão – disse Delilah. – Os meninos estão em casa o dia inteiro. Finn está na mesma colônia de férias. As crianças têm o mesmo horário. Eles são os melhores amigos uns dos outros. Tenho todos os brinquedos, todos os livros, todos os jogos para dentro e fora de casa. O quarto de hóspedes está desocupado, mas também podemos pôr colchões infláveis ou sacos de dormir no chão do quarto dos meninos. Como num acampamento de verão. Vai ser divertido.

– Os gêmeos precisam ficar com a família – falou Andrea.

– Mas você e Ed não precisam de duas crianças de 7 anos no seu pé o verão inteiro. Logo agora que vocês estavam começando a se curtir.

– Podemos dizer que se curtir é coisa do passado – disse Andrea. Seu nariz ruborizou e começou a escorrer. – Acabou.

– Deixe-me ficar com eles nas férias – insistiu Delilah. – Você vai vê-los o tempo todo. Sempre que vier aqui e em qualquer outra hora que queira. Aí, no fim das férias, podemos levá-los para a sua casa.

– Uma mudança depois da outra? – indagou Andrea. – Vai ser difícil demais para eles. Pense nessas crianças.

– É nelas que estou pensando.

– Você está pensando em si mesma. Quer ser a que agita os morangais e a salvadora que acolhe os órfãos.

A fé de Delilah se foi. Ela voltou à raiva.

– Não pensei em nada disso. Pensei nas crianças, no que seria mais divertido para elas...

– Divertido? – questionou Andrea.

– É, divertido. Não tem nada de errado com isso. Eles têm 7 anos de idade, Andrea.

– As crianças precisam ficar com a família.

Era hora de usar a grande arma. De dar o tiro certeiro. Mas primeiro ela olhou ao redor. Jeffrey e o delegado estavam lá fora, no deque. Delilah tinha se esquecido do sanduíche do delegado. Entrou em pânico por um segundo, o pânico de uma garçonete que se esquece de fazer um pedido. Bem, ela providenciaria isso num instante. Em seguida, deu uma olhada em Phoebe e Addison. Phoebe havia se esticado no sofá e adormecido – Delilah observou por um momento para se certificar de que ela respirava – e Addison estava esparramado na cadeira, ainda resmungando com o próprio peito, como um morador de rua.

Delilah sugeriu:

– Por que não perguntamos às crianças? Para ver se elas preferem ficar conosco ou com vocês?

Bum! Ela quase ouviu o barulho do tiro e sentiu o cheiro amargo da fumaça.

Andrea, porém, não se rendeu. Ela disse:

– Por que não nos perguntamos o que Tess gostaria que fizéssemos? Será que ela gostaria que os gêmeos passassem até mesmo *uma noite* aqui?

Delilah deu uma gargalhada:

– Ha!

E se ocupou, fazendo o sanduíche do delegado. Ficou impressionada com o contra-ataque de Andrea. Delilah tinha se mantido aberta para aquilo. Tess *não* gostava de que as crianças passassem a noite em sua casa. Sempre reagira com estranheza quanto a deixar Delilah ficar com as crianças. Ela sabia que Tess achava que as crianças comiam muita besteira em sua casa (se você chamar pipoca recém-preparada coberta de queijo parmesão recém-ralado de besteira), jogavam PlayStation demais (embora houvesse uma regra na casa de se jogar uma hora por vez ou duas horas, quando o tempo estivesse ruim) e não dormiam o bastante (em casa, Chloe e Finn iam para cama às seis e meia, algo que Delilah não conseguia compreender). Tess apenas demonstrava, sem dizer nada, que não aprovava a forma como Delilah cuidava dos filhos e administrava a casa. Era liberdade demais para Tess. Havia coisas demais correndo soltas. Tess era extremamente atenta nos cuidados com os filhos. Uma vez, Delilah a viu limpar o interior das orelhas dos gêmeos com hastes de algodão encharcadas no álcool. Tess não permitia que os gêmeos comessem a comida da lanchonete da escola. Não permitia que assistissem a filmes que requeressem a companhia dos pais.

No entanto, contentava-se com a supervisão de Delilah – isso "salvara sua vida" – sempre que estava com problemas. Quando ela e Greg tinham que trabalhar o dia inteiro na escola e não havia ninguém para tomar conta das crianças, para quem Tess ligava? Ela ligava para Andrea? Não! Ligava para Delilah. Para quem Tess ligara quando ela e Greg quiseram velejar em seu aniversário de casamento com a possibilidade de passar a noite no vinhedo? Ela ligara para Delilah. Esta se arrependia de ter permitido que Andrea e o delegado levassem Chloe e Finn de sua casa na primeira noite. Devia ter se mantido firme. A posse já é meio caminho andado para a propriedade.

Delilah disse:

– Deixe-me ficar com as crianças nas férias. Por favor, Andrea. Não estou interessada em brigar pela custódia delas. Só acho que...

Andrea perguntou:

– E quanto ao seu trabalho?

Delilah espalhava maionese no pão do delegado em etapas e com cuidado, como se pintasse uma parede.

– O que *tem* o meu trabalho?

– Você pretende trabalhar quatro noites por semana, trabalhar até *tarde*, voltar para casa e passar o dia todo cuidando de quatro crianças?

Delilah acrescentou fatias de presunto, salame, queijo, tomates de estufa, alface-de-cordeiro colhida na fazenda, pimentões vermelhos assados e algumas fatias finas de alcachofras levemente marinadas. Perfeição entre duas fatias de pão caseiro. Está bem. Então agora Andrea atacaria o trabalho de Delilah. Por que não? O trabalho de Delilah sofria tantos ataques quanto a Faixa de Gaza. Jeffrey não gostava do emprego da mulher. Considerava-o abaixo dela, considerava-o injusto. Aos seus olhos, Delilah era pouco mais do que uma anfitriã adorada, seu emprego não passava de uma desculpa esfarrapada para fugir das crianças e obter bebidas de graça no fim da noite. Delilah defendia seu caso uma e outra vez: era a gerente da sala de jantar do Scarlet Begonia havia seis anos. Estava na posição de número quatro, atrás de Thom e Faith, os proprietários, e Donaldo, o gerente geral. Comandava os garçons, fechava as contas, separava a gorjeta de Graham, o barman, e dos cumins salvadorenhos. Fazia o depósito no banco pela manhã. Ajudava Donaldo a avaliar umas noventa fichas de candidatos quando os estudantes da faculdade chegavam, em maio, e também a demitir qualquer um que não trabalhasse bem. O Scarlet Begonia era um negócio vibrante o ano todo, dava muito lucro, e Delilah era crucial para a equipe.

– Estou pensando em pedir demissão – respondeu Delilah.

Sua cabeça girava. Ela estava bêbada. Um dos sinais disso era revelar trechos de informações confidenciais antes da hora. Ainda não tinha conversado sobre sair do Begonia com Jeffrey, nem com Phoebe – e, propriamente, nem consigo mesma. A ideia apenas flutuava em sua mente como algo inevitável e triste. Na recepção após o velório, Thom e Faith foram juntos falar com ela e disseram que ela poderia levar o tempo que precisasse para voltar ao trabalho. Os dois estavam bêbados na recepção. Estavam sempre mais ou menos bêbados ou de ressaca, e era isso o que dava ao Begonia o leve descrédito entre pessoas como Jeffrey e Andrea. No entanto, Thom e Faith eram bons cidadãos, pessoas da comunidade. Adoravam Delilah e tinham adorado Greg, que tocara violão lá durante mais de dez anos. Thom e Faith, com seu jeito hippie, nebuloso, moderninho e despreocupado, sempre trataram Delilah e Greg como se fossem da família.

Também deram o azar de estarem presentes no fiasco de domingo à noite, a última noite de Greg. Delilah, porém, não queria discutir isso com eles. Não pensaria naquilo. Olhou para Thom e Faith – Thom com seu rabo de cavalo grisalho e óculos do John Lennon e Faith com seu ruge característico (que alguns dias era aplicado de maneira mais uniforme do que em outros). Ao longo dos anos, tentara várias vezes imaginar Thom e Faith fazendo amor, mas não conseguira. Da mesma forma, não podia mais se imaginar trabalhando nem mais um turno no Begonia. Thom e Faith temiam isso, talvez, e, portanto, lhe ofereciam tantas regalias – qualquer coisa que mantivesse a porta aberta. Se Delilah pudesse simplesmente ser sincera consigo mesma, diria que, para ela, o Scarlet Begonia sempre fora Greg, e Greg estava morto.

Andrea não reagiu à revelação de Delilah. Até aí, nenhuma surpresa. Encerrou a conversa dizendo:

– As crianças irão morar conosco. Nós somos a família delas.

Delilah cortou o sanduíche do delegado ao meio com a faca de serra para pães e o acomodou num prato com um punhado de batatinhas. Jeffrey voltou do deque e perguntou:

– Do que vocês estão falando, meninas?

– Nada – responderam juntas.

Delilah ficou aliviada. Ela havia se concentrado naquela história toda de ficar com Chloe e Finn sem consultar o marido. Era uma mulher horrível. E estava mais bêbada do que pensava.

ADDISON

As lembranças de Addison, no que dizia respeito a Tess, começavam apenas a partir da primeira vez que ele a beijou. Vinte e sete de dezembro, em Stowe, Vermont.

Ele não tinha certeza de que poderia voltar a pensar nisso. Bem, espere aí, talvez, dê um tempo a ele. Era como perguntar se ele conseguia tocar nos dedos dos pés agora que seu fêmur estava quebrado. Foi então que se deu conta de que tudo o que lhe restava de Tess eram aquelas lembranças e, como ninguém mais sabia do relacionamento dos dois, não havia ninguém com quem ele pudesse conversar sobre isso, a não ser consigo mesmo. Passara por sua cabeça fazer uma declaração chocante na casa de Jeffrey e Delilah depois da recepção. Por que não confessar logo? Fazer um escândalo? Addison, porém, odiava escândalos. Até mesmo agora, quando pensou em Phoebe gritando no estacionamento do restaurante, fechou os olhos e respirou fundo. Não importava o fato de ela ter se despedaçado como uma xícara de chá em 11 de setembro. Addison decidira não contar a verdade por diversas razões – e, realmente, a aversão a escândalos era uma das últimas da lista. Em primeiro lugar, ele não queria magoar Phoebe. Em segundo, amava seus amigos e queria preservá-los. E em algum lugar lá dentro havia mais uma razão em que não parava de pensar: temia que, se contasse a todos que Tess e ele tinham se apaixonado um pelo outro, ninguém acreditasse.

Por quê? Porque Tess era casada com Greg, que tinha músculos esculpidos em mogno, uma voz que estava em algum lugar entre Frank Sinatra e John Mayer, olhos que faziam até Florabel, a secretária do escritório de Addison, que era lésbica, tremer de nervosismo e entusiasmo a ponto de quase derramar o café toda vez que Greg aparecia. Por que, por que, *por que* Tess lhe daria as costas e teria um caso com Addison, que era careca e usava óculos e não conseguia sequer fazer com que sua mulher o beijasse de língua?

Ninguém acreditaria nisso. Ririam dele.

"Nos seus sonhos!"

Mas tinha acontecido. Era real.

Todos haviam ido para Stowe um dia após o Natal, para o que tinha sido a sexta (e última) vez que o grupo tirava férias junto. Apenas para adultos. Cinco dias de esqui e diversão na estação. Addison conseguira o condomínio 4BR de graça, como costumava conseguir, ou seja, um homem que comprara um terreno de cinco milhões de dólares em Pocomo Point de Addison no outono lhe oferecera o condomínio como um agradecimento por ele ter fechado o acordo.

Addison dissera:

– Ah, de verdade, Jack, não foi nada.

E Jack insistira:

– Aceite passar uns dias no condomínio. Na semana depois do Natal, ele é todo seu. Minha mulher e eu vamos para St. Barts.

As férias em grupo eram sempre divertidas. Eram sempre as *melhores* (embora, para Addison, a melhor de todas tivesse sido em Vegas e toda viagem, desde então, tivesse sido uma verdadeira tentativa de reviver Vegas). A viagem para Stowe havia sido especialmente difícil por conta do que acontecera entre Tess e Greg. A confusão toda com April Peck tinha sido fatal. Addison ouvira apenas a versão de Greg da história: Tess não o perdoava. Ela agia como se tivesse perdoado e então alguma coisa acontecia (ela trombava com alguém na quitanda disposto a expressar seus sentimentos com relação ao assunto) ou nada acontecia – do nada, ela simplesmente mudava. Fazia com que Greg lhe contasse a história toda *de novo*, ficava nervosa *de novo*, dizia que nunca mais conseguiria confiar nele *de novo*. Queria que ele largasse o emprego, queria se mudar dali, queria se mudar para longe.

Ainda assim, os dois tinham concordado com a viagem para Stowe. Pediram a Cassidy Montero, que estava nas férias de Natal no seu primeiro ano da Faculdade de Dartmouth, para tomar conta das crianças. Greg era tão fissurado por esquiar que enervava Addison. Este, apesar de seus muitos talentos e das várias conquistas, não esquiava. Gostava da atmosfera do esqui – o chalé aquecido pela lareira, a vista para as montanhas cobertas de neve, o ar puro, as bebidas –, mas não do esporte em si. Addison desconfiava de que a opinião de Greg sobre a própria proeza fosse exagerada – costumava ser o caso –, mas, de qualquer forma, seu entusiasmo alimentava um sentimento de grande expectativa com relação à viagem.

Então, ali estavam, os oito, em calças para se usar na neve e parcas coloridas que deviam ter uns cem bolsos com fecho ao todo. O delegado e Andrea estavam com os próprios esquis e as próprias botas, assim como Greg, Jeffrey e Delilah. Phoebe levara seus patins para gelo e os esquis e as botas de cross-country – todos relíquias preservadas com cuidado da época do ensino médio em Wisconsin.

O condomínio ficava a menos de duzentos metros do estacionamento da montanha. Tinha duas lareiras; quatro quartos suntuosos, cada um com a própria banheira de mármore; uma cozinha gourmet que Jack, o cliente, havia, de surpresa, abastecido com achocolatados, marshmallows, queijos para fondue, salames exóticos, azeitonas, vinho branco, champanhe e runs aromatizados. Um deque com uma banheira para oito pessoas dava para a montanha. Dali, Addison avistava figuras minúsculas descendo aceleradas pelas pistas. A decoração era estilo "chalé de luxo" – sofás de camurça e poltronas grandes, uma mesa de centro feita do tronco de uma árvore. Havia duas TVs de tela plana e um aparelho de som com caixas distribuídas pela casa.

Era impossível entrar naquele condomínio e não se sentir a pessoa mais sortuda do mundo. Se o edredom macio revestido com flanela inglesa sobre a cama não bastasse, se os tapetes felpudos de lã de carneiro sob os pés não bastassem (eram como casacos de pele espalhados pelo chão), era só ir até o deque, onde a banheira fervia como um caldeirão, pegar um rum amanteigado quente da bandeja que Delilah passava, servir-se de uma torrada com queijo de cabra e geleia de pimenta e olhar para a montanha enquanto a neve caía delicadamente sobre os ombros da jaqueta para esquiar.

– Você está feliz? – perguntara Addison a Tess.

Ele havia perguntado por acaso, porque ela estava sentada ao seu lado.

– Delirante – respondera Tess.

Tudo começara ali? Não exatamente. Todavia, a resposta provocara um efeito em Addison. Algo florescera sob aquelas camadas de penas de ganso, membranas de teflon, caxemira e cem por cento algodão. Ele conseguira, por meio dos extras que sua profissão lhe oferecia, deixar Tess, que andava triste e tomada pela ansiedade havia meses, *delirante de felicidade*. O que florescera no peito de Addison não foi amor e sim uma satisfação consigo mesmo. Já era um começo.

Pela manhã, todos tomaram café, comeram torradas, devoraram bananas ou as guardaram em um dos diversos bolsos com fecho de seus casacos para mais tarde. Para a montanha! O carro da turma do esqui – o Yukon do delegado – estava de partida.

Phoebe ficaria com o outro carro, o Range Rover dela e de Addison, e subiria até o Trapp Family Lodge, onde praticaria esqui cross-country, almoçaria e receberia uma massagem. Tinha uma bolsa com todas as suas coisas, as botas penduradas nos ombros pelos cadarços e os cabelos presos em duas tranças.

– Está bom! – dissera ela. – Até mais tarde!

Ela parecia estar bem, normal, feliz – uma mulher que saía para reviver as experiências esportivas da juventude e, em seguida, se render aos prazeres que descobrira como adulta. Addison teria sido enganado se não fosse pela ligeira mudança que ocorria na voz de Phoebe sempre que ela estava sob o efeito de medicamentos. Era diferente do brilho puro e melódico de sua verdadeira voz, embora agora fosse tão raro Addison ouvir aquela bela característica que ele se perguntava se ao menos seria capaz de reconhecê-la.

Quando Addison checou a lixeira do banheiro, viu que Phoebe tomara dois analgésicos (prescritos para quando ela sentisse "dor") e o tranquilizante. E ele sabia que ela andava com cartelas escondidas de oxicodona, valium e sedativos o tempo todo. No entanto, ele não iria perder tempo caçando esses comprimidos. Torceu para que ela não caísse em um buraco no gelo nem se perdesse na floresta.

E com isso Addison ficou no condomínio... com Tess. Ele não tinha percebido, mas ela acabou não indo com os outros. Tess não esquiava, embora Greg tivesse passado boa parte das quatro horas de jantar na noite anterior, com fondue e bastante vinho, tentando convencê-la a fazer uma aula particular. Tess relutara, mas Greg parecia tê-la persuadido. Todavia, quando Addison fechou a porta depois de Phoebe sair (ele ficou perto da luz lateral até Phoebe arrancar com o carro, se perguntando se teria feito bem em deixá-la dirigir na neve e, ainda por cima, esquiar) e, quando voltou para a cozinha e para o seu jornal, lá estava Tess sentada à mesa, usando um agasalho estilo nórdico, acinzentado com urzes, leggins pretas e meias, pressionando as teclas de seu celular com força e insistência.

– Não tem sinal aqui – disse ela.

– Para quem você está tentando ligar?

– Para as crianças. A babá. – Tess sorriu e, em seguida, ruborizou, constrangida. – Sei que eles estão bem, mas...

– Você é uma boa mãe – falou Addison. – E boas mães se preocupam.

Ela largou o telefone sobre a mesa da cozinha e olhou para ele. Olhou para ele de verdade com seus olhos azuis arregalados. Aquilo o pegou de surpresa.

– Obrigada – agradeceu ela. – Obrigada por dizer isso. – Ela voltou os olhos para a mesa. – Greg acha ridículo eu me preocupar tanto. Mas são meus filhos. Gosto de saber que estão bem. Gosto de saber o que estão fazendo, o que estão comendo, se dormiram bem, com o que sonharam.

– Essas crianças têm sorte por serem seus filhos – disse Addison.

– Não quero que eles pensem que simplesmente foram abandonados um dia depois do Natal. A árvore ainda está lá cheia de enfeites e luzes. Cheguei a proibir Cassidy de acender a lareira, mas às vezes faz tanto frio na nossa casa que, na última hora, falei que se estivesse congelante, ela poderia acender. Passei metade da noite acordada, preocupada com a possibilidade de a casa pegar fogo...

– Você não precisa me explicar – disse Addison. – Eu entendo.

Tess suspirou.

– Acho que vou ter que ligar para eles da cidade. O que você pretende fazer hoje?

– Vou para a sala de ginástica agora – respondeu Addison. – Depois pensei em caminhar até a cidade e almoçar por lá.

Tess olhou fixamente para ele. Ela era bonita, como uma boneca. É claro que Phoebe também era bonita como uma boneca. Uma maravilhosa boneca chinesa delicada e frágil. Tess era bela como uma Bobbsey Twin, como a Mary Ann da série *Ilha dos birutas*. Fofa, alegre, sardenta, linda como uma professora do jardim de infância.

– O que foi? – perguntou ele.

– Gosto de você ter feito planos para si mesmo – respondeu ela. – Não está preocupado com os outros, não está preocupado com Phoebe...

"Estou sempre preocupado com Phoebe", pensou Addison. Mas ele nunca diria isso a Tess.

– Você simplesmente se perguntou o que quer fazer hoje e vai fazer.

– É – falou ele. – Sou muito egoísta.

– Minha promessa de Ano-Novo é ser mais egoísta – disse Tess. – Fazer coisas que eu queira fazer... Não o que as crianças querem que eu faça nem o que Greg quer que eu faça. O que percebi... neste ano, você sabe... é que gasto tempo e esforço demais cuidando de Greg. E, enquanto isso, Greg está cuidando de Greg. Está fazendo um péssimo trabalho, é claro.

Em seguida, Tess deu uma gargalhada fraca, e Addison pensou: "Vamos falar sobre isso?"

Ela fez uma pausa. Olhou por um momento como se o avaliasse. Valeria a pena ter uma conversa sobre o grande assunto proibido com ele?

Não.

Ela prosseguiu:

– Por isso, uma das decisões que tomei é que vou gastar mais tempo e energia cuidando de mim mesma. – Tess brincou com o iPhone, com sua carcaça amarela, que era tão vívida quanto o brinquedo de uma criança. – Nem sei por onde começar. – Ela olhou para a frente. – Então, posso lhe fazer companhia?

Foi aí que tudo começou? Está chegando perto.

Addison sentiu algo se aquecer dentro dele. E ansiedade também. Os outros achariam estranho se ele e Tess passassem o dia juntos? Aquelas viagens em grupo sempre foram marcadas pelas alianças inesperadas. Ele se lembrou da viagem de canoa com duração de quatro horas que ele fez com o delegado nas férias que passaram no Point, no lago Saranac. De repente, os dois se perderam. Desembarcaram e carregaram a canoa sobre a cabeça como índios até que chegaram a uma estrada de terra, onde arranjaram carona de volta para o Point com dois hippies maconheiros que pareceram nitidamente menos alegres quando descobriram que Ed era um delegado. Agora, aquela história era uma lenda. Uma prova da amizade de Ed e Addison.

Então aquele dia seria assim com Tess.

– Vou adorar – respondeu ele.

Os dois foram para a sala de ginástica, que ficava na descida do morro, na base do complexo do condomínio. Addison se inscreveu com Tess usando o nome de Jack. O lugar estava deserto, a não ser por um cavalheiro mais velho em plena forma no elíptico e um rapaz musculoso de uns 25 anos que usava uma joelheira elaborada, puxando ferro. Tanto o mais velho quanto o rapaz olharam para Tess pelo espelho enquanto ela tirava as roupas de cima para ficar apenas com as de ginástica – calças de praticar ioga que a deixavam incrivelmente bonita e um top que exibia a parte pálida e tonificada de seu abdômen sarado. Addison usava shorts de ginástica e uma esfarrapada camisa cinza de Princeton que comprara dez anos antes no fim do catálogo enviado aos ex-alunos. De acordo com Phoebe, tratava-se de um espetáculo revoltante, mas aquela era a camisa que ele gostava de usar para malhar.

Addison subiu na esteira. Quarenta minutos, nível sete com inclinações, exatamente como ele fazia seis dias por semana na academia. Por que se sentia como um estranho naquela máquina? Por que estava preocupado com sua aparência e descoordenado? Tess estava se alongando no colchonete em frente ao espelho. Ou praticando ioga – ele não sabia dizer. Ela era incrivelmente flexível. O rapaz a observava também. Disfarçadamente, Addison observava o tal rapaz enquanto este a observava. Está bem, era impossível se exercitar daquela maneira. Addison pôs os fones de ouvido e tentou manter o ritmo que havia estabelecido.

Ele se esforçou mais do que o de costume. Esforçou-se demais. Corria no nível nove com inclinações, suava como um javali, e a camisa da Princeton estava escura e encharcada. Seu rosto ficou vermelho, e ele teve que tirar os óculos porque estes deslizavam pelo nariz. Deixou-os sobre a bandeja, perto da revista que nem sequer abriu de tão cansado, mas, sem os óculos, não dava para ver Tess. Ou melhor, dava para vê-la – primeiro na bicicleta ergométrica, em seguida fazendo abdominais na prancha inclinada, e depois levantando peso e conversando com o garanhão entre uma série e outra. No entanto, a visão de Addison estava muito ruim (todos recomendavam que ele fizesse uma cirurgia Lasik, mas ele não suportava a ideia de ter os olhos tocados por um laser ou qualquer outra coisa). Portanto, ele não conseguia enxergar a expressão no rosto de Tess, não conseguia enxergar os músculos de seu corpo contraindo e relaxando com as abdominais nem conseguia ouvir com clareza o que ela dizia ao jovem garanhão. Ao que parece, os cegos têm uma audição aguçada para compensar a incapacidade de ver, mas, sem os óculos, Addison se sentia completamente perdido. Poderia muito bem estar no topo da montanha, enterrado em um banco de neve. Ele ouviu Tess gargalhar, dizer "Nantucket" e exclamar "Ah, que pena. Que azar!" Talvez o cara estivesse lhe contando o porquê da joelheira. (Acidente com o esqui, imaginou Addison, rompimento do LCA.) Era como se Tess e o cara estivessem conversando em outra língua e não em uma das três que Addison falava com fluência.

Será que Tess o notara? Teria visto o quanto ele acelerava por um morro eletrônico após o outro?

Addison se deu conta de que tentava impressionar Tess e que, ao mesmo tempo, tinha ciúmes do rapaz com bíceps do tamanho de uma toranja e uma lesão que despertava compaixão. Ciúmes! Mas não, não era possível. Ele se perguntou: se um Adônis louro e forte decidisse acompanhar Phoebe na trilha de cross-country e, mais tarde, almoçasse com ela, ficaria com ciúmes? A resposta era não. Os homens costumavam dar em cima de Phoebe porque ela era muito bonita e o que ele mais sentia com relação a esses caras era pena.

"Ela não vê você. E mesmo que veja, não vai deixar você entrar. Ela vive em uma câmara onde há oxigênio apenas para um."

Addison saiu trêmulo da esteira. Estava prestes a sofrer um infarto. Cambaleou sobre o tapete, desorientado por um instante, sem saber qual lado ficava para cima. Desabou no chão e pôs a cabeça entre os joelhos. Tinha a visão embaçada. Então, se deu conta que de precisava dos óculos! No entanto, não tinha forças para se levantar e pegá-los.

Sentiu um toque em seu ombro. Ergueu a cabeça e viu o cavalheiro mais velho.

– Você está bem? – perguntou o cavalheiro.

Ouviu-se um ofego na sala de ginástica. Tess deixou os pesos na prancha.

– Addison! – exclamou ela. – O que foi?

Bem, ele havia vencido o rapaz de joelheira. No entanto, não queria a compaixão de Tess. Queria impressioná-la. Queria que ela visse que, embora ele não descesse a margem de uma montanha oscilando para um lado e para o outro a quase cinquenta quilômetros por hora com dois palitos de picolé amarrados aos pés, ainda era um atleta.

– Estou bem – disse ele, sorrindo. Não conseguia ver a expressão de Tess, apesar de ela estar bem ao seu lado. – Nunca estive melhor. Foi um ótimo exercício!

Tess perguntou:

– Tem certeza?

– Claro. Tenho, sim. Só estou me refrescando.

– Está bem – disse ela. – Que bom! Ainda tenho que fazer três séries. Bill está me ajudando a manter a forma. Ele patrulhava as pistas de esqui por aqui, mas machucou o joelho ao pular do teleférico. Para tentar resgatar um garotinho.

Aquilo soou como um monte de merda para Addison, mas ele disse:

– Uau! Está bem. Vou me alongar um pouco e podemos ir quando você terminar.

Não restava dúvida: Addison estava com ciúmes.

Tess deu uma risadinha.

– Foi tão fofo. Bill pensou que você fosse meu *marido*.

Os dois saíram da sala de ginástica sob uma neve fraca. Com os pinheiros e os chalés do condomínio que pareciam ser alpinos, a neve caindo com tanta leveza que os flocos pareciam suspensos no ar, tudo estava tão agradável e tranquilo que, quando Addison falou, sussurrou para não quebrar o silêncio.

– Você quer voltar para o chalé e tomar um banho ou vamos fazer uma caminhada?

– Vamos andar – disse Tess.

Havia um caminho que levava ao lado de fora do complexo do condomínio e descia, paralelo à estrada da montanha. A trilha atravessava a mata e continha pequenas pontes para pedestres que os conduziam por sobre riachos minúsculos.

– Vamos acabar chegando à cidade – disse Addison. – Aí, você liga para os seus filhos e depois podemos almoçar.

Tess pegou no braço dele.

– Você é mesmo um príncipe.

– Minha intenção é agradar.

Os dois deram dez passos, e depois vinte, com o braço de Tess enroscado no dele.

Foi então, pelo menos para Addison, que tudo começou. Porque foi então que ele começou a se sentir como um garoto de 14 anos. O braço de Tess junto ao seu era uma distração, mas ele percebeu que ficaria arrasado se ela se separasse dele. Em seguida, se preocupou: será que ela *queria* se separar dele?

Também foi quando Tess perguntou:

– Como anda Phoebe? – Seu tom era sério, como se ela tivesse câncer. E em vez de dar a resposta estilo "luz do sol e borboletas" de sempre "Ela está bem, está ótima, ótima mesmo", Addison externou o que sentia como se tirasse todo o ar dos pulmões e disse:

– Eu simplesmente não sei.

Foi a sinceridade de sua resposta que abriu as comportas entre os dois. Eles iriam conversar, conversar de verdade, se abrir de verdade, compartilhar de verdade coisas sobre seus respectivos casamentos que nunca pensariam em compartilhar com o restante do grupo. Ele contou tudo a Tess enquanto caminhavam. Era fácil. As palavras fluíam. Contou tudo o que contaria a um terapeuta, mas tanto ele quanto Phoebe tinham perdido a esperança com os terapeutas. Addison e Tess atravessaram pontes e deixaram pares de pegadas na neve. Addison descobriu que não conseguia falar depressa o bastante.

Ele contou a verdade. Disse coisas como:

– Phoebe não é mais a mulher com quem me casei. Ela mudou. Não, isso não faz jus à realidade. Ela emigrou. Ela se refugiou no próprio pesar. Foi colonizada, reorganizada por esse sentimento. Até suas células, suas moléculas estão diferentes. E já faz oito anos. Então, não é mais pesar. São as drogas. A tal medicação, as substâncias aplicadas à dor. Estas são seu captor agora, e ela sofre da síndrome de Estocolmo. Ama as drogas. Elas são mais importantes para ela do que Reed foi um dia.

Tess sabia ouvir (talvez fosse o resultado de ter uma turma cheia de crianças de 5 anos de idade disputando sua atenção cento e oitenta dias por ano). Não ficou automaticamente do lado de Phoebe, como ele esperava ("Deixe-me bancar o advogado do diabo aqui..."). Ela ouvia a versão de Addison. Segurava – ainda! – o braço dele.

Addison disse:

– O sexo é uma bagunça. Uma, duas vezes por ano, e só depois de ela beber um pouco.

Tess falou:

– Deve ser difícil. Ter aquela linda mulher bem ali na sua cama e não ser capaz de tocá-la.

– Já me acostumei – disse Addison. – Isso é que é o pior. Eu me habituei a um casamento mutilado.

Os dois chegaram à cidade – uma charmosa ponte coberta e uma igreja com uma torre. Como era um dia cinza e escuro, todas as luzes piscantes de Natal estavam acesas. Guirlandas cobertas de neve pendiam dos postes. Eles passaram pelas lojas que vendiam queijos e chutneys, melados de bordo, quebra-nozes, sinos dos ventos, cerâmica, vinhos e uísques, utensílios especiais para a cozinha, casacos, cachecóis, luvas e gorros de lã.

– Você quer entrar em alguma dessas lojas? – perguntou Addison.

– Talvez mais tarde – respondeu Tess.

– Quer ligar para os seus filhos? – perguntou ele.

– Quero! – disse ela. Decidiu telefonar do meio da ponte coberta, debruçada sobre as grades, de frente para o rio. – É tão libertador estar aqui com você! Toda vez que ligo para as crianças perto de Greg, me sinto culpada, como se estivesse roubando um cigarro. Ridículo, não é? Porque se alguém deve se sentir culpado, esse alguém é Greg.

Addison deixou aquele comentário no ar por um instante. Eles iriam conversar sobre isso?

No entanto, naquele momento, a babá atendeu e Tess falou:

– Cassidy? Oi, aqui é Tess! Como estão as coisas por aí?

Ela estava visivelmente mais leve quando desligou o telefone.

– Está nevando lá em casa! Cassidy vai passear de trenó com as crianças no vale Dead Horse. Depois, vão voltar para casa para tomar um chocolate quente e pôr roupas secas. Aí, ela vai levá-los para jantar e ver um filme. As crianças vão para a cama às oito e meia, o que é muito tarde, mas que se dane, estão de férias!

Tess sorriu para Addison. Usava um gorro de caxemira vermelho, e as pontas aneladas de seus cabelos escuros escapavam pela borda. Ela era adorável. Ele foi tomado pelo desejo de beijá-la. Beijar Tess MacAvoy! Tinha certeza de que seria atingido por um raio ou de que as grades sobre as quais se curvava (de fato dependia do apoio delas – depois da esteira e de quase cinco quilômetros de caminhada, suas pernas estavam exaustas) cederiam, jogando-o no rio congelante.

– O que você quer fazer agora? – perguntou Addison.

– Almoçar! – respondeu ela.

Os dois concordaram mais tarde que aquele fora o melhor almoço de suas vidas. Haviam ido para um pequeno café francês chamado Nous Deux (Nós dois), que tinha o menu escrito em um quadro-negro e banquetas que tinham sido bancos de igreja e foram estofados com tecidos vívidos da Provença. Em um deles, estava a proprietária, Sandrine. Addison descobriu que ela era de Quebec quando os dois conversaram em francês por um instante. Ela de fato ficou encantada com o francês de Addison. Ele pediu uma mesa no canto. Sentou-se em um dos bancos, e Tess se acomodou no outro. Sandrine os deixou com os cardápios e a carta de vinhos.

Tess comentou:

– Você fala um francês tão bonito.

– Seis anos de rigidez com madame Vergenot e dois anos e meio em Paris, trabalhando para a Coldwell. Você aceita um vinho?

– Vinho? – indagou ela, como se ele sugerisse passar a noite inteira em uma rave num clube clandestino no bulevar Saint Germain. De repente, Addison se lembrou de que aquela era *Tess*, que, ao longo de uma semana comum, tomava leite no almoço, de uma das caixinhas que dava às crianças. Todavia, de repente, ela respondeu, com um sorrisinho travesso no rosto: – Claro. Por que não?

Portanto, realmente, *realmente realmente*, foi então que tudo começou: com a decisão renegada de Tess de lançar a cautela ao vento e tomar vinho no almoço com Addison. Ele pediu a garrafa mais cara do cardápio: um Meursault que por certo adorava, mas que em raras ocasiões podia ser encontrado em uma carta de vinhos. Escolher aquele vinho e depois elogiar Sandrine pela bela seleção de sua carta agradou a mulher ainda mais do que a conversa em francês. Ela adorou Addison e Tess! Levou o vinho para os dois e o serviu em abundância. Em seguida, recolheu os cardápios depressa e disse a Addison:

– Permita-me.

Uma sucessão de maravilhas vinha da cozinha: *confit* de pato sobre uma *gaufrette*, endívia recheada com *chèvre* envelhecido e figo balsâmico, uma travessa de pequenos *croque monsieurs* e uma salada de aspargos encimada por um ovo escalfado e mole. Tigelas minúsculas da mais deliciosa sopa de cebola *gratinée* que Addison já tinha provado. Sandrine, a deusa de Quebec, tratou Addison e Tess não como marido e mulher, mas como amantes. Ela trazia os pratos, dava uma piscada ou um sorriso malicioso e desaparecia.

Tess, contrariando todos os precedentes, era uma aprendiza habilidosa de tamanha devassidão. Não só tomou o vinho como o saboreou da forma que ele deve ser saboreado – gole a gole sobre a língua, revirando os olhos. (Addison não conseguiu deixar de fazer uma comparação. Phoebe tomava vinho do mesmo jeito que tomava seus comprimidos: jogava-o para o fundo da boca, com um propósito e não para apreciá-lo, e em seguida esperava até que o torpor fizesse efeito.) Tess comia saboreando pedaços minúsculos e delicados. Tinha mãos de criança. Addison sempre soube disso. Só não havia se dado conta do quanto eram habilidosas e rápidas. Ele brincava com a comida (estava nervoso, apesar do efeito relaxante do Meursault), mas Tess cortava pequenos pedaços e os punha na boca depressa e com esmero.

Durante todo aquele tempo – em que apreciavam o vinho (Addison pediu a segunda garrafa com bravura), devoravam os pratos, Sandrine aparecia e desaparecia –, Tess falava. Falava dos problemas que tivera para engravidar: os dois abortos e o bebê perdido na vigésima primeira semana. Depois falou sobre os gêmeos. Talvez os amasse demais e isso tivesse causado os problemas com Greg.

Mais uma vez, Addison prendeu a respiração. Eles iriam conversar sobre aquilo? Sandrine sacou a rolha da segunda garrafa de vinho, e Tess alcançou sua taça e bebeu. Então começou a falar sobre Aquilo, Aquela Noite De Domingo, April Peck, O Que April Disse, O Que Greg Disse, Lacunas Na História De April, Lacunas Na História De Greg. Como Sabia Que Greg Estava Mentindo. Como Implorou A Ele Para Contar A Verdade, Como Ele Estupidamente Manteve As Mentiras Ridículas Que Inventara.

Addison assentiu. Tentava imitar as técnicas de Tess para ouvir. Não defendeu Greg na história. Em vez disso, era como se, até então, estivesse olhando pela extremidade errada de um caleidoscópio. Só agora, ao ouvir a versão de Tess, tudo fazia sentido.

– Estamos casados há onze anos e meio – disse ela. – Andrea me falou para não deixar uma mísera noite estragar tantos anos de trabalho duro e dedicação. Mas o que ela não entende é que a "mísera noite" representa tantos problemas essenciais em nosso casamento. O fato de eu não conseguir saber a verdade. Greg não vai ser sincero! O que Andrea não entende é que o trabalho duro e a dedicação vieram apenas de um dos lados. De mim para ele. – Com cuidado, ela elaborou uma obra-prima com pão caseiro, roquefort, compota de damasco e uma noz-pecã cristalizada. Sandrine acabara de deixar uma travessa de queijo digna de August Renoir. Tess se voltou para os pedacinhos, pensativa, e em seguida para Addison. Tinha lágrimas nos olhos.

"Ah, não!", pensou ele. Ela ia chorar!

– Quero deixá-lo – disse Tess.

– E ir para onde? – perguntou Addison.

As lágrimas escorreram pelo rosto dela.

– Não sei – respondeu. – Paris?

Tinha começado ali. Eles não precisavam das pequenas tartes Tatin com sorvete de Calvados que Sandrine mandou nem das trufas de chocolate nem das elegantes taças de champanhe rosé. ("Billecart-Salmon", disse Sandrine. "Un cadeau." Um presente.) Mas, mesmo assim, apreciaram tudo.

Addison pagou a conta com cinco notas de cem dólares, o que fez com que Tess ofegasse ainda mais alto do que na sala de ginástica quando pensou que ele estivesse sofrendo um ataque cardíaco. Ele se apressou para tirá-la dali, parando apenas para beijar as duas bochechas de Sandrine e dizer "Le déjeuner de ma vie".

Ele e Tess estavam de mãos dadas ao deixar o restaurante. Nous Deux. *Nós Dois.* Naquela manhã, às oito, Tess MacAvoy era apenas a amiga de Phoebe e, o mais importante para Addison, a mulher de Greg. Até então, era um tema secundário ou terciário na sinfonia da vida de Addison, uma figura do pano de fundo.

Agora, porém, era dele.

Os dois pararam sob o toldo da porta dos fundos do café, de frente para um pequeno estacionamento, onde havia apenas um carro, um Peugeot antigo prateado, que provavelmente pertencia a Sandrine. Addison se abaixou e beijou Tess – e sim, de fato lhe ocorreu que acabara de consumir uma garrafa de vinho inteira, seguida de uma taça de champanhe. Estava bêbado e ela também.

O beijo poderia ser um fracasso. Poderia ser como beijar sua irmãzinha. No entanto, seus lábios se conectaram e houve uma centelha, uma carga elétrica, uma atração súbita. O beijo era a coisa certa. Ele a beijou de novo. E de novo. E de novo. E de repente os dois estavam se beijando no estacionamento dos fundos do Nous Deux. Os braços de Tess se travaram em torno dele. Ele a puxou. Agora, ela era dele. Será que sabia disso?

Então, para que não houvesse mal-entendidos quanto ao que tudo aquilo significava, ele disse:

– Posso ter acabado de me apaixonar por você. Está bem?

E ela respondeu:

– Está bem.

Addison estava chorando. É claro que estava. Lágrimas tolas e tristes de um garotinho, embora não se lembrasse de ter se sentido assim quando criança. Aquele sentimento era adulto. Havia tantas coisas que ele nunca mais poderia se permitir fazer de novo: nunca mais iria para Stowe, nunca mais pediria aquela garrafa de Meursault, nunca mais comeria *croque monsieur*. Nunca mais beijaria ninguém pela primeira vez.

Addison estava com o iPhone de Tess surrupiado do saco de pertences coletados pela Guarda Costeira. Sentia-se culpado por tê-lo roubado. Mas também, adivinhe? O delegado havia ligado para informar que ele era testamenteiro dos MacAvoy.

– O quê? – perguntara Addison. E como suas recordações de Tess começaram em dezembro passado, ele levou um tempo para se lembrar.

Concordara em ser o testamenteiro. Em 2000, quando Greg e Tess compraram sua casa na travessa Blueberry. Addison fora o corretor do casal e, no fechamento do negócio, estivera com o advogado deles, Barry Karsten, um camarada grande e agradável, descendente de dinamarqueses. Depois de todos os papéis terem sido assinados, Barry sugeriu que Greg e Tess fizessem testamentos e se ofereceu para redigi-los.

– Agora? – perguntou Greg.

– Vocês só precisam decidir quem gostariam que fosse o testamenteiro e o que acontece com a casa se os dois morrerem ao mesmo tempo.

Tess disse:

– Estamos tentando ter filhos.

Barry Karsten falou:

– Está bem! Levaremos isso em consideração.

Addison mal prestava atenção, mas estava no lugar certo na hora certa (ou, como pensara na época, no lugar errado na hora errada). Greg pediu que ele fosse o testamenteiro. Como Greg e Tess tinham tirado o dia de folga para fechar o negócio, Barry acabou imprimindo uma cópia para cada um. Todos assinaram.

– Então quer dizer que Greg e Tess nunca chegaram a assinar outro testamento? – perguntou Addison.

O delegado resmungou alguma coisa e soltou as palavras:

– Malditos descuidados. – No entanto, de acordo com os termos dos testamentos existentes, os gêmeos ficavam com tudo de todo jeito. Nenhum tutor fora nomeado para as crianças, e era isso o que o delegado não entendia. Tratava-se de um grande descuido. Todavia, a última coisa que Tess e Greg planejavam era... morrer.

Então, sinceramente, Addison sabia que era o testamenteiro de Tess e Greg, mas, assim como quando fora o tesoureiro permanente da turma de 1977 em Lawrenceville, ele se esquecera disso, pois nunca esperou ter que assumir a responsabilidade do cargo.

De repente, o iPhone de Tess estava sob sua jurisdição. A propriedade dos MacAvoy inteira se encontrava sob seu controle. Ele iria passar pela casa toda, ver o que havia lá, ter livre acesso ao que existia de mais íntimo na vida de Tess e Greg – os extratos bancários, as gavetas das mesas de cabeceira, os diários.

Isso o apavorava.

ANDREA

Ela teve o mesmo sonho duas vezes. Depois três. Era uma forma tão estúpida de manifestar o seu pesar. Tão clichê e previsível que ficou constrangida demais para contar a alguém sobre isso. De todo jeito, não havia a quem contar, já que Tess estava morta.

No entanto, o sonho era real. Quer dizer, ela de fato o tinha. Uma vez. De novo. E pela terceira vez, com uma variação.

Foi o seguinte: Andrea era ela mesma e estava sentada em uma cadeira na praia, lendo seu livro. Ouviu uma gritaria perto dali. Alguém se afogava. Andrea correu até o contorno da costa. Havia um homem preso nas correntezas. Ela fez sinal com os braços e gritou:

– Nade com a correnteza. Você será levado ao longo da praia, mas ficará bem.

Era uma salva-vidas com instintos e conhecimentos de salva-vidas. Não queria entrar na água para salvar aquele homem. Ele era grande demais. Numa correnteza como aquela, ele a arrastaria consigo. Ela juntou as mãos perto da boca e gritou. Acreditava que o homem fosse ouvir, que se salvaria! No entanto, ele se afundava. Ela não conseguia mais ver seu rosto. Começou a nadar. Alcançou-o e o pegou por baixo do queixo. Era capaz de fazer aquilo. Nas aulas de salvamento, Andrea praticara em bonecos que tinham o dobro de seu peso.

Só quando os dois chegaram perto da costa, quando Andrea estava certa de que ambos ficariam bem, ela se permitiu olhar para o rosto do homem. Ele tinha olhos azuis, os mais penetrantes que ela já havia visto. Aquele homem era de uma beleza desconcertante. Ao chegar à areia, Andrea esperava que ele lhe agradecesse, mas, em vez disso, o homem se virou e saiu andando pela praia, se afastando. Ela observou seu traseiro em uma sunga preta da Speedo e o triângulo formado pela parte superior de seu corpo. O cabelo cacheado começava a ficar grisalho e ele usava uma argola prateada na orelha. O homem caminhava em direção a uma mulher deitada sobre uma toalha, uma mulher que, definitivamente, não estava presente enquanto ele gritava por socorro na água. A mulher ergueu a cabeça quando ele se aproximou. Era Phoebe. Andrea pensou: "É claro, Phoebe." Ela estava com o coração partido.

Então, segundos depois, Andrea e o homem – Pyotr era seu nome e ele só falava russo, embora ela não tivesse a menor ideia de como sabia disso – estavam fazendo amor encostados na lateral de seu jipe. Estavam, para dizer com mais precisão, *fodendo*. Era sexo selvagem, de rasgar as roupas, de tirar o fôlego, com um estranho, sexo como Andrea nunca havia experimentado na vida. Pyotr abriu a porta do lado do passageiro do jipe. Ela se sentou no banco enquanto ele a provava.

O jipe era o mesmo que Andrea tinha no primeiro verão que passara em Nantucket. Ela estava confusa. Perguntou a Pyotr de onde o jipe havia saído. Em russo, que de alguma forma ela entendia, ele respondeu:

– Tudo bem, o jipe é seu. Você pode fazer o que quiser dentro dele.

Andrea acordou em pânico, com o coração disparado e os hormônios em fúria. Olhou para Ed, que dormia como um urso-pardo ao seu lado. Foi tomada de culpa. Estava irritada, nunca havia se excitado tanto na vida. Será que devia acordar Ed? E fazer o quê? Contar a ele que tivera um sonho erótico com um homem que salvara de um afogamento? Um russo chamado Pyotr que se relacionava com Phoebe? Ela pensou: "Ele estava se afogando. É claro que estava se afogando." No entanto, não foi isso o que a entristeceu. O que a entristeceu foi aquele jipe, o jipe preto que comprara na Don Allen Ford no auge de seu primeiro verão, quando tinha tanto dinheiro que não sabia o que fazer com ele. Dirigira da concessionária direto para o embarcadouro, onde pegou Tess, que tinha 15 anos de idade e saía de casa sozinha pela primeira vez. Tess se impressionara com a ilha, com o exotismo das ruas de pedra acinzentada e gritara de alegria por causa do jipe preto com a capota abaixada. Um buggy de praia no qual poderiam andar com os cabelos escuros dos DiRosa esvoaçados ao vento.

O sonho voltou quatro noites depois, no fim de um dia particularmente brutal, e Andrea o reconheceu. Ela sabia o que estava para acontecer. Sabia que o homem gritaria por socorro, sabia que iria salvá-lo, sabia que ele a trocaria por Phoebe, que iria voltar e que copulariam como animais selvagens. No jipe, com suas pernas penduradas na armação de metal. Dessa vez havia mais vergonha, mais preocupação. Ela se preocupava com a exposição indecente, se preocupava com a possibilidade de a polícia aparecer! *A polícia.*

Pyotr disse:

– O carro é seu. Você pode fazer o que quiser dentro dele.

Ter o sonho pela segunda vez era como ver um programa de TV no qual se viciara ou como um romance que estava lendo. Os detalhes incomodavam e intrigavam Andrea. Ela pensava no sonho durante quatro ou cinco minutos a cada hora. Pyotr – quem era esse homem? Andrea nunca conhecera ninguém como ele. Mas aquilo não era possível, era? Sua mente não seria capaz de criar uma pessoa do nada. Pyotr devia ser alguém que ela vira em algum lugar, em alguma época de sua vida. Ele estava num café no semestre que ela passou em Florença, no vagão do metrô numa das milhares de vezes em que ela o apanhou, num restaurante onde ela o viu com a mulher. Em Straight Wharf, talvez, para onde ela e Ed iam todo ano comemorar seu aniversário. A identidade de Pyotr insistia em importuná-la, assim como sua energia sexual cada vez maior. Ela e Ed faziam amor quando os ânimos os conduziam – uma vez a cada duas semanas, digamos, normalmente pela manhã, quando acordavam juntos e a luz do sol entrava pelas janelas de seu quarto ou quando a chuva caía e Ed tinha uma ereção e, sendo um homem prático, concluía que não devia desperdiçá-la. O sexo era legal. Familiar e agradável. Ed sabia do que Andrea gostava. Fazia um bom trabalho.

Os dois não transavam desde a morte de Tess. Ed imaginava que sexo era a última coisa que passaria pela cabeça de Andrea. (Ela teria pensado o mesmo, se fosse ele.) Além do mais, agora tinham duas crianças pequenas em casa, e embora Finn dormisse, tranquilo, Chloe se levantava três ou quatro vezes durante algumas noites, procurando os pais pela casa.

Talvez a falta de sexo fosse a causa daqueles sonhos. Talvez Andrea, aos 44 anos de idade, estivesse entrando na menopausa e, portanto, seu corpo estivesse lhe dando uma festa surpresa.

Ou seria o pesar? Que, como todos os outros sentimentos, se revelava de formas que faziam sentido e de formas que não faziam.

Estavam, todos eles, se afogando. Ed se afogava no trabalho. Andrea se afogava na mesquinharia.

Delilah pedira o violão de Greg. Dissera que Barney queria aprender a tocá-lo.

Embora Addison fosse o testamenteiro (algo que fazia Andrea se sentir como se estivesse engasgada com a meia de ginástica de seu filho), o saco com os pertences recolhidos pela Guarda Costeira estava na casa do delegado e de Andrea. Só restavam a mala com uma muda de roupa e o violão. Este era como um ovo de ouro.

– Barney quer muito esse violão – disse Delilah. – Está doido para aprender a tocar.

Andrea vira Barney, o filho mais jovem de Delilah, se sentar aos pés de Greg toda vez que este tocava. O garoto era o mais devoto no templo de Greg. Devia ser o único que, aos 6 anos de idade, já sabia a letra inteira de "Bell Bottom Blues". Andrea não estava surpresa por Barney querer o violão. Todos eles brincavam que o garoto seria o novo Greg. Greg, mas famoso. Ha!

– Eric pediu o violão – falou Andrea. – E demos para ele.

Aquilo não era verdade. Andrea perguntara a Eric se ele queria o violão, e este respondera que iria pensar no assunto. Quando ela perguntou de novo, ele disse que não o queria. Eric não era musical, não conseguia manter a afinação, se apavoraria com a possibilidade de tocar diante de qualquer um. Não queria o violão.

– Dê esse violão para outra pessoa – disse ele.

Sinceramente, Andrea ficou agradecida. Achava que o templo Greg exercia influências. Ele sugava alguém para dentro, mas não era real.

Então, ali estava Andrea se afogando na mesquinharia: Barney queria o violão e era o verdadeiro herdeiro por sua essência. Eric não queria o violão e Andrea se sentia satisfeita por isso. E, ainda assim, não o daria para Delilah.

Quanta crueldade! Andrea manteve um tom firme ao telefone, mas, por dentro, se envergonhava de seu comportamento. Tess estava morta e Andrea se transformava em uma bruxa.

Delilah ficou decepcionada. Insistiu mais uma vez em nome de Barney, mas com indiferença. Desligou sem se despedir. Andrea supôs que ela fosse recorrer a Addison. Arranjar uma ordem judicial, talvez, para ficar com o violão. Muito bem! Que seja!

Andrea teve um momento de fraqueza. Ou teria sido de força? (Tudo estava tão de cabeça para baixo que ela não sabia a diferença.) Iria ligar para Delilah de novo e oferecer o violão a Barney.

Mas, não, não iria.

O exemplar que Andrea tinha de *O paciente inglês* com a capa e as primeiras dezoito páginas arrancadas estava sobre a bancada. Ela ainda poderia terminá-lo, argumentou Ed, desde que a parte a ser lida estivesse inteira.

Ela jogou o livro na lixeira e, então, começou a se queixar. Será que ele não via? Será que ele não via o quanto tudo estava arruinado?

Andrea tentou pôr suas energias em outra coisa. Tentou se concentrar nos gêmeos. No entanto, os dois eram como pequenos duendes. Ambos se pareciam tanto com Tess que assustavam

Andrea. Esta perdia o domínio sobre a sanidade. Tinha medo de duas crianças de 7 anos. Olhar para os gêmeos era como olhar para Tess, e Tess estava morta. Nunca mais voltaria. Andrea nunca mais a veria de novo. Ela estava *morta.* A realidade agarrava o pescoço de Andrea como duas mãos ossudas. Ela evitava olhar para as crianças. Mal conseguiu lhes preparar o cereal, embalar seu almoço e mandá-los para a colônia de férias. Quando saíram (correndo do carro, entusiasmados com a liberdade), ela dirigiu sem rumo pela ilha. Procurava alguma coisa. O que lhe ajudaria? Estacionou na entrada de uma casa desconhecida e se derramou em lágrimas. Gritava com o punho enfiado na boca.

Foi até o mercado comprar carne. Era uma atividade normal, do dia a dia. Era o que as pessoas faziam quando estavam vivas: saíam para comprar comida, que transformavam em refeição. O mercado era frio e indiferente. Na seção de hortifrutigranjeiros, havia pirâmides de ameixas, pêssegos, nectarinas, uvas e fatias de melancias. Pedaços de gengibre, pacotes de salada de repolho. Como é que qualquer coisa dessas poderia ter importância? Tess estava *morta,* em um *caixão, enterrada* a menos de um quilômetro dali. Havia partido. Aquele sorriso no rosto, aquela voz animada. Morta. Andrea atravessou o mercado, apressada, até chegar ao açougue. Se ela tivesse morrido e Tess estivesse viva, esta seria capaz de ir ao mercado? Seria, claro. Só que Andrea não era Tess. Tinha a sensação de que iria se asfixiar. Ar, ela precisava de ar, precisava ir lá para fora. No entanto, ir lá para fora também lhe parecia errado. Como poderia apreciar a luz do sol e a brisa se Tess estava enterrada? Ela não conseguia ficar do lado de dentro, não conseguia ficar do lado de fora. Estava uma bagunça.

Pegou seis bifes de costela. Eram bem mais caros do que os que ela costumava comprar, mas quem ainda se importava com dinheiro? Andrea cortou caminho pelo corredor de cereais até o caixa – e deu azar. À sua frente na fila estava Heather Dickson, mulher de um dos sargentos de Ed, com quem não se encontrava desde o acontecido. Quando Heather avistou Andrea, seu rosto registrou no mesmo instante aquela mistura de compaixão e pena que esta detestava tanto.

Andrea ergueu uma das mãos, não para cumprimentá-la, mas como se fosse um policial no trânsito. "PARE. Por favor não diga nada. Não consigo lidar nem com as palavras mais gentis no momento."

Embora o marido de Heather fosse um policial que de fato direcionava o trânsito às vezes, em frente ao Boys & Girls Club, ela não compreendeu o significado do sinal de Andrea e disse:

– Meu Deus, Andrea, como é que você está? Ando pensando em você.

"Como estou?", pensou Andrea. "Sou uma lunática, completamente maluca. Olhe para mim: não consigo nem tomar fôlego para responder à sua pergunta. Vou tentar um aceno com a cabeça e sussurrar uma mentira."

– Estou bem, obrigada.

Heather a encarou com atenção. Não tinha ouvido. Todavia, talvez tivesse entendido que Andrea estivesse enlouquecendo e devesse ser largada como uma batata quente.

– Por favor, me avise se precisar de alguma coisa – disse ela enquanto empilhava as sacolas no carrinho e o empurrava para fora do mercado.

Andrea encarou os bifes nas embalagens plásticas. Precisar de alguma coisa?

* * *

Naquela noite, Ed estava atrasado. Kacy andava entretendo os gêmeos lá fora com um Frisbee, mas havia sido promovida ao turno da noite no Juice Bar e tinha que ir para o trabalho. Eric estava jogando na liga de softball para adultos pelo time da loja de bicicletas. Andrea se admirava com a diferença entre dois filhos com vida própria e duas crianças que precisavam que tudo fosse feito para elas. Finn, como Andrea descobrira, não conseguia nem amarrar os cadarços de seus sapatos.

– Você tem 7 anos! – dissera ela. – E não sabe amarrar os cadarços?

– Mamãe sempre fez isso pra mim – respondera ele.

Isso era verdade. Tess era mesmo culpada. Ela mimava os gêmeos. Fazia tudo para eles, chegando ao ponto de prejudicá-los. Finn não conseguia amarrar os sapatos. Não conseguia escolher os próprios pijamas nem se servir de um copo de leite.

Andrea acendeu a grelha. Tinha trazido comida demais. Esquecera-se de que Eric e Kacy não jantariam em casa. E, na verdade, se perguntou ela, qual foi a última vez que um dos dois jantou em casa? Seus filhos estavam se ausentando de casa de propósito. Não queriam ficar lá com sua mãe desequilibrada.

As chamas subiram quando Andrea pôs os bifes na grelha.

O inferno existe?, indagou ela. De verdade, será que existe? Ela havia sido católica durante quarenta e quatro anos, educada por freiras e jesuítas, e aquela era a primeira vez que se perguntava isso.

Chloe veio até o deque, segurando uma cartolina azul-esverdeada dobrada ao meio. Andrea a pegou, mas não olhou para a menina.

– O que temos aqui? – perguntou ela.

– Uma solicitação formal – respondeu Chloe.

Aquilo deveria ter bastado para que Andrea sorrisse, mas estava além de suas capacidades. Ela abriu a cartolina, que havia sido decorada nas bordas com rabiscos, flores e pássaros. No topo, Chloe tinha escrito: “Solicitação Formal.”

“Por favor, podemos ir para a casa da tia Dee amanhã depois da colônia de férias e talvez passar a noite lá?”

Andrea perdeu a fala. Resistiu ao ímpeto de jogar a solicitação formal nas chamas da grelha. Lembrou a si mesma de que se tratava de algo inocente. Chloe e Finn queriam ver seus amigos. Ainda assim, a “Solicitação Formal” era para ir à “casa da tia Dee”. A tia Dee cortaria o queijo quente em formatos engraçados e permitiria que eles corressem em meio aos irrigadores até os vaga-lumes chegarem. Os gêmeos não queriam Andrea. Queriam Delilah. Ela não podia culpá-los, mas estava furiosa.

Ela devolveu a solicitação formal para Chloe, incapaz de fitar seus olhos.

– Vamos ver – respondeu.

A menina parou diante dela por um momento de resignação.

– Isso quer dizer que não.

– Isso quer dizer que vamos ver.

Chloe correu dali.

Andrea se jogou em uma cadeira do deque e afundou o rosto entre as mãos. “Precisar de alguma coisa?”

– Preciso que Tess volte – sussurrou ela. A negação era uma fase tão idiota do luto, ainda mais para uma mulher de 44 anos que já havia perdido os pais e sabia muito bem que a morte chega para todos. No entanto, em momento algum a morte de Tess equilibrava Andrea. Ela queria arrancar os cabelos, rasgar suas roupas, ajoelhar-se e implorar aos céus: "Devolvam-na!"

A grelha fumegava. Andrea tirou os bifes no instante em que o delegado chegou.

– Ei – disse ele. – O cheiro está bom.

Sua voz era leve e animada. Como ele poderia estar animado? Faltavam vinte minutos para as oito. Ele tinha passado doze horas no trabalho. Também não queria ficar em casa com ela.

Andrea olhou fixamente para a bandeja de bifes. De fato, cheiravam bem, e haviam lhe custado setenta dólares. O mercado tinha se tornado um campo minado. Ela não suportava ver qualquer conhecido. Não queria pena nem compaixão nem compreensão. Mas também não suportava que a vida continuasse normalmente e com alegria. Estava desmoronando. Ninguém conseguia enxergar que ela estava *desmoronando*?

Andrea jogou os bifes para fora do deque, e eles caíram no canteiro de plantas perenes que não tinha sido aguado.

– Meu Deus! – exclamou o delegado. Ele agarrou o braço da mulher. – Andrea! O que está acontecendo?

"Precisar de alguma coisa?" Ela fez cara de choro.

Naquela noite, depois que o delegado tirou os bifes da terra do jardim, lavou-os, cortou em tiras finas e convenceu tanto os gêmeos quanto Andrea a comê-los, ela vagou pelo quarto, deitou-se na cama ainda vestida e adormeceu no mesmo instante.

Teve o sonho pela terceira vez. O homem gritando por socorro, gritando em uma língua que ela não entendia, mas não importava, entendia a urgência. Ela nadou, o agarrou e disse: "É só flutuar. A corrente vai nos levar. Sou salva-vidas!" Andrea notou os olhos azuis e profundos daquele homem. E mais tarde, enquanto ele se afastava, notou os cachos quase grisalhos e o brinco. Quando Phoebe ergueu a cabeça, deitada na toalha, Andrea sentiu seu coração se partir. É claro que o homem pertencia a outra pessoa. Ele pertencia a Phoebe. No entanto, ela sentiu mais alguma coisa: esperança, ansiedade.

E lá estavam eles, no jipe, arranhando um ao outro, se chupando, se mordiscando. Ele estava atrás dela, mas ela não gostou.

– Quero ver você! – falou. – Quero ver seu rosto! – Ela podia sentir os dedos daquele homem em seus mamilos, a boca em seu pescoço. Mas queria ver o rosto dele! Andrea se virou.

Era Jeffrey.

DELILAH

Delilah era a melhor contadora de histórias. Portanto, contaria a história de Greg e April Peck, abrangendo tudo – a versão de Greg, a versão de April, a versão de Tess. Aquela era a única forma de compreendê-la. Ouvir apenas a versão de Greg ou apenas a versão de April era como tirar uma fatia de uma maçã e alegar que o resto não estava podre.

Delilah se considerava uma terceira parte, neutra, como a Suíça, um lugar seguro tanto para Tess quanto para Greg. Na verdade, porém, era muito mais complicado do que isso. (O mais frustrante em ser um adulto era, de fato, o quanto tudo era complicado. Dar uma festa, escrever uma carta para o editor, comprar um PlayStation para os filhos – haveria consequências e repercussões jamais esperadas.) A história de Greg e April Peck era complicada pelo fato de Delilah estar apaixonada por ele.

Está bem, pronto, ela confessara.

Delilah estava apaixonada por Greg MacAvoy, que agora estava morto. E enganaria a si mesma se dissesse que ele também estava apaixonado por ela? Meio apaixonado? Delilah fora sua confidente, sua quase amante. Os dois sempre estiveram *muito perto* de cruzar os limites para *aquele território.*

Tudo começou em Vegas, no restaurante Le Cirque, com a mão dele no pé dela e em seguida deslizando por trás da perna. Aquilo lhe servira de alerta: Greg estava interessado. O interesse dele a deixou interessada. O interesse dele, no início, indiretamente, havia sido responsável por ela ter assumido a posição de gerente da sala de jantar no Begonia. Ela queria ficar perto de Greg fora do âmbito da amizade do grupo. Como? No Scarlet Begonia. Delilah trabalhava quatro noites por semana e, em grande parte delas, Greg tocava e cantava. Era impossível ver Greg no palco com aqueles cabelos escuros caindo sobre os olhos, a tatuagem de vinhas contornando o bíceps, os pés em sapatos de mocassim, não importava o clima, ouvi-lo cantar "You Can't Always Get What You Want" e não ser capaz de sentir nada, apenas de se render aos seus encantos. Todas as mulheres naquele bar, em qualquer noite, dormiriam com ele. Delilah se colocou numa categoria distinta da dessas mulheres: ela era sua amiga.

"Mas admita logo, Delilah!"

Não, era mais do que isso. Dormir com Greg MacAvoy seria um desastre. Ela já tinha dormido com alguém daquele tipo antes – estrelas do rock em ascensão, atletas que acabaram de vencer uma competição. Eles olhavam para Delilah como se ela fosse um cheeseburger suculento, a devoravam... Depois limpavam a boca com um guardanapo e iam embora.

Ela queria ser amada por Greg, valorizada por ele – um dia – mais do que Tess.

Os dois passavam um tempo juntos quase toda noite, depois que o bar fechava. Ele bebia muito e fazia um show particular para Delilah, Thom e Faith, o barman Graham, e quem mais estivesse ali. Delilah e Greg conversavam, ele contava tudo a ela – ou, se não tudo, grande parte das coisas, coisas que não contava a Tess. Aconteceu naturalmente. Os dois começaram a conversar sobre os filhos. Barney tinha apenas 8 meses quando Delilah foi trabalhar, os gêmeos tinham 1 ano e meio e Drew tinha 2 anos. A conversa sobre os filhos, depois de algumas doses, deu lugar à conversa sobre os cônjuges. Quanto tempo levou para que ambos se dessem conta de que não havia território proibido? Delilah reclamava: "Jeffrey age como meu pai! Eu não queria me casar com meu pai!" E Greg reclamava: "Tess me trata como se eu fosse uma das crianças! Ela me acha um completo incompetente!" Os dois eram compatíveis em seu desassossego. E aonde isso os levava? Havia noites em que, às três da manhã, Delilah dava uma carona para Greg até a casa dele. Às vezes, este ficava sentado no banco do passageiro, alheio ao mundo, antes de cambalear até a porta da frente, com o violão no estojo batendo em seu corpo como um companheiro bêbado inseparável. Em outras, guiava Delilah até a praia Cisco, onde os dois ficavam observando as ondas. Greg costumava dizer o quanto queria tocá-la, beijá-la, fazer amor com ela, e Delilah o impedia:

– Não podemos, isso vai acabar em confusão, nossa incrível amizade arruinada, você vai morrer de culpa, acha que não agora, mas acredite em mim.

Em algumas noites, Greg gesticulava para que Delilah se calasse. O dedo dele, calejado de tanto fazer o acorde mi menor, tocava levemente os lábios dela. E então ele envolvia o pescoço dela com as mãos e pressionava o rosto em sua orelha. Respirava em seu ouvido até ela pensar "Está bem. Só dessa vez. Está bem." Todavia, nunca chegaram a se beijar. Nem um beijo sequer. Ela se mantinha firme. Seu corpo era como a represa Hoover, resistindo à força de toda aquela água. Aquilo *poderia* machucar. Machucaria Tess e Jeffrey e as quatro criancinhas em casa. Machucaria a amizade de Greg e Delilah. Depois de tê-la, ele iria se cansar dela. Não seria tão legal quanto ele esperava. Por outro lado, mantê-lo a uma distância segura, mantê-lo sempre desejando aquilo que estava simplesmente além de seu alcance, era fazê-lo refém.

Ele lhe mandava bilhetes amorosos em guardanapos de papel e porta-copos de papelão: "Você está linda hoje. Quer fugir comigo?" Gravava CDs e os deixava no carro dela. Enviava mensagens de texto da escola: "Vc vai ficar até mais tarde hj à noite?" Dedicava canções anunciadas do palco: "Esta é para você, Ash" (porque o nome dela de solteira era Ashby). Contava piadas sujas e notava quando ela fazia as unhas. Dizia "Você é minha melhor amiga". Quando todos estavam juntos, os oito, o grupo, ele fazia um sinal para ela – dois dedos cruzados. "Você e eu, querida."

Então chegou April Peck.

Greg trabalhava durante o dia. Era professor de música do ensino médio. Isso não deveria ter sido permitido – pôr alguém tão bonito, com tanto carisma e talento, naquela posição. Mas ali estava ele. Greg ensinava apreciação musical a todos os alunos do nono ano, dava aulas de violão para crianças e adolescentes (em grande parte meninos) e dirigia um grupo à capela apenas de meninas, o High Priorities, que quer dizer "grandes prioridades". E as meninas eram o problema. Meninas com vozes angelicais, com o tom perfeito. Quando uma menina conseguia entrar no High Priorities – a competição era muito disputada, todo ano, os testes aconteciam na primeira semana de maio, e o corpo estudantil inteiro ficava ansioso para descobrir quem havia conseguido – ficava até se formar. As High Priorities, as doze, eram as queridinhas de Greg. Todas eram apaixonadas por ele. Isso não era segredo algum. Elas eram suas fãs, seu harém. Assavam biscoitos para ele, lhe deixavam bilhetes com ilustrações elaboradas como "Nós ♥ o senhor, sr. Mac!" no quadro-negro enquanto ele estava no almoço, suportavam exercícios vocais (*A aranha e a jarra!*) e escalas dificílimos. Decoravam as letras de música em vinte e quatro horas. Greg erguia as mãos, e elas cantavam. Ele abaixava as mãos, e elas paravam.

Todas as meninas eram bonitas. Mesmo que fossem pesadas (e sim, de fato parecia que as melhores cantoras eram pesadas) ou tivessem acne ou usassem aparelho ou que seus dedos dos pés se voltassem para dentro. Todas elas eram bonitas quando estavam no palco com seus jeans claros e twinsets de caxemira cor-de-rosa. Eram estilosas e sexy, luminosas, incandescentes. Tanta beleza feminina e energia e talento. Aqueles corpos desabrochando, corações se desdobrando. O desejo e o ciúme e o anseio de ser elogiada, de se destacar e de ser admirada – meu Deus, era uma bomba-relógio. Delilah alertara Greg quanto a isso: todas aquelas garotas com os hormônios em fúria, os novos seios, as bundas espremidas em jeans superapertados, cada uma delas ávida por deixar Greg MacAvoy feliz, por ser escolhida para solos, por cantar como um rouxinol. Ele se meteria numa encrenca qualquer dia. Precisava ser cuidadoso.

Entretanto, Greg *era* cuidadoso. Delilah passara anos observando-o ser cuidadoso. Ele ensinava suas meninas a cantar juntas, a praticar a mistura de vozes. "Harmonia!", gritava ele. "Ouçam umas as outras!" Agonizava para decidir quem faria os solos. Nunca cultivava preferidas. "Vocês são todas minhas preferidas", ele dizia a elas sempre. "Vocês todas são minhas maiores prioridades."

Todavia, as adolescentes eram frágeis. Corajosas e idiotas ao mesmo tempo. Inocentes e astutas. Algumas garotas, ao longo dos anos, tinham se apaixonado tanto por Greg que quase se afogaram nisso. Ele era sempre gentil, sempre firme, sempre engraçado e paternal. "Você se sente assim agora, mas vai superar isso. Você vai crescer e brilhar, e eu vou parecer muito pequeno e distante de você, garanto."

Às vezes, as garotas apareciam no Begonia "para jantar", vestindo tops e jeans curtos, e quando Delilah lhes dizia, às dez, quando a cozinha fechava, que tinham que ir embora por serem menores de idade, elas – bem, elas lamuriavam. "Quero ver o sr. Mac tocar. Só uma música. Por favor?" Delilah tinha crianças pequenas em casa, sabia como lidar com lamurientos. "Vão logo. Voltem quando fizerem 21."

– Elas amam você de verdade – disse Delilah a Greg.

– É – falou ele –, mas e você?

Ela deu um tapinha nele e saiu andando toda confiante. As pessoas falavam de Greg e daquelas meninas, mas as paixões eram inocentes e engraçadas. Era como num programa de TV para adolescentes.

Até April Peck.

Por que April Peck e não alguma outra garota? Como tudo, em grande parte foi o momento. Delilah sentia que as coisas entre Greg e Tess estavam cada vez piores. Ele reclamava dela o tempo todo, e suas reclamações eram irritadas, de natureza mesquinha. Os dois haviam caído numa rotina – sexual e emocional. O verão trouxera o Fiasco do Telhado. (Greg passava mais tempo no telhado do que Delilah achava necessário. Era um projeto para melhorar a casa! Isso podia mesmo fazer um casamento desmoronar?) Tess e Greg tinham muitas goteiras nas chuvas de primavera e descobriram que precisavam de um telhado novo. Receberam um orçamento de trinta e sete mil dólares para refazê-lo, quantia que não poderiam pagar. Greg decidiu refazer o telhado por conta própria. Contratou dois trabalhadores lituanos e comprou vinte e dois fardos de telhas de madeira. Alugou as ferramentas e as escadas, e com um website Faça Você Mesmo como referência profissional, começou o trabalho. Passaram uma semana retirando as telhas velhas e gastaram mil dólares para descartá-las. Em seguida, mais duas semanas pondo as telhas novas sob o sol brutal de julho apenas para descobrir que o telhado ainda pingava e teria que ser arrancado e refeito por profissionais. Tess não lidou bem com isso. Houve muitas insinuações sobre o telhado desabar sobre o casamento, nos sentidos literal e figurado. Quando voltaram às aulas, em setembro, Tess e Greg estavam exauridos, estressados e cansados um do outro.

Naquele mês, foram muitas idas à praia Cisco para conversar, muitas investidas de Greg e resistidas de Delilah. Ele se tornou hostil.

– Você não se importa comigo.

– Porque não quero dormir com você, não me importo? Até mesmo você, Greg MacAvoy, é emocionalmente maduro demais para acreditar nisso.

– Preciso... – começou ele.

– De quê? – perguntou ela.

– De uma coisa – respondeu ele.

April Peck estava no último ano. Morava em Nantucket havia dois anos. Vivia com a mãe em uma enorme casa de praia que pertencia aos seus avós maternos. Tinha um pai e um irmão na cidade de Nova York. Um divórcio ruim, ao que parecia.

A noite em questão foi 23 de outubro, num domingo. De acordo com Greg, as coisas em casa iam bem: eles haviam acendido a lareira, Tess tinha assado um frango e passava um jogo de futebol na TV. Tess queria ler o resto do jornal de domingo e assistir a um programa, e precisava adiantar o almoço das crianças e finalizar os planejamentos de aula para aquela semana. Chloe estava com trinta e oito ponto dois de febre – nada com que se preocupar, mas ainda assim, era febre. Eles, os MacAvoy, não tinham ido à casa de Delilah e Jeffrey para tomar coquetéis e comer sanduíches de quase dois metros, como era de costume nas tardes de domingo para todos, regadas a bebidas, por causa da febre de Chloe. Se a menina estivesse com alguma coisa, Tess não queria que ela transmitisse para as outras crianças. Tess também não queria que Chloe gastasse suas energias. Eles permaneceriam em casa, como Tess disse a Delilah ao telefone, para passar "uma noite em família". Delilah ficou decepcionada e um tanto magoada – eles não eram todos uma família?

Greg não queria ficar em casa. Amava os amigos e a tradição dos domingos para todos. Amava a casa de Delilah e Jeffrey, adorava a comida de Delilah (seu repertório parecia ter saído direto do cardápio de um bar para fãs de esporte – cascas de batata recheadas, sanduíches Reuben), amava levar o violão e fazer com que todos cantassem. Dizia que os domingos eram os dias em que se sentia feliz por estar vivo – as bebidas, a música, os amigos, as crianças correndo por ali. Não acreditava que perderiam um domingo só porque Chloe estava um pouco quente.

– Trinta e oito e dois é mais do que "um pouco quente" – disse Tess.

Greg se irritou e pensou em sair socando as coisas pela casa para demonstrar o quanto estava aborrecido, mas aí teve a ótima ideia de pôr os filhos na cama e partir para a casa de Jeffrey e Delilah sozinho. No mesmo instante, passou para o modo pai. Deu banho nas crianças e uma dose de anti-inflamatório para Chloe, supervisionou a escovação dos dentes e se agachou para passar com os gêmeos por três capítulos de *A fantástica fábrica de chocolates*. Lá embaixo, Tess terminou o jornal, preparou uma xícara de chá de camomila e assistiu ao programa de TV que queria.

Depois de ler para as crianças, Greg desceu, mas não falou com Tess. Se contasse que ia para a casa de Jeffrey e Delilah, os dois brigariam. Ele não queria brigar. Queria liberdade. Sentia-se algemado à casa. Abriu a geladeira e pegou uma cerveja.

Tess perguntou:

– As crianças já dormiram?

Greg disse:

– O que você acha?

Ele estava irritado. E ressentido. Como um adolescente emburrado que Tess havia posto de castigo.

– Vá pra lá se quiser – falou ela.

Greg não gostou do jeito que Tess lera seus pensamentos. Ela tinha tanta certeza de que estava sempre um passo à frente dele. Ele disse:

– Vou trabalhar.

– Trabalhar? – indagou ela.

– Quero tocar – respondeu ele. – Se eu tocar aqui, vou acordar as crianças.

Puro brilhantismo. Tess não gostava de que Greg tocasse violão ou piano à noite porque as crianças *de fato* acordavam, toda vez. Elas adoravam ouvi-lo e não voltavam para a cama até que ele terminasse.

– Está bem – disse Tess. E Greg saiu.

A versão oficial de Greg sobre o que aconteceu naquela noite é a seguinte: ele chegou à escola e foi tocar piano em sua sala. Imaginava que estivesse tocando por cerca de uma hora quando April Peck chegou. Ele disse que ela estava encharcada. Seus cabelos louros grudados e pingando. As solas de seus sapatos chiavam contra o piso azulejado. Quando Greg olhou pela janela, viu que havia começado a chover. Então se deu conta de que April estava magoada, de que andara chorando. Ela usava uma jaqueta jeans e uma minissaia de brim. A jaqueta estava ensopada. April a tirou e pôs sobre o piano. Por baixo da jaqueta, ela vestia uma camiseta branca, que também estava molhada. Ele olhou para as próprias mãos e se curvou sobre as teclas. (Na versão não editada, Greg contou a Delilah que, naquele momento, se deu conta de que estava encrencado.) Parou de tocar e perguntou:

– O que você está fazendo aqui, April? São nove horas.

Ela respondeu, ainda chorando:

– Toque alguma coisa para mim.

Greg disse:

– Você não deve vir à escola fora do horário sem um motivo. Você tem como ir para casa ou quer que eu ligue para a sua mãe?

– Não tenho como voltar para casa. Foi Derek quem me trouxe para cá.

– Por que ele trouxe você *para cá*?

– Vi a luz da sua sala acesa e pensei que você estaria aqui.

– Vou telefonar para a sua mãe e pedir para ela vir buscá-la.

April desabou em soluços histéricos. Greg disse que ela se atirou em seus braços. ("E o que isso significa?", perguntou Delilah. Significava que ele estava sentado no banco do piano e ela se jogou no colo dele. "Então quer dizer que ela estava sentada no seu colo?" "Meio que estava. Era estranho. Tentei fazer com que se levantasse, tirá-la de cima de mim.") A camiseta branca de April estava molhada, e ela "não parecia estar usando sutiã". Greg disse que deu uns "tapinhas" nas costas da garota e tentou acamá-la.

– Levante-se! – disse ele. – Vamos.

Greg contou que ela envolveu seu pescoço com os braços e pressionou os seios contra seus ombros. Ele afirmou ter dado um pulo com tanta força que a derrubou no chão, e ela bateu a canela no pé do banco do piano. April gemeu de dor, muito embora tivesse sido apenas uma pancada e não pudesse ter se machucado tanto.

Ela disse:

– Só quero conversar com você.

Greg repetiu:

– Você não deveria estar aqui.

– Quero que você me leve a um lugar.

– Vou ligar para a sua mãe.

Greg achou o catálogo telefônico, mas o número não estava listado como Peck. A casa pertencia aos avós de April. Ele lhe pediu o número, mas ela não quis lhe dar. Greg pegou a jaqueta de April sobre o piano e encontrou o celular no bolso. Procurou o número da casa dela na agenda. A garota tentou alcançar o celular, mas ele o segurou acima da cabeça e, ao tentar tomá-lo, ela arranhou o rosto dele. Greg lhe deu o telefone e disse:

– Está bem. Então, resolva isso você mesma.

O arranhão no rosto de Greg sangrava. Ele mandou que April saísse logo da sala, apagou as luzes, trancou a porta e atravessou o corredor, deixando-a para trás. Ela o seguiu, chorando, implorando:

– Por favor, me leve para casa. Não ligue para a minha mãe. Ela acha que estou aqui com você, ensaiando.

– O quê? – perguntou Greg. Agora ele estava muito, muito nervoso. Também estava com medo e incrédulo. O que a mãe de April Peck pensaria de um suposto ensaio às nove da noite de um domingo? – Não posso levar você para casa. Andei bebendo. – Logo que disse isso, percebeu que tinha sido um grande erro. E foi então que se perguntou se April havia bebido ou usado alguma coisa. Apressado para ir até o carro, saiu na chuva. Estacionado ao lado de seu carro, estava o carro que ele sabia ser de April: um jipe Cherokee branco. Greg contou que espiou o banco da frente para se certificar de que aquele era mesmo o carro dela e viu um sutiã largado no banco do motorista. Entrou no carro e foi para casa, deixando April na chuva em frente à escola, aos prantos.

Ele disse que deveria ter ido para casa. Deveria ter se deitado ao lado de Tess e lhe contado exatamente o que havia acontecido. No entanto, não fez isso, pois não queria voltar para casa e para Tess e sabia que, se lhe contasse o que havia acontecido, ela ficaria furiosa. Ela encontraria algo de errado no jeito como ele havia lidado com as coisas (de fato, Greg reconhecia que lidara mal com as coisas, mas a situação era surreal). Tess iria criticá-lo, e os dois brigariam. Por isso ele tinha saído de casa mais cedo.

Portanto, Greg foi para casa de Jeffrey e Delilah. Todos ainda estavam lá: Addison e Phoebe, o delegado e Andrea. Delilah ficou empolgada e deu um grito de entusiasmo quando ele chegou. Preparou-lhe um prato de comida, que ele estava agitado demais para pensar em comer, mas ele mandou um coquetel para dentro no mesmo instante.

Jeffrey perguntou:

– Por onde você andou?

Addison comentou:

– O Parkers está jogando. Então, decidimos ficar.

Andrea perguntou:

– Cadê Tess?

– Em casa, com as crianças – respondeu Greg. – Chloe está com um pouco de febre.

Jeffrey perguntou:

– Você está bem? Está com uma cara péssima.

Todos se viraram para olhar para Greg. Aquele era o momento em que deveria ter contado aos amigos o que tinha acontecido, comentou ele com Delilah. Em detalhes.

– O que aconteceu com o seu rosto? – perguntou Andrea. Ela inspecionou o lugar onde April o arranhara. – Você está sangrando.

Greg não sabia o que dizer. Naquele momento, a verdade parecia grotesca e nada crível.

– A maldita cerejeira do quintal lá de casa – respondeu ele. – Não vi o galho.

Andrea lançou um olhar engraçado para Greg. Não acreditou nele. Imaginou que alguma outra coisa tivesse acontecido. Pensou... O quê? Que *Tess* o arranhara? Agora era a hora de acertar as coisas, mas Greg não queria gastar ainda mais energia com aquele encontro com April Peck. Isso seria um crime?

Então, ele mentiu. E mentira gera mais mentira.

– Tudo bem – disse Greg. Ele pigarreou. – Acho que também posso estar febril ou com alguma outra coisa.

Na tarde seguinte, April Peck registrou uma reclamação no escritório do superintendente.

A versão da garota foi esta: ela esquecera um livro do qual precisava muito em seu armário e passara na escola para apanhá-lo. Por sorte, o time de basquete masculino jogava, e a porta da escola estava aberta. Como o namorado de April, Derek, que se formara no ano anterior, jogava na liga masculina, ela parou no ginásio para procurá-lo, mas não o encontrou. Avistou uma luz acesa na sala de música, espiou pela janela, viu o sr. Mac e decidiu cumprimentá-lo.

Disse que estava chovendo e que foi encorajada pelo sr. Mac a tirar a jaqueta molhada. Que ele deu um tapinha no lugar ao seu lado no banco do piano e falou:

– Vou tocar uma canção para você.

April disse que recusou. Comentou com ele que só havia passado ali para cumprimentá-lo. Tinha que pegar seu livro e ir para casa para estudar.

Ele insistiu:

– Você não quer ficar e ouvir uma música? Lá em casa, ninguém quer me ouvir tocar.

Ela disse que não queria, mas concordou. Disse que se sentia incomodada sem a jaqueta porque sua camiseta estava tão molhada que chegava a ser transparente e ela estava sem sutiã. Que a música que o sr. Mac tocou, "Tiny Dancer", fez com que se sentisse desconfortável. Que ele estava mais do que cantando. Ele estava cantando a música *para ela*, de um jeito que parecia significar alguma coisa. April disse que, quando tentou se levantar, o sr. Mac parou de tocar, agarrou seu braço e a beijou. Que sua boca tinha gosto de cerveja. Que ele tocou um de seus seios por cima da camiseta molhada. Que dava para ver que ele tinha uma ereção.

Greg falou:

– Sei por que você veio aqui.

Ela se virou para ir embora – para correr! – e tropeçou no pé do banco do piano. Disse que ele lhe estendeu a mão, pedindo:

– Por favor, não vá embora. Preciso... Preciso... Preciso...

Ele agarrou seu braço de novo. Ela disse que estava com medo. Por isso, lhe deu um arranhão, com força, no rosto. Saiu em disparada da sala, da escola, até seu carro. Disse que, enquanto arrancava com o carro, o sr. Mac permaneceu na chuva, chamando seu nome.

Delilah ouviu as duas histórias, uma após a outra, na segunda-feira à noite. Ficou horrorizada. Ficou – de que outro jeito poderia explicar? – chocada.

Jeffrey falou:

– Temos que apoiar Greg. Ele precisa de nós. Isso vai estourar e virar uma daquelas histórias grandes e feias e arruinar a reputação dele.

Como sempre, Jeffrey tinha razão. As histórias percorreram a ilha como uma doença contagiosa. *Todos* falavam do assunto. Delilah sabia disso porque, pelo resto da semana, aonde quer que fosse – correio, lavanderia, supermercado, o Begonia – as pessoas paravam de falar quando ela chegava.

"Temos que apoiar Greg", dissera Jeffrey. "Ele precisa de nós."

Delilah ficou furiosa. Enquanto Tess estava de coração partido, arrasada, incrédula e confusa, Delilah estava apenas brava. Ela acreditava em April Peck.

Greg dissera: "Lá em casa, ninguém quer me ouvir tocar."

Verdade.

A boca de Greg tinha gosto de cerveja.

Verdade.

Greg tocara "Tiny Dancer" para ela. Aquela era a canção preferida de Greg. Sua trilha sonora. A melhor canção de seu repertório, a mais sexy, a mais emocionante. A canção que ele cantava quando queria alguma coisa da plateia. Sua canção sedutora.

Greg dissera: "Por favor, não vá embora. Preciso... Preciso... Preciso..."

De quê?

Delilah sabia quais eram as palavras seguintes. Ele dissera aquilo havia poucas semanas.

"De uma coisa."

Greg foi suspenso do cargo de professor por duas semanas. "Suspenso" era a palavra que percorria a cidade, com todas as suas conotações negativas. Greg era um adolescente inquieto que saíra para arranjar encrenca e conseguira. A administração da escola chamava a suspensão de "ausência temporária".

O dr. Flanders, o superintendente (que, pelo que Delilah soube por Thom e Faith, tinha lá os próprios segredos) disse:

– O sr. MacAvoy se ausentará por um tempo, até resolvermos o problema.

April Peck também se "ausentou temporariamente". Sua mãe, Donna Peck, que encorajara April a confrontar a administração, a levou logo para o Havaí. Hotel Four Seasons, em Maui.

Delilah se sentiu traída. Greg precisava "de uma coisa", mas por que essa "coisa" tinha que ser April Peck, uma sereia de 17 anos de idade com uma voz que era uma mistura de Renée Fleming e Alicia

Keys? April Peck era óbvia demais. Apareceu às nove horas de um domingo à noite, com a camiseta molhada e, ainda por cima, chorando, e Greg não teve força de vontade ou bom senso para expulsá-la?

Bem, ele disse que sim, mas Delilah não acreditou.

"Preciso... Preciso... Preciso..."

O que Delilah pensou foi: "Era para ele precisar de mim." O que alguns sabiam (Delilah, Jeffrey, Addison e Phoebe) era que o delegado tivera uma conversa em particular com o dr. Flanders em nome de Greg. Os dois se encontraram em uma câmara secreta na delegacia de polícia. O delegado passou para Flanders o equivalente a uma nota de cinquenta dólares para um maître ou exerceu sua considerável autoridade. Ele conversou com Flanders para fazer um favor a Andrea, que queria isso por Tess, que queria isso pelas crianças.

– Essa história tem que ser varrida para debaixo do tapete. Ele não pode perder o emprego. O que vamos fazer por dinheiro? Ele tem que ser totalmente inocentado.

E de fato a administração da escola decidiu acreditar em Greg. Não em absoluto, talvez, mas o bastante para salvar seu emprego e dispensar April Peck do High Priorities. Tanto Donna Peck quanto Derek Foster, o namorado de April, protestaram contra a decisão, mas não adiantou nada. Greg era concursado, trabalhava na escola havia doze anos sem provocar qualquer incidente, era pai de duas crianças pequenas, era respeitado e querido na comunidade, sua mulher era professora no distrito, ele era um bom músico e fazia de tudo no departamento de música, e o High Priorities era motivo de orgulho para a ilha: tinham vencido competições de nível estadual e nacional, tinham viajado para a Itália e Luxemburgo.

E havia a questão do delegado de polícia.

E o que apenas a administração sabia era que o professor de educação física do ensino médio, Bob Casey, há muito andava reclamando com a superintendência de que April Peck era lasciva, de que seu comportamento na escola era inapropriado e perigoso para professores que só tentavam ajudá-la.

E e *e!*, quando o superintendente e sua "equipe de interrogatórios" perguntaram a April Peck que livro ela havia ido buscar no armário na noite em questão, domingo, 23 de outubro, a garota vacilou.

– Que *livro*?

– Essa é a pergunta, srta. Peck. Que livro a senhorita veio buscar na escola?

– O senhor quer saber o título?

A equipe de interrogatórios fazia anotações freneticamente.

Ela indagou:

– Por que o senhor quer saber isso?

– É só uma pergunta – disse Flanders. – Queremos saber o título do livro que a senhorita veio buscar.

Por fim, ela respondeu:

– *Uma ilha de paz.*

Cuja leitura era requisitada aos alunos do primeiro ano do ensino médio. Não aos do último.

Ao receber a notícia desse erro em horário nobre, de que a mentira da querelante havia sido descoberta, Greg gritou, exultando sua inocência com uma confiança e um vigor que não tinham sido vistos antes.

– Essa garota é uma mentirosa! Ela mentiu o tempo todo!

Delilah preferiu acreditar que Greg mentia e ao mesmo tempo dizia a verdade, assim como April. A verdade estava entre uma versão e outra. A verdade era uma mistura dos detalhes dele e dos dela. No entanto, a verdade tinha sido queimada no incinerador, atirada no mar, a cento e sessenta quilômetros da costa. Nunca saberiam a verdade.

Durante semanas e, depois, meses, Delilah foi fria e distante com Greg. Fazia anos que lhe dava foras, sim, mas passara todos aqueles anos apaixonada por ele. Por certo, ele percebia isso. Por certo, ele compreendia que o fato de ter recorrido a April Peck magoava Delilah. Os guardanapos e porta-copos de papelão que costumavam chegar para ela agora diziam: "Você ainda me odeia?"

No palco, ele anunciava: "Esta é para você, Ash." E era "Kind and Generous", de Natalie Merchant. Ou "Landslide", a balada sentimental preferida de Delilah de todos os tempos.

Em fevereiro, quando o assunto já estava morto e enterrado para o público e quase entre os oito amigos, Delilah disse:

– Você enganou a todos os outros, mas não a mim.

E Greg falou:

– Que pena. Você é a única que importa.

Aquilo soou como uma besteira, mas, de todo jeito, ela acabou cedendo.

Se a história tivesse terminado ali, ainda teria sido horrível, mas, acima de tudo, teria sido perdoável. Teria sido catalogada como "Todos nós fazemos merda. E daí?"

Mas então...

Acelere quase até o máximo que puder ir (agora havia um ponto final, pois Greg estava morto), até a noite da véspera da morte de Greg. Outra noite de domingo. Agora era 19 de junho e o Begonia estava repleto de turistas que Delilah não conhecia. Era uma noite monótona. Delilah se sentia um pouco sem graça, no período pré-menstrual, um pouco para baixo. O aniversário de casamento de Greg e Tess era no dia seguinte, e os dois iriam velejar até o vinhedo. Fariam um piquenique com champanhe, Greg levaria o violão, tinha composto uma canção para Tess e eles passariam a noite no hotel Relais & Châteaux. Fabuloso.

Delilah tomaria conta dos gêmeos na ausência do casal?

Delilah tinha um complexo de Cinderela se manifestando e o orgulho ferido, e seu coração e suas esperanças. Nove meses antes, o casamento de Greg e Tess parecia um caso terminal, mas ali estava aquela relação, ressurgindo das cinzas como uma fênix. Ela fingia estar feliz pelos dois, mas não estava.

Às cinco para as dez, April Peck chegou ao Begonia. Delilah quase trombou com ela, que estava muito doida, e no marginal do Jimmy Choos. Ficou surpresa com o fato de os alarmes não terem disparado. Os alarmes contra vadias mentirosas.

Delilah apressou a garota. April usava um vestido rosa-claro estilo combinação todo bordado com flores minúsculas e um par de sapatos de salto fino prateados que pareciam caros. Ela estava estonteante e madura e confiante – nada parecida com as outras meninas que tentavam entrar ali. Se Delilah não soubesse, teria dito que a garota era maior de idade ou que estava perto o bastante disso para que a deixassem entrar. No entanto, ela de fato sabia.

– A cozinha acabou de fechar, April – disse Delilah. – E você é menor de idade. Então, não posso deixá-la entrar.

April a encarou.

– Como é que você sabe meu nome?

Delilah a encarou de volta. Qual seria a resposta inteligente? A verdade? Viviam numa ilha onde todo mundo meio que conhecia todo mundo. Delilah e Jeffrey iam a todas as apresentações do High Priorities para apoiar Greg, então ela supôs ter visto April Peck pela primeira vez no auditório do ensino médio, duas primaveras antes. Mesmo em meio aos adoráveis pássaros canoros, a garota se destacara. Era a mais bonita dentre as bonitas e fez um solo em "Fire". Sua voz era rica, esfumaçada, fervente e forte. Antes de toda aquela merda com Greg, April Peck era o tipo de adolescente que os adultos notavam, pois tinha as características de uma estrela. E, depois de toda aquela merda com Greg, Delilah detestava admitir, mas tinha seguido a garota uma ou outra vez.

Certa vez, a viu em frente à prateleira de revistas de uma loja (folheando *Elle* – previsível) e fez hora do outro lado, remexendo as conchas polidas que estavam à venda dentro de barris. Ela estudou April Peck, desconstruiu a garota: os cabelos, o jeans, a bunda, os seios, os lábios (que mexiam um pouco enquanto ela lia, o que fez com que Delilah lamentasse por ela). O celular de April tocou – parecia os sinos da Abadia de Westminster – e ela atendeu com sua voz de lençóis de seda.

– Alô.

April Peck saiu da loja, e Delilah a seguiu. A garota era fascinante. Por quê? Porque era o objeto do desejo de Greg. Greg estivera tão amargo e abalado naquela noite de domingo em outubro que poderia ter tentado agarrar qualquer uma. No entanto, havia sido April Peck por um bom motivo. Ela era perfeita. Delilah se permitiu alguns segundos de pura inveja. Em seguida, concluiu que encontraria um defeito. Seguiu a garota pela rua principal. April entrou num jipe Cherokee branco enquanto ainda falava ao telefone. Deu ré sem olhar pelo retrovisor e quase bateu em um cara em uma Ford F-350. O cara abriu a janela do carro para gritar, mas viu April e, em vez disso, assobiou.

Ali estava.

"Como é que eu sei o seu nome?", Delilah pensou. "Quando alguém arma uma situação como a que você armou com Greg, torna-se famoso no mesmo instante." Decerto, April sabia disso. Ainda assim, a pergunta confundia Delilah. Fazia com que ela se sentisse em desvantagem, na defensiva e estranha. Ela conhecia April Peck, mas April Peck não a conhecia. April Peck era uma celebridade e Delilah não era ninguém. No entanto, aquela era uma manobra da garota, uma tática para ganhar tempo.

– Não posso deixar você entrar – disse Delilah. – Você é menor de idade.

– Não sou, não – falou April.

– Você...

A garota abriu sua carteira palha e pegou um documento de identidade. Um documento de Massachusetts que fornecia seu nome, April Peck; seu endereço, estrada Polpis, número 999; e sua data de nascimento, 1º de junho de 1988. O que significava que ela tinha 21 anos e 18 dias de idade. Delilah observou o documento de perto. Era falso, claro. Parecia verdadeiro, mas era falso.

– Você está apresentando um documento de identidade falso?

– Não é falso. É verdadeiro. Tenho 21.

Delilah deu uma gargalhada.

– Você acabou de concluir o ensino médio. Sei quem você é, April, e sei quantos anos você tem.

– É uma longa história – disse April, entediada. – Não preciso comer. Já comi. Só quero me sentar e ouvir Greg tocar.

Greg. Aquela era uma boa dica – chamá-lo de Greg. Delilah usava um vestido da Diane von Furstenberg que exibia seus seios de forma magnífica. (Quando entrou no Begonia mais cedo, naquela noite, Greg falara: "Você pode usar esse vestido toda noite, pelo resto da vida? Por favor?") No entanto, o vestido também era justo no abdômen, que estava inchado por conta do período pré-menstrual. Comparando-se a April Peck em seu belo tamanho pequeno, Delilah se sentiu como uma vaca grumosa. Ela cruzou os braços.

– Não vou deixar você entrar.

April Peck deu um suspiro prolongado para que o mundo inteiro soubesse que ela estava perdendo a paciência.

– Chame a polícia. Peça a eles para verificarem o documento. – Ela encarou Delilah, desafiando-a. – Fique à vontade. Estou falando sério.

Delilah andara fantasiando sobre uma discussão, mas agora que aquilo estava acontecendo, sentia-se desconfortável. Estava em uma emboscada e não se mantinha firme. Era uma disputa, e Delilah estava prestes a terminar de cara na lama.

Sentiu um toque em suas costas. Greg.

– Deixe-a entrar – disse ele.

Delilah se virou para ele, chocada.

– Ela não tem idade para isso – argumentou.

– Delilah – insitiu Greg –, deixe-a entrar.

April se desviou de Delilah e entrou no bar. Sentou-se sozinha na mesa mais próxima ao palco. Delilah se sentiu como se estivesse assistindo a um filme de terror. Greg acompanhou April e conversou com ela por um minuto. April falou alguma coisa, e ele deu uma gargalhada. Ele deu uma gargalhada! Em seguida, subiu no palco e, jogando os cabelos, como era de se esperar, se sentou na cadeira e começou a cantar.

Delilah nunca bebia em serviço. Era uma boa regra, que ela seguia mesmo quando Addison e Phoebe estavam lá, ou o delegado ou até quando uma mesa cheia de universitários se oferecia para lhe pagar uma taça do que chamavam de "vinho chardonnay". Agora, porém, ela deu uma batidinha com os flancos nos de Graham, empurrando-o para o lado, e se serviu de uma taça de cabernet e uma dose de uísque Wild Turkey e levou os dois copos para o banheiro. Trancou-se na cabine para deficientes e virou o uísque primeiro – horrível. Em seguida, tomou um bom gole de vinho.

Aquilo era feio, não era? Greg passara por cima da autoridade de Delilah. Ele a humilhara. E por quem? Por April Peck bin Laden, a puta mentirosa sedutora com identidade falsa. A mesma mulher – garota! – que estragara seu casamento e sua reputação. Ela quase lhe custara seu emprego e a vida naquela cidade e, no entanto, ali estava Greg, defendendo-a, pondo-a para dentro, rindo de qualquer coisa sem graça que ela dissera. Ele estava no palco tocando para ela agora.

Delilah enrijeceu-se ao ouvir uma canção dos confins do banheiro. "Tiny Dancer". Impossível. Mas, sim, era o que Greg estava cantando. Ele não cantava aquela canção desde a confusão com April Peck, no outono anterior. No entanto, era o que estava tocando agora. Delilah tomou mais vinho, mas a bebida só alimentava o fogo de sua ira. De fato, acabava com os últimos fios de paciência e compreensão que lhe restavam. Ela deveria ligar para o delegado? Pedir para ele mandar alguém para acusar April Peck de falsidade ideológica? Ela deveria ligar para Tess? E dizer "Greg está no palco agora, cantando aquela música para April Peck"?

A porta do banheiro foi aberta, e Delilah ouviu Greg cantar com mais clareza. O segundo verso.

A garçonete-chefe, Amélia, que era uma verdadeira durona, vociferou:

– Delilah? Você está aí?

Delilah tomou mais vinho.

– Estou.

– E tem a intenção de voltar aqui para fora?

Delilah deixou o vinho sobre o porta papel higiênico. Não queria um escândalo em que April se tornasse a adulta e ela, a adolescente.

– Tenho – respondeu.

April Peck foi embora à meia-noite, quando Greg fez um intervalo. Ela havia consumido três taças de Pinot Grigio. Uma delas, como Graham contou a Delilah, tinha sido cortesia de Greg. April deixou uma baita gorjeta – quarenta pratas – o que fez dela Rainha por um Dia aos olhos mercenários de Graham. Ela saíra enquanto Delilah estava no banheiro feminino, virando mais uma dose de uísque seguida de mais uma taça de cabernet. Portanto, Delilah não a viu ir embora e não teve outra oportunidade de se defender. O que era bom ou ruim? Bom, concluiu ela. Na hora de fechar, já estava bêbada. Não conseguia fechar o caixa como precisava. Então, pediu que Graham fizesse isso e lhe deu vinte pratas às escondidas pelo incômodo.

Thom e Faith estavam em uma das extremidades do bar em forma de bumerangue com suas dezesseis ou dezessete vodcas, e Greg estava na outra, lamentando-se com uma cerveja Sam Adams. Delilah já tinha visto as cenas de lamentação de Greg milhões de vezes. Ele fazia aquilo como uma menina petulante de 12 anos de idade. "Se eu fizer olhos distantes e tristes, alguém irá me perguntar o que há de errado." Delilah tinha a intenção de sair do Begonia logo que o restaurante fechasse, sem dar uma palavra com ninguém. No entanto, estava bêbada o bastante para querer beber ainda mais. Greg estava sentado ali, meio dopado, e ela não conseguiu controlar a necessidade de expressar sua indignação.

Acomodou-se no banco ao lado de Greg, pediu uma taça de cabernet a Graham e sussurrou com malícia:

– Eu simplesmente não consigo entender.

– Sei disso – murmurou Greg.

– Você anda... falando com ela?

– Mais ou menos – respondeu ele.

– Mais ou menos! – exclamou Delilah. Ela falava como a esposa indignada, como a bruxa. Deveria ser a garota legal, alguém capaz de receber qualquer notícia e dar de ombros.

– Ela veio falar comigo pouco tempo antes de se formar – disse ele. – E decidimos consertar as coisas.

– Consertar as coisas? – repetiu Delilah.

– Deixar tudo para trás. Ela me pediu perdão.

Delilah estreitou os olhos.

– Essa garota é uma mentirosa.

Greg tomou um gole de cerveja. Sua postura relaxada começava a desaparecer.

– Bem, ela não tem 21.

– Não tem merda nenhuma – disse Delilah. – E você me fez deixá-la entrar no bar. Eu podia ter sido demitida por causa disso. O Begonia podia ter sido fechado.

– Ah, por favor – falou Greg.

– Eu simplesmente não *consigo entender* você – disse Delilah.

– Claro que consegue, Ash.

– Não – falou Delilah. – Não consigo. Você me contou a verdade sobre aquela noite com April? A merda da verdade toda?

– Contei – respondeu ele.

– Não acredito em você.

– Ninguém acredita em mim.

– Eu gostaria muito mais de você se simplesmente admitisse que mentiu. Nem me importaria se você dissesse que trepou com ela naquela noite. Desde que você me contasse a verdade.

– Tess se sente do mesmo jeito – falou Greg. – Mas não tenho nada a acrescentar nem a tirar da minha história. Mantenho o que disse. E, a essa altura, já passou. *Acabou*, Delilah. Não há razão para continuar tocando nesse assunto.

– Só que April veio aqui esta noite.

– Como eu disse, consertamos as coisas.

A cabeça de Delilah girava. Graham, atrás do balcão, era um holograma. Thom e Faith tomavam o cuidado de fingir que assistiam a uma reprise de Law & Order que passava na TV acima do bar, mas, na verdade, Delilah sabia que ouviam cada palavra. Ela não se importava com isso. Deitou a cabeça no balcão.

– Você não faz ideia do quanto eu te amo – falou.

Greg acariciou suas costas, mas não havia intenção em seu toque.

– Claro que faço, Ash – disse. Ele terminou a cerveja e pôs o copo sobre o balcão com um propósito.

– Você toca para mim? – pediu Delilah.

– Hoje, não – respondeu ele. – Hoje tenho que ir para casa.

"Está certo", pensou ela. Havia um grande aniversário de casamento no dia seguinte. Ele tinha conseguido chegar ao décimo segundo ano por muito pouco.

Greg se levantou para ir embora, e Delilah se levantou também, pensando: "Mude de ideia! Fique aqui! Toque para mim!" Ele iria mudar de ideia? Em algum momento antes de chegar ao carro, chamaria seu nome?

Greg não fez isso. Entrou em no seu carro, que estava estacionado distante do Rubicon de Delilah, e dirigiu para fora da cidade.

Ela não tinha a intenção de segui-lo. Os dois moravam a apenas um quilômetro um do outro, e, embora ele estivesse muito à frente, ela notou que ele não virou à esquerda na travessa Somerset como deveria para ir para casa. Greg seguiu em frente. Ia na direção da praia Cisco.

Então era isso? A deixa de Delilah? Será que Greg sabia que ela estava atrás dele? Era para ela segui-lo? Delilah checou o celular em busca de uma mensagem de texto: nada. Decidiu segui-lo mesmo assim e fez uma curva que lhe deu vertigem. Deu seta e parou no acostamento. Estava muito bêbada. Não deveria estar dirigindo. Se a polícia a pegasse, ela não passaria no teste do bafômetro. Estava tão bêbada que quebraria o aparelho. Alheio a tudo aquilo, Greg acelerou. Para tantas coisas, ele era apenas um menino. O que ela estava fazendo? Tinha um homem em casa. Jeffrey era velho demais e Greg era jovem demais. Aquilo era ridículo. Ela não podia ir atrás de Greg daquela maneira. Precisava voltar para casa e ir para a cama. Tinha que cuidar dos gêmeos no dia seguinte e gostava de se sentir disposta quando eles iam para a sua casa. Se liberasse o PlayStation para as crianças enquanto tirava um cochilo, Tess ficaria sabendo. Delilah estava tão bêbada que não confiava em si mesma para ser uma fortaleza diante de Greg. Ela se entregaria a ele naquela noite, dentre todas as noites, e isso acabaria em confusão. Estragaria tudo.

"Dê a volta!"

Aquele era um conselho tão bom, mas Delilah o ignorou. As luzes traseiras de Greg eram dois pontinhos vermelhos ao longe, e, em seguida, ele fez a curva perto da peixaria de Sandole e ela o perdeu de vista. Delilah prosseguiu na velocidade permitida por lei.

Jeffrey sempre dizia que Delilah era uma gata porque conseguia enxergar no escuro. Esse era um de seus vários talentos não valorizados, e naquela noite ela se sentiu agradecida por tê-lo. Estava a quatrocentos ou quinhentos metros de distância quando avistou dois carros estacionados no final da praia Cisco. Dois carros: um era o 4Runner de Greg e o outro era um jipe Cherokee branco.

Delilah virou na primeira entrada para carros que viu. Uma voz gritava em sua cabeça – sem palavras, só gritos. Ela olhou de novo. Estava muito, muito bêbada, uma testemunha não confiável. Sim, era mesmo um jipe Cherokee branco. O carro de April. Greg havia ido para a praia Cisco, para o lugar dos dois – dele e de Delilah – para se encontrar com April Peck e... o quê? Consertar um pouco mais as coisas?

Gritos.

Delilah deu ré no carro, saindo da entrada, deu a volta e foi para casa.

Jurou que nunca mais falaria com ele. Não se importava com o tipo de ruptura que isso provocaria no grupo. Greg MacAvoy era um rato, um canalha, e Delilah não falaria mais com ele.

Na manhã seguinte, Tess apareceu pouco depois das nove para deixar os gêmeos. Delilah se sentia um lixo completo. Tinha vomitado o conteúdo de seu estômago em um tom de cabernet vívido. Tinha chorado e descontado tudo em Jeffrey. Seu corpo pesava, sua cabeça doía, seu estômago se contraía. Ela estava sem equilíbrio e exausta. Não havia dormido por um minuto sequer. Não conseguia parar de pensar nos dois carros, lado a lado e, então, na cena imaginada entre Greg e April que vinha em seguida.

Delilah havia tomado banho, se vestido e preparado waffles belgas com bananas caramelizadas e chantilly para o café da manhã das crianças. Tinha que manter as aparências para Tess. Delilah levaria as crianças para a praia, depois para colher morangos na fazenda, depois para casa fazer geleia e comer hambúrgueres com queijo e talvez terminar o dia com sorvete, estalinhos no deque dos fundos e uma partida de Banco Imobiliário.

Quando chegou com as crianças, Tess parecia um pouco distante. Estava adorável com o sutiã do biquíni vermelho e shorts de brim brancos, lindos chinelos e óculos de atriz inexperiente que espera se tornar uma estrela, mas seu sorriso era hesitante. Havia alguma coisa em sua mente. O que seria? Ela estava completamente apoplética quanto a deixar as crianças. Beijou cada um meia dúzia de vezes, disse "Amo você" quatorze vezes e voltou do carro para mais um abraço em cada um.

– Amo tanto vocês, por favor, por favor, sejam bons, façam escolhas saudáveis, volto hoje à noite ou, no máximo, amanhã de manhã, dependendo de como seu pai se sair com o veleiro. Está ventando muito.

Delilah sabia que Tess tinha receio de velejar e de praticar qualquer outro esporte que envolvesse mar aberto. Então, perguntou:

– Tess, você está nervosa porque vai velejar?

– Apavorada – respondeu ela com clareza. Em seguida, fitou os olhos de Delilah com o que pareceu uma quantidade indecente de sinceridade.

Delilah ponderou as coisas por um instante em silêncio. A sinceridade não deveria ser retribuída com sinceridade?

Ela não suportava pensar nisso agora. Não suportava! Não havia volta para a decisão que Delilah tomou assim como não havia volta para a falta de consideração de Greg assim como Tess e Greg não podiam ser trazidos de volta do mundo dos mortos. Tudo estava feito e acabado.

No entanto, aquela confusão toda crescia dentro de Delilah. Ela estava fisicamente saudável, mas seu estado emocional era perturbador. Duas semanas depois da morte de Greg e Tess, ela já tinha quase provocado quatro batidas de carro catastróficas. Dirigia, mas não prestava atenção. Não dormia. Phoebe lhe deu soníferos o bastante para praticar a eutanásia em um batalhão e, ainda assim, ela não dormia. Passava o dia todo cansada, com as crianças. Deixava os meninos na colônia de férias e precisava programar o timer da cozinha para se lembrar de buscá-los. Não tinha forças para pescar nem caminhar pelo Quaise Swamp nem sair de caiaque da praia Jetties. Dava dinheiro demais às crianças para comprarem petiscos ou as deixava no cinema e passava duas horas dentro do carro com o ar-condicionado ligado, alheia, observando as pessoas entrarem no Begonia e saírem. Ainda não tinha dado uma resposta a Thom e Faith quanto ao emprego, mas teria que lhes contar em breve que não voltaria mais.

Delilah parou de cozinhar. Toda noite era pizza ou alimentos já prontos da fazenda. E havia parado de beber. Essa última mudança deve ter soado como uma mudança para melhor – melhor, por certo, do que Delilah beber até entrar em coma toda noite. No entanto, seu relacionamento com o álcool sempre foi positivo, e agora o álcool era mais uma coisa que ela não conseguia se permitir apreciar.

Delilah tentava ser gentil com Jeffrey, que, por sua vez, era de uma solicitude extraordinária com ela. Trazia flores e vegetais recém-colhidos e conservas que as meninas da cozinha da fazenda haviam preparado. Ficava com os filhos para deixá-la dormir. Não dizia: "Pizza de novo?" Olhava para o luto de Delilah e o considerava normal. Tinha receio dos remédios para dormir e estava feliz por sua abstinência. Sabia que havia algo mais, mas não perguntava o que era.

Que ela amava Greg e que ele a amava, mas que os dois não tinham vivido esse amor.

Que Greg tivera um relacionamento com um tipo de lourinha bin Laden.

Que Delilah não havia sido corajosa o bastante para dizer a verdade.

ANDREA

Na primeira semana de julho, estava quente demais para dormir. O delegado e Andrea costumavam instalar um ar-condicionado na janela do quarto, mas, naquele ano, não fizeram isso. Os gêmeos acordavam muitas vezes pela noite, e Andrea queria ser capaz de ouvi-los. Ela tomava remédios para dormir, mas não funcionavam. Deitava-se na cama, suada e drogada e tão psicologicamente confusa que não conseguia dormir.

Durante o dia, era um zumbi.

Já tinha passado da negação, ou, pelo menos, era o que pensava. Sabia, racionalmente, que Tess estava morta e não voltaria. Resistia à vontade de ligar para a casa de Tess na esperança de ela atender. Não dirigia até a casa de Tess para ver se ela estava no jardim da frente, arrancando as partes secas dos lírios. Ed passava o tempo todo no trabalho. Era seu dever garantir a segurança pública da ilha vinte e quatro horas por dia, sete dias por semana. Além disso, pensava em Tess e Greg. Tentava descobrir o que tinha acontecido. Será que Andrea não queria saber o que tinha acontecido?

Não, não queria. Ela só queria que aquilo desacontecesse.

Andrea estava em algum outro estágio do luto, um estágio não previamente documentado pelos autores de livros sobre luto. Estava num estágio que deveria ser conhecido como Longos Períodos de Estupor e Exaustão Pontuados por Episódios Psicóticos.

Certo dia, entretanto, ela foi até a praia para nadar. Foi ideia de Ed. Ele era um grande proponente de "voltar ao normal". Mesmo que Andrea não se sentisse normal, poderia fazer coisas normais, e talvez isso ajudasse.

– Vá à praia – disse ele. – Nade.

Ela vestiu um maiô. Pegou uma toalha e os óculos de sol. Acomodou-se no lugar de sempre na praia. Era a primeira semana de julho, e a praia estava lotada de pessoas vivendo suas vidas normais, felizes, de férias. Como conseguiam fazer aquilo? Andrea andou até a água. Foi tomada por um pavor horrível, uma revelação doentia, que não era nova de forma alguma, mas que a atingiu de um novo jeito.

Ela não havia se tornado freira.

Andrea permanecera aos pés do corpo prostrado de Tess de 9 anos de idade e rezara a Deus. Na verdade, fizera um pacto: "Poupe a vida de Tess e dedicarei minha vida ao Senhor."

Entretanto, como foi fácil deixar de cumprir sua parte do trato depois que Tess ficou bem. O que acontecia com quem fazia isso? Esse alguém acabava no inferno.

Ela, Andrea, estava no inferno.

Não conseguia nadar. Não conseguia sequer voltar para o carro. Teria que telefonar para Ed e pedir que ele fosse buscá-la. Ele havia ido até lá quase duas semanas antes para lhe dar a notícia. (Ela não conseguia pensar nisso.) Andrea pegou o celular para ligar para a delegacia, mas não havia sinal. Não podia ligar para a casa de Tess porque ninguém atenderia.

Ela jogou o celular no mar.

Um cara em uma toalha a poucos metros dali disse:

– Calma!

Ed estava no trabalho tentando descobrir "o que acontecera", mas Andrea já sabia. Ela fizera uma promessa e não cumprira. Deus esperara anos e anos, mas voltara para buscar Tess.

Andrea olhou sem expressão para o cara da toalha.

Precisava de ajuda.

Aquele era o fundo do poço. Fazia duas semanas que Tess e Greg haviam morrido. Molly, a despachante, deixara um livro sobre luto, que Andrea não foi capaz de ler, mas tinha certeza de que, se lesse, ele diria que o luto possuía uma trajetória e que, duas semanas após uma morte, o enlutado atingia o fundo do poço. Atirava uma travessa de bifes de costela no jardim. Jogava o celular no mar.

No entanto, no dia seguinte, Andrea acordou se sentindo ainda pior. Como poderia se sentir pior se já tinha chegado ao fundo do poço? Ela estava desesperada e inquieta. Não conseguia preparar o cereal das crianças nem o almoço. Pediu a Kacy para fazê-lo, e ela o fez sem reclamar enquanto Andrea permanecia sentada à beira da cama, paralisada. A cama estava desarrumada. Ela deveria arrumá-la. Ed iria tolerar muitas coisas, mas não uma cama desarrumada. Ela não conseguia arrumá-la. Kacy era uma filha tão boa. Devia ter o próprio pesar, devia sentir saudade de Tess e Greg também, mas Andrea não conseguia perguntar. Ela começou a chorar.

Kacy veio até o quarto e disse:

– Vou de bicicleta com os gêmeos para a colônia de férias.

Andrea assentiu. Kacy não saiu. Ela continuou:

– Mas eles querem ir à praia hoje à tarde, mamãe. E você prometeu que os levaria.

– Prometi? – Andrea não se lembrava de nada.

– Prometeu.

Ela respirou fundo. Ar. Às vezes, ar ajudava. Como bem naquele instante. Andrea acreditava que pudesse levar as crianças à praia – para a costa norte, onde era tranquilo – e vigiá-las como um falcão enquanto nadavam. E, então, mais tarde, talvez à noite, ela perguntasse a Kacy como se sentia com relação a tudo aquilo. Ed acreditava muito no poder de botar os sentimentos para fora.

– Saia de dentro de si mesma por um minuto – disse ele. – Ligue para Delilah ou Phoebe.

No entanto, Delilah e Phoebe já não importavam mais. A única pessoa que importava se fora.

Quando as crianças chegaram em casa, depois da colônia de férias, Andrea estava pronta. Usava um maiô e uma canga. Havia embalado algumas caixas de suco e biscoitos. Não tinha feito nada a manhã inteira, a não ser permanecer sentada à beira da cama, inspirando e expirando, tentando se preparar para uma tarde na praia com os gêmeos.

De fato, não existia explicação para o que aconteceu. As crianças vestiram seus trajes de banho, calçaram os chinelos e esperaram na porta do quartinho na entrada. Eric estava em casa e preparava um sanduíche de presunto para comer antes de ir trabalhar. Andrea encheu uma sacola de pano de brinquedos de praia. Sentiu uma explosão de ansiedade de repente, como se alguém soprasse um balão na cavidade de seu peito.

Então, falou:

– Vamos à praia, mas as crianças não têm permissão para pôr os pés na água.

– O quê? – indagou Chloe.

– Queremos nadar – disse Finn.

– Não – recusou Andrea.

Como explicar seu pânico frio e evidente? Se os gêmeos nadassem, iriam se afogar. Andrea havia sido salva-vidas durante anos. Sabia do que estava falando. Eles iriam se afogar, e ela não seria capaz de salvá-los. Estava além de sua capacidade salvar qualquer um.

Ela deu uma olhada no quartinho, em busca de algo para jogar. Avistou o violão de Greg. Não estava raciocinando. Não era, naquele momento, um ser humano. Era um robô com um curto-circuito. Tirou o violão do estojo, o levou para a cozinha e o despedaçou contra o topo da bancada.

O violão quebrou, as cordas arrebentaram. O barulho desagradável saciava Andrea, a destruição satisfazia uma necessidade vinda de algum lugar em seu interior obscuro. Quebre! Quebre! Ela estava tão brava.

Os gêmeos choravam. Andrea não se deu conta disso até Eric chamar sua atenção. Eric, seu filho de 15 anos, prendeu-a em um tipo de golpe mortal que deve ter aprendido com o pai ou com as lutas a que assistia na TV.

– Largue o violão, mãe. Os gêmeos estão chorando.

Ela largou o violão, que caiu fazendo um estrondo. Os gêmeos se agarraram um ao outro.

Aquele era o fundo do poço, pensou Andrea. O ponto mais baixo na trajetória de qualquer luto.

Certo?

O DELEGADO

Ele passava cada minuto livre que tinha estudando o laudo do exame toxicológico. Desejando que aquilo fizesse sentido. Desejando que aquilo revelasse algo diferente. Haviam sido encontrados opiatos na corrente sanguínea de Tess. O tipo de opiato que costuma ser encontrado na heroína. Heroína! No entanto, Danny Browne afirmou não ter achado nenhuma marca de agulha.

– E então? – perguntou o delegado. – Ela cheirou heroína?

– Parece que não – respondeu Danny.

Não importava. O delegado repetia essa frase. Greg e Tess estavam mortos e nada os traria de volta. Todavia, o delegado detestava pensar que Tess estivesse sob o efeito de alguma droga. Greg a teria drogado? Teria levado a esposa para velejar porque queria machucá-la? Ela tivera uma mecha de cabelos arrancada. Talvez ele tivesse tentado salvá-la. Não importava, mas importava, sim. Uma sequência de eventos se desdobrara no mar e ninguém sabia do que se tratava. Ambos haviam bebido. Tess estava drogada. Existia tanta raiva entre os dois. Mas era seu aniversário de casamento, e Andrea preparara aquela cesta de piquenique. Cinco ligações de Addison em meia hora. Está vendo? O delegado se mandou parar de pensar naquilo, mas não conseguiu. E não havia ninguém com quem discutir o assunto.

Jeffrey, talvez. O delegado iria pensar nessa possibilidade.

Seu telefone tocou. Molly avisou:

– Delegado, seu filho está na linha três.

Ele enfiou o laudo do exame toxicológico na gaveta de sua mesa e a trancou.

Não esperava aquela ligação. Eric disse:

– A mamãe enlouqueceu de vez.

E o delegado, preparando-se, perguntou:

– O que você quer dizer com isso?

– Ela quebrou o violão de Greg na frente dos gêmeos e agora se trancou no quarto. Eles estão chorando.

– Onde está Kacy?

– No trabalho. Eu também estava me aprontando para ir trabalhar, mas a mamãe surtou. Aí, liguei para a loja e avisei que vou me atrasar um pouco.

– Aconteceu alguma coisa que aborreceu sua mãe?

Eric pediu:

– Você pode vir para casa, por favor?

O delegado tinha uma tonelada de trabalho a fazer. Tinha que posicionar o destacamento de verão inteiro e definir suas tarefas para o feriado de 4 de Julho, Dia da Independência. Tinha avisos de "proibido estacionar" para afixar, barreiras para erguer e haveria uma festa na avenida Hulbert à qual o ex-presidente Clinton compareceria, portanto, ele teria que lidar com o serviço secreto. O delegado nem ao menos planejara sair para almoçar, mas agora... Bem, aquilo não parecia algo que ele pudesse ignorar.

– Preciso sair – avisou a Molly. – Volto logo.

Em casa, as coisas estavam exatamente como Eric relatara. As crianças estavam com seus trajes de banho e toalhas enroladas no pescoço, sentadas em frente à TV, comendo um saco de biscoitos sem nem se dar conta. Sua respiração era instável e soluçante. O violão estava caído no meio do chão da cozinha, despedaçado, com as cordas arrebentadas.

O delegado foi até o quarto. Estava trancado. Ele chamou uma vez, por consideração.

– Andrea? Abra a porta.

Nada. Seu coração disparou. Andrea jamais faria alguma coisa para se machucar. Não tinha isso dentro dela. No entanto, ao que parecia, tinha o bastante dentro de si para fazer um número de destruição de instrumentos como o da banda Mötley Crüe, o que o delegado também achava inaceitável. Ele alcançou o lintel e puxou o pino que abriria a porta.

Entrou no quarto. Andrea estava de bruços na cama, com a cabeça soterrada por uma pilha de travesseiros. Usava seu maiô preto e uma canga preta, laranja e rosa-choque que comprara na viagem a Sayulita, no México.

– Andrea?

Ela não se mexeu, mas estava respirando. O delegado se sentou ao lado da mulher. Suas mãos estavam geladas e ele tinha receio de tocá-la com mãos tão frias. Tinha receio de tocá-la. Andrea era impressionante em seu luto, apavorante. Qualquer coisa que ele ou as crianças dissessem ou fizessem poderia afetá-la – ela iria gritar ou repreendê-los ou começar a chorar a ponto de parecer ter um ataque epiléptico. Aquilo enervava as crianças – seus filhos e os gêmeos – e fazia o delegado se sentir tanto bravo quanto impotente. O luto de Andrea era mais intenso do que o de todos os outros porque Tess era sua prima e melhor amiga e tudo o que há entre uma coisa e outra. Também havia um sentimento de culpa que se misturava a tudo aquilo, por causa do acidente do afogamento vinte e seis anos antes, por ter levado Tess para Nantucket um dia.

– Não consegui salvá-la, Ed! Não consegui mantê-la em segurança!

O delegado ouviu Andrea falar enquanto adormecia, mas é claro que não tinha palavras para confortá-la, pois sua tristeza ficava cada vez pior e se manifestava de formas cada vez mais desconcertantes.

Bater com o violão de Greg no balcão da cozinha?

O delegado tentou, com delicadeza, lembrar Andrea de que ela era responsável por mais duas vidas agora – vidas jovens e impressionáveis. Ela havia pedido a custódia das crianças, havia requisitado aquelas crianças e agora tinha que *as criar*. Tinha que lidar razoavelmente com o luto. Tinha que dar o exemplo. Se fosse pressionado a compartilhar seus pensamentos mais sinceros, o delegado diria que Andrea não servia para criar os gêmeos, não naquele momento. Ela deveria ter deixado Delilah ficar com as crianças durante o verão quando esta se ofereceu. Assim, Andrea teria tempo e espaço para exorcizar o demônio de seu luto.

– Andrea? – chamou ele.

Ela não respondeu. Ele tirou os travesseiros até ela ficar exposta. Os olhos dela estavam abertos.

– Preciso de ajuda – falou Andrea.

PHOEBE

Ela fizera o impensável.

Recebera um convite para a festa do feriado de 4 de julho na avenida Hulbert, uma festa grande, badalada, oferecida pela veranista Caroline Nieve Masters, e o aceitara.

Caroline e Phoebe tinham trabalhado juntas no corpo de diretores do Ateneu, dez anos antes. Na época, eram amigas. Com o passar dos anos, desde 11 de setembro, quando Phoebe renunciou à diretoria do Ateneu e a dois outros cargos que ocupava, ela e Caroline perderam o contato. Houvera um encontro estranho, quando Caroline viu Addison e Phoebe jantando no restaurante 21 Federal. Ela se aproximou da mesa, animada, e perguntou se Phoebe consideraria a possibilidade de participar do comitê do Circus Flora. Phoebe e Addison haviam saído para comemorar o trigésimo quinto aniversário dela, que também seria o trigésimo quinto aniversário de Reed. No entanto, ele não faria 35 anos porque havia virado pó e, para compensar esse fato, Phoebe tomara três valiuns e, para se anestesiar ainda mais, uma das pílulas contrabandeadas que conseguia com Brandon, que este chamava apenas de Número Nove. Acrescente uma taça e meia do abusivamente caro Meursault que Addison pedira para relaxar um pouco e o resultado era Phoebe num torpor tão grande que mal era capaz de sustentar a cabeça sem se apoiar sobre a mesa. Ela olhou para Caroline, mas não a viu. Falou, mas não disse nada inteligível.

Caroline parecia confusa, e Addison explicou:

– Phoebe está tentando se manter desocupada ultimamente.

Caroline disse que era claro que compreendia e bateu em retirada de imediato. Phoebe nunca mais teve notícias dela desde então e a vira apenas de passagem. Exatamente como com o restante das amigas de sua vida anterior.

Portanto, o convite foi uma surpresa. E ainda mais improvável era o surto de ansiedade que Phoebe teve. Ela queria ir àquela festa. Perguntou a Addison se poderiam ir à festa de Caroline Masters no feriado. Ele olhou para ela, indiferente, e deu de ombros. Addison era o emocionalmente incapaz agora. Desde a morte de Tess e Greg, ele fazia pouco mais do que tomar uísque, encarar o nada pela janela e chorar enquanto dormia.

Phoebe não podia ajudá-lo. Ele estava por conta própria. Phoebe não era capaz de se enlutar pela morte de Greg e Tess desde sua explosão no estacionamento do restaurante. Gastara toda a sua tristeza e todo o seu horror e agora estava vazia. Se é que sentia alguma coisa, estava melhor do que estivera durante anos. Era o oposto. Sentia-se quase normal. Olhou para seus frascos de comprimidos e pensou, "Eu realmente não preciso disso." Mas os tomou, apenas para prevenir.

O melhor da festa de Caroline Master é que esta seria uma fuga da desgraça tempestuosa de Tess e Greg. A anfitriã, seus vizinhos de verão de Nantucket e seus amigos elegantes de Nova York não conheciam os dois nem sabiam que Phoebe havia perdido amigos chamados Tess e Greg. Phoebe estaria livre disso.

Ela comprou um vestido de festa vermelho na Eye of the Needle e marcou hora no cabeleleiro. E no dia 4, às seis da tarde, quando Addison se esparramou na poltrona com seu Jack Daniel's e ligou a TV no canal Wimbledon, Phoebe declarou que, se ele não fosse tomar banho e se trocar, ela iria à festa sozinha.

– Está bem – disse ele. – Então vá.

Addison falou aquilo para desafiar Phoebe. Pensou que ela fosse amarelar. Phoebe não saía à noite sem Addison desde a morte de Reed. No entanto, naquela noite, sim, ela iria, com ou sem ele. Era tão estranha a forma como se sentia. Sentia-se renascida, como se tivesse sido preservada no gelo durante todos aqueles anos e este começasse a derreter. Ela se sentia livre! Não podia ajudar Addison com seu luto, mas podia ser gentil. Afinal, ele permanecera ao seu lado por anos e anos.

– Tem certeza de que não quer vir? – perguntou ela. – Vai ser divertido, Add. Swede e Jennifer devem estar lá. E aquele amigo deles, Hank. Costumávamos nos divertir com eles, lembra? Talvez Hank nos convide para outro passeio de barco.

– Nada de barcos – disse Addison. Ele parecia um autista, soltando frases curtas e repetindo-as sem parar. A frase que mais resmungava era para si mesmo, que Phoebe sabia que não era para ela ouvir, era "Ele a matou".

Querendo dizer que Greg matara Tess. Phoebe, porém, fazia uma ideia diferente daquilo.

– Está bem, nada de barcos – falou ela. Nada de velejar, nem de qualquer tipo de barco. – Desculpe. – Agora, lidar com Addison era como lidar com uma criança. Ele passava o tempo todo tão bêbado que ela tinha que despi-lo quase toda noite, levá-lo até o chuveiro e botá-lo na cama. Quanto mais pensava nisso, mais acreditava com firmeza que seria uma péssima ideia arrastar Addison para aquela festa. Ele iria beber demais e constranger os dois.

Phoebe beijou o topo de sua careca.

– Estou indo. Chego em casa... bem, quando eu chegar em casa.

Ele assentiu. Então, resmungou algo que ela não ouviu, mas também não lhe pediu para repetir.

Ela estava livre! Estava (levemente) dopada por suas pílulas da alegria e tinha tomado uma elegante taça de champanhe no banheiro enquanto se aprontava. Tudo aquilo se combinava, provocando uma sensação de aconchego e otimismo. Phoebe havia sido contagiada pelo clima do feriado. Como era mesmo aquela música que ela e Reed tocavam na escola? "Hey, baby, it's the Fourth of July!" O pai deles, Phil, comprara um jipe e dera de presente a eles em seu aniversário de 16 anos. O jipe vinha com um toca-fitas e caixas de som ruins, cujos limites eles exploravam. Phoebe tinha carteira de motorista, mas sempre deixava Reed dirigir. Nunca ninguém sabia para onde iam, mas Phoebe poderia afirmar com certeza que aqueles passeios com Reed ao volante e a janela aberta ao cheiro da terra no crepúsculo de Wisconsin e a música berrando foram os dias mais felizes de sua vida.

Agora ela se sentia quase tão feliz quanto naquela época.

Quando descobriu o caso de Addison e Tess, pensou que fosse apenas sexo. Não era nenhuma idiota. Entendia as necessidades dos homens e, como fazia anos que se via incapaz de ter um orgasmo, presumiu que Addison recorreria discretamente a algum outro lugar. Phoebe recebera a dica da secretária de Addison, Florabel, sobre o chalé em Quaise. Addison "mostrava o chalé aos clientes" várias vezes por semana, comentara ela, mas o estranho era que ninguém queria alugá-lo. Quando Phoebe foi procurá-lo ("Ele passa o tempo todo lá", disse Florabel), viu o carro de Tess estacionado na entrada de terra. Phoebe não conseguiu acreditar naquilo. Então pisou na ponta dos pés até a janela e os viu juntos. Por meio de um pequeno trabalho investigativo, descobriu que Addison e Tess estavam apaixonados. Phoebe estivera impossibilitada demais nos confins da própria mente para invocar a raiva que sabia que deveria sentir por causa daquilo. Em vez disso, assistia (em silêncio, em segredo) enquanto o amor dos dois desabrochava.

Assistia àquilo como se fosse um programa de TV. Addison estava mais apaixonado do que Tess. Phoebe previa que o caso acabaria mal. E de fato acabou.

O trânsito estava sendo desviado na avenida Hulbert. Estava uma confusão, e Phoebe temia que seu bom humor fosse estragado por algo tão comum quanto um longo e sinuoso desvio. No entanto, ali, parado na esquina, em seu elegante uniforme preto e branco, estava o delegado. Phoebe abriu a janela.

– Ed! – gritou ela. – Eddie!

Ele sorriu e veio andando na sua direção. Phoebe adorava o delegado. Ele havia ido para o Marco Zero para ajudar na força de lá. Vira tudo em primeira mão, passara uma semana inalando fumaça tóxica, lidara com um trilhão de escombros. Sentira um trilionésimo da dor de Phoebe, mas isso era mais do que qualquer outro.

– Aonde você vai? – perguntou ele. – Onde está Addison?

– Ele está em casa – respondeu ela. – Vou à festa na Hulbert.

– O presidente Clinton vai a essa festa – comentou o delegado. – O que explica por que essa confusão está ainda maior do que o de costume. Vou pedir a um dos rapazes para deixar você passar.

– Obrigada, Eddie – disse ela.

– Faço qualquer coisa por você, querida – falou ele. O delegado piscou e estalou a língua. Phoebe o amava. Temia que um dia ele se decepcionasse muito com ela, mas não deixaria isso acabar com seu bom humor naquele momento.

Passou pelo delegado e acenou.

Na festa, serviam champanhe em uma bandeja e coisas deliciosas para comer: bolinhos de siri, empanados de milho, ostras, filés com pão francês, folhados de espinafre e queijo de cabra, cogumelos recheados. Phoebe comia mais naquela festa do que tinha comido desde o segundo ano do ensino médio. Uma banda tocava Sinatra, Bobby Darin, Boz Scaggs. Ela viu pessoas que conhecia, mas que não via fazia séculos.

– Você está de volta! Por onde andou?

– Ah, por aí – respondeu ela. Teria que pensar em uma resposta melhor. Diria que passara oito anos em silêncio em um monastério budista. Que estivera no sul da França ou em Santa Fé. Que estivera na ilha do vinhedo de Marta! Quando Caroline Masters avistou Phoebe, pegou-a pelo braço e lhe fez companhia. Tornou a apresentá-la aos outros.

– Esta bela criatura é Phoebe Wheeler, a melhor codiretora que já tive.

Phoebe conheceu o presidente Clinton! Ele perguntou de onde ela era, e ela respondeu:

– Passo o ano inteiro na ilha. Meu marido é dono de uma imobiliária aqui. Mas sou nascida e criada em Whitefish Bay, fora de Milwaukee.

Milwaukee! O presidente Clinton adorava Wisconsin, adorava Whitefish Bay, adorava aquele tipo de cheddar que faziam na universidade, adorava o time de futebol americano de lá, o Green Bay Packers. Durante o seu governo, o ex-jogador Brett Favre estivera na Casa Branca duas vezes.

Quando o presidente se voltou para outros convidados, Phoebe foi cercada. As pessoas pareciam fazer fila para conversar com ela. Swede e Jennifer a monopolizaram. Sentiam tantas saudades dela! Você se lembra de todos aqueles passeios no barco de Hank aos domingos? Jennifer perguntou a Phoebe se ela gostaria de organizar um coquetel em prol da conservação da ilha, que aconteceria na savana, em agosto.

– Sei que faz tempo que você não trabalha com isso, mas...

Phoebe entrou em pânico. Era como se estivesse caindo. "Reed!" Seus pés se anestesiaram por causa da ulceração. Ela estava presa na neve e não conseguia mexer os braços nem as pernas. Não conseguia alcançar o celular. A excelente saúde mental de Phoebe naquela noite havia sido uma ilusão: era algum tipo de encanto que agora se desfazia.

Ela abriu a boca para falar, mas não emitiu som algum. Sentia-se como um peixe.

O delegado estivera no Marco Zero. Ele compreendia isso. Tinha visto e sentido o cheiro da tragédia. Addison nunca compreendeu, mas permanecera ao lado dela. Permanecera ao lado dela até se envolver com Tess. Está bem, Phoebe precisava se controlar. Não deveria pensar em Reed e não deveria pensar em Tess. Estava em um evento social maravilhoso e animador em uma bela noite, e haviam lhe feito uma simples pergunta. Organizar um coquetel na savana em prol da conservação da ilha? Em sua vida anterior, aquilo teria sido como uma tentativa de fazer uma cesta no basquete.

Mas e agora? Phoebe era uma pessoa normal? Seria capaz de fazer aquilo?

– Eu adoraria ajudar – disse ela. – Pode me ligar.

Jennifer estava feliz. Seu marido, Swede, estava feliz. O amigo do casal, Hank, que tinha um bilhão de dólares e um belo veleiro, estava feliz. Hank estava acompanhado de sua nova namorada francesa, Legris, que elogiou Phoebe por seu vestido.

Jack, que dera a Addison as chaves de sua casa em Stowe no Natal anterior, abordou Phoebe e a convidou para dançar. Mais uma vez, ela se sentiu pressionada até o exato limite de sua capacidade. Estava prestes a cair...

Dançar?

– Estão tocando "Mack the Knife" – disse Jack.

Ela adorava "Mack the Knife". Iria dançar. Iria ver os fogos. Não tinha que pensar em Reed, em Tess e Greg nem mesmo em Addison. Phoebe era uma pessoa se divertindo.

Ela estava melhorando.

DELILAH

Toda noite, quando Delilah punha Barney na cama, ele perguntava sobre o violão de Greg.

– Posso ficar com o violão, mamãe? Por favor?

– Estou tentando resolver isso – respondeu ela, embora aquilo não fosse totalmente verdade. Fazia uma semana que não falava com Andrea. Evitava se encontrar com ela ao deixar e buscar as crianças na colônia de férias, apesar de, na maior parte das vezes, Kacy ir de bicicleta com os gêmeos.

– Quero muito ficar com ele – disse Barney.

– Eu sei, querido – falou Delilah, beijando a testa do filho. Barney tinha 6 anos e meio e a sensibilidade de um homem amadurecido de 40. Não pedia as coisas gratuitamente. Só investia suas emoções em coisas importantes. Delilah oferecera a Barney um violão novinho em folha, mas não era isso o que ele queria. Ele queria o violão de Greg, o instrumento já gasto, cor de mel, que todos amavam e reconheciam. Esse era o único violão que ele já tinha visto ser tocado.

Uma ideia se formou na cabeça de Delilah. Ela roubaria o violão de Greg da casa dos Kapenash para dá-lo a Barney. Roubar o violão de Greg da casa do delegado de polícia! Chegou à conclusão de que era o único jeito de pôr as mãos no instrumento.

Quando?

Qualquer hora! Seria fácil! Ed e Andrea deixavam a casa destrancada e, no verão, toda aberta! Delilah entraria discretamente no meio da noite, pegaria o violão e sairia de fininho. Na última vez que estivera na casa, o violão estava acumulando poeira na entrada lateral, no cômodo onde deixavam os sapatos antes de entrar. Seria tão fácil e, no entanto, tão subversivo! Um mau passo que Delilah poderia dar para que Barney e ela mesma se sentissem melhor.

Então, no dia 5 de julho, ela pôs o despertador para as duas da madrugada. Deslizou para fora da cama, saiu de casa na ponta dos pés, entrou no carro e dirigiu até a casa dos Kapenash. Estacionou mais adiante, na rua, e caminhou na noite agradável. O céu estava claro e havia um milhão de estrelas, e as estrelas fizeram Delilah pensar no paraíso. Será que existia um paraíso e que Greg e Tess estavam lá?

Os passos de Delilah fizeram barulho na entrada para carros em forma de concha da casa do delegado. Ela havia imaginado que fosse sentir medo. E se o delegado pensasse que fosse um ladrão e aparecesse com sua arma? No entanto, estava calma como uma freira. Se o delegado ou Andrea acordasse, Delilah se declararia e, por mais estranho que pudesse parecer, contaria que estava lá por causa do violão de Greg.

Como era de se esperar, a entrada lateral estava escancarada. Delilah puxou a porta de tela e entrou. Na casa, só se ouvia o zunido de pessoas dormindo. Delilah havia escolhido aquela data porque a véspera era o dia de trabalho mais árduo para o delegado – trinta mil pessoas chegando à praia Jetties, o trânsito em si já era uma dor de cabeça –, e ele estaria exausto.

Pela primeira vez, desde que se mudara para Nantucket, Delilah se abstivera das comemorações de 4 de julho. Estava oprimida demais para encarar a frivolidade das multidões. Portanto, levara os meninos para a casa de Addison e Phoebe. Phoebe tinha saído para uma festa grande e badalada, mas Addison estava em casa. Ele levou Delilah e as crianças para o mirante do telhado, onde, bêbado, cantou "The Star-Spangled Banner" quando os fogos começaram. Delilah achou a ocasião deprimente, e os meninos pareciam inquietos e indiferentes. Era para Andrea ter ido com os gêmeos, mas não apareceu e, quando Delilah ligou, Kacy atendeu e disse que Andrea estava "um pouco indisposta".

Certo, Delilah pensou enquanto se apoiava a cada hora num pé, torcendo para que os fogos acabassem logo e ela pudesse ir para casa e para a cama. Todos eles estavam um pouco indispostos.

Ali, no canto do cômodo dos Kapenash, estava o estojo do violão. Delilah, atordoada, estendeu os braços para apanhá-lo. A operação toda levaria menos de trinta segundos. No entanto, quando ela pegou o estojo, ele se abriu e bateu no baú onde ficavam as botas de inverno da família. Delilah olhou: estava vazio. Era como um caixão sem um corpo.

Não! Argh! Teria sido fácil demais. Delilah encostou o estojo no canto e esperou durante alguns segundos para ver se o barulho da batida tinha acordado alguém. A casa permanecia em silêncio. Onde estava o violão? Delilah foi na ponta dos pés até a sala, passou pela cozinha e atravessou o corredor. Abriu a porta do armário de casacos. Será que o violão estava li? Não. Só enfeites de Natal e o casaco de pele horroroso que Andrea herdara da mãe. (Está bem, todos eles conheciam uns aos outros bem demais.) Delilah ficou por um instante do lado de fora do quarto do delegado e de Andrea. Dava para ouvi-lo roncando. Concluiu que, se o violão estivesse em algum lugar, devia ser no quarto de Eric, mas nem mesmo Delilah tinha a menor intenção de entrar no quarto de um garoto de 15 anos. Ah! Se Andrea a pegasse ali, mandaria prendê-la.

Quando Delilah se virou para ir embora, ouviu um leve ruído. Os Kapenash tinham um gato chamado Arthur que quebrava todos os recordes de longevidade felina. Será que era Arthur?

Delilah espiou as escadas e perdeu o fôlego.

Meu Deus!

Chloe descia as escadas, flutuando em uma camisola branca. Um fantasma, um anjo. Tinha os olhos abertos e o rosto tranquilo, até mesmo ao ver Delilah.

– Ah, querida! – sussurrou Delilah.

Chloe estendeu os braços e Delilah foi até ela. Chloe era pequena, como Tess, um peso pluma se comparada aos filhos de Delilah.

A menina perguntou:

– Cadê minha mamãe?

O coração de Delilah ficou como uma frutinha esmagada sob os pés de alguém. Ela abraçou Chloe. Aquela pobre criança. Sem mãe, sem pai, sem feriado de 4 de julho, sem fogos. Delilah a levou de volta para o quarto de hóspedes, onde Finn roncava como o motor de um caminhão enquanto dormia. Delilah deitou Chloe na cama, ajeitou seus cabelos escuros e acariciou sua bochecha, a bochecha rosada perfeita de uma garotinha, cheia de sardinhas claras. Ela beijou a testa de Chloe. Delilah nunca quis uma garotinha. Tinha muito medo de que a menina acabasse ficando como ela. Mas queria aquela garotinha e o irmão dela também.

Ela percorreu o cômodo com os olhos, procurando o violão – o quarto dos gêmeos era outro lugar onde provavelmente estaria –, mas não viu nada. Delilah se levantou e olhou para os gêmeos. Naquela noite tinha ido buscar o violão. Mas na próxima vez iria buscá-los.

ADDISON

Ele precisava de um livro. *Como ser testamenteiro para leigos.*

O delegado estivera na casa de Greg e Tess duas vezes para apanhar as coisas das crianças. Na primeira, pegou shorts, camisetas, trajes de banho, pijamas, roupas íntimas, escovas de dente. Na segunda, buscou brinquedos: o Nintendo DS, a coleção de DVDs, as bicicletas, as pranchas e os bichos de pelúcia. Nas duas vezes em que o delegado fora até lá, telefonara para Addison para pedir permissão.

– Vou apenas no andar de cima – explicou o delegado. – Nos quartos das crianças. Para pegar as coisas delas. Está bem?

– Está – disse Addison.

Implícito no pedido do delegado estava o fato de que Addison ainda tinha que fazer alguma coisa quanto ao restante da casa. Ele era o testamenteiro, aquele era o seu trabalho, era melhor se dedicar a isso logo.

Como ser testamenteiro para leigos não existia. Addison procurou.

Então, talvez ele escrevesse esse livro.

Listou suas tarefas num caderno:

- doar a mobília ou me desfazer dela (vender?) (porcelana chinesa, prataria, etc. para Chloe);
- doar ou jogar fora os objetos pessoais;
- limpar a casa (ligar para Nicole da agência de limpeza Swept Away);
- vender os carros (ligar para Don Allen, da Ford);
- pôr a casa à venda/vender casa;
- pagar as dívidas (cartão de crédito, hipoteca etc.);
- criar fundos para a faculdade/fiduciários.

Descobrir o que havia acontecido exatamente no mar *não* estava naquela lista. Acusar Greg MacAvoy de ser o assassino de Tess *não* estava naquela lista.

Addison não conseguia largar o iPhone de Tess. Olhava as chamadas: todas as chamadas que havia feito, mais as de Andrea, Delilah, Phoebe e Lisa Schumacher. E as mensagens de texto o intrigavam. Na noite anterior ao passeio de veleiro, uma noite de domingo, uma noite em que Addison sabia que Tess estava com as crianças porque Greg estava cantando no Begonia, Phoebe enviou uma mensagem de texto dizendo "Chego em cinco minutos".

Ele não se lembrava de Phoebe ter ido à casa de Tess nem de ter saído por qualquer outro motivo. No entanto, tinha dificuldades para se lembrar com detalhes daquela noite de domingo. O que acontecera? Por onde ele andara? Então se lembrou do fechamento do negócio, do grande negócio de nove milhões e duzentos mil dólares do Polpis Harbor, e se deu conta de que ele e Phoebe haviam comido saladas gregas para viagem e, em seguida, Addison voltara para o seu escritório na cidade para redigir o acordo de compra e venda. Um tempo depois, lembrou-se de ter visto tanto o carro de Greg quanto o de Delilah do lado de fora do Begonia e pensou em parar, entrar lá para tomar um drinque pré-assinatura e comemorar por antecipação, mas decidiu não fazer isso porque não queria dar chance ao azar. Portanto, Phoebe só podia ter ido à casa de Tess enquanto Addison estava no escritório.

Ele não conseguiu deixar de perguntar a ela sobre isso. Precisava ser casual. Não queria levantar nenhuma bandeira vermelha. (Embora achasse impossível levantar bandeiras vermelhas com ela. Era impossível deixá-la curiosa ou desconfiada. Ela simplesmente não se importava.)

Addison perguntou:

– Você esteve com Tess na véspera do acidente?

Phoebe estava deitada ao lado da piscina com uma toalhinha umedecida sobre os olhos. Ela mantinha meia dúzia de toalhinhas num balde de água gelada ao lado da espreguiçadeira.

– Estive – respondeu ela.

– Você foi até a casa dela?

– Fui.

Addison não achou que Phoebe estivesse evitando lhe dar informações. Ela simplesmente não conseguia imaginar, em seu estado de confusão induzida pelas drogas, por que ele perguntava.

– Para quê?

Ela suspirou.

– Passei lá para deixar uma coisa.

– Ah, é mesmo? – disse Addison. – O quê?

– Um presente de aniversário de casamento. – Ela tirou a toalha do rosto e se virou para ele, entrefechando os olhos. – Você acha que devíamos arranjar um cachorro?

– Um cachorro?

Toalhinha descartada. Havia uma pilha de toalhinhas encharcadas e quentes ao lado da piscina, que incomodaram Addison como lenços e pedaços de papel higiênico sujos incomodariam. Phoebe conseguiu pegar uma nova toalhinha gelada e a segurou sobre os olhos.

– Eu não seria capaz de cuidar dele – disse ela. – Talvez compre um para Domino. Você acha que Ellen Paige se zangaria?

Addison estava morrendo de vontade de voltar ao assunto do presente de aniversário de casamento. Presente de aniversário de casamento? Aquilo era estranho. Entre os oito, havia a regra de não dar presentes. Todos aderiram a ela com rigidez.

– O que você deu de presente? – perguntou ele.

Phoebe disse:

– Provavelmente sim. Um cachorro dá muito trabalho. Quem sabe no ano que vem?

Também nas mensagens de texto de Tess havia a que ela enviara para ele às oito e quarenta e cinco da manhã: "Estou com medo."

Addison só checou a caixa de saída de Tess por curiosidade. Pois, o que restava na caixa de saída de alguém? Mensagens inacabadas ou cujo envio não fora concluído. No entanto, ele checou mesmo assim, por desencargo – e havia uma mensagem que Tess tentara enviar para Addison três vezes. Às onze e cinco, onze e quarenta e três e ao meio dia e dez. Durante o passeio de veleiro. Antes de o barco virar.

A mensagem dizia: "Estou com medo de você não receber isso direito."

Tess tinha medo de ele não receber o quê? Tinha medo de ele não receber algo, como um objeto que deixara para ele? Ou tinha medo de que ele não compreendesse. Compreendesse o quê? Por que ela estava indo naquele passeio? (Na verdade, ele não compreendia aquilo, mas fingia que sim.) Ou por que ela não conseguia contar para Greg que estava apaixonada por Addison? Ou qualquer outra coisa? Ficar se perguntando aquilo o deixaria louco. Ele pôs o telefone no bolso com os dois pedaços do coração de feltro.

A função de testamenteiro era desconcertante. Addison precisava desmantelar duas vidas, quatro vidas, na verdade, a vida de uma família, um lar. Tinha as chaves da casa. Podia ir até lá a qualquer momento. No entanto, inventava desculpas. Não estava pronto.

O delegado passou no escritório de Addison. Não era exatamente uma grande coisa, já que a imobiliária Wheeler Realty e a delegacia ficavam a apenas um quarteirão e meio uma da outra.

O delegado perguntou:

– Como vão as coisas com a casa?

Addison se recostou em sua cadeira giratória.

– Não vão. Ando tão ocupado.

O delegado falou:

– Pode ser. Mas você tem que pensar nas crianças. Elas precisam de um desfecho.

No sábado após o feriado de 4 de julho, Phoebe avisou que passaria o dia velejando com Swede e Jennifer no barco de Hank. Havia se encontrado com eles na festa de Caroline Masters e sido convidada para o passeio, como era de se esperar. Ela aceitara, queria ir, sabia que os sentimentos de Addison quanto a isso eram diferentes, sabia que ele não queria velejar de novo enquanto vivesse. Então, iria sozinha.

Addison olhou para Phoebe. Ela estava com um maiô e uma saída de praia que combinavam, havia preparado uma bolsa e comia um pãozinho com cream cheese. Um pãozinho com cream cheese? Aquilo era mesmo uma rodinha de carboidratos besuntada de gordura prestes a entrar em seu corpo ou uma ilusão? Quem era aquela mulher? Era Phoebe Jurgen, a mulher confiante e bem-sucedida de 26 anos que Addison vira pela primeira vez tomando sol no parque Bryant? *Era* – Addison podia vê-la, sua esposa, a mulher por quem ele esperava fazia tanto tempo. Mas, sinceramente, ele mal conseguia se importar. Essa seria uma daquelas histórias de amor trágicas e irônicas em que um se desencontra do outro.

– Está bem – disse ele. – Divirta-se.

Addison foi para a casa dos MacAvoy com sua lista. Por onde começar?

"Estou com medo de você não receber isso direito."

"Você vai contar a ele? Vai contar a ele que me ama?"

"Você tem que pensar nas crianças. Elas precisam de um desfecho."

Ele tinha levado uma garrafa de Jack Daniel's.

Escreveria o livro *Como ser um testamenteiro até mesmo quando um dos falecidos era sua amante.*

O relógio marcava dez e quinze da manhã. Ele se serviu de uma dose e se dedicou ao trabalho.

Era um verdadeiro corretor, um especialista em casas e no que havia dentro delas. A casa de Greg e Tess era pequena, mas bonita, no estilo achado em uma venda de garagem. Ele não tinha a intenção de ser condescendente. Teria vivido feliz com Tess naquela casa. Teria vivido com Tess numa cabana com paredes de papel machê e um telhado fino e ondulado.

Terminou a primeira dose às dez e meia. Então, prometeu a si mesmo que iria mais devagar.

A lareira, feita de pedras rústicas e empilhadas, era a melhor característica da casa. A mobília da sala, como Addison sabia, resultava de uma combinação de objetos comprados na Pottery Barn (Addison detestava a Pottery Barn e a consequente homogeneização dos interiores americanos) com itens que Tess salvara da pilha leve-o ou deixe-o no lixo: um armário alto que abrigava suas velas e as toalhas de mesa, e um bar de pinheiro, que ela lixara e dera um novo acabamento com sacrifício. Tess tinha um toque de síndrome de árvore de Natal do Charlie Brown. Se visse algo patético ou abandonado, o levava para casa. Animais abandonados, amigos de Chloe e Finn de famílias desestruturadas, móveis velhos do lixo – e Addison.

Ele decidiu que não manteria nada da sala de estar, a não ser o bar de pinheiro.

Sentiu-se do mesmo jeito com relação ao restante da casa. Não havia tesouros, nada que Addison pudesse apresentar aos especialistas da loja de antiguidades e acabasse descobrindo que aquilo valeria dezenas de milhares de dólares. Tess adorava adornos baratos – velas, almofadas, luminárias de papel, vasos de vidro, coleções de conchas, plantas para interiores (todas mortas pela falta de água, com exceção do cacto), cortinas feitas à mão, obras das crianças e fotografias. Tess e Greg juntavam grande parte da renda disponível para posar para Cary Hazlegrove todo ano e depois ter as fotos ampliadas e emolduradas com riqueza. Havia fotos em preto e branco dos gêmeos, juntos e separados, e da família inteira ao longo dos sete anos. Tess e Greg abraçados, a família toda em uma grande pilha, sorrindo, adorável, feliz.

Addison terminou a segunda dose. Onze e dez.

Havia fotografias do grupo de amigos também. A superfície inteira de uma mesa encontrada no lixo era dedicada à exposição de fotos dos oito nas férias – em Las Vegas, Londres, em Saranac Lake, em Sayulita no México, em South Beach e em Stowe. Addison empilhou aqueles porta-retratos e os levou para o sofá encapado. Tinha a intenção de apreciar aquelas fotos como se cada uma fosse um romance.

E, de fato, cada uma era um romance.

Em sua edição de *Como ser testamenteiro para leigos*, Addison alertaria sobre o envolvimento excessivo com o próprio papel na vida dos falecidos.

Interessou-se em especial pela fotografia do grupo (bem, todos menos Phoebe) em Londres. Aquela havia sido de longe a pior das seis viagens. Andrea escolhera o destino. Nunca tinha ido a Londres, mas a cidade ocupava o topo de sua lista de lugares para visitar antes de morrer. Eles foram em março de 2002. Phoebe ainda estava tão descontrolada por causa da tragédia de 11 de setembro que levá-la para uma grande metrópole com trânsito e arranha-céus e pontos turísticos obrigatórios que atraíam multidões e longas filas era uma péssima ideia. Andrea reservara para o grupo um hotel adequado, perto da loja Selfridges. Quando Phoebe chegou ao quarto, viu a colcha de chintz e poliéster e sentiu o cheiro de aromatizador de ambientes encobrindo o de cigarros, chorou. É claro que andava chorando havia seis meses, mas aquele choro parecia ter sido provocado por algo que Addison podia resolver. Então, ele pegou o telefone e reservou um quarto no luxuoso hotel Connaught. O restante do grupo ficou chocado ao ouvir de Addison que ele e Phoebe se mudariam para lá. O hotel que Andrea reservara já era caro, levando em conta que o preço era em libras esterlinas. Nenhum deles poderia pagar pelo Connaught. Tess tentou convencer Addison a não mudar de hotel porque aquela era uma viagem em grupo cujo propósito era permanecerem juntos. Ele se lembrava de Tess implorando "Não vá! Temos que ficar juntos!" No entanto, a prioridade de Addison era Phoebe. Os amigos fizeram um trato: todos se mudariam para o Connaught, e Addison, que tinha muito dinheiro, que não tinha nada *além* de dinheiro, pagaria a diferença. O Connaught era o mais luxuoso, o melhor de Londres e, ainda assim, depois de todos se acomodarem, Phoebe chorou ainda mais. As férias em Londres foram marcadas com essa conclusão: Addison não podia fazer Phoebe feliz. Não podia fazer nada, dizer nada, gastar nada. Ele tentava, mas não podia atingi-la. Phoebe passara a semana alternando entre se encharcar na banheira com pés que imitavam patas de animais, dormir com o rosto afundado na cama e assistir, apática, a comédias na BBC, cujo humor era inexpressivo para os americanos. Ela estava sob o efeito dos remédios. Passava o tempo todo dopada.

Addison se juntou ao resto do grupo, que caminhou obedientemente até a Catedral de São Paulo, a Abadia de Westminster, o Museu Tate, o Palácio de Buckingham para ver a insossa troca da guarda sob uma saraiva que caía de lado. Foram ao Museu Britânico, onde Greg passou o tempo todo babando sobre os manuscritos das letras compostas por John Lennon e Paul McCartney. Foram ao museu de figuras de cera Madame Tussaud e ao das Salas de Guerra de Churchill. Andaram nos ônibus de dois andares no vento de quase cinquenta quilômetros por hora. Comeram torta de carne com batatas e queijo derretido com pão em pubs. Conseguiram ingressos pela metade do preço para ver uma produção medíocre de *La Cantatrice Chauve*. Foram à loja de departamentos Harrods, onde Tess comprou uma chaleira elétrica como a que havia no quarto do hotel e uma lata de curry indiano em pó que a deixou nove libras esterlinas mais pobre. Foram para uma boate no distrito de Covent Garden onde a banda fazia covers muito bons de U2, The Police e AC/DC; dançaram com adolescentes punks do East End, e Greg ficou carrancudo num ponto solitário do bar porque o vocalista não o deixou cantar. Quando saíram cambaleando pela rua, descobriram que o metrô já tinha parado de funcionar havia muito tempo. Portanto, Addison telefonou para o hotel e pediu que mandassem dois carros. Segundos antes de destrancar a porta do seu quarto no hotel, suado e cansado e se sentindo bem pela primeira vez desde quando entrara no avião, convenceu-se de que iria abrir a porta e encontrar Phoebe morta. De overdose, como um astro do rock. Ele quase se virou e voltou para a recepção. Quase chorou. Já fazia seis meses inteiros. Addison não *aguentava* mais aquilo. Será que um dia ela sairia dessa? Melhoraria?

Ele abriu a porta e a encontrou dormindo com o rosto enterrado na cama, bem onde a deixara no começo da noite, por volta das sete. E, se por um lado se sentiu aliviado, por outro, não.

Addison terminou mais uma dose. Quase meio-dia. "E aquela", pensou ele, "foi a viagem para Londres".

A outra fotografia que prendeu sua atenção, é claro, foi a de Stowe. Tirada no último dia, em frente ao condomínio de Jack, seu cliente.

Naquela foto, ele e Tess eram um casal recém-apaixonado. Haviam compartilhado apenas alguns beijos no estacionamento do Nous Deux e depois vários olhares demorados e significativos, alguns apertos de mão e insinuações.

– Como vocês dois passaram o dia? – Greg perguntara ao voltar das pistas. Estava tão envolvido com a própria experiência de esquiar e com a demonstração de suas proezas que, na verdade, nem prestou atenção na resposta. Não lhe interessava como os dois tinham passado o dia.

– No paraíso – respondera Tess.

E o coração de Addison flutuou.

Tess e Addison pertenciam um ao outro naquela fotografia. Ele estava de pé atrás dela, com uma das mãos levemente apoiada em seu ombro. Se um desconhecido visse aquela foto, pensaria que os dois eram marido e mulher.

"É importante evitar o envolvimento excessivo com o próprio papel na vida dos falecidos."

Mas qual é? Addison só se importava com aquilo! A casa e a mobília eram chatas (ele iria anunciar a casa por setecentos e cinquenta mil dólares e se livrar de tudo, menos do bar de pinheiro e das fotografias). Addison queria se encontrar naquela casa, queria encontrar uma prova de seu relacionamento com Tess, do amor que ela sentia por ele. Onde estava a prova, a evidência que só ele reconheceria? Agora, estava bêbado o bastante para admitir que a presença de Tess e Greg naquela casa era de embrulhar o estômago: as fotografias do casal sorrindo, o piano de Greg, uma cópia emoldurada do convite de casamento dos dois. Addison não aguentava mais. Queria encontrar Addison e Tess. Onde estava Addison? Onde estava *ele*?

Addison entrou no quarto do casal. O que era arriscado, ele sabia. Uma zona perigosa onde seus sentimentos poderiam ser atacados com violência. Ele se armou com uma dose forte.

Addison vasculhou o lugar. Primeiro, a cômoda de Tess. Na gaveta do topo, reconheceu suas calcinhas, seus sutiãs, os cintos, os trajes de banho. No entanto, havia outras peças de lingerie ali que ele nunca tinha visto. Lingerie que ela vestia para Greg. Havia pijamas e camisolas que Addison nunca tinha visto porque nunca passara uma noite com Tess.

Nas outras gavetas, encontrou blusas, shorts e saias, calças e jeans. Nada de Addison. Na parte dela do closet? Vestidos, casacos, sapatos. Nada de Addison.

Na mesa de cabeceira dela. Um livro chamado *Explorando a natureza de Nantucket*, com páginas dobradas e trechos destacados. Um exemplar de *Olivia tem uma banda*. Um romance chamado *A boa esposa*. Addison deu uma olhada na parte de trás. Aquele título, "A boa esposa", era rico demais para ser ignorado. Addison, porém, estava bêbado demais para entender aquelas palavras. E também estava distraído pelo fato de se encontrar sentado na cama de Tess e Greg. Ele nunca tinha sentado naquela cama. Sequer sabia que Tess e Greg dormiam em uma cama de casal comum. Um devia dormir sobre o outro ou, pelo menos, abraçados um com o outro. Um pensamento desmoralizante. Ele abandonou a mesa de cabeceira e passou para as escrivaninhas. Havia a escrivaninha de Greg, com o laptop, que continha, como Addison sabia, um acervo musical de mais de cinquenta mil canções. E a de Tess, com seu computador. Ele ligou o computador dela.

Addison tremia. As gavetas da escrivaninha estavam bem ali, ao alcance de suas mãos. Ele podia abri-las. Teria que abri-las e decidir o que fazer com o conteúdo – era o testamenteiro! Abriu a última. Pastas suspensas continham... ABCs, números, cores, formatos: planos de aula do jardim de infância. Ele fechou essa gaveta. Do outro lado havia mais pastas suspensas – as certidões de nascimento dos gêmeos, a papelada da casa, o plano de saúde da família, o seguro dos carros, o diploma de Tess da Faculdade de Boston, seu certificado de professora do estado de Massachusetts... mas nenhum certificado de Apaixonada por Addison. Nenhum apelo à Comunidade das Nações para se divorciar de Greg MacAvoy.

Addison passou para a gaveta de cima. Estava repleta de desenhos das crianças, fotos instantâneas, cartões de aniversário, cartões de Dia das Mães, cartões de "Você é ótima professora", que ela recebia no fim do ano. Na gaveta oposta, ele encontrou uma pilha de diários. Até que enfim! Com as mãos trêmulas como as de quem sofre de Parkinson, Addison pegou o diário do topo. Abrir ou não? Ele não precisava abri-lo como o testamenteiro. Na verdade, tinha certeza de que, como o sábio autor de *Como ser testamenteiro para leigos*, deveria aconselhar os leitores a *não* abrir. Era invasão de privacidade. Ele devia entregar os diários ao parente mais próximo, sem lê-los.

Addison abriu o diário. "Onde ele estava?"

A letra era estranha. Diferente. Tratava-se, como ele se deu conta depois de limpar os óculos na camisa (como se fossem as lentes manchadas, não meia garrafa de Jack Daniel's, o que o impedia de compreender o que acontecia ali), da caligrafia de uma *criança*. E então ele viu a data: maio de 1981. Tess escreveu sobre sua primeira comunhão. A hóstia, escreveu ela, tinha gosto de papelão, depois de ela ter passado tanto tempo pensando que teria gosto de hortelã-pimenta.

Ele folheou os outros diários. Todos sobre sua vida antes. A adolescência e a juventude de Tess haviam sido bem-documentadas. Ela desprezava a mãe, adorava o pai, a avó ficou doente, o padre foi até sua casa para encomendar o corpo, sua avó morreu. Tess tornou a amar a mãe. Não queria que ela morresse! Estava apaixonada por um garoto chamado Tanner, que jogava beisebol infantil nas férias. Em 1987, escreveu: "Quando eu crescer, quero ser professora. Do jardim de infância ou da primeira série. Quero ter dois filhos, um menino e uma menina."

Checado, checado. Será que Tess queria um marido que mentisse para ela? Será que queria um amante careca que usava óculos, tinha o próprio negócio e um coração cheio de amor e generosidade, que se ajoelharia aos seus pés e a veneraria? Ela não especificou.

Em 1990, ela escreveu: "Neste verão, quero visitar Andrea em Nantucket."

Checado.

Está bem. Já bastava. As gavetas de cima da escrivaninha revelaram disquetes, uma calculadora, papéis de carta com envelopes, clipes, elásticos, uma caneta marca-texto, fichas, algumas com listas de mercado. Ele, Addison, não estava em lugar algum.

Mas era impossível, não era, estar envolvido num caso de amor tão intenso e profundo como o deles e não descobrir uma pista disso em *algum lugar*?

O computador iniciou. A proteção de tela era uma fotografia de Greg com as crianças num banco da rua principal, os três fazendo bolas rosadas com a goma de mascar.

Pronto. Lá se foi seu coração.

"Estou com medo de você não receber isso direito."

Addison desligou o computador. Tinha 49 anos de idade e uma instrução clássica – literatura, pintura, arquitetura, escultura, música e história. O computador, entretanto, estava além de suas capacidades. No escritório, precisava pedir ajuda a Florabel para qualquer coisa que envolvesse mais do que enviar um e-mail ou redigir um anúncio padrão. E, mais especificamente, ele queria que Greg e os gêmeos parassem de encará-lo. Estava em crise! Tinha se apaixonado loucamente, insanamente, estupidamente por uma mulher. Agora, essa mulher estava morta. Ele havia sido nomeado seu testamenteiro. Era responsável por todas as coisas que Tess deixara neste mundo. Em meio a elas, esperava encontrar uma prova, mas bem codificada, de que ela também estava loucamente, insanamente, estupidamente apaixonada por ele. Admita! Addison esperava encontrar o coração de Tess num envelope endereçado a ele.

Também na escrivaninha de Tess, estava sua agenda. Está bem! Talvez aqui...? Addison empurrou o teclado do computador para o lado, quase derrubando a bebida e passou as páginas da agenda depressa, do meio para a frente. Estava aberta na semana de 20 de junho e ali, no quadrado de segunda-feira, tinha um grande coração. Dentro dele, estava escrito: "Doze anos de casados!" No mesmo quadrado havia "Charlotte Inn" e o telefone de lá.

Que parte daquilo era a ponta venenosa da flecha? O adorável coração desenhado à mão? O ponto de exclamação? Ou o nome do charmoso hotel em que Tess planejava fazer amor com o marido?

Addison passou para o começo da agenda, voltando a 7 de janeiro, o dia em que telefonara para Tess e lhe propusera encontrá-lo no chalé em Quaise. Ela se mostrara ansiosa ao telefone.

– Meu Deus, Add, estou tão nervosa – dissera ela.

E ele falara:

– Só venha se encontrar comigo. Nada tem que acontecer.

Tess chegou tarde. Disse que havia se atrapalhado. Perdeu a entrada da estrada de terra e teve que dar a volta. Então, perdeu-a de novo. Quando Tess finalmente a encontrou, quando ela parou o Kia na entrada do chalé, Addison entendeu o que ela queria dizer com nervosa. Calma! Addison já tinha se casado duas vezes e ido para a cama com várias mulheres ao longo da vida, mas quando Tess saiu do carro, não sabia o que fazer. Queria levá-los de volta ao estacionamento do Nous Deux num piscar de olhos. Queria invocar a magia que haviam sentido ali. Será que era capaz de fazer isso?

Como não sabia o que dizer, passou para o modo corretor, deixando Tess e a si mesmo à vontade.

– Vou lhe mostrar a casa!

De algum jeito, o chalé fez o truque. Addison havia levado pequenos buquês de flores de estufa, posto sabonete cheiroso no banheiro e Vivaldi no som. O chalé tinha paredes rosa-claro e ostentava feixes de luz e janelas enormes que davam para a mata de árvores secas com uma faixa azul de oceano no horizonte. A cama de latão tinha quarenta travesseiros empilhados de um lado e de outro. Era um ninho de amor. Tess suspirou e, então, numa voz baixa e delicada, perguntou:

– É seu?

– Ah, você sabe – respondeu ele, que em seguida deu uma gargalhada. Era uma brincadeira, ainda mais depois de Stowe, sobre como Addison conseguia fazer uma casa aparecer em qualquer lugar do mundo. – Peguei emprestado.

Fez-se silêncio entre os dois. Estranho. Meu Deus, o que dizer? O que fazer? *As quatro estações* tocava ao fundo. E então, no exato momento em que Addison receou ter cometido um erro monumental (de o que acontecera uma semana antes em Stowe ter sido um golpe de sorte, uma ilusão criada pelas circunstâncias), Tess correu em sua direção e se jogou nos seus braços. Ela envolveu a cintura dele com as pernas.

Tudo bem se ele chamasse aquele de o melhor momento de sua vida?

Os dois tinham feito amor sobre a cama e foi... Bem, imagine! Addison fizera amor com sua mulher apenas algumas vezes nos últimos oito anos. E, mesmo assim, era algo entre razoável e insignificante. Ter uma mulher inteira, feliz, quente, que reagia, uma mulher fisicamente deleitável, uma mulher de quem gostava, pela primeira, mágica e romântica vez era... É.

Mais tarde, quando estavam ali, olhando pela janela para a beleza acinzentada da luz do dia desaparecendo em meio às árvores secas e esbeltas, Tess admitiu que não havia se perdido de forma alguma. As indicações de Addison tinham sido perfeitas. Ela se atrasara porque permanecera no carro, no fim da rua, criando coragem e pedindo notícias a Greg, que estava com as crianças no dentista.

Era um dia que Addison nunca esqueceria: 7 de janeiro. Na agenda de Tess, dizia: "Chloe + Finn, dentista, 15h30."

Dentista!, pensou ele. Tinha que haver um coração desenhado à mão que dissesse: "Addison! O dia em que me apaixonei!"

Addison seguiu em frente na agenda. Fevereiro. Dia de São Valentim, outro feriado brutal. Ele comprara para Tess um livro de histórias de amor. Dirigira até a escola primária e sorrateiramente o deixara sobre o banco do motorista do Kia de Tess. Addison perguntou se Tess leria as histórias. Ela respondeu que sim, mas, pelo que ele sabia, ela não chegara a ler nenhuma.

O quadrado de 14 de fevereiro dizia: "LoLa 41. 19h."

O restaurante em que ela e Greg jantaram.

Em 3 de março, Addison contara a Tess que a amava pela primeira vez. Os dois estavam no chalé, ouvindo Billie Holiday. A chuva caía lá fora. Ele acendeu a lareira e preparou duas canecas de café com Baileys. Era a cena mais perfeita que ele poderia ter imaginado. À beira da morte, aquele seria o momento sobre o qual refletiria.

Addison apoiou a caneca. Deslizou a ponta dos dedos pelo rosto de Tess.

– Amo você – disse ele.

Aquele dia deveria ter um coração desenhado à mão!

Tess dissera:

– Também amo você. – Seus olhos estavam claros e secos.

No entanto, o quadrado de 3 de março estava vazio.

No aniversário de Addison, 23 de abril, dizia: "niver Addison (49)." Greg estava em um concurso de canto em Lenox com o High Priorities, e Tess, como surpresa, telefonara para a escola, alegando estar doente, para poder passar o dia com Addison no chalé.

Precisava dizer que aquele era o melhor presente que ele já tinha ganhado?

Tess o esperava com pãezinhos redondos e cream cheese, uma garrafa de café fumegando e os jornais: o *The New York Times*, o *Wall Street Journal* e *USA Today*, de esportes. Comprara pela Internet a discografia completa dos Rolling Stones e disse que os dois ouviriam cada um dos álbuns, do começo ao fim, em ordem. Fizeram amor. Jogaram xadrez na cama e, em seguida, tiraram um pequeno cochilo. Almoçaram: de alguma forma, Tess conseguira duas garrafas do Meursault impossível de achar, que tomaram com mistos-quentes esquentados por ela no forno. E picles de aneto de verdade, seus preferidos! Assistiram ao *Casino Royale* e ela chorou nos braços dele. Comeram dois sundaes de brownie, cada um com uma vela, e Tess cantou "Parabéns para você" para ele. No final, como no jardim de infância, acrescentou "Você fez um? Você fez dois? Você fez três?", até chegar a quarenta e nove.

Então lhe deu seu presente: um coração cortado de feltro vermelho.

E disse:

– Este é o meu coração.

Agora Addison tocava os pedaços do coração em seu bolso. Nunca ficava sem ele. Desejava ter dado a Tess algo como aquilo em vez de um calhamaço de capa dura com histórias de amor ultrapassadas que ela nunca leria. Ele deveria ter lhe dado um símbolo do seu amor, que ela poderia ter agarrado, tocado tanto, até despedaçá-lo. Por que não fizera isso?

Em 10 de maio foi quando Addison tocou no assunto de deixar seus respectivos cônjuges pela primeira vez.

– Não posso mais fazer isso – falara ele. – Tenho que ficar com você. Posso fazer qualquer coisa acontecer. É só você concordar.

Tess mordera o lábio inferior. Estava em conflito!

– Entendo o que você quer dizer. Entendo. Mas...

Mas: os gêmeos, seus amigos, suas vidas. Ela não podia puxar o pino.

Mas: concordou. Amava Addison. Pensaria no assunto.

Na agenda de Tess, dizia: "Reunião c/ diretor, 16h."

Addison voltou para 20 de junho e o coração insidiador. Um pedaço de papel caiu no chão. Ele o pegou. Era um poema, rasgado, não cortado, de uma revista. *The New Yorker*. Ele reconheceu o estilo.

O poema era de Michael Ryan, e o título, "Jantar de aniversário de 60 anos". O que interessou a Addison, é claro, foram as linhas que Tess sublinhara. Ali estava – finalmente! – um recado.

"Minha vida com você vai além do além
E não há nada além disso que eu esteja procurando

[...]
Eu não me importaria em morrer
Se ainda pudesse estar com você."

Addison leu aquelas linhas vezes seguidas. Seu coração flutuava. Era tudo o que procurava, um fragmento como aquele. Um bilhete de amor.

Ele dobrou o poema e o guardou no bolso da frente. Olhou para o coração que marcava com entusiasmo o décimo segundo aniversário de casamento de Tess e Greg. Pegou o poema de volta. Será que ela havia separado aquilo para Greg? Como um presente de aniversário de casamento? Para escrever no cartão que daria a ele? Ou será que tinha a intenção de dá-lo a Addison? "Ah, por favor", pensou ele. Era um poema de amor, um belo sentimento, era os *dois*. A vida dos *dois* juntos, apesar de curta, havia ido "além do além". Não havia nada além disso que Addison estivesse procurando.

"Eu não me importaria em morrer/Se ainda pudesse estar com você."

Ele não conseguia processar aquilo, pelos motivos mais óbvios.

Greg? Addison? Não havia mais nada para ele ali – mais nada! E, portanto, que se foda, Addison reclamaria o poema. Tess o lera e pensara nele. Por impulso, o rasgara da revista para lhe dar ou recitá-lo para ele ao telefone. Addison estava se enganando, talvez, mas ficaria com o poema.

Ele enxaguou os óculos e enfiou a garrafa de Jack debaixo do braço. Enquanto caminhava até o lado de fora, se deu conta de que não havia encontrado o presente que Phoebe dera a Tess.

O que era?

JEFFREY

Em 15 de julho, o milho estava pronto. A estação havia sido perfeita para o cultivo. Tudo adiantado e abundante. Os morangos tinham acabado, mas o milho estava fabuloso. As abóboras, as abobrinhas e os pepinos formavam pistas, multiplicando-se mais rápido do que coelhos.

E em 15 de julho, milho. A data mais antecipada em vinte e cinco anos. Jeffrey quase não acreditou, mas puxou a palha em dez espigas do manteiga e do doce, e todos estavam amarelos e maduros, rompendo a palha, prontos. Jeffrey os provou crus. Doce. Mandou os apanhadores fazerem a colheita e subiu para o escritório a fim de informar seus compradores – trinta e dois só em Nantucket mais uma dúzia no Cabo. Lá, havia fazendeiros locais, mas muitos estabelecimentos preferiam o milho de Jeffrey, cultivado a quase cinquenta quilômetros do mar, naquele solo arenoso. Havia algo de especial nele.

O escritório de Jeffrey ficava acima do espaço destinado à venda a varejo do mercado da fazenda. Mais propriamente, no sótão. O lugar tinha vigas expostas num teto inclinado e era mais quente do que o inferno, apesar do esforço dos ventiladores estrategicamente posicionados. O sol batia forte no telhado e Jeffrey ficava justo ali debaixo. Aquilo o mantinha aquecido e confortável no inverno, mas estava como uma frigideira naquele dia, 15 de julho, o primeiro dia oficial do milho.

– Ufa! – exclamou Jeffrey em voz alta quando chegou ao topo das escadas.

Para ninguém ouvir, pois o escritório era apenas seu. Ele trabalhava sem assistentes, e todos os outros – o gerente comercial da fazenda, o responsável pelo marketing, o cozinheiro-chefe, o comprador – tinham escritórios no primeiro andar, com ar-condicionado. Jeffrey se mantinha afastado de propósito por ser um homem sério que apreciava o silêncio e sua privacidade.

Fazia um calor brutal. Ele tinha suor nos olhos. Tirou uma bandana do bolso de trás do jeans (sim, uma bandana de verdade – Delilah provocava, mas ele não se importava) e enxugou o rosto.

Havia alguém sentado em sua cadeira. Andrea.

Jeffrey emudeceu. Mas não ficou surpreso. De alguma maneira, já esperava por ela. Outro dia, avistara um jipe Wrangler preto todo sambado no estacionamento, e seu coração cantara uma música curta e doce porque ele pensou que fosse o de Andrea – então, se deu conta de que ela não tinha mais um jipe. Fazia quinze anos que não dirigia um. Ele estava perdendo a cabeça.

– Ei – disse ele.

– Ei, Pêssego – falou ela.

Andrea usava uma camiseta branca e shorts jeans. Seus cabelos escuros estavam presos em um rabo de cavalo. Havia chinelos no chão, mas seus pés descalços se enfiavam sob suas pernas nuas e bronzeadas. As pernas de Andrea eram a parte mais bonita de seu corpo. Eram fortes, torneadas, poderosas. Talvez não fossem sexy para se admirar, mas eram sexy para o sexo – ela costumava entesá-las, chutar e usá-las para mantê-lo a uma certa distância. Jeffrey se lembrou disso no mesmo instante e se constrangeu. Então, pensou em como ela ter aparecido ali, naquele cômodo mal-iluminado e abafado, se parecia com o começo dos filmes pornôs a que Delilah tentava fazê-lo assistir para apimentar sua vida sexual. De repente, ele foi tomado por uma energia. Totalmente inapropriada. Esqueceu-se por completo do milho.

Andrea estava sentada na cadeira de Jeffrey, então, não lhe restava outra opção senão ficar de pé. No entanto, ele não podia ficar de pé. Estava quente demais, e ele tremia demais por conta da visita inesperada. Puxou um engradado de leite do beiral sombrio, virou-o e se sentou aos pés dela.

Os dois haviam sido um casal durante vinte e seis meses. De maio de 1990 a julho de 1992. Tinham se conhecido no navio a vapor num dia acinzentado como ardósia, congelante, horrível. Cada um comprara um cachorro-quente sem cor e cozido demais no bar, estavam parados diante da máquina de ketchup enquanto o barco balançava como um bêbado. Jeffrey estava um pouco mareado. Era um homem da terra e não do mar. Pensou que talvez seu estômago precisasse de comida, por isso o cachorro-quente, mas o ketchup conseguiu fazer com que o sanduíche parecesse menos apetitoso em vez de mais. Ele deu um sorriso fraco para Andrea. Ela era linda, robusta, com cabelos escuros e brilhosos e os pés firmes, mesmo enquanto o barco balançava. Era confiante, uma rainha. Devorou seu cachorro-quente com majestade antes de Jeffrey conseguir enrolar o dele de modo apropriado em um guardanapo.

– É a sua primeira vez neste barco? – perguntou Andrea. Ela se mostrou genuinamente preocupada com Jeffrey. Ele devia aparentar o mal que sentia.

Jeffrey assentiu com a cabeça. Entregou o cachorro-quente a Andrea, cambaleou até o banheiro masculino e vomitou na privada.

Quando voltou, ela estava sentada em um banco, segurando seu cachorro-quente com delicadeza, como se fosse uma criança sob os seus cuidados.

– Você quer? – perguntou ela.

Jeffrey negou com a cabeça e discretamente (pensou ele) agarrou um colete salva-vidas.

Andrea perguntou:

– Então posso comer?

Ele assentiu com a cabeça.

– Você fala? – perguntou ela.

– *Não* estou passando bem – sussurrou ele.

Ela sorriu para ele.

– Você fala *mesmo*!

Jeffrey acabara de se formar em agronomia na Universidade de Cornell. Fazia três anos que Andrea deixara a Colúmbia Britânica. Ela era campeã de natação e, naquele verão, seria a salva-vidas chefe de Nantucket. Era o terceiro verão que passava na ilha. Jeffrey herdara a fazenda de um meio-irmão de sua avó que não se casara nem tivera filhos – um tio-avô que não via há anos.

– Pensei que esse tipo de coisa só acontecesse nos filmes – disse Andrea.

– Eu também – falou Jeffrey.

A fazenda herdada do tio Ted viera como uma surpresa animadora. Os pais de Jeffrey ficaram admirados. Ted Korkoran havia sido o único filho da segunda mulher do bisavô de Jeffrey. Ele era uma espécie de ovelha negra, que se declarou homossexual e, portanto, deixou de servir na Segunda Guerra Mundial. Mudou-se de Fredonia para Nantucket em 1950. Ted e seu companheiro, Caleb Mills, compraram uma fazenda e trabalharam nela juntos. Tinham vacas que forneciam setenta por cento do leite da ilha, tinham galinhas para dar ovos, porcos para fazer bacon e presunto. Matavam perus no Dia de Ação de Graças e fabricavam o próprio queijo de cabra muito antes de o gosto por este se difundir. Jeffrey ouvira aquelas histórias de sua avó e via o tio Ted e seu amigo Caleb todo verão, nos encontros da família Korkoran – Ted e Caleb tão sóbrios e mal-humorados e devidamente masculinos quanto todos os outros homens. Mas então Caleb pegou uma doença misteriosa e morreu – isso aconteceu no meio da década de 1980, tudo foi mantido em segredo –, e tio Ted parou de ir aos encontros. Então, cinco anos depois, o tio Ted morreu e deixou a fazenda para Jeffrey. Ninguém entendia por quê. Tudo de que Jeffrey conseguia se lembrar era da receita de Caleb de feijões assados com açúcar mascavo e da bigota do tio Ted nas ferraduras. Ted deixara a fazenda para Jeffrey porque recebia um cartão de Natal da mãe dele todo ano. Sabia que Jeffrey estudava agronomia na Cornell, que era um aspirante a fazendeiro sem fazenda.

E ali estava uma fazenda.

Andrea ouvia enquanto devorava o segundo cachorro-quente e, em seguida, um pretzel macio encharcado de mostarda amarela. Havia se especializado em língua inglesa na Universidade da Colúmbia Britânica. Adorava sagas de família. Vinha de uma família católica romana enorme e conhecida, completa, com padres na clausura e freiras vivendo no porão, policiais disfarçados e ligações com a máfia.

– E quando você estiver livre por um século – disse ela –, posso lhe contar tudo sobre minha família.

Para Jeffrey, conhecer Andrea se misturava com conhecer Nantucket. Primeiro, avistou a cidade repleta de cascalhos, acinzentada e sem graça e, então, a extensão da fazenda que agora lhe pertencia. Sessenta e seis hectares de campo – dele! Uma estufa e um celeiro, tratores, ceifadeira e debulhadora, arados – dele! Uma casinha dilapidada que havia muito não passava por uma limpeza e que, portanto, ainda continha os detritos do dia a dia de um solteirão solitário. Andrea estava lá com Jeffrey quando ele pôs os pés pela primeira vez na casa do tio Ted. Viu as louças na prateleira ao lado da pia da cozinha, a mesa com crostas de torta que sustentava um telefone antigo e a *Bíblia do Rei Jaime*, as duas camas de solteiro, uma ao lado da outra, no único quarto da casa. Na mesa de cabeceira havia uma fotografia de Ted e Caleb em frente ao celeiro, segurando galinhas nos braços, como se fossem bebês. Andrea estava lá porque concluiu que Jeffrey precisava de sua ajuda antes mesmo de o navio a vapor chegar ao cais. O que ele estava fazendo – vendo a propriedade pela primeira vez, inventariando, descobrindo a vida do homem que lhe deixara a fazenda – não era algo que deveria ser feito sem um amigo por perto.

Andrea tinha razão. Ajudou Jeffrey a encontrar alguém para limpar a casa, mostrou onde ficava o cartório para que ele pudesse registrar o imóvel em seu nome, conduziu-o de carro pela cidade no seu jipe preto com a capota abaixada, muito embora no mês de maio fizesse frio, ventasse e chovesse em Nantucket. (Alguma coisa era cultivada ali? Jeffrey teve que se fazer essa pergunta. Talvez a fazenda fosse uma piada.) Ela o levou para comer um ensopado de peixe com legumes, lagostas cozidas no vapor e escalopes envoltos em bacon. Deixou que ele passasse a noite no chão do seu quarto, na casa alugada que compartilhava com outros dois salva-vidas. E então, depois de uma semana repleta daquela ajuda platônica, quase irmanada, convidou-o para a própria cama e tirou sua virgindade.

Pois, sim, Jeffrey era virgem aos 22 anos. Graças ao amor de sua namorada Felicity Hammer por Deus e à sua recusa a fazer amor com ele até o dia em que se casassem.

Andrea era completamente diferente de Felicity. Andrea era forte e atlética, morena e capacitada, italiana e católica e segura de seus diversos talentos e encantos. Felicity era loura e pequena e submissa e se assustava com facilidade. Era tímida e temente a Deus, uma batista de cidade pequena despachada pelo pai para uma faculdade destinada a pessoas carentes. Confeiteira e tecelã. Queria ter seis filhos. Pensava que, quando Jeffrey se estabelecesse na fazenda, mandaria buscá-la para que os dois se casassem.

No entanto, conhecer Andrea na máquina de ketchup mudou isso. Andrea era uma tempestade, uma força da natureza. Ele não conseguia resistir a ela do mesmo jeito que não conseguia deter a chuva. Os dois se apaixonaram. Em outubro, mudaram-se para a minúscula casa da fazenda, agora limpa, aconchegante e toda consertada. Fizeram amor, fizeram massa, fizeram cortinas para as janelas. Jeffrey fez um plano para a fazenda. Livrou-se de toda a criação, menos das galinhas. Com galinhas e ovos, podia lidar. Todo o restante era caro demais e se encontrava além dos perímetros de suas especialidades. Ele queria cultivar coisas: milho, vegetais, flores. Não tinha dinheiro algum. Foi ao banco e pegou um empréstimo muito maior do que o que seria capaz de pagar nessa vida, mas lhe deram o dinheiro com avidez, tendo a terra como garantia. Andrea arranjou um emprego para dar aulas particulares de natação na piscina comunitária.

Os dois eram felizes. Falavam em se casar. Falavam em ter filhos. Comiam muitos ovos. Tinham apelidos um para o outro. Ele a chamava de Andy. Ela o chamava de Pêssego, que tinha alguma coisa a ver com sexo – com seu gosto ou com o fato de que havia sido virgem até ela lhe tirar um pedaço.

A vida é estranha, não é? Foi estranho porque Jeffrey e Andrea tinham sido felizes. Tinham sido um casal prestes a se casar e a serem felizes para sempre, até que, de alguma maneira, tudo desandou. Como se um casaco tivesse um fio solto e ele o puxasse, ou ela, e um por um os pontos se desfizessem até se tornarem um monte de fios aos seus pés. Jeffrey estava obcecado pela fazenda, consumido por ela. Não podia dar toda a sua atenção a Andrea, não podia dar nenhuma atenção a ela. Andrea reclamava, ele ouvia as reclamações dela, mas não podia fazer nada a respeito. Era determinado, sempre fora, e sua mente se voltava para a fazenda, o campo, os grãos, os negócios.

No começo do terceiro verão que passaram juntos, Andrea, mais uma vez a salva-vidas chefe de Nantucket, foi a uma festa para os funcionários da cidade, onde conheceu o novo delegado, chefe de polícia.

– Um cara jovem – disse ela. – Solteiro. De Swampscott.

E, duas semanas depois, ela se mudou da fazenda.

Com toda a sinceridade, Jeffrey estava ocupado demais para detê-la. Quando largou de seu maldito trator, Andrea e o novo delegado, Ed Kapenash, já estavam noivos.

A vida é estranha porque, em vez de o relacionamento de Jeffrey com Andrea terminar, começou uma nova fase. No início, ele tinha uma amizade hesitante com os recém-casados Kapenash. Então, Jeffrey conheceu Delilah e os casais se tornaram amigos. A prima de Andrea, Tess, começou a namorar Greg e os dois se mudaram de vez para a ilha. Depois, Phoebe e Addison se juntaram ao grupo, e os oito, com o passar do tempo, desenvolveram um elo muito forte. Como Delilah os chamou? Os Náufragos. E de fato, às vezes, parecia que os oito estavam sozinhos numa ilha deserta.

A vida é estranha porque, embora Jeffrey tivesse visto Andrea toda semana ao longo de quase vinte anos, vê-la agora sentada em sua cadeira era como vê-la pela primeira vez. Num barco agitado, perto da máquina de ketchup. "Você fala mesmo!" Era como se ele tivesse erguido a cabeça, finalmente, depois fazer a fazenda funcionar, dar lucros, arranjar empregados, e notado que ela havia ido embora. E saído à procura dela. E a tivesse encontrado em sua cadeira. Pois havia algo em Andrea que o fez voltar no tempo. O apelido, Pêssego. Ou por estarem apenas os dois ali, sozinhos, sem serem interrompidos. (Isso aconteceu uma vez sequer desde que se separaram?) Ou era o jeito como ela olhava para ele.

– O que você está fazendo aqui? – perguntou ele a ela.

– Estou passando por um momento difícil.

– Tess venerava você, Andrea. Você era amiga e irmã e mãe dela, tudo ao mesmo tempo. Você fez bem a ela.

As lágrimas de Andrea eram silenciosas.

– Como é que você pode dizer isso? Tess está morta.

– Foi um acidente.

– Foi mesmo?

– Não foi? – perguntou Jeffrey. Ele mudou de posição sobre o engradado de leite. Tinha uma informação confidencial que ninguém mais sabia, que havia sido jogada nele como uma granada de mão por April Peck. "Estive com Greg na noite da véspera da morte dele." Mas o que aquilo queria dizer? Queria dizer alguma coisa? Será que era verdade? (Em seu coração, Jeffrey sentiu que sim. Agora se dava conta de que Greg andava escondendo algo.) Uma certeza, Jeffrey tinha: a de que não daria aquela informação radioativa a Andrea.

– Não sei – respondeu Andrea. – Só sei dizer que estou agoniada. Estou sofrendo mais do que um dia imaginei que poderia sofrer. Como se tivesse perdido um dos meus filhos. Como se um estranho tivesse entrado na minha casa e segurado a cabeça de Kacy sob a água da banheira até ela morrer. E eu não estivesse por perto. Tivesse deixado isso acontecer.

– Greg era o estranho? – perguntou Jeffrey. – Ele era o marido de Tess. Passaram doze anos casados.

– Ele a fazia muito infeliz.

– É mesmo? – indagou Jeffrey. Sua visão do casamento dos dois, antes de April Peck, era a de que Tess amava Greg com o mesmo ardor e entusiasmo que amava todos os outros na vida. – Então, o que você queria... ter feito? Impedido o casamento quando o padre deu essa oportunidade?

– Greg a magoou – disse Andrea. – No outono passado, aquela coisa toda. Ele arrancou o coração de Tess. E ela nunca mais foi a mesma. Você se lembra da semana em que se separaram? Meu Deus, Jeffrey. Conversamos durante horas. Ela estava tentando entender o que tinha acontecido. Tess me perguntou: "Você acha que Greg mentiu para mim? Acha que ele mentiu para Flanders? Acha que aconteceu alguma coisa entre Greg e aquela garota?" E a resposta é sim, claro. *Alguma coisa* aconteceu. Não sabemos o quê. Nunca vamos saber exatamente o quê. E então veio Greg, mandando flores e perseguindo Tess pelo celular e telefonando para a minha casa, pedindo e implorando...

– É – disse Jeffrey. – Aquela semana foi estranha.

Enquanto Tess estava na casa dos Kapenash com os gêmeos, Greg se refugiara na de Jeffrey e Delilah. Era, em meio a tantas coisas ruins, a semana de Ação de Graças, o feriado mais sagrado para a família, mas, apesar disso, ou talvez por causa disso, Tess decidiu pegar as crianças e ir embora. Tinha a intenção de ir para a casa do irmão em Pembroke para visitar a mãe no asilo de Duxbury, mas acabou simplesmente buscando abrigo na casa de Andrea. Dormia com Andrea em sua cama, e as crianças dormiam no quarto de hóspedes. E Greg, embora tivesse a casa toda só para ele, dormia no sofá de couro de Jeffrey e Delilah toda noite. Nunca tinha a intenção de passar a noite – do contrário, teria ficado no quarto de hóspedes. Aparecia para jantar e tomar alguma coisa. Delilah e Greg ficavam acordados, conversando até tão tarde e ele estava sempre tão bêbado que acabava apagando no sofá. Pela manhã, era acordado por Drew e Barney e pelo Bob Esponja Calça Quadrada. Deliciava-se com o café da manhã preparado por Delilah, comentava que passaria em casa para tomar banho, mas então vinha o futebol universitário e o almoço e Barney lhe implorando para tocar violão... e ele ia ficando. Em algumas daquelas noites, Greg e Delilah trabalharam no Begonia e chegaram em casa absurdamente tarde. Jeffrey estava ocupado com o mercado da fazenda – a cozinha tinha encomendas de trezentos perus frescos e de mil e oitocentos acompanhamentos diversos – e se ele não captava cada detalhe e nuança do que acontecia, alguém podia culpá-lo? Delilah era a paramédica-chefe encarregada daquele desastre de trem em particular. Tinha a missão de cuidar de Greg. Jeffrey notava as tentativas de Greg de chegar até Tess, mas ela não atendia os telefonemas dele. Soube que Greg mandara um buquê de flores para Tess e que ela o devolvera à floricultura. Jeffrey não sabia ao certo como se sentia quanto àquela coisa toda. O que queria era ficar fora disso. Era, sem dúvida, o que o delegado estava fazendo e o que Phoebe e Addison estavam fazendo. A briga de pugilistas era entre Tess (e sua treinadora, Andrea) e Greg (e sua treinadora, Delilah) no outro canto. Jeffrey não curtia o fato de sua casa ter se tornado o acampamento de Greg inadvertidamente. Sentia-se como se escondesse um fugitivo.

Houve uma noite em particular que incomodou Jeffrey. Eram quatro e meia da madrugada e ele se levantava para mais um dia, quando notou que Delilah não estava na cama. Pisou na ponta dos pés até a cozinha para tomar um café e ouviu a voz de Greg. Este murmurava alguma coisa para alguém. Embora Jeffrey fosse a última pessoa a querer ouvir a conversa dos outros, não conseguiu evitar – e que merda, aquela era a sua casa. Jeffrey pensou, "Se ele estiver falando com Delilah desse jeito, vou expulsá-lo daqui." Porque, de fato, já estava farto das confidências de Greg e Delilah. Greg não fazia bem a Delilah nem ao casamento de Jeffrey e Delilah.

No entanto, ao chegar na cozinha, viu que Greg falava ao celular. Este notou a presença de Jeffrey e disse logo:

– Ligo para você mais tarde.

E desligou. Então, apesar de Greg ter visto Jeffrey e de Jeffrey ter visto Greg, este fechou os olhos e fingiu estar dormindo.

Delilah, no fim das contas, estava no andar de cima, dormindo com Barney, que costumava acordar no meio da noite, querendo a mãe.

Jeffrey não comentou nada com Greg sobre o telefonema, mas sabia que não era Tess do outro lado da linha.

E então chegou o Dia de Ação de Graças. Tess havia cedido um pouco e permitido que Greg visitasse as crianças pela manhã. Ele esperava por uma reconciliação familiar no feriado e saber que apenas ganharia a custódia dos filhos por quatro horas, como o homem divorciado que tinha certeza de que se tornaria, o deprimiu. Não planejara nada. Delilah sugeriu que Greg levasse as crianças para tomar café da manhã no Downyflake ou para caminhar na praia, mas ele parecia querer evitar que os gêmeos tivessem oportunidade de fazer perguntas às quais não estava preparado para responder, como "Por que a mamãe está tão aborrecida com você?" ou "Por que estamos morando na casa da titia?"

Em vez disso, Greg levou os gêmeos para a casa dos Drake, e aquilo, aliado ao telefonema ouvido, levou Jeffrey a entender que Greg estava perdido, infeliz e com a maturidade de um menino de 12 anos. Jeffrey, portanto, assumiu. Resgatou as crianças do PlayStation e levou todos para a fazenda, onde passearam numa carroça de feno. Ele dirigiu o trator, e Delilah e Greg se sentaram na parte de trás com as crianças. Elas gostavam dos solavancos e Jeffrey concordou em provocá-los. O dia estava ensolarado, mas frio. Ele fez o percurso mais longo, contornando os limites da propriedade. O tempo e as circunstâncias foram deixados de lado por um momento. Todos se divertiram e, depois do passeio, tomaram sidra de maçã e comeram muffins de abóbora molhadinhos. E então, de repente, já era uma da tarde. Delilah tinha que ir para casa dar uma olhada no peru, e Greg tinha que levar as crianças de volta para a casa dos Kapenash.

Normalmente, os oito amigos e as seis crianças jantavam juntos no dia de Ação de Graças, e Delilah e Andrea se revezavam no posto de anfitriã. Naquele ano parecia que todos haviam se divorciado. O delegado e Andrea passaram o dia com Tess e as crianças. Jeffrey e Delilah o passaram com Greg. Phoebe e Addison, que não queriam tomar partido, foram para um hotel sozinhos. Foi horrível. Jeffrey, Delilah, Greg, Drew e Barney deram as mãos ao redor da mesa e agradeceram, mas, quando olharam para a frente, puderam ver o quanto tudo estava errado. Jeffrey pensou na mesa de Ed e Andrea, com Eric, Kacy, Tess e os gêmeos, e se perguntou se as coisas também pareciam erradas por lá. Esperava que sim.

Nunca descobriu como nem por que, mas, no domingo à noite, Greg e Tess já tinham voltado para casa com as crianças. Quatro semanas depois, os oito passaram férias em Stowe e tudo voltou ao normal. Tess perdoara Greg, esquecera April Peck e seguira em frente.

Agora Andrea assumia os méritos por isso – ou a culpa.

– Convenci Tess a aceitá-lo de volta. Pelo bem das crianças. Tanto Ed quanto eu achávamos que seria melhor assim.

– Foi melhor assim – falou Jeffrey.

– Como é que você pode dizer uma coisa dessas? – perguntou Andrea. Ela tremia e chorava. Tinha o rosto molhado de lágrimas. Ele queria lhe estender as mãos, abraçá-la. Fazia tanto tempo que a havia perdido, quando não estava atento, e, embora a culpa tivesse sido toda sua, aquilo nunca lhe pareceu justo. Agora ela estava de volta. Precisava de alguma coisa e, ele tentaria de tudo para lhe dar isso. – Como é que você pode dizer uma coisa dessas agora que Tess está morta?

– Você se lembra de quando Tess foi nos visitar? – perguntou Jeffrey. – E pegou minha bicicleta emprestada?

Andrea enxugou as lágrimas.

– E ela insistiu em andar de bicicleta descalça? E caiu e...

– Quebrou o braço – completou ele.

– Mas não acreditamos – disse Andrea. – Não acreditamos quando ela disse o quanto doía. Fizemos a menina ir ao cinema.

– E vimos *O jogador*.

– E foi o melhor filme de todos os tempos.

– E não conseguíamos entender por que Tess estava chorando no final.

– E era por causa do braço.

– Levamos Tess para o hospital – disse Jeffrey. – Você ficou ao lado dela enquanto faziam a radiografia e a engessavam.

– Você ficou na sala de espera – falou Andrea. – E adormeceu sobre quatro cadeiras.

– Eu me senti tão culpado – disse Jeffrey. – A bicicleta era minha.

– Eu me senti tão culpada – disse Andrea. – Ela falou que o braço estava quebrado, e eu lhe dei um analgésico e lhe mandei ser forte.

– Fizemos Tess ficar sentada durante o filme todo.

Andrea se calou. Encarou suas pernas. Suas pernas fortes e bonitas, que quase a levaram às Olimpíadas, que o prendiam quando faziam amor. Era a pornografia do luto – voltar no tempo e recordar um momento da vida de um morto, passo a passo. Tão poucos estavam dispostos a voltar no tempo daquela maneira, porque era íntimo demais, porque era doloroso demais ou porque não ajudaria em nada, não traria o morto de volta. Mas talvez fosse daquilo que Andrea precisava. Permitir que Tess vivesse nos mínimos detalhes de suas recordações. Jeffrey podia visualizar o rosto de Tess na adolescência com muita clareza. Podia ver seus pés descalços nos pedais pontudos de sua bicicleta.

– Obrigada, Pêssego – disse Andrea, quando se levantou para ir embora. – Obrigada.

Jeffrey estava perdido, tanto por sua chegada quanto por sua partida.

– De nada.

Andrea continuou aparecendo no escritório de Jeffrey. Ele nunca sabia quando isso iria acontecer. Ela não telefonava nem avisava com antecedência. Ele subia as escadas até o sótão e lá estava Andrea, sentada em sua cadeira. Ela sempre chegava pela manhã, depois de deixar os gêmeos na colônia de férias. Ele começou a prever suas visitas e ansiar por elas. Nos dias em que ela não aparecia, ele se decepcionava. Preocupava-se, como um idiota, com a possibilidade de nunca mais vê-la de novo.

Havia proporcionado, hesitante, o que Andrea queria. Ela queria que mais alguém se lembrasse de Tess, sentisse saudade de Tess, contasse histórias sobre Tess. Queria um companheiro no luto. Não um ouvinte solidário – qualquer coitado filho da puta seria capaz de ouvi-la. Andrea precisava de alguém com quem compartilhar o fardo, alguém que falasse e se lembrasse por ela. Ninguém estava disposto a fazer isso.

De algumas maneiras, Jeffrey também não estava disposto a fazer aquilo. Ou não podia fazer. Quanta atenção de fato dera a Tess, afinal? Mas tentaria, por Andrea.

Era metódico para tudo. Portanto, em seu esforço, avançava cronologicamente. A história do braço quebrado levou à da primeira cerveja de Tess. A primeira e verdadeira cerveja gelada de Tess havia sido consumida ao redor da fogueira, na praia Ladies, sob os olhos cuidadosos e quase paternais de Jeffrey e Andrea. Uma Coors Light em uma lata prateada geladíssima. O braço de Tess estava numa tipoia, o braço que ela usava para beber, o braço que ela usava para tudo. Jeffrey teve que abrir a lata para ela e acomodá-la em sua mão esquerda.

– Tess pediu uma cerveja? – perguntou Jeffrey. – Ou forçamos a barra?

– Ela pediu – respondeu Andrea.

Jeffrey não se lembrava da história daquele jeito. Lembrava-se de que haviam enchido um cooler para um churrasco na praia e que, quando o abriram, descobriram que não tinham nada para beber, *a não ser* cerveja. Não estavam acostumados a andar com adolescentes. Lembrava-se de ter dito a Tess: "Parece que é cerveja ou água do mar."

Andrea cobriu os olhos.

– Meu Deus – disse ela. – Você tem razão.

– E ela tomou tudo de uma vez só e deu aquele arroto que ouviram lá em Portugal.

– Isso mesmo! – falou Andrea. Ela se deleitava ainda mais com os detalhes que tinha esquecido. – E lhe demos outra e outra e outra.

– Ela tomou cinco – disse Jeffrey. – E aí...

– Vomitou nas dunas – completou Andrea.

– E a levamos para casa e ela desmaiou no chão do banheiro. Quando acordou de manhã, tinha marcas de azulejo no rosto.

– É! – gritou Andrea. Ela ergueu as mãos. Ele marcara pontos de novo.

– E você fez Tess assinar aquele papel – disse Jeffrey.

– Prometendo que não contaria aquilo aos meus tios – completou Andrea. Ela deu gargalhadas e, então, chorou. Choramingou com doçura. – Obrigada, Pêssego – disse ela. – Muito obrigada mesmo.

– De nada – falou ele.

E quanto a noite em que Tess conheceu Greg? Será que Andrea conseguiria falar sobre isso? Ela parecia hesitar, mas Jeffrey argumentou que não seria capaz de contar histórias por muito tempo se não pudesse mencionar Greg.

– Está bem – concordou ela. Em seguida, tombou a cabeça. – Espere aí. Você nem estava lá naquela noite.

– Mesmo assim, sei como foi. Ouvi essa história cem vezes. Quer que eu conte ou não?

– Conte, sim.

Noite em que as garotas saíram, verão de 1995. Andrea, Tess, Delilah, Lisa Schumacher, que trabalhou como garçonete junto com Tess no RopeWalk naquele verão, e Karin Poleman, que assumira o cargo de salva-vidas chefe quando Andrea ficou grávida de Kacy. As garotas foram jantar no Boarding House, beber no 21 Federal, beber no Club Car, beber no RopeWalk, onde Lisa e Tess, em sua noite de folga, foram tratadas como rainhas e ganharam muitas doses de tequila. Então, por fim, foram para o Muse ver uma banda comentada por todos, chamada Os Velociraptors.

Era composta por cinco caras que haviam feito um curso preparatório no internato Berkshire e que então seguiram por caminhos distintos em faculdades preparatórias famosas como Colgate, Bates e Middlebury, e que tinham se reunido em Nantucket. Greg MacAvoy (da faculdade Hamilton) era o vocalista. Tinha 23 anos, corria, surfava e levantava peso. Usava uma pulseira de corda branca e um dente de tubarão numa gargantilha de couro. Cantava com uma cerveja mexicana nas mãos, cantava com os cabelos encobrindo os olhos. Cantava "Loving Cup" dos Stones e "Sheena Is a Punk Rocker", dos Ramones. Cantava "The Core" de Eric Clapton com uma ruiva que atendia no bar e só subia ao palco para aquela música. Já era fato que Greg MacAvoy, naquele momento d'Os Velociraptors (ex-integrante das bandas de garagem "Estrelas Pornô" e "Eclipse"), podia ter a mulher que quisesse. Os arredores da casa da banda, atrás do Muse, onde "Os Velociraptors haviam se estabelecido (embora os pais do baterista, Beckett Steed, tivessem uma casa em Sconset, onde, teoricamente, os cinco viviam) ficavam lotados de meninas toda noite, depois de o clube fechar, como bactérias em torno de um corte recente. O que acontecia na casa da banda? Bem, muito do que você imagina.

Na noite em questão, Tess estava bêbada.

– Todas nós estávamos – comentou Andrea.

Tess usava jeans, chinelos, uma camiseta branca, uma bandana verde nos cabelos e brincos prateados pendentes. Ela e as outras garotas dançavam bem lá na frente. Suas cervejas estavam apoiadas na beira do palco, perto dos amplificadores. Com todas aquelas meninas na pista de dança e a promessa de ainda mais meninas derrubando a porta da casa da banda, o que em Tess chamou a atenção de Greg? A bandana verde? Os brincos brilhantes? As sardas do nariz ou os grandes olhos azuis ou os pés minúsculos com as unhas pintadas de uma cor chamada "torta de cereja"?

Ela sabia a letra *toda* de "Low Spark of High Heeled Boys". Ele notou isso. Sorriu para ela, piscou para ela. No intervalo, comentou com o baixista "Ei, aquela garota que se parece com a Gidget é gostosa". Mandou um *roadie* ir falar com ela.

– Greg quer saber se você gostaria de se encontrar com ele mais tarde, na casa da banda.

O *roadie* perguntou aquilo a Tess diante de todas as garotas. Ofereceu a ela uma cerveja gelada, um presente de Greg. As garotas arregalaram os olhos, emudecidas.

Tess disse:

– Na casa da banda? De jeito nenhum.

Delilah perguntou:

– Você está louca? Todas as mulheres de Nantucket querem esse cara.

Andrea, porém, aprovou a resposta de Tess. Tinha um bebê e um filho de 2 anos em casa. Era a madre superiora. Bebia e se divertia como todas as outras – mais do que todas as outras –, mas não queria ver sua amada priminha Tess desaparecer na toca do ópio, na cabana da sífilis que era a casa da banda.

Tess disse não e despertou o interesse de Greg. A caça começou!

– O que ele fez para conquistá-la? – Andrea vasculhava a mesa de Jeffrey com os olhos, em busca de uma folha de papel. Queria fazer uma lista.

– Ele tentou descobrir o sobrenome dela – respondeu Jeffrey.

– E não conseguiu – disse Andrea.

– Tentou arranjar o telefone dela.

– E não conseguiu.

– Mas aí alguém contou a ele onde ela trabalhava como garçonete...

– Ele apareceu no RopeWalk com flores.

– Não funcionou.

– Depois, apareceu de novo com aquele CD que fez para ela. Com "Romeo and Juliet", do Dire Straits.

– Não funcionou.

– Pediu a lagosta para impressioná-la.

– Era a cara do Greg ser tão sem noção – disse Andrea. – Pedir lagosta não é impressionante.

Ele a convidava para sair toda vez. Aonde Tess queria ir? Ao restaurante Chanticleer? Ao hotel Wauwinet? Os pais de Beckett Steed tinham uma lancha. Ela queria passear de lancha?

– Ela contou a ele que tinha medo do mar – disse Andrea em voz baixa.

Tess queria fazer um piquenique? Aceitaria se encontrar com ele para tomar café da manhã? Um cafezinho?

Greg apareceu na aula de ioga de Tess. Fez todas as posturas, na esperança de ela o estar observando com sua visão periférica. Esperou ao lado do bebedouro, mas ela passou por ele como uma brisa.

– Ele arranjou um cachorro emprestado – disse Andrea. – Aquele golden retriever.

Jeffrey balançou a cabeça.

– Meu Deus. Tinha me esquecido do cachorro.

– Tess quase caiu na dele – falou Andrea. – Mas, quando descobriu que o cachorro não era de Greg, ele perdeu pontos.

– Então, no fim das contas, o que foi? – perguntou Jeffrey. A história de Greg perseguindo Tess era de fato uma lenda bem-documentada, da qual riam muito, e a história da primeira noite no Muse podia ser contada com facilidade por pessoas (como ele) que nem estavam lá. Mas o que a fizera mudar de ideia? Jeffrey não conseguia se lembrar ou não sabia.

– Eu dei permissão a Tess – contou Andrea. – Disse a ela que era claro que o cara merecia uma chance. Ele fez tantas tentativas. Eu disse a ela que não via problemas em ceder. Em dizer que sim. E que era só o que ela precisava fazer. Foi o que ela fez.

– Ah – falou Jeffrey.

– Obrigada, Pêssego.

Jeffrey assentiu com a cabeça.

– De nada.

Jeffrey não contou a ninguém sobre as visitas de Andrea nem sobre recontar a vida de Tess em detalhes obscenos. O que queria dizer que ele não contou nada a Delilah. Aquilo não tinha precedentes, pois uma das qualidades de Jeffrey de maior destaque era o fato de ele ser um livro aberto. Seus relatos eram sinceros, e suas críticas, claras. Ele não escondia nada. Não tinha segredos. Orgulhava-se de ser daquele jeito. Sentia que isso lhe dava mais autoridade.

Delilah tinha segredos. Tinha centenas de horas de ausência postas na categoria "tempo para mim mesma" e era, portanto, irrepreensível. Estava sempre escondendo alguma coisa, encobrindo, dando desculpas. Era desgastante viver daquele jeito. Jeffrey podia ver como aquilo a afetava, abrigando uma vida emocional inteira que ela se recusava a compartilhar com ele.

Jeffrey decidiu manter as visitas de Andrea em segredo, não pelo próprio bem, mas pelo bem dela. Os dois não falaram disso, mas Jeffrey tinha certeza de que o delegado não sabia nada sobre as horas que ela passava no sótão da fazenda. Delilah, se soubesse, ficaria furiosa, iria se sentir ameaçada (embora alegasse uma e outra vez ser impossível ter ciúmes de alguém como Andrea). Ela ridicularizaria Jeffrey primeiro e, em seguida, Andrea. Condenaria as tentativas de autoajuda, de usar lembranças como terapia. Não compreenderia a situação, distorceria aquilo perante os outros e estragaria tudo.

Estava funcionando. Jeffrey notava só de olhar para Andrea que ela se sentia melhor.

E ele também.

PHOEBE

Seus dias se tornavam cada vez mais felizes. Ela acordava e preparava um expresso. Tinha renovado sua inscrição na academia.

Corria na esteira, levantava peso três vezes por semana e fazia pilates duas vezes por semana. Aos sábados e domingos, tentava convencer Addison a caminhar com ela até a praia, mas ele costumava negar, dizendo que não estava a fim, que estava cansado demais, com uma ressaca forte demais, com preguiça demais. Então, Phoebe ia sozinha.

Em segredo, libertava-se das drogas. Em 2001, depois da morte de Reed, havia sido diagnosticada com transtorno de estresse pós-traumático e, pouco tempo depois, com depressão. Tomava todos os remédios prescritos, alguns com o dobro da frequência que deveria e, assim, a dor diminuiu. Mas, junto com a dor, todo o resto se foi. Junto com a dor, sua personalidade se foi. Adeus, Phoebe.

Ao se libertar das drogas, todo aquele processo se revertia. Ela podia pensar, podia sentir. Tinha apetite. Dessa vez, pensou, era por uma cesta de amoras. Humm! Por um sanduíche de ovo e salada com rúcula no pão de trigo. Ela queria comê-lo alternando entre as mordidas e batatas fritas crocantes e salgadas, amoras suculentas e goles de chá gelado com hortelã. Almoçar, pela primeira vez em anos, lhe dava prazer. O medo patológico de calorias também se fora. Phoebe tinha desejos. Em um dia de sol, gostava de passar uma ou duas horas na piscina. Gostava do sol quente. Gostava da água fria. Sob o efeito dos medicamentos, mal era capaz de distinguir entre um e outro.

Ligou para Delilah. Queria passar um tempo com as crianças.

– Você só pode estar brincando – disse Delilah.

Phoebe queria ir à praia, pegar ondas monstruosas até a costa e sentir a areia batendo no rosto. Queria pegar um picolé no cooler e deixá-lo escorrer pelas mãos. As cores da água, da areia e das zosteras nas dunas e até mesmo do picolé a impressionavam. Cores tão intensas e vibrantes! Ela conseguia vê-las, conseguia apreciá-las. Era como se tivesse passado um tempo cega e só agora recuperado a visão. O rosa das amoras, o marrom escuro do expresso, o turquesa da piscina. Impressionante!

O barulho da gargalhada dos meninos, Drew e Barney. O barulho das ondas rebentando na areia. O zunido de aviões pousando. A canção de James Taylor no aparelho de som a três toalhas dali. Ela costumava adorar aquela canção. E ainda adorava.

– Não acredito no quanto me sinto maravilhosa – disse Phoebe.

– Pelo menos uma de nós se sente assim – disse Delilah.

Estava errado. Tudo errado. Ao contrário. Addison era uma concha, uma casca. Andava péssimo e repulsivo. Abusava do álcool. Sua amante morrera, e ele passava pelo previsível declínio. Delilah também sofria as consequências do desastre nuclear. Seu cabelo estava selvagem como o de uma bruxa. Ela admitiu que conseguia reunir forças para entrar no chuveiro apenas uma vez por semana. Uma vez por semana! Começava a ter dreads. Havia engordado. Delilah tinha um corpo muito sexy e cheio de curvas, mas, sem se dar conta, enchia a cara com biscoitos que levava para as crianças comerem na praia, e que iam direto para a sua bunda. Ela reclamava das celulites nas coxas e na bunda. Tinha mais dificuldade para sair de sua cadeira de praia. Caminhava até a água, mas continuava mastigando os salgadinhos. Phoebe a convidou para fazer caminhadas na praia ou pilates enquanto as crianças estavam na colônia de férias, mas Delilah recusou:

– Não tenho isso em mim, Phoebe.

E havia largado o emprego. Não conseguia mais trabalhar no Begonia agora que Greg se fora. Thom e Faith puseram um trio irlandês no lugar de Greg. Delilah tinha ido trabalhar por uma noite para ver se seria capaz de fazê-lo, mas, quando a garota começou a sussurrar canções com seu sotaque gaélico, Delilah saiu correndo do bar, chorando. Deu uma geral no armário e levou todos os seus vestidos de recepcionista para o bazar do hospital.

– Mas por quê? – perguntou Phoebe. – Seus vestidos eram tão bonitos!

– Porque – respondeu Delilah – nunca mais vou usá-los.

Delilah declarava o fim de sua vida, e o seu gosto pela diversão – que sempre fora seu princípio mais importante –, derrotado. Só queria falar de o quanto detestava Andrea, ou sobre se Greg andava comendo April Peck, coisas que não interessavam nem um pouco a Phoebe. É assim que as pessoas agem quando dois de seus melhores amigos morrem tragicamente – elas sofrem, se recolhem, regridem. Phoebe era a excêntrica. Não queria conversar sobre Greg e April Peck, nem sobre Addison e Tess terem se apaixonado no chalé, nem sobre a ida à casa de Greg e Tess na noite da véspera do passeio de veleiro, nem sobre o afogamento.

Ela queria seguir em frente!

Mas parecia fazer isso sozinha.

Phoebe queria alguma coisa com o que se ocupar. Tinha concordado em organizar o coquetel em prol da conservação da ilha em 15 de agosto. Com dez telefonemas, o evento inteiro já estava organizado: tendas, mesas e cadeiras, fornecedores, cerveja e vinho doados por um distribuidor, banda animada, convites. A Wheeler Realty seria a maior patrocinadora, embora Phoebe tivesse esclarecido aquilo apenas para Florabel, a secretária. Addison não conseguia se concentrar por tempo bastante para compreender os detalhes.

Feito aquilo, ela estava pronta para a coisa seguinte. O que era a coisa seguinte? Phoebe tinha quase oito anos de energia armazenados. Deveria ressuscitar os negócios? Organizar cruzeiros em grupos pelo Mediterrâneo para a terceira idade? Talvez se juntar a eles no cruzeiro, pular do navio na costa Amalfi e arranjar um amante italiano?

Phoebe se deparou com os gêmeos por acaso. Estavam na livraria, de pé e quietos, lado a lado, diante dos livros infantis. Ela estivera alheia, na seção de ficção. Pensou que talvez sua alma estivesse ávida por instrução. Havia tantos livros que ela não lera. *Madame Bovary, Amargo pesadelo, Um quarto com vista, Tempestade de gelo, As correções, O conto da aia, Uma bela propriedade, Bastard Out of Carolina, Os filhos do imperador, Bel Canto* – Meu Deus, a lista era interminável. Ela escolheu uma pilha para começar: *I Cannot Get You Close Enough, Preliminar – Os altos e baixos de Lee Fiora, The Brambles, Beautiful Children*, todos da estante dos prediletos dos funcionários da livraria. Algum dia em um futuro próximo, Phoebe teria a própria estante de prediletos. Era uma meta. Para ela, tudo era uma questão de meta. Queria acrescentar *O apanhador no campo de centeio* à pilha porque esse era o livro preferido de Reed. Phoebe o lera – ele fora requisitado no segundo ano do ensino médio –, mas não conseguia se lembrar de nada da história, a não ser do garoto na sala de Holden que costumava gritar "Digressão!" sempre que o professor se afastava do tema. (Mas Phoebe achava que poderia até estar enganada.)

Não conseguiu encontrar *O apanhador no campo de centeio* na prateleira dos outros romances de Salinger. A balconista disse que ele estava na seção recomendados para jovens adultos porque constava em muitas listas de leituras para o verão – e foi assim que Phoebe se deparou com os gêmeos. Lado a lado, cabelos escuros raspados (Finn) e cabelos escuros na altura do queixo (Chloe), ambos com camisetas listradas e shorts. Phoebe quase gritou de tanto que os dois eram fofos, quietos e sérios. Finn olhava para um livro com um super-herói de cueca e Chloe folheava um livro que continha mistérios de A a Z. Havia algo no silêncio e na compostura daquelas crianças que as faziam parecer miniaturas de adultos, marido e mulher, escolhendo livros para uma semana de leitura à noite. Como eram gêmeos, ocupavam um lugar especial no coração de Phoebe. Ela sentia ter com eles uma ligação que não tinha com Drew e Barney. Chloe e Finn eram como Phoebe e Reed: um par, um casal, ligados no ventre. No velório, Phoebe dissera aos dois:

– Vocês ainda têm um ao outro.

E eles assentiram com o seu jeito adulto e comportado. Não precisavam que ela lhes dissesse o que já sabiam.

Phoebe não falou com os gêmeos na livraria. Os dois eram perfeitos demais. Ela queria mordê-los. Queria se desintegrar e habitar seus corpos impecáveis.

Os gêmeos estavam tão tristes. Estavam como bebês abandonados em um cesto. Lágrimas se acumularam nos olhos de Phoebe. Será que alguém podia ajudar? Será que Phoebe podia ajudar? Seria isso – o que ela procurava? Os gêmeos?

Ela pagou por sua pilha de livros e percorreu a loja com os olhos. Onde estava Andrea? Ou... o delegado?

Mais tarde, telefonou para Delilah:

– Vi os gêmeos na livraria, sozinhos. Completamente sozinhos. Você acha que isso está certo?

Delilah respondeu:

– Acho que isso é negligência. Andrea não está bem. Finn contou a Barney que ela quebrou o violão de Greg na bancada da cozinha, justo na frente das crianças.

– Você só pode estar brincando – disse Phoebe.

– Os gêmeos deviam estar morando conosco – falou Delilah. – Eu devia ter lutado por eles.

"Lutado por eles", pensou Phoebe.

Phoebe viu os gêmeos de novo poucos dias depois, em Sconset. Tomavam sorvete, sentados em um banco num parquinho público ao lado do mercado de Sconset. Phoebe estava em seu carro. Acabara de apreciar o almoço mais elegante do mundo: salada de manga e lagosta, *crème caramel* e um Sancerre revigorante com sua coordenadora, Jennifer. Phoebe estava um pouco tonta por causa do vinho. No início, não tinha certeza de que as duas crianças no banco fossem os gêmeos. Pelo canto do olho... sim, como pensou. Deu a volta, apreciando Sconset. O lugar era adorável, aquela cidadezinha com seus chalés cobertos de rosas, os cafés, o clube de tênis, as magníficas casas de verão nas montanhas, que terminavam com o farol listrado como um doce, e a área verde do campo de golfe. Phoebe só ia a Sconset em ocasiões especiais, e não houvera muitas ocasiões especiais nos últimos oito anos.

Na segunda vez que passou pelo parque, viu os gêmeos com nitidez. Mais uma vez, sentados em silêncio, sozinhos com seu sorvete, o olhar fixo à frente. Phoebe diminuiu a velocidade. Procurou o carro de Andrea – ou o do delegado? – porque o que os gêmeos estariam fazendo ali sozinhos? Estacionou em frente ao mercado. Era como se seu coração tivesse um zíper sendo puxado para cima – e para baixo. Para cima – e para baixo. Não viu o carro de Andrea. Nem o do delegado. Então, talvez as crianças tivessem ido de bicicleta. Percorreram aquela distância toda até Sconset? Andrea *era* negligente?

Os gêmeos não viram Phoebe. Não pareciam ver nada além de seus sorvetes. Ela foi tomada pelo desejo de fazê-los sorrir. De fazê-los felizes. Será que conseguiria isso? Se os abordasse, será que a reconheceriam? Claro que sim; ela os conhecia desde que nasceram, passara inúmeros domingos em sua companhia. Mas o que os gêmeos achavam dela? Eles a chamavam de *Phoebe* e não de *tia Phoebe*, muito embora Delilah fosse *tia Dee* e Andrea fosse simplesmente a *titia*. Então Phoebe não era a *tia Phoebe*, tudo bem, não era tia dos gêmeos como Andrea, nem a mãe de seus amigos mais queridos, como Delilah. Era apenas uma mulher estranha sem filhos que costumava andar com seus pais, e que passava a maior parte do tempo dopada.

Agora, ela estava diferente. Será que conseguiriam notar isso?

Phoebe deveria se oferecer para levá-los até sua casa e deixá-los nadar na piscina? Para cima – e para baixo. Os gêmeos! Empolgou-se com a ideia.

Uma garota saiu do mercado de Sconset dando goladas de uma garrafa de Pepsi diet. As crianças se levantaram, jogaram fora os guardanapos sujos e os restos das casquinhas de sorvetes. A garota era... Andrea. Não. Era Kacy. O coração de Phoebe assobiou. Ela soltou um delicado arroto de Sancerre. Ficou aliviada ao ver que havia alguém responsável ali com os gêmeos. Mas também desanimou. Os gêmeos eram fofos e lhe faziam bem. Eram João e Maria, e ela, Phoebe, era algum tipo de bruxa.

Kacy e os gêmeos foram para o bicicletário. Eles subiram em suas bicicletas e elas oscilaram, como corços recém-nascidos tentando se apoiar sobre as pernas. Então, se equilibraram, pedalaram e ganharam velocidade. Estavam estáveis e confiantes, e Phoebe sorriu enquanto os observava ir embora.

Ela queria alguma coisa, mas não eram os gêmeos.

Foi como um sonho ruim. No meio da noite escura como piche. Agora que Phoebe deixara os sedativos, precisava das cortinas fechadas e do ar-condicionado no máximo para conseguir dormir. No entanto, foi acordada pela tempestade. Relâmpagos piscavam nas extremidades das cortinas e trovões soavam como se alguém no andar de cima da casa pegasse móveis grandes e os soltasse no chão. Todavia, essa não foi a parte assustadora. A parte assustadora foi Addison sentado com os olhos arregalados, voltados para ela. Ele não estava com seus óculos e, por um instante, ela não o reconheceu.

– Meu Deus, Add! – exclamou ela. Entretanto, até gostava daquilo: da capacidade de se impressionar, de se assustar.

– O presente – disse ele.

– O quê? – perguntou ela, embora soubesse muito bem do que ele falava.

– O que você deu de presente de aniversário de casamento? – perguntou ele. – Para Tess?

Phoebe olhou para o marido. Ele a encarava, mas será que a enxergava? Ela teve vontade de... o quê? Sair da cama e correr para a tempestade? Correr para o porão e se esconder no armário de cedro?

– Isso não é da sua conta – respondeu ela. – É? – Essa última palavrinha foi um atrevimento de sua parte. "Se Tess é da sua conta, me conte por quê. Conte-me que ela era sua amante. Conte-me que você estava apaixonado por ela." Phoebe, porém, não queria ouvir sua confissão. Ela sabia o que sabia, mas ele não sabia o que ela sabia, o que significava que aquilo não era real. Phoebe percebeu naquele instante que, com ou sem as drogas, ela sempre escolhia viver num mundo de fantasias e que queria continuar assim.

Ela tocou no ombro de Addison. Ele usava uma blusa de manga comprida e as calças do pijama de flanela. O ar-condicionado estava ligado em uns dez graus. Estava tão frio que ele alegou que dava para ver a própria respiração. Addison não reagiu ao toque de Phoebe, muito embora tivesse sido estabelecida uma espécie de regra louca (como ela sabia, pela louca da Phoebe) de que os dois não se tocassem na cama. Os medicamentos não só exterminavam sua libido como a deixavam com um medo irracional de sexo. Ou talvez ela tivesse medo de sexo porque, nos últimos anos, Addison só a procurasse quando estava muito bêbado, quando era bruto e a machucava. Os dois haviam tido uma vida sexual adorável e carinhosa muitos anos antes, na época em que ambos eram pessoas diferentes. Agora, juntamente com todo o resto, Phoebe se encontrava interessada em sexo de novo. Seu corpo retomara o ritmo. Ela de fato menstruara, e até o sangue e a dor de cabeça pareciam, se não uma maravilha, pelo menos algo natural e certo. Um retorno à vida. Ela era uma mulher de novo.

Phoebe se dera conta de que o que queria era uma vida sexual, uma vida sensual. Horas com Addison, com toques e provocações, beijos e carícias, massagens em um e no outro e banhos à luz de vela. Queria ter orgasmo com o dedo do marido ou com ele se movimentando dentro dela. Seria difícil conseguir isso? Addison tentara de tudo, tanto holístico quanto do mercado negro, para fazer com que Phoebe se interessasse por sexo do novo – vídeos pornográficos, vibradores, óleos aromatizados, CDs do Barry White, Anaïs Nin – e nada funcionara. Será que agora seria a mesma coisa, só que com inversão de papéis?

Phoebe acariciou o braço de Addison com a intenção de um sugestivo movimento para cima e para baixo. Mais uma vez, o fecho de seu coração se abriu e se fechou. Para cima – e para baixo. Ela sentia uma pulsação entre as pernas.

– Você quer fazer amor? – perguntou.

Ele olhou para ela. De novo, o olhar vazio, cego.

– Quero que você me conte sobre o presente.

Trovão. Um barulho como o de um grande osso se quebrando e, em seguida, o estrondo.

– Não vou contar.

Ele caiu para o lado, como se tivesse levado um tiro. Phoebe não aceitaria aquilo. Atravessou os limites invisíveis da cama, adentrou o território de Addison (ele ficava com o lado esquerdo da cama, e ela com o direito) e deslizou a mão por baixo do elástico das calças do pijama dele. Tocou-o, esperançosa. No entanto, ele estava enrugado, frouxo. Ela puxou a mão de volta e pensou em lhe pedir desculpas.

Então, Addison começou a soluçar.

Ainda assim, pensou Phoebe, ela queria alguma coisa. Se essa coisa fosse Addison, ela poderia esperar. Poderia ser tão paciente quanto ele havia sido. Conseguiria consertar seu relacionamento – costurar a cabeça de volta na boneca, resgatar o suflê caído no chão.

Phoebe encontrou o poema – ou ele a encontrou – no dia mais quente do verão. Addison chegou do escritório às quatro e disse que queria ficar na piscina até anoitecer.

– Está bem – falou Phoebe. – Desde que você mantenha sua cabeça fora d'água. – Isso foi dito com leveza, embora ela se preocupasse com a possibilidade de ele tomar quatro ou cinco doses de bourbon, se deitar sobre sua jangada inflável, adormecer e, sem se dar conta, escorregar para o fundo da piscina sem que ela notasse. Outro afogamento.

Addison não conseguiu vestir a sunga rápido o bastante. Ele, que sempre foi meticuloso, esvaziou os bolsos sem o menor cuidado, jogando tudo sobre a bancada de granito, perto demais de onde Phoebe se encontrava, tentando preparar um chá gelado e desfiar um frango assado para fazer uma salada. Ela nunca fora de cozinhar muito, mas já tinha observado Delilah fazer salada de frango umas cem vezes (observado com óculos prescritos para outra pessoa, ao que parecia agora). Era fácil. Frango desfiado, aipo, cebolinha, maionese, sal, pimenta e o ingrediente secreto, diretamente de *Mary Poppins* – uma colher de açúcar. Naquela noite, Phoebe pensou, triunfante, ela comeria um jantar preparado por conta própria.

Quando Addison abriu a porta para ir para a piscina (com uma dose de Jack Daniel's e gelo na mão), o vento quente levantou o poema da pilha de entulhos retirados de seus bolsos – dinheiro, moedas, cartões de visita, um pedaço de doce duro com sabor de raiz e cerveja, alguns resto de feltro vermelho amontoados – e pairou sobre a confusão de ingredientes que estava prestes a se tornar uma salada de frango.

Phoebe pegou o poema com as unhas. Seus dedos estavam cobertos de gordura de frango.

Um poema! Arrancado de algum lugar.

Ela leu o poema, tentando entendê-lo. A literatura era sua amiga, agora. Phoebe tinha terminado *O apanhador no campo de centeio* e estava na metade do livro de Ellen Gilchrist. O poema era direto. Ela o entendeu, mas não por completo. Uma festa de aniversário num restaurante, o banheiro masculino, alguém urinando

Spumanti d'Asti. Que machismo! Então, chegou aos versos sublinhados. "Minha vida com você vai além do além/ E não há nada além disso que eu esteja procurando/ Eu não me importaria em morrer/ Se ainda pudesse estar com você."

Phoebe pôs o poema de volta na pilha de coisas de Addison, prendendo-o sob as chaves.

Já tinha visto aquele poema antes. Já o tinha visto na casa de Tess. Ela o entregara a Phoebe e falara:

– Veja isso.

Phoebe fingira lê-lo, mas é claro que as palavras haviam sido pouco mais do que formigas no açúcar.

– Que bonito – dissera ela a Tess.

Tess fungara um pouco. Tudo fazia aquela mulher chorar.

Phoebe pôs uma colher de maionese na tigela com descuido. Addison não poderia ser salvo. Ela teria que encontrar outra coisa para querer

O DELEGADO

Ele os convocou no Begonia porque não sabia aonde mais poderiam ir. E porque ainda não tinha decidido se lhes contaria sobre o laudo do exame toxicológico ou se manteria isso em segredo. Se fossem ao Begonia, dariam a impressão de serem apenas os três se encontrando para tomar cerveja. Desde a noite depois do enterro de Greg e Tess, não haviam feito nada em grupo. Nada. Era estranho, e o inesperado era que o delegado sentia falta disso. Sentia falta da reunião, sentia falta de tomar cerveja gelada no deque da casa dos Drake, sentia falta de ser convidado para nadar na piscina de Addison, sentia falta da comida de Delilah (que tinha o talento de sempre saber o que ele desejava), sentia falta de se sentar no banco em semicírculo, de falar de barcos e de ouvir a partida de beisebol do Sox no último rádio transistorizado da América, que comprara no eBay. Delilah ligou para sua casa uma vez, convidando-os e aos gêmeos para um churrasco, mas Andrea recusou. Quando o delegado perguntou por que, ela respondeu:

– Não me importo se nunca mais voltar lá.

Junto com Tess e Greg, algo mais tinha morrido.

O delegado chegou ao Begonia primeiro, e Faith o cumprimentou na porta. Ele beijou sua bochecha com ruge.

– Como é que você está? – perguntou ela, parecendo querer saber mais do que o óbvio, e ele respondeu:

– Ah, meu Deus, Faith. Tão bem quanto se pode esperar, eu acho.

– Sentimos muito a falta dele – disse ela.

O delegado podia fazer um pequeno trabalho investigativo ali. O Begonia era o "terceiro lugar" de Greg, depois da própria casa e da escola. Se Greg tivesse conversado com alguém que vendesse drogas, Faith deveria saber. No entanto, era extremamente necessário manter as coisas em sigilo, e Faith, apesar de ser uma mulher decente, era como um jornal diário para Nantucket. Se algo estava acontecendo, ela lhe contaria.

Ele pediu para se sentar à mesa dos fundos, que era protegida por paredes baixas. Todos a chamavam de Mesa da Máfia. O delegado gostava de se sentar no bar, onde podia ver TV e dar um ar de segurança da vizinhança ao estabelecimento, mas, naquela noite, precisava da Mesa da Máfia.

Comentou com Faith:

– Estou esperando Add e Jeffrey.

Ela assentiu com a cabeça, lhe entregou os cardápios e disse:

– Por favor, saiba que Thom e eu temos pensado em você. E temos pensado em Andrea.

– Muito obrigado – falou o delegado.

Faith permaneceu ali por mais um instante, e o delegado entrou em pânico. Ele não queria se envolver numa conversa. Pegou o cardápio, muito embora sempre pedisse o sanduíche de carne, e Faith, relutante, se afastou.

O delegado suspirou fundo. Cerveja, anéis de cebola, fumaça do forno. O Sox jogava na TV e a jukebox tocava Tom Petty. Ele estava no Scarlet Begonia. Sentia-se bem, apesar do fato de o laudo do exame toxicológico o consumir como um verme, apesar do fato de Andrea estar comprovadamente louca e precisar de um quarto acolchoado em uma fazenda tranquila na região central da Pensilvânia. Andrea não pensava em outra coisa, a não ser em Tess: Tess se afogando em Nantucket Sound; Tess quase se afogando em Boston Harbor quando criança; Tess perdendo um filho pela primeira vez, perdendo o segundo bebê numa queda, perdendo outro filho; Tess sofrendo ao longo das semanas do interrogatório de Greg; Tess se afastando de Andrea logo depois do Natal. Este último parecia ser a casca de milho agarrada no molar de Andrea: durante os seis meses que antecederam a morte de Tess, esta andava distante e estranha. Andrea sentia que Tess se afastava. Isso teria sido imperceptível para qualquer um, menos para Andrea, que sentia que havia algo de errado. Tess não se abria mais com ela, passava dois ou três dias sem dar notícias e, o pior de tudo, tinha parado de ir à igreja com ela nas noites de domingo.

Aquele era o tempo da semana que as duas reservavam não só para o Senhor, mas também uma para a outra.

Andrea estava tão consumida por sua vida interior que nem sempre notava o que acontecia à sua volta. Os gêmeos tinham o próprio conjunto de necessidades complicadas – comida, roupas, serviço de chofer, formas enriquecedoras de passar o tempo dentro e fora de casa, necessidades atléticas e educacionais durante todas as horas que passavam acordados. Andrea mal conseguia preencher os requisitos mínimos: levar, buscar, café da manhã, almoço, jantar, banho, hora de ir para a cama. Se era para fazer passeios, se era para se divertir, isso precisava ser proporcionado por Eric, Kacy ou pelo delegado. Eric e Kacy tinham empregos e amigos. O delegado tinha uma força policial para comandar e uma ilha para manter em segurança. Eles faziam o que podiam, mas era claro que os gêmeos estavam infelizes. Não só arrasados com a perda trágica tanto da mãe quanto do pai, mas entediados e nada inspirados com a nova vida na casa dos Kapenash. Aos domingos, quando o delegado ficava responsável pelas crianças, perguntava o que queriam fazer, e elas invariavelmente respondiam que queriam brincar com Drew e Barney, que queriam ir para a casa da tia Dee. E embora assim pudesse matar dois coelhos com uma cajadada só – deixar as crianças felizes *e* ressuscitar parte da vida social perdida (sua boca salivava ao pensar no milho grelhado, nos tomates-cereja recheados com guacamole, no tartare de sardinha com temperos deliciosos que Delilah preparava no verão) –, ele não podia, em sã consciência, levar as crianças para lá. Andrea surtaria. Aquilo se tornava cada vez mais frequente – quebrar o violão havia sido o pior, seguido de jogar uma bandeja de bifes de costela perfeitamente grelhados no jardim, seguido de jogar o celular no mar.

As crianças estavam apavoradas com Andrea. Certa manhã, Finn comeu seu cereal sem leite porque teve medo de pedir.

Chloe tivera péssimos episódios de terror noturno. Acordava chamando pela mãe, e Andrea estava ali, deitada com os olhos abertos, mas não fazia nada a respeito. Portanto, o delegado levava a menina de volta para a cama, achava sua boneca e tentava sussurrar um argumento convincente de que tudo ficaria bem. A pobre menina queria tanto sua mãe, uma mulher com energia, disposição física e calor feminino, e o que conseguia era seu tio com voz grossa que tinha um trabalho assustador e uma arma.

Num momento de bravura, o delegado disse a Andrea que a melhor maneira de honrar Tess seria se concentrar nos cuidados com as crianças.

Andrea praticamente cuspiu nele por causa disso.

– *Estou* cuidando delas, Ed – falou.

Mas não estava. Encontrava-se envolvida demais com seu luto. De trás para a frente, de cabeça para baixo, de dentro para fora.

Ali no Begonia, o delegado acariciava o tampo da mesa manchado. Addison foi o segundo a chegar e devia ter parado no bar, pois segurava um copo. O delegado se levantou, eles se cumprimentaram com um aperto de mãos, Addison se sentou de frente para o delegado, que, de repente, se sentiu nervoso, como se estivesse num encontro às cegas. Ele e Addison eram amigos havia décadas. Era verdade que os dois não tinham muito em comum. Addison era escorregadio como um peixe. Impossível agarrá-lo. Havia recebido uma educação refinada, vivido e trabalhado em outros países, tinha uma filha que morava na Califórnia como se fosse uma personagem de um daqueles programas para adolescentes da Disney que Chloe queria ver, mas que Andrea proibia. Addison era um empresário, era o magnata do mercado imobiliário de Nantucket.

Fazia acordos que lhe rendiam tanto dinheiro que pareciam ilegais. Estabelecia relações, usufruía de favores, vivia em uma casa de quase seiscentos metros quadrados com sua mulher frágil.

O delegado sempre respeitou a maneira como Addison se preocupava com Phoebe. Ainda mais agora que tinha a própria mulher com quem se preocupar.

Certa vez, os dois se perderam na mata. Haviam alugado uma canoa durante uma viagem em grupo a Saranac Lake, remado em direção à margem errada (que o delegado escolhera por engano e insistira, apesar dos protestos de Addison) e acabaram na porra de um lugar desconhecido. Não tinham mapa (dois homens grandes e fortes não precisavam de mapa) nem comida, a não ser pastilhas refrescantes e apenas meia garrafa de água mineral. Cada um estava com seu celular, mas sem a merda do sinal. Passaram horas no lago e na hora que deveriam se encontrar com a caminhonete do hotel no fim do trajeto, estavam perdidos. Decidiram ir para a terra, carregar a canoa e procurar uma estrada, arranjar uma carona de volta para o refúgio de seu elegante resort, The Point, onde todos os outros se aprontavam para o jantar e já deviam ter começado a se preocupar.

Entraram numa mata densa e quase impenetrável. Pensaram em voltar para a canoa, mas aquilo significava regredir, ao que parecia. Lutaram para atravessar a mata com a canoa sobre a cabeça. O delegado trabalhara com caras que estiveram no Vietnã. Ouvira histórias, como todo mundo, sobre as matas densas, os insetos, as cobras, as armadilhas com bombas. O que o delegado e Addison enfrentavam naquele momento não era, é claro, uma guerra, mas as condições não eram muito mais favoráveis. Os mosquitos eram numerosos e barulhentos, havia espinhos e lama em toda parte. Por uma escolha ridícula, Addison estava com mocassins da Ferragamo. A canoa os atrapalhava tremendamente. Em determinado momento, foram tentados a deixá-la para trás, mas ela pertencia ao resort, era uma canoa linda de madeira e devia ter custado milhares de dólares. Escurecia, eles não conseguiam enxergar, os mosquitos pareciam malditos tigres e o delegado estava morrendo de sede. A sede era tanta que ele beberia a água do lago, agradecido, apesar de qualquer disenteria violenta que tivesse depois. No entanto, naquele momento, calculava que estivesse pelo menos a quatrocentos metros do fim da mata.

Ambos estavam exaustos e decidiram descansar. Tinham passado o dia todo remando sob o sol. O resort preparara um excelente piquenique para o almoço, que devoraram seis horas depois. Sentaram-se no topo da canoa virada de cabeça para baixo e tentaram matar mosquitos, e recuperaram o fôlego e examinaram seus arredores. Mata e mais mata. O delegado tentava não entrar em pânico. Era um policial. Ouvira inúmeras histórias exatamente como aquela – um homem que sai para passar o dia apreciando a natureza – que acabavam em tragédia.

O delegado e Addison tinham que continuar. *Tinham* que deixar a canoa para trás. Ela os retardava demais. Addison disse que pagaria por ela. O delegado disse que poderiam discutir isso mais tarde, quando encontrassem uma maldita civilização que incluísse chuveiro quente, lençóis limpos e uma cerveja gelada. No momento em que passou a ser a apenas os dois, sem o trambolho da canoa, andaram muito mais depressa. Correram no sentido certo. Decidiram seguir em apenas uma direção, na do pôr do sol, oeste, que era, em teoria, a direção do resort. O oeste, porém, se estendia pela eternidade.

Para evitar o desencorajamento, Addison contou ao delegado histórias da época louca em que esteve casado com a socialite magra como um varapau, Mary Rose Garth, que acendia um cigarro após o outro e adorava descobrir escândalos de como as outras mulheres amavam chocolate. E em seguida contou a verdadeira história de por que fora expulso de Princeton uma semana antes de se formar. (O delegado jurou nunca divulgar os detalhes.) Aquelas histórias eram fantásticas, fizeram o tempo passar, e o delegado tentou contar algumas das próprias histórias, mas nunca havia sido casado com uma mulher que gostasse de levar outra mulher para a casa para ir para cama com ela ou jogar na fogueira da biblioteca as peças de alta-costura que usara no ano anterior. Foi então que percebeu, ali na mata, que, embora fosse delegado de polícia, sua vida tinha sido bem monótona.

Os dois notaram que a mata começava a se abrir. Logo chegaram a uma estrada.

– Uma estrada! A porra de uma estrada! – Haviam tirado a sorte grande: todas as estradas levam a algum lugar.

Mas talvez não aquela. Era uma estrada de terra e, meia hora depois, nem um veículo sequer tinha passado. Addison tentou usar o celular e conseguiu sinal. Enquanto ligava para o hotel – tudo que seria capaz de dizer a todos era que estavam vivos –, o delegado avistou faróis. Junto, veio uma Kombi com dois hippies dentro fumando um baseado como se tivessem chegado diretamente de 1967. Addison e o delegado, agradecidos, penetraram na fumaça esverdeada do banco de trás.

Havia dois homens sentados na frente, se é que crianças de 20 e poucos anos com barbas falhas e resquícios de acne poderiam ser chamadas de homens. Ouviam John Hiatt no rádio, e o delegado disse feliz, depois de se acomodar no banco:

– Adoro essa música!

– Onde deixamos vocês? – perguntou o motorista. Ele usava uma camiseta roxa e um par de óculos John Lennon com lentes roxas.

– The Point – respondeu Addison num tom autoritário e rude, como se estivessem em Manhattan, num táxi.

– Uau! – exclamou o passageiro no banco da frente. Era ele quem segurava o baseado. Depois de ouvir o nome do hotel, tragou de novo e, ainda segurando a fumaça, disse: – Belo lugar.

The Point era uma beleza – o melhor lugar em que o delegado e Andrea já tinham se hospedado, com seu luxo rústico e sua atenção a cada detalhe, inclusive à temperatura em que o vinho tinto era servido e ao tipo de travesseiro que cada hóspede preferia. The Point era um resort para os ricos. O delegado compreendeu que Cheech e Chong ali agora tomariam a ele e a Addison por homens endinheirados e, apesar de isso incomodá-lo e ele desejar esclarecer as coisas, na verdade, só queria voltar logo.

– Você pode nos levar até lá? – perguntou.

– Sem problemas – disse o motorista. Ele olhou para o companheiro e disse: – Quer oferecer um trago aos nossos amigos?

O passageiro, que parecia tentar cultivar costeletas, passou o baseado para o banco de trás. Addison o pegou sem hesitar.

– Não fumo há vinte anos – disse ele. – Mas acabo de me perder na mata e experimentar o que posso descrever com mais precisão como temer por minha vida, e isso parece ser exatamente do que preciso agora.

– Amém – falou o passageiro.

Addison deu um trago profundo com os olhos fechados, prendeu a fumaça e, em seguida, a soltou.

– Macio como seda – disse ele.

O delegado olhou para Addison não com choque nem desgosto, e sim com inveja. Queria fumar, sentir o alívio penetrar seus músculos enrijecidos e doloridos, mas simplesmente não podia.

– Não, obrigado – falou.

– Qual é? – disse o passageiro.

– Não posso mesmo. Exame antidoping aleatório no trabalho. – O exame antidoping aleatório entre os policiais de Nantucket havia sido ideia do delegado.

– Que pena! – disse o motorista. – E você trabalha com o quê?

– Ele é delegado de polícia – respondeu Addison.

Houve uma pausa. Uma batida, depois duas. A música mudou para Paul McCartney e Wings cantando "Band on the Run". O delegado quis dar um tapa em Addison. E se aqueles doidões ficassem paranoicos sem a menor necessidade e decidissem largá-los no caminho? Estavam apenas um quilômetro mais perto do resort.

No entanto, em vez disso, o passageiro, o Senhor Esquelético de Costeletas, disparou a rir. Sua risadinha parecia a de uma menina. E isso fez o motorista começar a rir. Então, em uma reação atrasada induzida por drogas, Addison riu. Riu tanto que pôs a mão no estômago.

– Delegado de polícia – falou. – Hahahahahaha.

O motorista mal conseguia manter a Kombi na estrada. Seus óculos minúsculos escorregavam pelo nariz. Ele se curvou sobre o volante. Hahahahahahaha.

Levaram vários minutos para conseguir se recuperar, mas, quando conseguiram, o Senhor Esquelético de Costeletas ofereceu:

– Bem, então, sr. Delegado de Polícia, aceita uma cerveja?

O delegado respondeu:

– Aceito, sim. Por favor.

E agora aquela era a melhor história do delegado.

Addison parecia pior sentado do outro lado da mesa no Begonia do que depois de passar três horas perdido na mata, suportando o que acabou sendo uma viagem de quarenta e cinco minutos de volta para a segurança e o luxo do resort. Na época, ele estava desarrumado e rasgado, sujo de lama, picado por mosquitos, queimado de sol e chapado. E agora, apesar da camisa passada e do cabelo penteado, ele parecia inchado e pálido e tragicamente triste. Ele parecia, como o delegado pensou, uma versão masculina e careca de Andrea. Havia um cara da polícia de Swampscott que perdera o companheiro em uma prisão malfeita e, para demonstrar seu pesar, tatuou metade do rosto dele. O pesar das pessoas próximas ao delegado era tão claro e indelével quanto a tatuagem do sargento Cutone. E, assim como no caso do sargento, o delegado mal suportava olhar para Addison. Tinha que desviar os olhos.

Naquela parte do restaurante havia apenas duas mesas ocupadas, e o delegado não reconhecia as pessoas. Turistas. A TV estava longe demais para ele poder ver o placar do jogo do Sox. Uma garçonete se aproximou com uma Budweiser para o delegado e outra dose para Addison, muito embora ele já tivesse uma bebida à sua frente. Ela pôs as bebidas sobre a mesa e perguntou:

– Vocês gostariam de pedir alguma coisa?

O delegado estava faminto. Andrea alimentara os gêmeos com cachorros-quentes feitos no micro-ondas com pães que pareciam velhos, além de algumas fatias de melancia pálida. E embora o delegado gostasse de comida de criança – frango empanado, macarrão com molho de queijo – nada na refeição dos gêmeos apetecia a ele ou a eles. Por educação, ele deveria esperar por Jeffrey antes de pedir, mas a etiqueta não era o forte do delegado, e todos sabiam disso.

– Um sanduíche de carne bem passada, por favor. Batata frita. Salada de repolho com rabanete extra. E de entrada quero alguma coisa... pimenta-jalapenho empanada.

– Pode deixar – disse a garçonete.

– Meu Deus, Ed – falou Addison.

– Eu sei – disse o delegado. – É uma passagem só de ida para o expresso da azia.

Addison virou o resto da bebida como se fosse água e largou o gelo.

– Meu Deus digo eu – falou o delegado.

– É – disse Addison. – Phoebe acha que estou com problemas.

– E está?

– Com problemas? – Ele riu sem alegria. – Alguns.

– Vou ser sincero – disse o delegado. – Você não me parece muito bem.

– E devia estar muito bem? Não faz nem um mês. Acredita nisso? Faz apenas vinte e seis dias, mas é como se toda a nossa realidade tivesse se transformado.

– Você anda enfrentando isso com dificuldade?

– E tem outra forma de enfrentar?

Os olhos de Addison se encheram de lágrimas. O delegado já tinha visto de tudo ao longo de seus 17 anos na polícia, mas uma das coisas de que menos gostava era ver um homem crescido chorar. Pensou em todas aqueles telefonemas entre Tess e Addison na véspera da morte dela. Cinco telefonemas de Addison para Tess na última manhã. Ele andara tentando falar com ela. Mas por quê? Juntamente com o laudo do exame toxicológico e com o que fazer com Andrea, essa era uma das coisas que o delegado remoía sem parar na cabeça. Tinha que existir uma explicação. Será que ele deveria perguntar?

Entre os quatro homens do grupo, Greg e Addison eram os amigos mais próximos. Faziam o tipo extrovertido, que gostava de festa o tempo todo, ia a despedidas de solteiro e passava fins de semana jogando golfe; que ia pescar e velejar e jogava bocha na praia, brindando com garrafas de cerveja depois de uma boa mentira e dizendo "toque aqui". Quando Addison conseguia ingressos para o jogo do Celtics ou primeira fila para ver o show de Jimmy Buffett, sempre levava Greg. Ele era seu companheiro mais novo, seu irmão de fraternidade bem mais jovem. Quando Addison contava uma piada, Greg era o primeiro a rir. Talvez por isso Addison parecesse um quebra-cabeça com algumas peças faltando. Perdera seu parceiro, seu Sundance Kid.

O delegado comentou:

– Andrea está arrasada. Como anda Phoebe?

– Phoebe? – indagou Addison. Ele virou um terço da segunda dose e respondeu: – O estranho é que Phoebe está bem. Na verdade, está melhor do que esteve durante muito tempo. Tenho certeza de que todos pensaram que ela desabaria, que essa seria a última gota, mas ela está ótima. Está se exercitando, comendo, sorrindo.

– Humm – fez o delegado. Ele vira Phoebe no feriado e notara o quanto ela estava luminosa. – E como anda o testamento?

– O testamento? – Addison olhou, perplexo. – Ah, tudo bem. Vamos anunciar a casa por setecentos e cinquenta.

O delegado assentiu. Tinha quarenta ou cinquenta perguntas a fazer sobre a casa, os móveis, os objetos pessoais, as questões que envolviam as mortes, o encerramento de duas vidas inteiras, mas queria perguntar sobre os telefonemas. Quem sabia quando ele teria outra oportunidade? Era um policial. Precisava saber. Seria direto, nada de gracinhas, nada de insinuações.

– Notei várias ligações suas para Tess na manhã em que ela morreu. Cinco, para ser exato.

Addison arregalou os olhos. O contato visual era algo tranquilizante, pois o que um mentiroso faria? Voltaria os olhos para a bebida.

– Estava acontecendo alguma coisa? – perguntou o delegado.

– Acontecendo?

– É. Ela pensava em vender a casa ou alugar um lugar para a colega de faculdade ou... – Ele dava a Addison a oportunidade de mentir naquele momento e acalmar sua mente, pelo menos por um tempo. – Por que tantos telefonemas?

Addison deu de ombros. Seus olhos arregalados não cederam.

– Éramos amigos.

– Bem, isso é óbvio – disse o delegado. – Todos nós éramos amigos. Mas por que você estava tentando falar com ela? Cinco telefonemas em meia hora. Para quê?

– Para quê?

– É.

Addison curvou os ombros.

– O que você está me perguntando, Ed?

– Estou perguntando sobre o que você queria falar com ela. Se você visse meia dúzia de telefonemas meus para Tess, iria querer saber o que estava acontecendo, não iria? Iria querer saber sobre o que falamos.

– Eu concluiria que isso era problema seu. Não o interrogaria.

– Não é o que estou fazendo.

– Com toda certeza, é o que parece.

– Está bem, já que toquei no assunto, tenho outra pergunta.

Addison manteve o contato visual.

– E qual seria?

– No saco de itens que a Guarda Costeira recuperou estava o celular de Tess.

– O celular está com você. Você acabou de dizer que deu uma olhada nele.

– Desapareceu no dia em que ela morreu. Naquela noite. E você estava na casa dos Drake. Você pegou o celular de Tess? Ele está com você?

As narinas de Addison se expandiram.

– Não.

– Preciso que você me conte a verdade. O telefone ainda pode conter pistas. Não li as mensagens de texto, por exemplo.

– Por que não?

– Não tive tempo. Estava cuidando de Andrea. – O delegado fez uma pausa. – Você está com o telefone, Addison? Responda.

– Não.

– Está bem – disse o delegado. Agora ele tinha certeza de que Addison de fato estava com o telefone, mas o que podia fazer? Arranjar um mandado de busca? Considerar o telefone uma prova? Permitir que a ilha inteira soubesse que talvez as mortes de Tess e Greg tivessem sido mais do que um acidente? – Se você encontrar o telefone... – falou o delegado. – Se por alguma razão Phoebe estiver com ele, ou se ele aparecer...

– Você será o primeiro a saber – disse Addison.

A garçonete se aproximou com timidez, trazendo a pimenta empanada. Parecia nervosa. Tratava-se da Mesa da Máfia com homens conversando em sussurros nervosos. O delegado fez sinal para ela chegar mais perto. Comida, sim, depressa, ponha o prato sobre a mesa, ele estava faminto. Comia de nervosismo ou estresse, e sentia as duas coisas naquela situação extrema agora. Pôs uma pimenta empanada na boca imediatamente e, então, se arrependeu. Ela estava recheada com uma lava derretida que queimou sua língua com um sibilo fervente. Ele ofegou e quase cuspiu aquele carvão em brasa no guardanapo, mas tanto a garçonete quanto Addison o observavam. Já que Addison podia blefar, o delegado também podia. Joia! Delícia!

– Mais uma cerveja – sussurrou ele. – Por favor.

– E outra dose para mim – disse Addison.

E assim o momento passou, o assunto morreu. Voltar à pergunta sobre o celular ou à razão dos telefonemas de Addison soaria agressivo. O delegado não seria capaz de desvendar nada. Addison, apesar da má aparência, era esperto – aquela instrução na Liga de Hera significava alguma coisa, bem como o charme, o tino para os negócios, o dinheiro, as línguas, os contatos. Addison era tão escorregadio quanto um peixe, mas não seria pego como um peixe. Havia dois tipos de homem, policiais e ladrões, e Addison... Bem, o delegado odiava dizer isso, mas ele era um ladrão. Do tipo que roubava o dinheiro de um homem e sua propriedade. Greg também havia sido um ladrão, do tipo que roubava o coração de uma mulher. O delegado era um policial por completo, mas isso não queria dizer que prevalecesse. Era quase certo que não, se batesse de frente com Addison.

– Quer uma pimenta? – ofereceu o delegado, desejando, no fundo, que Addison acabasse com uma ferida na língua, como a que tinha agora.

– Meu Deus. Não – respondeu Addison.

E os dois deram uma risadinha.

* * *

– Desculpem-me pelo atraso – disse Jeffrey.

Comentou que não deixava Delilah em casa à noite desde a morte de Greg e Tess porque andava preocupado com ela. Delilah, um pacote de pipoca que vem com um brinde, ágil, uma mistura de roqueira com apresentadora de programas de culinária, de Joan Jett com Julia Child, uma mulher formidável de várias maneiras diferentes – e agora ela estava uma confusão.

– Só posso ficar para tomar uma cerveja – avisou.

Jeffrey também era um policial, pensou o delegado. Era o policial de um policial, incorruptível.

– Lamento saber que Delilah está desse jeito – disse o delegado. – Sinto falta da comida dela.

– Eu também sinto falta da comida dela – falou Jeffrey.

– Coma um sanduíche – sugeriu o delegado, apontando para o próprio prato, cuja metade já havia sido devorada.

– Não posso demorar tanto assim – disse Jeffrey. Aquele homem era uma Corte Suprema de Justiça.

– Está bem – falou o delegado. Ele precisava deixar a refeição de lado por um momento (o rabanete que pedira para acrescentarem à salada de repolho afetava sua boca de um jeito que o fazia querer enchê-la cada vez mais de comida) e lidar com a situação desagradável da noite. Ou poderia simplesmente esquecer o assunto. Tinha uma *escolha* ali: poderia abrir a caixa de Pandora, que era o laudo do exame toxicológico, ou deixar aquilo para lá.

O delegado pigarreou.

– Pedi para vocês dois virem aqui por um motivo.

Pausa. Jeffrey e Addison se curvaram sobre a Mesa da Máfia. De novo, a garçonete teve receio de se aproximar, mas trazia a porção extra de maionese para o sanduíche do delegado e queria perguntar a Jeffrey o que ele desejava tomar. Uma Stella gelada. Está bem. Ela chispou dali.

O delegado contou:

– O médico fez um exame toxicológico nos corpos. Os dois tinham bebido. E Tess estava dopada com alguma coisa. – Ele fez uma pausa. – O opiato mais encontrado na heroína.

– Heroína? – perguntou Jeffrey.

– Algum de vocês dois sabia se Greg ou Tess andavam usando heroína? Ou qualquer outro tipo de droga recreativa?

– Não – respondeu Addison. – Bem, Greg fumava maconha. Todos nós sabemos disso. E usou cocaína na época de Velociraptor.

O delegado olhou para Addison e se lembrou de seus Ferragamos cobertos de lama, um par de sapatos de trezentos dólares jogado na lixeira do hotel sem que ele pensasse duas vezes. A conta da canoa abandonada chegara: quatro mil e duzentos dólares para deixar qualquer um sem fôlego, e ele a pagara. (O delegado sempre se sentiu mal por isso, mas Addison tinha o dinheiro e o convenceu de que a ideia de deixar a canoa para trás havia sido dele. Esse era o ladrão em Addison: ele poupara o delegado de gastar dois mil dólares, mas roubara sua dignidade.) O delegado também se lembrou de Addison fumando maconha com o Deep Purple e o Esquelético de Costeletas e do quanto teve inveja dele. A história dos perdidos na mata com Addison era a melhor do delegado, mas, exatamente naquele momento, ele não a achava nem um pouco engraçada. Cinco telefonemas para Tess no dia em que ela morreu. Addison escondia algo.

– Só achei que vocês dois deviam saber – disse o delegado. – Não podemos acreditar que tenha sido apenas um acidente. Alguma coisa estava acontecendo.

– Bem... – começou Jeffrey.

Pausa. A garçonete trouxe a Stella.

– Querem mais alguma coisa? – perguntou.

– Não – responderam os três ao mesmo tempo.

Ela saiu.

– Bem o quê? – indagou o delegado.

Algo estava por vir. O delegado ouvira centenas de pessoas testemunharem, revelarem segredos, confessarem. A necessidade humana de pôr para fora, de *contar*, não podia ser subestimada. Até mesmo Jeffrey, o juiz, tinha aquela necessidade. Estava prestes a compartilhar informações privilegiadas. No entanto, o que o delegado aprendera com o passar dos anos era que sua sede de descobrir o levava ao fardo de obter informações que preferia não saber.

– Quando falei com April Peck no velório – disse Jeffrey –, ela me contou que esteve com Greg na noite da véspera de sua morte.

De repente, o delegado se sentiu cheio. Empurrou o prato para a frente. Expirou, arrotou cerveja e rabanete, e sentiu náuseas. April Peck.

"Isso", pensou ele.

Mulheres bonitas são perigosas. Mas garotas bonitas são ainda mais perigosas por não serem experientes. Não sabem que a beleza é uma arma e, portanto, a exalam por aí, descuidadas. April Peck fora atrás de Greg, o caçara na noite de 23 de outubro. Disso o delegado estava convencido. Acreditava que April Peck tivesse ido à sala de Greg de propósito, usando uma camiseta molhada sem sutiã. Acreditava que ela apenas fingira estar triste, que precisasse de uma desculpa para o contato físico. O delegado acreditava que ela tivesse se jogado nos braços de Greg. A parte que tinha dificuldades para concluir era a de como Greg reagira àquilo. Teria resistido desde o começo? Ou sucumbido ao que teria sido tão irresistível quanto uma tigela de frutinhas suculentas com creme chantilly? Será que roçara em um mamilo por acidente? Sentira um calor percorrer sua pele quando April tocara seu pescoço com a boca? Será que cedera por ao menos um segundo? "Claro que sim."

Em seus dezessete anos como delegado de polícia, Ed Kapenash forçara os limites de sua autoridade apenas uma vez. Isso aconteceu em 27 de outubro, quando se encontrou clandestinamente com o superintendente da escola, o dr. Richard Flanders, na delegacia. O delegado e Flanders repassaram os detalhes tanto da versão de Greg sobre o que acontecera quanto da versão de April. Chegaram à seguinte conclusão: April devia ter tomado a iniciativa e Greg devia ter, de alguma maneira, se entregado. (Que homem não cederia diante de April Peck? Ambos concordaram que apenas um homem muito forte – o papa, por exemplo.) O importante era que Greg não se entregara, não passara dos limites, não dormira com a garota. Flanders dissera que continuaria com a investigação – tinha que fazer isso por causa do protocolo –, mas garantira ao delegado que, a menos que uma nova informação fosse revelada, o emprego de Greg seria mantido. Flanders apertara a mão do delegado e fitara seus olhos. Eram homens, compreendiam um ao outro e acreditavam compreender Greg. O delegado pôde ir para casa e dizer a Andrea que resolvera o problema.

Greg, porém, tinha o temperamento de uma criança mimada. Passara a vida toda conseguindo o que queria. Provara April Peck. Não era de surpreender que quisesse mais.

Greg era um ladrão.

Houve dois incidentes para os quais o delegado decidira fazer vista grossa. O primeiro foi este: na noite de 2 de fevereiro, a delegacia recebera um telefonema sobre um problema domiciliar. Era uma situação entre mãe e filha. A mãe roubara a chave do carro da filha para mantê-la em casa. A filha, com a faca da cozinha em uma das mãos, ameaçava apunhalar a mãe. A mãe chamou a polícia. Uma viatura foi mandada ao número 999 da rua Polpis, onde os policiais encontraram Donna e April Peck numa briga confusa – puxões de cabelo, arranhões no rosto, a alça de uma camisola cara arrancada (de April). Havia uma faca na bancada – uma faca de serra com quase quinze centímetros para cortar pães –, mas ninguém tinha sido cortado nem apunhalado. Houve gritaria e xingamentos até mesmo depois de Walker e Dickson, os policiais, separarem as duas. Walker era um veterano com dez anos de casa, um caçador de cervos e um pescador que se levantava cedo. Vivia sozinho e não tinha tempo nem paciência para mulheres histéricas, muito embora April fosse, em suas palavras, "uma das garotas mais gostosas que já vi". Dickson, por outro lado, era a arma secreta do delegado. Era esperto demais para ser um policial. O delegado pretendia fazer dele um detetive num futuro próximo. Dickson tinha uma memória incrível. Então, contou ao delegado mais tarde, palavra por palavra, o que as mulheres haviam dito:

Ela me manteve em cárcere privado! Tenho 18 anos de idade!

Ela vai ver AQUELE HOMEM!

Que homem, minha senhora?

O professor!

Não vou não!

Não minta para mim, April. Dei uma olhada no seu celular.

Você não sabe do que está falando. O câncer atingiu seu cérebro.

Como se atreve, mocinha!

Dickson tinha tudo aquilo escrito em seu relatório. Haviam concluído que, como April tinha 18 anos, era livre para deixar o recinto. O carro em questão estava registrado no nome da garota. Era dela. Ela podia usá-lo.

– Você tem para onde ir? Um lugar seguro? – perguntou Dickson.

– Tenho – respondeu April.

E a mãe disse:

– Ela vai se encontrar com o professor.

Dickson tentara manter a atenção do delegado depois de lhe contar essa última parte, mas este já não prestava mais atenção alguma. Rumores. Quem é que sabia de qual professor a mãe falava ou mesmo se era realmente um professor? Podia se referir a Casey, o professor de educação física, que tinha as próprias questões com April Peck. O delegado não queria especular nem queria que Dickson especulasse.

No entanto, bem no fundo, sabia. Claro que sabia. E pensou: "Meu Deus, Greg!" E pensou em telefonar para Greg ou surpreendê-lo no Begonia e perguntar "Que merda é essa que você está fazendo?" Mas se afastou daquela ponta do penhasco em particular porque *eram* rumores, a agonia da primeira acusação acabara de cicatrizar e quem era o delegado para arrancar a casca da ferida?

Na noite de 18 de abril era Dickson quem cruzava de novo as duras ruas de Nantucket sozinho. Era a primeira noite do recesso no meio do semestre. Muitos habitantes da ilha haviam saído de férias. Eram duas e meia da madrugada, e Dickson se deparou com dois veículos estacionados no final da estrada Hummock Pond, de frente para a praia Cisco. Encostou a viatura porque não havia um bom motivo para dois carros estarem parados na praia em plena madrugada. Dickson imaginava que fosse tráfico de drogas, algo de que pudesse de fato acusar alguém (os últimos meses andavam monótonos). Tocou sua arma, embora tivesse ouvido durante o treinamento que jamais teria oportunidade de usá-la. Pelo que

Dickson se lembrava, houve um movimento. Uma figura passando de um carro para o outro. O carro da esquerda, um 4Runner prateado, placa Q22 DR9, deu a ré, fez a volta e saiu dali em disparada, no que Dickson chamaria de uma escapada clássica. Ele desceu da viatura e apontou a lanterna para a janela escura do outro carro.

E lá estava ela. April Peck.

A garota olhou para Dickson. Ele gesticulou para que ela abrisse a janela. Ela abriu, mas só um pouco.

Ele perguntou:

– O que está fazendo aqui no meio da noite, srta. Peck?

– Admirando o mar. Isso é crime? – perguntou ela.

A placa era de Greg. Dickson levou essa informação ao delegado pela manhã. Este disse:

– Bem, a garota tem razão. Não cometeu crime algum ao ficar ali. Você está pensando em lhe dar uma multa por estacionar em local proibido?

– Só achei que o senhor devesse saber disso – respondeu ele.

Dickson saiu, e o delegado perdeu o fôlego. Pegou o telefone e, em seguida, o largou. Greg e Tess tinham levado os gêmeos para o Museu das Crianças, em Boston. Eles queriam passar o recesso na Disney, mas, devido à reforma do telhado, não havia dinheiro suficiente. Iriam no ano seguinte.

O delegado prometeu a si mesmo que, quando Greg voltasse, conversaria com ele. Diria: "Se você não parar com isso, conto tudo para Tess. Conto tudo para Flanders. Você vai perder sua mulher, seus filhos e seu emprego. Pare com isso agora. Não vale a pena."

O delegado, porém, não cumprira a promessa e isso se tornou uma fonte de vergonha particular. Quando Greg e Tess voltaram de Boston, o incidente parecia menos grave, a urgência passara. O delegado preferiu acreditar que Dickson estivesse entediado e tentasse anunciar um escândalo.

– April Peck – disse o delegado. O nome em si conjurava uma visão que todos os homens bons tinham a intenção de evitar, mas não conseguiam.

Jeffrey assentiu com a cabeça.

Addison falou:

– Está claro o que aconteceu. – Seu pescoço ficava cada vez mais vermelho do colarinho para cima. Parecia que ele iria levantar fervura. Sua apatia, porém, havia desaparecido, o que deixava o delegado satisfeito. – Se tinha heroína no sangue de Tess é porque Greg a drogou. Ele a drogou e a jogou do barco.

– Não – disse o delegado.

– Não – disse Jeffrey.

– Não? – disse Addison. Ele deu um pulo e bateu na mesa. – Como é que vocês podem acreditar que tenha sido diferente? Não é óbvio? Greg estava tentando se livrar dela para ficar com April!

– Ei – falou o delegado. – Respeito.

Addison se sentou de novo e pôs a cabeça entre as mãos.

Cinco telefonemas para Tess na fatídica manhã. Será que alguma coisa acontecera entre Tess e Addison? Impossível. Mas Addison era um ladrão. E também havia Greg e April Peck. O delegado levantara uma pedra e encontrara insetos. Por que estava surpreso?

Addison disse:

– Ele a matou.

– Ele morreu também.

– Deu errado.

Aquilo seria possível? O delegado perdia a cabeça. April Peck, o laudo do exame toxicológico, Andrea desmoronando em casa. E ele tinha comido demais.

Jeffrey se levantou.

– Tenho que voltar para casa. – O homem era Jesus Cristo.

Addison perguntou:

– Você acha que tenho razão, não é, Jeffrey? Quero dizer, foi você quem acabou de falar que ele ainda estava saindo com April.

Jeffrey fez uma careta.

– Não sei dizer o que aconteceu naquele barco, Ad, nem você. Agora, o que importa são as crianças. Essas crianças *têm* que acreditar que foi um acidente.

– Mas nós não temos que acreditar nisso, não é? – insistiu Addison.

– Eu pago a conta – falou o delegado.

– Ninguém concorda comigo? – perguntou Addison.

– Lamento ter tocado nesse assunto – disse o delegado. E de fato lamentava.

– Eu também – falou Jeffrey. – Na verdade, não estou com cabeça para um assassinato misterioso.

Addison encarou os dois, furioso, e disse:

– Também estou de saída.

Todos apertaram as mãos uns dos outros. Será que o delegado precisava lembrá-los de não comentar sobre aquilo com ninguém?

– Então, pelo bem das crianças...

Addison ergueu as mãos.

– Não vou dar uma palavra. É claro.

Addison e Jeffrey desviaram das mesas para sair do restaurante. Faith os seguiu e os beijou antes de saírem. A garçonete voltou, pegou os dois copos, o prato do delegado e perguntou:

– O senhor aceita sobremesa?

O delegado respondeu:

– Aceito. – E pediu uma torta de chocolate com sorvete, que lembrava lama.

ANDREA

Ela só se sentia humana quando estava no escritório da fazenda com Jeffrey. Dava uma sensação de segredo, de algo ilícito, de um caso, muito embora nunca chegassem perto um do outro o bastante para se tocarem. No entanto, havia calor, uma ligação, energia. Estavam numa missão: lembrar tudo que pudessem sobre Tess DiRosa MacAvoy.

Já tinham percorrido todo o caminho até os tempos mais recentes. Tess e Greg eram casados, lecionavam, tiravam férias modestas, consertavam a casa. Preparavam-se para o passo seguinte.

– Chegou a hora de falar das gestações – disse Andrea.

Jeffrey fez uma pausa. Parecia chocado. Não queria entrar nesse assunto. Era um homem típico. Não servia para trimestres nem sangue, placenta separada nem aborto espontâneo. Aquele era um território feminino, como absorventes e depilação a cera. Ele queria pular essa parte. Queria, talvez, dizer: "Foi uma trajetória árdua, mas Chloe e Finn acabaram nascendo."

Agora era tarde demais! Naquelas conversas, ele tinha conduzido Andrea por lugares aonde ela não queria ir. Houve momentos, por exemplo, em que tiveram que falar sobre Greg. Então, falariam sobre as gestações, sim. Não poderiam falar de Tess sem falar de suas gestações.

Tess engravidou pela primeira vez em janeiro de 2000. O mais provável é que a criança tenha sido concebida no lustroso e luxuoso Quarto 1910 do Caesars Palace, em Las Vegas. Tess e Greg tinham acabado de começar a tentar ter filhos e voilà – deu positivo. Ela pulou de alegria. Sentia que havia nascido para ser mãe. Abraçou sua gravidez. Falava dos seios doloridos, da náusea incessante, dos desejos (sanduíches de queijo grelhado, sopa de tomate) e da completa exaustão (adormecera com a cabeça apoiada sobre a mesa enquanto seus alunos estavam na aula de música). Na oitava semana, anunciou a todos, inclusive aos responsáveis pela escola, que estava grávida. Não havia razão para não gritar isso do alto das montanhas – grávida! A criança nasceria em 30 de setembro –, pois a vida de Tess tinha sido tranquila e abençoada. Ela era segura e feliz consigo mesma. Nascera para ser mãe.

O telefone tocou às quatro da madrugada. Andrea atendeu, pensando que fosse para Ed, uma emergência policial; que algo de ruim tinha acontecido a alguma pobre alma sem rosto nem nome.

Mas era Greg. Estava escuro, quieto e silencioso às quatro da manhã na casa dos Kapenash, mas, na travessa Blueberry, onde Greg e Tess moravam, todas as luzes estavam acesas e Greg gritava.

– Ela está sangrando, Andrea! Está sangrando muito! De verdade! Tem sangue em *todo lugar.*

O coração de Andrea caiu em um buraco e desapareceu. Tess estava perdendo o bebê. Andrea se benzeu e disse a Greg:

– Já estou indo.

– Telefonei para a emergência. Uma ambulância está vindo para cá!

– Está bem. Encontro vocês no hospital. – Ela desligou. Ed rolou na cama e perguntou: – O que está acontecendo?

– Tess está abortando – respondeu Andrea.

– Merda.

Ed e Andrea tinham duas crianças saudáveis dormindo no andar de cima, uma de 7 e outra de 5 e meio. Já eram pais havia muito tempo para saber como a natureza funciona: uma a cada cinco gestações acaba espontaneamente no primeiro trimestre. Isso não quer dizer que a mulher não seja saudável ou que não possa ter seis filhos no futuro, todos perfeitos e bonitos, a serem encaminhados para uma brilhante faculdade. Só quer dizer que aquela gestação em particular não era para ser.

Andrea tentou explicar isso a Tess quando se sentou ao lado de sua cama no hospital. A ultrassonografia mostrou que o aborto tinha sido completo e normal. Não havia a necessidade de dilatação e curetagem.

– Essa notícia é boa – falou Andrea.

Tess, que estava deitada na cama, pálida e desesperada, perguntou:

– Notícia boa? Como é que você pode *dizer* isso?

No entanto, não esperou pela resposta de Andrea. Derramou-se em lágrimas, e isso se tornou uma histeria completa, com soluços e lamentações sobre a vida perdida, o sonho destruído. A visão que Tess tinha de si mesma como mãe havia estourado como bolha de sabão. Suas lágrimas eram a demonstração de dor mais tocante que Andrea já vira, e esta chorou de compaixão, desculpando-se uma e outra vez por suas palavras insensíveis. Insensíveis, mas verdadeiras. A gravidez não era para ser. Não havia razão alguma. Essas coisas simplesmente acontecem. Não fora culpa de Tess. Não fora culpa de ninguém.

Tess engravidou de novo dois meses depois. Contou apenas para Andrea e o delegado. Manteria a gestação em segredo até fazer a ultrassonografia na décima sétima semana. Não falava da náusea nem da exaustão nem dos seios pesados. Usava roupas largas sobre a região inchada. Parecia muito melancólica e, às vezes, assustada, como se houvesse um homem armado em sua casa, fazendo-a refém.

Tess e Greg ouviam as batidas do coração do bebê a cada consulta do pré-natal, mas ela não dava nem um sorriso. Não relaxava. Disse a Andrea:

– Não vou me permitir amar esse bebê até ele ou ela nascer.

E Andrea falou:

– Querida, vai ficar tudo bem.

E, de fato, na ultrassonografia da décima sétima semana, tudo estava bem. Maravilhoso até. O bebê estava uma semana adiantado em seu desenvolvimento. Era um menininho.

Todos suspiraram aliviados. Tess conseguiu contar para todo mundo: é um menino, vai nascer uma semana antes do Natal.

Àquela altura, já estavam no verão. Férias escolares. Tess se sentia magnífica e feliz, saudável e faminta. Fazia uma caminhada intensa toda manhã e, então, comia ovos mexidos e um muffin de cereais com geleia de pêssego caseira. Costumava preparar sardinha com picles e uma ameixa suculenta para o almoço e pedalar para a praia, onde deixava sua barriga inchada absorver uma quantidade moderada de sol antes de cavar um buraco amplo e raso na areia e se virar.

Estava com 21 semanas e quatro dias quando caiu da bicicleta. Nada aconteceu – nenhum carro veio buzinando, repleto de adolescentes; nenhum estrondo de relâmpago para assustá-la. Tess simplesmente perdeu o equilíbrio, fez movimentos instáveis e caiu, exatamente como acontecera anos antes e ela quebrara o braço. Caiu fazendo barulho para o lado, esmagando a barriga inchada. Mais tarde, disse que soube no mesmo instante que o bebê havia morrido. Havia sangue em toda parte e uma dor que deixava suas juntas esbranquiçadas enquanto cerrava os punhos e gritava sem emitir som. Ciclistas que passavam por ali ligaram para a emergência, a ambulância chegou, Tess foi posta num jato e levada para Boston, e sim, a notícia era ruim – o bebê estava morto –, mas poderia ter sido pior. Ela poderia ter morrido também, de hemorragia.

Quando Tess recuperou a consciência, dessa vez em um hospital maior, mais branco e mais sofisticado, o delegado e Andrea estavam lá – com Delilah e Jeffrey, Phoebe e Addison. Eles fizeram um semicírculo em torno do pé da cama. O padre Dominic, da igreja St. Mary, estava lá. Greg também estava lá, parecendo perplexo e desamparado. Não sabia o que fazer. Minutos antes de Tess recobrar os sentidos, Greg cantara "Puff the Magic Dragon" em voz baixa, quase para si mesmo. Era uma canção de ninar atípica, cuja intenção era confortar, mas também era sobre perda. No último verso, todos já estavam cantando juntos, até mesmo o delegado, até mesmo o padre Dominic.

Tess abriu os olhos. Talvez tivesse ouvido o final da cantoria e não a tivesse entendido como um tributo. Mandou todos saírem do quarto, menos o padre Dominic.

– E eu? – perguntou Greg, como se fosse um namorado que acabava de levar um fora.

– Vá logo! – gritou ela.

Não havia consolo para Tess dessa vez. Ela abrigava mágoas *e* culpa. Tinha se desequilibrado e caído da bicicleta. Matara o próprio filho. Não deveria ter andado de bicicleta em momento algum. Fora uma má ideia. Ela pensara em si mesma, nos prazeres de um dia de sol, e não no bebê. Seu bebê estava morto, e a culpa era sua. Ela não deveria ouvir nada diferente disso.

Houve um pequeno velório ao lado da sepultura, no qual Tess e Greg enterraram um caixão do tamanho de uma caixa de sapatos. Foi triste e nebuloso demais para todos. Era a perda da vida de alguém que ninguém conhecia e, de alguma forma, isso só piorava as coisas. Ou mais propriamente, o pior era ver uma parte de sua querida Tess morrer, a parte mais vívida e animada, a parte carinhosa, gentil e cuidadosa. Agora ela estava triste, era incapaz de pensar ou falar em qualquer coisa que não fosse sua perda. Sentia-se amassada e inútil como um lenço umedecido.

Ela foi ao terapeuta. Participou de um grupo de mães que perderam bebês, onde, como contou a Andrea, sua história era de longe a mais chocante. Primeiro, ela desistiu de participar do grupo e, em seguida, desistiu do terapeuta.

– O dr. Amlin insiste em me dizer que foi um *acidente* – falou Tess. – Se eu ouvir a palavra *acidente* mais uma vez, arranco minhas orelhas.

Andrea gastou suas economias para levar Tess ao Canyon Ranch em Berkshires. Tess, indiferente, se submeteu a massagens e a tratamentos faciais enquanto Andrea deu centenas de voltas nadando na piscina. As duas comeram salmão cozido e folhas levemente temperadas no salão de refeições. Sempre que Andrea tentava começar uma conversa, Tess balançava a cabeça: "Não quero conversar." Quando Andrea e Tess se deitaram nas camas com lençóis de seiscentos fios, esta disse:

– Não tenho capacidade para essa coisa toda de ser mãe.

– Não tem o caramba – falou Andrea.

Ela gastava quase mil dólares por dia sem chegar a lugar algum.

Na última manhã, arrastou Tess para caminhar até o topo do que mais tarde iriam chamar de "a montanha abandonada por Deus" e ver o sol nascer. Tanta natação, ginástica com pesos, ioga e fruta fresca fizeram efeito em Andrea: ela se sentia purificada, leve e fortalecida. Praticamente arrastou Tess pela trilha úmida e musgosa, repleta de raízes de árvores e pedras escondidas, que eram como armadilhas. As duas não conversaram. A subida era difícil demais e não sobrava fôlego para isso. Ainda estava escuro. Elas usavam uma lanterna fornecida pelo hotel para iluminar a trilha. Quando estavam a menos de cem metros do pico (Andrea avistou a bandeira amarela se agitando no mastro que marcava o topo), Tess começou a chorar. Não conseguia chegar ao topo e, se chegasse, ficaria tão desprovida de energia que só teria forças para se jogar da montanha, no abismo.

Andrea continuou. Tess a seguiu como se fosse um cachorro que Andrea arrastava pela coleira. Alcançaram o pico e admiraram as cores do céu mais quentes e claras. Era um momento de comercial ou um instante de percepção desencadeador de lágrimas. Era o momento em que tudo deveria mudar. As duas ficariam de pé, lado a lado, abraçadas, banhando o rosto na luz de um novo dia e isso se tornaria uma epifania. Tess seria curada. Seria atingida pela percepção de que estava na hora de seguir em frente.

Em vez disso, Tess achou que suas pernas eram incapazes de sustentá-la e desabou sobre uma pedra. Urrava como um animal preso numa armadilha. Andrea pensou: "Ferrei com tudo dessa vez. Forcei Tess a vir até aqui, mas ela não tem a menor condição de descer. Terei que carregá-la." Andrea teria dito que estava disposta a carregar Tess para qualquer lugar, só que, na realidade, não era capaz de descer com ela da montanha.

Precisou telefonar para a recepção do Canyon Ranch e pedir que mandassem uma equipe de resgate. Tinha um discurso preparado na cabeça, palavras que pretendia pronunciar quando chegassem ao cume. Mais ou menos isso: "O bebê está morto. Você não teve culpa – tem que enfrentar isso como a mulher forte e racional que é. Tem que se refazer e seguir em frente." Sua intenção era fazer um discurso sensato e duro, mas Andrea não poderia dizer aquilo a Tess no estado lamuriento em que ela se encontrava. Portanto, as duas se sentaram uma ao lado da outra na pedra e esperaram quase vinte minutos até dois homens fortes aparecerem com uma maca, que usaram para carregar Tess na descida da montanha.

A única coisa sobre a qual Tess e Andrea conversaram enquanto esperavam pela equipe de resgate foi o que pediriam de café da manhã quando chegassem ao salão de refeições. Andrea estava viciada na granola do Canyon Ranch (amêndoas, cerejas secas, pedaços de damascos secos cor de âmbar) com o iogurte da casa.

Tess disse que queria quatro ovos poché com sal e pimenta.

O que já era como uma vitória em si.

Em novembro, Tess engravidou de novo e abortou no dia seguinte ao que descobriu.

– Não aguento mais isso. Vou voltar a usar o diafragma – disse ela a Andrea.

Que respondeu:

– Está bem.

Jeffrey se animou naquele momento. Estava quieto, sentado sobre o engradado de leite, mas, quando Andrea chegou àquela parte, ele despertou para a vida. Pois não foi uma dura realidade, no período delicado e chocante que veio logo depois de Tess ter perdido o segundo bebê, Delilah ter engravidado de Drew? O fazendeiro e sua mulher estavam grávidos! Era uma boa notícia, com exceção do fato de eles serem amigos íntimos de um casal que já tinha perdido dois bebês e, em seguida, um terceiro, um após o outro. Delilah não conseguiu contar a Tess que estava grávida. E, como não queria que ela soubesse por outra pessoa, não contou a mais ninguém, nem mesmo a Phoebe. Jeffrey ficou nervoso com isso. Era injusto ele e a mulher não poderem comemorar a gravidez por causa das dificuldades de Tess e Greg.

– Greg e Tess vão entender. Vão ficar *felizes* por nós – disse ele.

– Se você acredita nisso, não entende *nada* sobre a natureza humana. Ela vai me odiar. Vou perder uma de minhas melhores amigas – falou Delilah.

Jeffrey e Delilah contaram a Phoebe e Addison primeiro, num jantar só para os quatro, em um restaurante. Ou, mais propriamente, Phoebe adivinhou, pois Delilah pediu uma água tônica em vez de seu amado martíni expresso. Phoebe e Addison ficaram felizes por Jeffrey e Delilah. Phoebe acabara de acompanhar seu irmão, Reed, e a mulher por toda aquela coisa da maternidade. Tinha um sobrinho e gostava de ser tia. E, então, Delilah! Phoebe mal podia esperar. Torcia para que Delilah tivesse uma menina. Queria comprar sainhas de tule e esmaltes que brilham no escuro. Jeffrey e Delilah voltaram para casa se sentindo bem quanto à gravidez. É claro que Tess e Greg ofereceriam suas bênçãos! Delilah pegou o telefone logo que chegou em casa. Eram dez e meia de uma noite de sábado, mas ela não se importou. O pavor de contar a Tess sobre a gravidez a consumia. Aquela ansiedade só podia fazer mal para o bebê. Delilah acabaria com tudo aquilo *naquele instante*!

Greg atendeu.

– Greg, estou grávida – disse Delilah.

Houve um silêncio.

– Você pode chamar Tess para mim, por favor? – pediu.

– Não, não, não. Eu mesmo conto para ela – falou ele.

– *Eu* conto para ela. Vá chamá-la.

Houve um silêncio. Barulho de passos lentos. Em seguida, Tess veio até o telefone, parecendo um tanto sonolenta.

– Alô.

– Tess? Aqui é Delilah.

– Oi.

– Oi. – Delilah engoliu em seco. – Escute, estou grávida.

Silêncio.

Então, Tess disse:

– Aposto que não foi fácil para você me contar isso.

E Delilah se derramou em lágrimas.

Drew nasceu por meio de uma cesariana, depois de dezoito horas de trabalho de parto. Pesava quatro quilos e meio. Delilah estava exausta e sentia muita dor. Deram-lhe soro com morfina. Ela era a única na maternidade. Portanto, Jeffrey a deixou com o bebê Drew nas capacitadas mãos das enfermeiras que ajudaram no trabalho de parto e no nascimento e foi para o Begonia, se encontrar com Tess e Greg, o delegado e Andrea, Addison e Phoebe. Todos se encontraram lá quando receberam a notícia do nascimento de Drew, quatro horas antes. Estavam num clima de comemoração, e ergueram os copos para brindar a Jeffrey quando ele chegou. Greg se levantou para tocar e começou com "Danny's song", que dedicou a Andrew Jeffrey Drake, o mais novo nativo de Nantucket. Jeffrey foi atencioso com Tess. Estava preocupado com ela, mas esta parecia ótima, parecia feliz. Até lhe deu um selinho. Ele sentiu o gosto adocicado do champanhe que ela tomava.

Naquela noite, Tess se embebedou tanto que se esqueceu (como se bem sabe) de pôr o diafragma. Nove meses depois, os gêmeos nasceram.

Andrea suspirou. Estava chorosa. Sempre ficava chorosa no tempo que passava no sótão da fazenda com Jeffrey porque era como reviver um tempo secreto e roubado com Tess, mas aquela história a deixou chorosa por outro motivo. Aquela era a Melhor História Já Contada – a história de uma mulher que merecia algo bom, que aguentara firme, perseverara e conseguira um milagre. Não apenas um bebê saudável, mas dois, um menino e uma menina, um par perfeito. Andrea se lembrou de ter segurado Finn em sua manta no hospital e de Tess estar reluzente como a Virgem Maria (não importava o fato de a concepção ter sido tudo, menos imaculada, já que envolvia seis taças de Moët & Chandon). Naquele instante, Tess perguntou a Andrea se ela aceitaria ser a madrinha de Finn.

– Meu Deus! Eu me sentiria tão honrada! – respondeu ela. Como se já não esperasse por aquilo.

– Eu queria lhe agradecer por não ter me dado um sermão quando ficamos presas no pico daquela montanha abandonada por Deus, no Canyon Ranch. Acho que não teria sido capaz de lidar com isso – disse Tess.

– Eu já estava com um discurso todo preparado – falou Andrea.

– Fiquei bem sem o discurso. Finalmente, finalmente, fiquei bem – disse Tess.

– Você está mais do que bem, querida. Essas crianças são lindas – disse Andrea.

– Então, só tenho mais uma pergunta – falou Tess.

– Diga.

– Você aceita ser madrinha de Chloe?

– Meu Deus! – exclamou Andrea enquanto se jogava na cama, ao lado de Tess, porque, por aquilo, ela não esperava. Aquilo era uma ostentação constrangedora: dois bebês fofos para guiar espiritualmente, do jeito que ela fora guiada pela irmã de sua mãe, Katharine, do jeito que Tess fora guiada por sua tia Agropina. Naquele instante, Andrea sentiu que todos ficariam bem. – Eu me sentiria tão honrada.

JEFFREY

Ele lhes daria um momento feliz juntos antes de tudo desmoronar.

E, na verdade, quem deveria dizer isso era sua mulher, ela era melhor nisso do que ele, lembrava-se de cada detalhe das viagens em grupo, até mesmo do que pediram no jantar, de quem se sentara perto de quem no avião e de quanto fora a conta do bar no fim da noite. Delilah, porém, não estava disponível, e essa história precisava ser contada, nem que fosse apenas como um antídoto contra as lembranças tristes e difíceis de antes e o que ainda estava por vir.

South Beach! Miami!

Houvera muitas coisas legais naquela viagem, mas, talvez, a mais legal fosse o fato de ter sido espontânea, organizada em cinco dias.

Havia sido o inverno mais brutal de todos os tempos. Brutal! As temperaturas permaneceram em dois dígitos negativos durante uma semana inteira. O porto congelou e a Guarda Costeira teve que mandar um triturador de gelo para que o barco a vapor conseguisse voltar com combustível e comida. Mesmo assim, o supermercado estava mal-abastecido, e o açougue, fechado. O Begonia estava aberto, teoricamente, embora apenas metade do cardápio estivesse disponível. Certa noite, a cerveja gelada acabou e quase houve um tumulto. Foi naquela péssima segunda semana de fevereiro que a ficha caiu: "não havia mais futebol." Nada para fazer aos domingos a não ser comer demais, beber demais, ler os jornais e disputar jogos de tabuleiro, e foi o que os oito fizeram. Barney e Drew tinham 4 e 2 anos, e os gêmeos, 3. Todos estavam com um resfriado eterno e com o nariz escorrendo, algo impossível de se combater. Seus pais os mantinham em casa, davam a eles sopa de galinha com estrelinhas e os deixavam assistir a episódios ilimitados de *Caillou* e *Miss Spider*. As crianças melhoravam. Então, eram mandadas de volta para a placa de Petri que era o jardim de infância e adoeciam de novo. A situação desgastava a todos. Em torno da mesa de madeira comprida, Jeffrey viu sua mulher e seus seis queridos amigos parecendo inchados, pálidos, lânguidos e mal-humorados. Cada um lia uma parte do *Times* (distribuídas como cartas de pôquer. Todos dependiam do acaso, menos Phoebe, que sempre ficava com a coluna de moda). E em especial naquele péssimo dia sem futebol, escuro como ardósia, com dez abaixo de zero, Jeffrey ficou com a parte sobre viagens. Já estava na metade do terceiro licor de café (ao qual acrescentara, de modo atípico, uma dose de uísque), e a foto da capa – um bando de pessoas seminuas tomando mojitos de manga em South Beach – parecia zombar dele.

"É lá que deveríamos estar", pensou ele.

Então, pensou: "É lá que deveríamos estar."

Pediu licença e se levantou da mesa. O jogo de tabuleiro de formar palavras se tornava cada vez mais previsível, com Addison tentando se dar bem com a "palavra" *qat* de novo. Alegava ser o termo em Russo para "boné" e, como era o conhecedor de línguas do grupo, ninguém se preocupava em contestar. Apesar disso, hoje Delilah estava mais competitiva e disse:

– Nada de palavras estrangeiras.

– O quê? – perguntou Addison, num tom de exclamação. – Você não pode inventar essa regra *agora.*

– Eu devia tê-la inventado há sete anos.

Jeffrey passou para o computador no canto da cozinha, levando seu licor/uísque/café e o caderno de viagens consigo. Agiu com cuidado. Leu as letras miúdas e clicou em todos os links. South Beach: ele se deu conta de que se tratava simplesmente de uma versão reinventada, reimaginada da Miami Beach que seus pais e avós visitaram uma geração antes. Só que dessa vez havia comida cubana e boates com nomes monossilábicos como Drink e BED. Havia coquetéis feitos de frutas frescas e sucos de vegetais e hotéis art déco com cômodos drapejados com algodão egípcio. É possível que se imagine que South Beach não fosse lugar para um fazendeiro, mas lá estava ensolarado, com quase trinta e um graus. Jeffrey faria aquilo acontecer.

Noventa minutos mais tarde (com intervalos para pegar mais "café" e trocar o DVD para as crianças, depois de dizer sete vezes à mesa "Estou trabalhando numa coisa aqui. Só um minuto"), reservou oito passagens na American Airlines, de Boston para Miami, por duzentos e trinta e sete dólares para cada um. Também deixou em aberto a reserva de uma cobertura no hotel Sagamore, que estava presa como uma peça de Lego entre a art déco do hotel National e o Loews. A cobertura acomodava oito pessoas e custava mil e cinquenta dólares por noite. Era menos por pessoa do que o Radisson em Hyannis no alto verão. A última peça do quebra-cabeça era a babá. Os Kapenash sempre contratavam a sra. Parks, a despachante aposentada e, para as outras crianças, Jeffrey enviou um e-mail para as gêmeas búlgaras, Lana e Vesselina, que tinham trabalhado no mercado da fazenda no verão anterior e tomado a decisão (nada sábia) de passar o inverno em Nantucket. Para ver como era! (Será que se comparava a um país que pertencera a um bloco comunista no quesito acinzentado e sombrio? Que tal vinte e quatro horas sem pão no supermercado?) Jeffrey e as gêmeas búlgaras faziam piadas sobre o quanto o inverno era ruim, chato, frio. Gostariam de ganhar mais quinhentos dólares tomando conta de crianças?

A resposta chegou: "Queremos ir para South Beach também! Brincadeira! Topamos tomar conta das crianças!"

Jeffrey se levantou do computador com todos os detalhes anotados em uma folha do bloco onde Delilah listava suas tarefas. Abaixou o volume da música e pigarreou. Os cinco licores/uísque de café o fizeram se sentir leve e tonto, diferente do que costumava ser. Ele, o fazendeiro parcimonioso, tinha reservado sozinho uma viagem para South Beach, em Miami! Se ele queria ir, sabia que seus amigos iriam querer ir também.

Jeffrey tinha razão. Todos pularam de alegria! Demonstraram a animação. Brindaram uns com os outros e brindaram a ele. Imaginem! Jeffrey! Embarque na sexta! Prometeram comprar para Lana e Vesselina e a sra. Parks presentes de agradecimento fabulosos. Addison disse que tinha um amigo que era dono de um restaurante de comida japonesa bem ali, na rua Lincoln. Greg tocara em uma banda com um cara que agora era o DJ de uma boate subterrânea no Delano. Uhuuu! Eram as melhores férias que já haviam tirado e ainda não tinham nem partido.

Phoebe fez bronzeamento artificial duas vezes por semana antes de embarcar e queimou a pele do nariz, mas sem problemas. Tess não tinha um biquíni sequer que servisse. De acordo com a balança da academia, ela havia engordado três quilos desde o verão. Mas quem é que se importava? Nevou de novo na quarta e, mais uma vez, a escola foi cancelada e, mais uma vez, Jeffrey e Delilah ficaram presos em casa com dois meninos pequenos e cheios de energia que não queriam mais nada com a massinha de modelar e outras distrações caseiras que a mãe inventava. Delilah disse:

– Vou sentir tanta falta deles! Mas nem tanta! – Ela fez seis dúzias de biscoitos com pedaços de chocolate e três dúzias de biscoitos de pasta de amendoim com gotas de chocolate. – Mamãe e papai vão se ausentar por sete dias!

Chegaram ao aeroporto com sobretudos. Phoebe usou seu gorro de pelo com abas para proteger as orelhas, que o delegado chamava de seu *qat* russo, num tom de brincadeira. O voo para Boston foi cancelado por conta do clima no destino, muito embora em Nantucket estivesse claro e ensolarado, com um vento congelante de menos vinte e dois graus.

Addison fez sua mágica com a mulher do outro lado do balcão da companhia aérea, e todos embarcaram no voo seguinte para Providence e foram reencaminhados de lá para Miami. Moleza. Uma passada na lanchonete, um exemplar do *Economist* de cabo a rabo e, um cochilo de vinte minutos depois, os planos de Jeffrey entraram em ação. Desceram do avião em Miami, na Flórida. Tiraram os casacos, as luvas, os cachecóis e o *qat* russo e acompanharam o homem que segurava uma placa que dizia "Os Náufragos" até a limusine.

É possível contar uma história que seja feliz do começo ao fim? Na palavra *história* não está implícito conflito e, em seguida, solução? Talvez a viagem para South Beach não pudesse ser classificada propriamente como história, pois Jeffrey só se lembrava de uma coisa boa após a outra, uma coisa melhor após outra. Pediram ao motorista da limusine para parar na loja de bebidas no caminho do hotel. Compraram champanhe, tequila, rum, vinho branco, um engradado de cerveja, água tônica, água mineral com e sem gás, refrigerante, limão, roscas salgadas, amendoim, palitos de gergelim, batatinhas, nacho, molho engarrafado, goma de mascar e uma raspadinha. O delegado anunciou que na raspadinha havia um prêmio: quinhentos dólares. Todos pensaram que fosse brincadeira, pois compravam raspadinhas de tempos em tempos e ninguém nunca tinha ganhado mais de dois dólares.

– Estou falando sério – disse ele.

Delilah conferiu e comemorou. Quinhentos dólares! Não dava para acreditar! Naquele momento, aquilo foi melhor do que a paz mundial. O delegado trocou o cartão pelo dinheiro e pagou a conta. Sobrou dinheiro o bastante para pagar ao motorista da limusine e dar a gorjeta do porteiro do hotel, que se responsabilizou pelas dezesseis malas do grupo.

O Sagamore era fresco e branco, repleto de obras de arte de vanguarda. A concierge era uma francesa esbelta chamada Geneviève de cabelo louro platinado em um corte geométrico. Na chegada do grupo, ela distribuiu lascivas caipirinhas rosadas de framboesa, juntamente com pedaços de manga madura passados no sal marinho. Geneviève os conduziu por uma passagem secreta até um elevador supermoderno que os levou para a suíte da cobertura.

A suíte da cobertura era toda branca, conforme o prometido, e continha espelhos e eletrônicos com designs de última geração

Havia quatro quartos brancos idênticos, um ao lado do outro, com vista para o mar. Em cada quarto, a cama king se destacava, com as colchas creme e os travesseiros cor de *fondant*. Os banheiros eram de azulejos brancos com mármore branco e acabamentos dourados. Havia uma sala de estar com sofás de couro branco e mesas de vidro que tinham um belo design. Havia também uma "cozinha", que consistia numa geladeira para armazenar as bebidas e uma bancada onde dava para cortar o limão e espalhar os tira-gostos. Addison fez as duas coisas bem depressa.

Aquele lugar era um paraíso – não apenas paradisíaco, mas um paraíso, como o lugar para onde Jeffrey queria ir quando morresse. Sempre que chegava a um hotel, seu primeiro instinto era fazer amor com sua mulher e tinha esse instinto naquele momento. Sem dar uma palavra, levou Delilah para seu banheiro branco, tirou suas roupas de inverno e começou a beijá-la.

– Você adorou isso aqui? – perguntou ele.

Ela, porém, estava feliz demais para responder.

Mais tarde, Jeffrey se acomodou no sofá de lona listrado em verde e branco na impressionante varanda da cobertura, tomando uma cerveja, absorvendo a vista da praia branca e do mar como se fosse uma droga.

Ele não se lembrava de cada momento daquelas férias com a mesma clareza das primeiras, mas, de fato, se lembrava de certas coisas. De se esparramar com Delilah nas espreguiçadeiras brancas e almofadadas ao lado da piscina turquesa, de debater as vantagens e desvantagens de entrar em guerra contra o Iraque com Addison, que descansava com Phoebe na espreguiçadeira ao lado. Todas as mulheres e os homens em torno da piscina eram bonitos. Eram magros e bronzeados e usavam óculos de sol de grife e trajes de banho vistosos e saídas de praia brancas e esvoaçantes. Falavam francês ou português, se cumprimentavam com dois beijos, pediam a enorme salada Niçoise de almoço e comiam apenas as azeitonas. Pediam garrafas de vinho branco geladas, suando, e bebiam como Jeffrey e os outros bebiam água (que vinha em garrafas cilíndricas de vidro e custavam doze dólares cada uma). Fazia calor em South Beach, trinta graus, trinta e um, trinta e quatro. Delilah era mediterrânea. Ficou bronzeada como uma noz em uma tarde. Jeffrey era fazendeiro. Respeitava o sol, sabia o que este era capaz de fazer. Ingeriu líquidos com frequência na piscina, tomou quatro garrafas da cara água holandesa e passou para debaixo do guarda-sol para jogar dados com Greg e o delegado.

Eles sempre tentavam se adaptar a onde quer que fossem, tentavam respeitar os costumes do lugar. Em Vegas, apostaram e dirigiram para ver a represa Hoover. Em Londres, foi o Palácio de Buckingham e as joias da coroa. No Point, em Saranac Lake, passearam de canoa, caminharam e cozinharam sobre uma fogueira. Em South Beach, ficou claro desde o começo que não se misturavam. Eram tão óbvios quanto um bando de ursos-pardos – a palidez nada saudável, a flacidez, os bonés de times de beisebol para proteger os olhos do sol. Andrea, em seu maiô preto, dava verdadeiras *voltas* na piscina, e os fabulosos hóspedes europeus a observavam sem disfarçar seu interesse, como se ela fosse algum tipo de vida selvagem curiosa.

Uma mulher nadando borboleta na piscina!

As damas foram fazer compras na rua Lincoln. Entravam e saíam da BCBG, Ralph Lauren, Lilly Pulitzer, AG, Lucky Jeans e de um bando de butiques que vendiam vestidos com lantejoulas e botas brancas acima do joelho feitas de couro de cobra. Todas compraram óculos de sol novos na Aspen Optical, até mesmo Andrea, que não sabia dizer se Tom Ford era um designer de moda ou um comerciante de carros; até mesmo Tess, que não podia gastar com isso. Os novos óculos de sol eram grandes e redondos, com detalhes dourados que adornavam os aros. Elas puseram seus novos óculos e fizeram caretas para a câmera do delegado.

– Estamos chegando lá – disse Delilah.

Os oito tiveram que mudar seus relógios internos. Tomaram expressos triplos pela manhã, pularam o café da manhã, tiraram um cochilo perto da piscina, beberam chá gelado e a água holandesa cara, beliscaram um almoço leve (será que serviam carboidratos em South Beach?), caminharam na praia, compraram freneticamente, saborearam um café com leite num lugar cubano da esquina, ligaram para as crianças para saber notícias e então...

Então o dia começou. Os amigos abriram cervejas e acrescentaram fatias de limão. As garotas estouraram champanhe e encheram as taças elegantes. Todos brindaram uns aos outros e deram goles profundos e agradecidos. Tomaram banho e se acomodaram na varanda impressionante, vestindo os roupões do hotel, cuja trama parecia waffles. Lambiscaram os palitos de gergelim e a manga fatiada com sal marinho. Eram sete e meia. O sol se punha. Fizeram amor discretamente com as portas dos quartos fechadas enquanto "se vestiam". Greg tocou "México" de James Taylor e Buffett e então, depois do pôr do sol, passou para Sinatra e Bobby Darin, e todos se reuniram com suas sedas e lantejoulas, saltos e perfumes, prontos para sair para jantar. A reserva era para as nove em ponto.

Nove horas! Em casa, teriam comido um assado às cinco e meia. Já teriam terminado e se lavado às seis, posto as crianças na cama e lhes contado histórias às seis e meia e voltado para o andar de baixo com a lava-louça funcionando às sete, enquanto, lá fora, a neve se acumulava ou o vento gritava como uma mulher agoniada.

Em algumas noites, assistiam a reprises de episódios da *Família Soprano*, em outras, alugavam filmes. Em algumas noites, iam para a cama às sete e meia com o novo calhamaço de David McCullough e adormeciam depois de dez páginas. Em outras, se agarravam uns aos outros e faziam amor, apesar do peso das camadas de flanela, chenile e penas de ganso. Toda noite, a não ser quando se reuniam no Begonia, se deitavam bem antes das nove.

Mas não em South Beach! Em South Beach, chegaram ao restaurante às nove horas e foram conduzidos até sua mesa, onde se sentaram, invariavelmente, nesta ordem: Phoebe, Addison, Tess, Greg, Delilah, Jeffrey, Andrea, o delegado. Eram como um DNA, se repetiam e se repetiam de novo. Comeram coisas como sushi e caranguejos com o casco amolecido em redução de limão Meyer. Dividiram sobremesas como espuma de maracujá e abacaxi com favos de mel. Tomaram vinho no jantar e acabaram com doses de Sambuca ou goles de tequila. E então, sentindo-se felizesfelizesfelizes e prontos para a noitada, pegaram um táxi para uma boate. Na primeira boate, BED, o porteiro tinha seus nomes em uma lista fornecida por Geneviève e eles logo foram retirados da fila de espera (formada em grande parte por adolescentes, pelo que Jeffrey notou. De verdade, não dava para se adaptar a South Beach. Para isso, os oito teriam que ser vinte anos mais jovens). Mostraram ao grupo um nicho com duas mesas para coquetéis juntas e quatro pufes de veludo onde todos poderiam se sentar, se quisessem.

Os oito espiaram a pista de dança, onde mais europeus lindos relaxavam em camas redondas em meio ao mar de corpos jovens agitados.

Jeffrey pediu uma garrafa de champanhe e uma de vodca, água tônica e limão. Uma cerveja para o delegado (vinte dólares) e quatro garrafas de água islandesa. Receberam uma tigela de castanha-de-caju, que presumiram ser cortesia, levada pela garçonete de extraordinária beleza (apesar de carrancuda). Ela serviu as bebidas de todos com desdém. (Já conhecia aquele tipo: casados, com 30 e poucos, 40 e poucos anos, provavelmente com um bando de crianças em casa, onde quer que morassem, Peoria ou Na Puta que Pariu, em Idaho.) Jeffrey tomou um gole de sua vodca tônica gelada, fez uma careta e declarou que a bebida era o elixir da juventude. Estava pronto para dançar.

Os oito relaxaram de maneira selvagem, livre e sexual. Jeffrey nunca tinha mexido o corpo daquele jeito em público. Frequentara umas festas loucas em Cornell, é claro, mas aquilo era primitivo, tribal, uma viagem para a lua. Jeffrey estava libertado. Ele tinha 38 anos? Era pai de dois meninos pequenos? Dono de sessenta e seis hectares de terras encobertas por uma camada de gelo? Não importava. Tirou o paletó, afrouxou a gravata, desabotoou a camisa. Estava suando, sem fôlego, dançando, vivendo!

E não estava sozinho. Ali, como planetas satélites entrando e saindo de sua órbita estavam Greg, Phoebe, Delilah, o delegado, Tess – e um cara que Jeffrey não reconhecia, um intruso que se aproximava inconvenientemente de Phoebe. Jeffrey se deu conta daquilo e estava prestes a pedir ao cara para se afastar. Não se podia contar com Phoebe para proteger o próprio espaço aéreo. Ela parecia nem notar o cara.

Então, Jeffrey se deu conta de que o intruso era Addison sem óculos. Ele havia tirado os óculos e suava tão profusamente que iriam escorregar. A dança era tão selvagem que iriam cair. O intruso continuava esbarrando nos outros porque se tratava de Addison, o deficiente visual. Ele não conseguia enxergar nada sem os óculos, e Jeffrey se perguntou como era dançar em meio a vultos de corpos, contar com o som, o cheiro, o toque. Jeffrey queria ser Addison.

De repente, um grito se sobressaiu e Jeffrey levou uma cutucada na costela. Ele se virou. Era o delegado, apontando. Do outro lado da pista de dança, havia um palco elevado com dois postes. Duas mulheres dançavam, três mulheres, quatro mulheres.

– Veja as garotas! – gritou o delegado.

As garotas, as mulheres – Delilah, Phoebe, Tess e Andrea – estavam no palco, girando em torno dos postes, levantando as pernas, tombando a cabeça para trás. Phoebe era a mais bonita das quatro e a mais bem-vestida, com um modelo *go-go* de franjas laranja e vermelha. Mas era a dançarina mais sem graça, alheia, um cruzamento entre as folhas secas de plantas e uma Twyla Tharp ruim. Tess era adorável com seu estilo Gidget, as calças brancas e a camiseta náutica listrada. Nascera para dançar o twist. Essas duas usaram o bom-senso e pularam do palco para os braços de seguranças negros e fortes. Com isso, Delilah e Andrea permaneceram. Jeffrey – assim como a pista de dança inteira – ficou hipnotizado. As duas dançaram separadamente, cada uma com seu poste, de uma maneira erótica surpreendente (está bem, Delilah assistira muitos episódios de *Família Soprano* naquele inverno, mas onde é que Andrea havia aprendido pole-dance?). Então, se juntaram num momento de sensualidade, agradando à multidão e excitando Jeffrey, que em seguida se sentiu incomodado. As duas únicas mulheres com as quais já tinha feito amor – bem, era intenso vê-las juntas daquele jeito.

Elas se beijaram uma vez. Foi um beijo breve, mas apaixonado, e o coração de Jeffrey parou, despencou em queda-livre e, então, começou de novo, em sincronia com a batida. O delegado assobiou e, em seguida, deu um tapinha nas costas de Jeffrey.

– Veja as nossas mulheres! – O tom de voz do delegado disse tudo: aquilo era fantasia o bastante para durar pelo resto de sua vida!

Quanto a Jeffrey, bem, o que ele iria pensar? Como digerir aquilo? As duas únicas mulheres que ele já tinha amado um dia haviam se beijado. O passado e o presente de Jeffrey, seu presente e seu futuro... Ele não sabia ao certo o que acontecia dentro de si mesmo.

Addison perguntou:

– O que foi que acabou de acontecer?

Ele não conseguiu enxergar. Perdeu!

Jeffrey continuou dançando. Virou-se e pôs as mãos para cima. Aquelas eram suas mulheres, aquela era a sua comitiva. O grupo de amigos se misturou ou se destacou. Jeffrey não era ele mesmo ou era ele mesmo mais do que jamais havia sido antes. Sentia calor e mais do que calor. Estava quente, enfim, quente. Aquilo tinha sido ideia sua. Ideia sua! Ele estava no paraíso. Todos estavam.

ADDISON

"Você vai contar a ele? Vai contar a ele que me ama?"

"Estou com medo."

"Estou com medo de você não receber isso direito."

O acordo de nove milhões e duzentos mil dólares foi fechado sem problema algum, e a Wheeler Realty recebeu um cheque de trezentos e sessenta e oito mil dólares. Metade dessa quantia foi para o bolso de Addison. Isso costumava ser motivo de comemoração (empresarial e pessoal), mas ele estava distraído.

O que fazer com o celular de Tess?

Addison tinha mentido para o delegado descaradamente. Não era, de jeito nenhum, uma pessoa sincera – era um corretor, afinal, que tendia a distorcer a verdade e que havia, durante seis meses, escondido seu caso com Tess. No entanto, fitar os olhos de Ed Kapenash e mentir descaradamente sobre o telefone de Tess fez com que alguma coisa instilasse medo e vergonha.

Será que Addison deveria contar a verdade? Dizer a Ed que, sim, estava com o telefone? Mostrar a Ed a mensagem de texto? Tess estava com medo – da água, de Greg, de algo mais nebuloso? Não tinha como descobrir o que havia acontecido no barco. O delegado fazia uma ideia. Addison fazia outra. Ele deveria confessar que mantinha um caso com Tess? Em que isso ajudaria? Não ajudaria em nada, concluiu. Só magoaria.

Addison enfiou o iPhone de Tess na primeira gaveta de sua escrivaninha, que permanecia trancada. Ele tinha a chave e Florabel ficava com a reserva, que se misturava no cinzeiro onde ela guardava clipes, elásticos e alfinetes. O delegado nunca encontraria o celular de Tess na primeira gaveta de Addison, embora fosse o lugar mais óbvio a se procurar. Addison deveria mudá-lo de lugar? Levá-lo para casa ou deixá-lo no carro? A carcaça do telefone era amarela como a luz de um semáforo, reluzente como um alarme, impossível não ser vista. Será que Phoebe o encontraria?

Addison tirou os dois pedaços do coração de feltro do bolso. Não estava apenas emocionalmente fraco, mas mentalmente fraco também. Acreditava que aquele coração tivesse força, que significasse algo. Enquanto o manuseava, ele se rasgou de novo.

O coração se desintegrava. Era um sinal? Addison não conseguia aceitar aquilo como um sinal.

Florabel veio assombrá-lo. Olhou para os pedaços rasgados e disformes do coração sobre a mesa.

– O que é isso? – Ela parecia ter nojo, como se fossem pedaços do coração de um porco.

– Nada – respondeu ele.

– Você precisa se refazer, Negociante – disse Florabel. Como sempre, aquela mulher falava a verdade brutal. Largou um baita cheque sobre sua mesa, cobrindo os pedaços de feltro. – Tome um dinheiro. Arranje um psiquiatra.

DELILAH

Pensamentos de fuga ocupavam sua mente o tempo todo do jeito que imaginava que algumas pessoas tinham fantasias sexuais com Robert Downey Jr., ou ganhar na loteria e comprar um iate poderoso, ou ser selecionado para participar do *American Idol.* A liberdade sempre fora a droga escolhida por Delilah e agora quem poderia culpá-la? Tess e Greg estavam mortos. Tudo era doloroso. Até respirar doía. Delilah sonhava em viver sozinha no sul da França, em andar numa bicicleta europeia estranha por um caminho aberto em meio a um campo de lavandas, na direção de um vilarejo charmoso, onde compraria uma baguete, um Camembert cremoso e uma garrafa de vinho que lhe ajudariam na missão de bloquear tudo o que existia antes – sua vida em Nantucket, seus amigos, seu marido, seus filhos.

Ela costumava adorar uma multidão, costumava exigir a companhia dos outros, mas agora queria apenas ficar sozinha.

E nem mesmo isso era tão verdade. Ela não se suportava. Queria abrir o fecho do próprio corpo e sair dele. Queria ser amarrada a uma máquina que apagasse sua memória, que acabasse com sua culpa, que a deixasse limpa.

Já tinha fugido uma vez, na época do ensino médio. Não houvera outra razão para isso, senão o tédio, a inquietação típica de uma adolescente e o desejo de ver que outras possibilidades o mundo oferecia. Delilah tivera uma infância agradável e uma adolescência não tão agradável, mas, ainda assim, boa. Cresceu em South Haven, às margens do lago Michigan. O pai de Delilah, Nico Ashby, era um construtor, responsável pelo crescimento acelerado da expansão do subúrbio no território em torno do lago. Levou para South Haven um restaurante de comida mexicana, uma videolocadora, uma iogurteria, um salão de beleza, uma lanchonete, uma sapataria e uma importadora. Também tinha dedo seu no maior, mais feio e mais notório complexo ao longo da rota 31, na direção de St. Joe's – um grande supermercado, uma papelaria, dezoito salas de cinema, uma rede de restaurantes e uma grande livraria. Nico Ashby, sua mulher e as duas filhas viviam em uma maravilhosa casa vitoriana numa montanha com vista para o porto da cidade e para o iate clube (do qual Nico foi presidente durante nove anos). Nico era um herói local – um empresário bem-sucedido, filantropo, membro do Rotary e do Lions, marido e pai exemplar, um cara grande e bonito com cabelos escuros na cabeça toda, bronzeado por três estações do ano e com uma gargalhada estrondosa. Nico Ashby – todos o conheciam, todos gostavam dele.

A mãe de Delilah, Connie Ashby, antes Albertson, era baixa, morena, esbelta, bonita e obcecada pelo seguinte: ela mesma (exercícios, cabelos, pele, unhas e roupas, roupas, roupas), suas filhas (vender assados para arrecadar fundos, bandeirantes, acampamento de verão, decorações para os bailes da escola) e seu marido. Conheceu Nico em Michigan. Ele era um jogador de futebol americano iniciante, e ela, líder de torcida, pequena o bastante para ser o topo da pirâmide humana, a cereja do sundae. E, sim, esses dois de fato se casaram. Eram bonitos e abençoados, bem-sucedidos, e tiveram filhas lindas e saudáveis.

Delilah foi amada e encorajada. Era brilhante na escola, algo que deixava seus pais orgulhosos, mas sua precocidade também lhe proporcionou tempo e liberdade para a malandragem. Delilah, na adolescência, não era bonita. Seu cabelo era selvagem e anelado demais e ela usou aparelho durante anos. Tinha seios enormes e uma bunda que os contrabalançava. Tinha formas exuberantes, como dizia sua mãe. Connie Ashby, porém, pesava quarenta quilos (assim como a irmã de Delilah, Caitlin) e era claro que ter uma filha exuberante a deixava perplexa.

Os rapazes não amavam Delilah, mas gostavam dela. Todos os seus melhores amigos eram rapazes, os mais bonitos da turma – os atletas, os maconheiros, os palhaços. Eles gostavam de seu senso de humor inteligente, de seu senso de liberdade. Delilah Ashby não tinha medo de ninguém.

Ela fugiu no começo de maio, quando os arredores do lago estavam repletos de cornisos e azaleias. A família Ashby acabara de voltar de uma semana em Fort Lauderdale, onde Delilah olhara para os universitários com inveja durante o recesso escolar. Liberdade! Ela sonhava com uma estrada vazia, uma extensão de praia deserta, uma interminável faixa de mar azul, uma fileira de apartamentos na cidade onde ninguém soubesse seu nome e ninguém esperasse que ela aparecesse para praticar lacrosse ou decorasse teoremas ou se sentasse para jantar às seis e participasse da conversa. Delilah se incomodava, não conseguia dormir, era sufocada por sua casa. A escola e seus colegas – até mesmo Dean Markbury, a quem amava com a ferocidade de um leão – a matavam aos poucos com sua mesmice previsível. Ela precisava sair dali.

Delilah tinha que arranjar dinheiro. Havia economizado setecentos dólares trabalhando como babá e, ao longo de quatro dias, roubou. Roubou da carteira do pai; de onde a mãe escondia as gorjetas para a manicure; dos trocados na gaveta da cozinha, de onde a família tirava cinco ou dez dólares para botar na cesta que recolhia doações na igreja. Ela acumulou mil dólares. Calculou que durariam três semanas.

Partiu no meio da noite, de bicicleta. Na mochila, levou o dinheiro, duas garrafas de água, uma calça jeans extra, um sutiã, cinco calcinhas, três camisetas finas como lenços, suas roupas para praticar lacrosse, óculos de sol, chinelos e uma caixa de biscoito pré-cozido e recheado. Era tudo o que imaginou que fosse precisar um dia.

Deixara um bilhete sobre a mesa da cozinha no lugar onde os membros da família costumavam deixar bilhetes uns para os outros. Tinha pensado bastante no texto. Ele dizia "Até mais!" Ela queria que seus pais soubessem que: a) ela não tinha sido abduzida, mas abandonado aquela bela vida por livre e espontânea vontade e b) que ela não partia com raiva e sim com um espírito de autodescoberta. Também esperava que "Até mais!" evitasse que sua mãe perdesse a cabeça de vez, sugerindo que as duas se veriam de novo. Delilah, apesar de egoísta e egocêntrica, se deu conta de que o que fazia acabaria com seus pais e com sua irmã de 13 anos de idade, Caitlin, que a adorava. (Delilah dera uma olhada em Caitlin antes de partir. Esta respirava pesado por meio de seu aparelho ortodôntico preso à cabeça. Ver a irmã e saber o quanto ela viria a sofrer quase impediu que Delilah partisse.) Esta, porém, estava contaminada pelo desejo de ser LIVRE e, quando pedalou pela estrada Blue Star, seu espírito se elevou. Ela seguia em direção a Saugatuck, onde pegaria um ônibus para Grand Rapids e, de lá, para Nova York, onde pegaria o ônibus de Chinatown para Boston, onde pegaria a linha Plymouth & Brockton para Hyannis. De Hyannis, ela pegaria a barca para a ilha de Nantucket, um destino que descobrira nas páginas da *National Geographic* que lera na biblioteca do ensino médio, quando deveria estar pesquisando sobre Blaise Pascal. Ela se deparara com o artigo sobre Nantucket por acaso, mas ficou fascinada pela aparência do lugar – todo exótico e histórico e estilo Nova Inglaterra. Tinha jeito de lar.

E, meu Deus, que sensação quando o ônibus deixou a estação, quando o motorista marcou sua passagem e disse "Em Grand Rapids, dirija-se à plataforma nove. Ônibus com destino a Nova York". A sensação de quilômetros de asfalto impondo tempo e distância entre Delilah e a vida que a sufocava a excitava. Ela não estava correndo de nada, não estava correndo para nada – só estava correndo por correr mesmo, e aquilo era como um vício: a paisagem embaçada que avistava pela janela era um cataplasma que aliviava sua coceira. Vamos, vamos, vamos!

Ela trocou de ônibus em Grand Rapids. Urinou na rodoviária e comprou biscoitos com pasta de amendoim porque em algum lugar de sua cabeça ela ouvia sua mãe falando sobre proteína. Teve os dois assentos só para si durante quase o trajeto inteiro até Nova

York. Esticou-se e usou a mochila como travesseiro, leu dezessete dos contos de John Cheever que haviam sido solicitados para a aula de inglês. Notou, com uma certa satisfação, a diferença entre ler um livro por ser uma tarefa da escola e ler um livro porque ela queria. O que a levou a seu pensamento quase intelectual seguinte, que envolvia Henry David Thoreau e seu desejo de viver deliberadamente.

Delilah concluiu que foi por isso que tinha entrado naquele ônibus. Ia para a ilha de Nantucket porque queria viver deliberadamente, queria escolher seu caminho a cada segundo de sua existência, queria cultivar sua elevada consciência. Era responsável pelo próprio bem-estar. Era de si mesma. Esqueça os decretos de casa e da escola, o barulho constante nos corredores e a obrigação que sentia quando Dean Markbury lhe entregava um baseado (tinha que dar um trago para ser aceita pela sociedade). Estava livre disso agora.

Cante: *livre!*

O ônibus parou logo antes de cruzar a ponte George Washington. Delilah tinha um companheiro na poltrona ao lado desde a parada em Williamsport, na Pensilvânia – um homem de pele morena de etnia indeterminada (salvadorenho? tailandês? libanês?). O homem devia ter uns 50 anos e era lindo, estonteante. Tinha braços musculosos, usava uma camiseta preta justa, jeans, um pequeno diamante na orelha esquerda e Ray-Ban Wayfarers. Tinha um belo cabelo escuro e macio e usava um relógio que parecia ser caro. No entanto, o fascinante naquele homem era que ele segurou um maço de cigarros nas mãos durante todo o tempo que passou no ônibus. Abria o maço, conferia as pontas com os filtros, contava os cigarros, talvez, e fechava o maço. Abria o maço, puxava um cigarro até a metade, sonhava em acendê-lo bem ali no ônibus, com o cheiro, o fogo, a satisfação, o barato. Era o vício. Delilah ficou impressionada ao observar sua luta. O querer, o não poder ter. A necessidade, negada, a cada minuto. Era quase sexual observar aquele homem lindo, que aparentava ser durão, talvez mais velho que o pai dela, querer querer querer aquilo. Era contagioso. Delilah também queria um cigarro e queria aquele homem. Os rapazes que ela conhecera na escola queriam apenas uma coisa: tocar seus seios, admirá-los, nus. Aquele homem também iria querer isso? Será que havia notado seus seios? Ela respirou fundo, endireitou os ombros e tentou projetar os seios no campo de visão dele. Ele só queria os cigarros.

O ônibus parou. A ponte poderosa assombrava pelo para-brisa. O homem se levantou e pegou sua mochila. Delilah ficou com o coração partido. Não! Ele não pode ir embora! Será que iria descer ali ou estava saindo do ônibus apenas para fumar? Ela queria segui-lo. Quem era ele, como se chamava, onde vivia, de que país era, para onde ia, o que estava fazendo em Williamsport, na Pensilvânia ("A casa da série da pequena liga mundial", dizia a placa)? Havia milhares de histórias contidas naquele homem, milhares de histórias contidas na própria Delilah e em cada um no ônibus, sem contar os milhares de histórias dos oito milhões de residentes da cidade do outro lado da ponte. Delilah reparou nas costas do homem – nunca mais o veria, disso tinha certeza – e, então, olhou para a capa vermelha como cereja do livro de Cheever. Era um grão de areia. As histórias que compunham o mundo eram infinitas, como as estrelas.

De Nova York para Boston, de Boston para Hyannis. Pela janela, Delilah avistou o oceano. Na barca para Nantucket, ela deu uma olhada no jornal de lá e achou alguns anúncios de quartos para alugar. Estava ávida para ter seu cantinho, um buraco na parede, um esconderijo como o de Anne Frank, onde os nazistas não a encontrariam. Estava muito longe de casa e, ainda assim, sentia-se exposta e óbvia, como se houvesse uma câmera mirada para ela. Desembarcou. Pessoas esperavam na doca, mas ninguém esperava por ela. Delilah era uma garota de 16 anos que tinha viajado quase dois mil quilômetros para chegar ali, à ilha de Nantucket, seu lar espiritual recém-descoberto.

O melhor de Nantucket é que estava cheia de promessas. Era exatamente como na revista. Se é que havia alguma coisa diferente, o ar era mais rarefeito do que Delilah esperava – era fresco, repleto de spray salgado, com um aroma de sempre-viva e cerração. Ela encontrou uma cabine telefônica no cais e começou a discar os números dos anúncios do jornal. O primeiro lugar para onde ligou já não oferecia mais a vaga, e o segundo também. O terceiro também e aquilo a preocupou, pois todo mundo sabia que a terceira vez era um encanto. No quarto número, ninguém atendeu. Delilah foi tomada por um pânico quente, que ferroava. Tratava-se de uma ilha – ela *precisava* encontrar um lugar para ficar. Não era como se pudesse ir para outra cidade. O quinto lugar tinha que dar certo (havia apenas cinco anúncios), mas o homem que atendeu ao telefone perguntou a idade de Delilah (ela respondeu 19) e, em seguida, lhe pediu uma descrição física. Ela já tinha ouvido todo tipo de aviso sobre pessoas que não tinham intenções tão boas no coração. Desligou. Eram quatro e meia da tarde. Delilah corria o sério risco de gritar "O que foi que eu fiz?"

Respirou fundo. Ligou para o quarto lugar de novo, deixou o telefone chamar umas quinze vezes e, após a décima sexta, alguém atendeu. Uma senhorinha. Sim, o quarto ainda estava disponível. E era gratuito. A senhora – Tennie Gulliver, o seu nome – só queria ter mais alguém em casa, alguém para pôr o lixo para fora, algo que ela não conseguia mais fazer, alguém para estar por perto para o caso de o impensável acontecer. Delilah ficaria responsável por pagar um quarto da conta de luz e por seus telefonemas. Está bem?

– Está – disse ela.

Tennie Gulliver explicou a Delilah como chegar. Dava para ir andando do cais. Ela pôs a mochila no ombro e caminhou pela cidadezinha de Nantucket. As casas eram tranquilas e antiquadas. Tinham canteiros com gerânios nas janelas e portas da frente majestosas. Luzes se acendiam e o cheiro de comida surgia. Delilah atravessou as ruas de pedra, subiu por calçadas de tijolos, passou por galerias, restaurantes, lojas de antiguidades, uma sorveteria e uma joalheria.

A casa de Tennie Gulliver ficava na rua Pine, logo depois de sair da principal. Era uma anciã em meio aos idosos. A placa na entrada dizia que ela havia sido construída em 1704. A casa se projetava para a frente e pendia. As telhas estavam mofadas e a tinta branca das paredes externas descascava. Delilah usou a aldraba e esperou por muito tempo, tempo o bastante para começar a se perguntar se o impensável havia acontecido com Tennie Gulliver entre o momento em que ela desligara o telefone e agora. No entanto, por fim, ouviu um barulho de tranca sendo desfeita, a porta se abriu e lá estava Tennie Gulliver, com todos os seus quarenta quilos, um cabelo branco que parecia algodão, sua cara de maçã enrugada e sua bengala. Tennie Gulliver era exatamente como Delilah esperava (o que a desapontou um pouco, já que ela adorava ser pega de surpresa) –, como a senhora que vivia em um sapato.

Era como se Delilah não só tivesse viajado quase dois mil quilômetros, cruzando o país, mas também como se tivesse voltado cento e vinte anos no tempo. Tennie Gulliver iluminou a porta principal com velas, e a cozinha, com uma lâmpada fraca que pendia do teto. ("Preciso de luz adequada quando cozinho!", disse ela). Havia um rádio, mas nenhuma TV. Um telefone antigo, mas nenhuma secretária eletrônica. Um forno a gás, mas nenhum micro-ondas. O quarto de Delilah seria o do andar de cima. Na verdade, havia cinco quartos no andar de cima, e ela poderia escolher qualquer um deles, pelo que Tennie disse. O quarto de Tennie ficava no primeiro andar. Era uma sala adaptada, pois ela não conseguia mais vencer as escadas.

– Está bem – disse Delilah. Ela gostava da ideia de poder escolher entre cinco quartos, de habitar os cinco, cada um numa noite, como uma garota que vivia num castelo.

Na verdade, por estar em Nantucket sozinha, naquela casa velha, velha, com aquela mulher velha, velha, algo fazia com que Delilah não se sentisse uma adulta e sim uma criança.

Como se lesse sua mente, Tennie perguntou:

– Quantos anos você tem?

– Dezenove – mentiu Delilah.

– Você precisa arranjar um emprego?

Delilah fez uma pausa, pensando nos oitocentos e oitenta e cinco dólares que haviam sobrado. Apesar de não ter que pagar aluguel, ela precisaria trabalhar. Não pensara em fazer nada em especial, além de viver deliberadamente. No entanto, teria que ganhar dinheiro deliberadamente.

– Sou babá.

Tennie arregalou os olhos. Será que conseguira ouvir bem? Suas orelhas eram como conchinhas brancas, mas auxiliadas pelos aparelhos auditivos bege iguais aos que os avós de Delilah usavam.

– A senhora tem netos? – perguntou Delilah.

– O sobrenome de Vern é Snow. Ele é o filho que tive com o meu primeiro marido. O filho que tive com meu segundo marido, o sr. Gulliver, Gully, vive em Sconset. Ele ganha a vida cortando lenha e deve ser evitado.

Delilah assentiu com a cabeça. Todo mundo tinha milhares de histórias.

– Vou esquentar uma torta de lagosta. Você aceita um pedaço?

– Aceito – respondeu Delilah. – Obrigada.

Ela subiu as escadas íngremes e estreitas carregando a mochila. Os cinco quartos do andar de cima eram arrumados, desocupados, pequenos, tão charmosos quanto cinco quartos em um convento ou uma casa de repouso. Eram muito parecidos, mas Delilah escolheu o único que tinha cama de casal. A cama ficava a cerca de um metro e meio de altura do chão. Era a cama de um gigante. Delilah precisou subir em uma cadeira só para se deitar sobre a colcha branca de chenile e apoiar a cabeça sobre os travesseiros duros. Havia uma mesa de cabeceira com um abajur delicado feito de uma garrafa de leite com uma cúpula franjada que parecia um chapéu de senhora para ir à igreja. Havia uma escrivaninha com vinte e sete gavetas e, ao lado dela, uma penteadeira que sustentava um espelho tríptico, aberto como um livro. Delilah se sentou à penteadeira e se olhou no espelho. Olhou-se deliberadamente.

Estava a salvo ali.

Ela se levantou na manhã seguinte com o humor renovado. Era o primeiro dia de sua nova vida.

Podia fazer tudo o que quisesse. Então aquilo, pensou, era liberdade. O que ela *queria* fazer? O que *ela* queria fazer, na verdade? Dar um passeio? Gastar dinheiro com um café da manhã de restaurante? Passar uma hora deitada na cama, lendo Cheever? Desceu as escadas e se deparou com Tennie fazendo biscoitos amanteigados, bacon e passando um café com um cheiro ótimo.

– Você quer comer? – perguntou Tennie.

Delilah inspirou, expirou. Era impressionante a obrigação que sentia, até mesmo para com aquela mulher que conhecia há apenas meio dia. Ela *queria* tomar café da manhã com Tennie? Pretendia se manter firme, cumprir o importante trato que fizera consigo mesma. O bacon estava crocante, os biscoitos pareciam leves e Tennie pôs na mesa uma tigela de manteiga macia. Havia creme para o café – creme de verdade! A mãe de Delilah comprava apenas suavizantes sem gordura e, portanto, Delilah nunca aprendera a gostar de café. E a mãe de Delilah *nunca* fazia bacon. Dizia que era cheio de nitritos.

– Quero – respondeu ela.

De agora em diante, na vida de Delilah haveria bacon e café com creme de verdade e duas colheres de açúcar. E ela pegaria a receita dos biscoitos.

– Você vai falar com Vern sobre o emprego? – perguntou Tennie.

Delilah estava confusa. Que emprego?

– Onde? – indagou ela.

– No restaurante Lobster – respondeu Tennie. – Na cidade. Não tem como errar.

Delilah não queria trabalhar num restaurante. Dean Markbury era garçom no Denny's, servindo o café da manhã e sanduíches com descuido, ganhando dois dólares por hora. Precisava usar calças de poliéster. Mas e se ela não tivesse escolha?

Delilah partiu um biscoito. As camadas flocosas eram como as páginas de um livro. Ela queria aprender a cozinhar. Queria conhecer o filho ovelha negra lenhador, que na sua cabeça era exatamente como o homem do ônibus e se casar.

Ou não Ela veria.

A cidadezinha de Nantucket numa leve manhã de primavera: nenhum turista do qual se tenha notícias; lojistas varrendo pétalas de gerânio das calçadas de tijolos. Eles sorriam para Delilah e olhavam para ela por mais alguns segundos, tentando identificá-la. "Essa é a filha de fulano e sicrana? Não, Não. É outra pessoa. Não sei quem é essa." Era libertador ser uma estranha.

Ela encontrou o restaurante de Vern sozinha. Não tinha como errar. Ficava no meio da rua principal. A placa da frente dizia "Vern's" e outra placa dizia "Lobster". Delilah entrou devagar. Bem, não era como o Denny's. Havia um bar de madeira escura com várias banquetas alinhadas, cujos assentos eram feitos de cestos de lagosta virados de cabeça para baixo. Havia também mesas de madeira manchadas, redes de pesca penduradas e portinholas de latão presas na parede, além de luzes verdes e vermelhas de bordo e estibordo. A porta estava escancarada. Uma garrafa suada de água e uma tigela de limões tinham sido deixadas no bar. Delilah pensou que talvez o lugar estivesse aberto para o almoço, mas estava vazio.

– Olá? – chamou ela.

Havia uma TV no mudo acima do bar – era o noticiário do meio-dia – e Delilah sentiu muito medo. Não queria pensar no mundo lá fora, em Michigan ou na sua família chorosa. Olhou para a tela por um instante – um incêndio horrível numa casa em um lugar chamado Dedham. Existiam centenas de milhões de pessoas naquele país. O desaparecimento de Delilah Ashby não seria registrado além das fronteiras do distrito escolar de South Haven. Não é?

Um homem saiu da cozinha usando calças de borracha marrons, presas por um suspensório.

– Oi – disse ele. – Você é a garota que está morando com a minha mãe?

Aquele era Vern. Ele tinha um cabelo louro raleado, um bronzeado permanente e um sotaque pesado da Nova Inglaterra. Disse que a contrataria mesmo que não tivesse experiência porque ela poderia passar a temporada toda lá, certo? Não o deixaria na mão no meio de agosto como a Pequena Senhorita Sabichona de Radcliffe, certo?

– Certo – respondeu Delilah.

Ele falou que ela poderia esperar receber cem dólares de gorjeta por noite. O jantar custava vinte e nove dólares e noventa e cinco centavos e incluía batata assada, milho na espiga, salada de repolho da casa e um pão redondo. Grande parte dos fregueses gostava de começar com uma tigela de sopa de peixe com legumes ou uma travessa de mariscos. E grande parte dos fregueses gostava de uma taça de chardonnay ou uma cerveja gelada, às vezes duas ou três. E, então, grande parte dos fregueses não podia recusar as tortas da casa, todas com ingredientes da estação – a daquela semana era merengue de limão – e, portanto, as contas, em média, aumentavam por conta disso.

– Venha na sexta, às três, para eu treinar você – disse Vern. – Traga sua carteira de trabalho.

Carteira de trabalho? Delilah se apavorou. Levantou-se para sair. Como faria com a carteira de trabalho?

– Antes de você ir – falou Vern.

Ele acenou para que ela voltasse para a cozinha e um sino de alerta badalou na cabeça de Delilah. Aquele seria o momento em que ele tentaria alguma coisa com ela? E, se de fato tentasse alguma coisa, será que perdoaria o fato de ela não ter carteira de trabalho?

Delilah acompanhou Vern até a cozinha. O lugar era imaculado – bancadas brilhando, peças em aço sem manchas e reluzentes. Na pia havia um balde de arame cheio de moluscos. Vern pegou uma concha e fez força para abri-la com uma faca pequena e sem corte.

– Berbigões – disse ele. – Eu mesmo saí hoje de manhã para pegá-los.

Delilah espiou a gosma que parecia catarro presa à sua concha.

– Humm – fez ela.

– Vá em frente – falou Vern.

"Vá em frente e faça o quê?", pensou Delilah. "Toque? Leve para casa?" Ela meio que sorriu.

– Coma – disse ele.

Comer? Delilah tentou não fazer careta. Suspirou. Se comesse aquele molusco cru com cara de muco, ele perdoaria o fato de ela não ter carteira de trabalho? Ela estendeu dois dedos, formando uma pinça. Ele afrouxou a concha do molusco com a faca. Queria muito que ela provasse aquilo, não do jeito "desafio você a fazer isso" de garotinhos, mas de um jeito profissional e como se fosse seu tio. Ela segurou a concha. Ia mesmo comer aquilo? Vinha do Meio-Oeste, onde não havia nem restaurantes de comida japonesa. No entanto, tinha certeza de que Thoreau teria comido o molusco. Teria mandado tudo para dentro pela própria experiência. Delilah faria o mesmo.

No começo, o molusco era um estranho em sua boca. Escorregadio, como goma de mascar. Em seguida, explodiu em doçura. Açúcar de água salgada. Ela engoliu.

– Não há comida mais fresca do que essa – disse Vern.

Delilah voltou para a casa de Tennie às quatro horas. Refletiu sobre o problema real da carteira de trabalho. Na verdade, era um alívio ter um problema real em vez dos abstratos, como a possibilidade de ela ser descoberta e a dúvida se estava vivendo deliberadamente ou simplesmente caindo em outra rotina.

Ela abriu a porta da casa de Tennie – tinha a própria chave, que mantinha presa ao ilhó da calça – e ouviu um homem lá dentro. Seu coração disparou por um instante enquanto pensou no filho ovelha negra, o lenhador. Avistou a cabeça de um homem: cabelo escuro, visível até mesmo por trás da cadeira de encosto alto. Um homem grande.

– Bem, olá! – disse Tennie num tom de voz que Delilah ainda não tinha ouvido antes. Uma voz reservada para visitas ou talvez uma voz de estou em perigo. Tennie estaria sendo feita refém?

– Oi – falou Delilah. Ela entrou na sala de estar. O homem se virou.

Era o seu pai.

Certa noite, depois de um dia particularmente difícil, Delilah deixou os meninos com Jeffrey e caminhou até a cidade. Sentou-se no meio-fio em frente à casa de Tennie Gulliver, na rua Pine.

Aquela história era mesmo verdade?

Era, cada palavra, ou mais ou menos isso, pois eis o que as lembranças são: uma aproximação da verdade. Algumas coisas eram claras como cristal – comer o molusco cru, ver o rosto de seu pai –, mas outras eram nebulosas. Como o que ela e seu pai disseram um ao outro no caminho para casa. Ou como Nico a havia encontrado de fato. (Quando ela perguntou, ele respondeu: "Segui suas migalhas de pão.") Ou o que a levara a desistir de seus sonhos de Thoreau e fizesse o que esperavam dela: terminar o ensino médio, estudar na Universidade de Michigan, se formar em quatro anos, embalar as coisas do seu quarto, beijar os pais e, então, aos 22 anos, voltar para Nantucket, onde foi capaz de garantir um emprego no restaurante de Vern, como se o tempo não tivesse passado nem um pouco. E então se apaixonou pelo fazendeiro que entregava milho na espiga e folhas para saladas no restaurante. Ela se apaixonou por Jeffrey Drake, muito embora ele não fosse o filho ovelha negra e lenhador, Gully, e sim um homem exatamente como seu pai.

Previsível.

Tennie Gulliver estava morta havia anos, e Vern vendera tanto a casa da mãe quanto seu restaurante, pegara o dinheiro e comprara um lugar na Flórida. Agora, Delilah o imaginava como um homem mais velho, tomando café da manhã no Denny's. Será que era feliz?

Delilah fantasiou sobre fugir de novo. A raiva que sentia de Andrea Kapenash era como um tumor no pulmão que a impedia de respirar direito. Saber o segredo de Greg, que continuou o caso com April Peck, era como uma úlcera nas entranhas. E a culpa por seu silêncio naquela última manhã era como meningite, inflamando seu cérebro. Seus ossos doíam com uma tristeza triste, constante e antiga. Ela se sentia presa naquela ilha, como um louco a uma cama. Se ficasse, tinha certeza de que morreria.

Delilah se levantou do meio-fio. Uma família chamada Hebner comprara a casa de Tennie Gulliver, que agora tinha uma aparência melhor. Os Hebner ergueram a casa e endireitaram a fundação. Substituíram as janelas, pintaram as paredes e trocaram a velha aldraba por uma concha de molusco feita de latão. Ainda assim, era a casa de Tennie, a mesma casa em que Delilah passara exatamente uma noite no mês de maio, aos 16 anos. Havia sido tão corajosa e tão idiota. Agora, ela já tinha mais que o dobro daquela idade, as próprias circunstâncias de sua vida haviam sido reformadas e recebido uma nova camada de tinta. Mas, na verdade, nada mudara.

PHOEBE

Tinham distribuído setecentos e cinquenta convites para o coquetel que comemoraria a compra de trinta e sete hectares de savana realizada pela instituição responsável pela conservação da ilha. E haviam recebido trezentas e dez confirmações de presença. Phoebe e Addison tinham comprado entradas como benfeitores por mil dólares cada, mas ela não sabia de Jeffrey e Delilah nem do delegado e de Andrea. Seus próprios amigos! Enviara convites para eles com seu nome como organizadora do evento circulado por uma caneta vermelha e decorado com estrelas, como um tipo de brincadeira autodesmerecedora, mas esperava que a mensagem estivesse clara: aquilo era coisa sua e ela esperava que eles comparecessem. Phoebe planejara uma surpresa, tinha um comunicado a fazer, que não poderiam perder. A entrada custava cento e cinquenta dólares. Ela sabia que não era isso o que os impedia de ir. Ambos os casais poderiam pagar esse preço. O que os impedia de ir era o luto, a ausência de uma vida feliz e normal. No estado em que Andrea e Delilah estavam, não deviam nem ter aberto a correspondência.

Phoebe teria que telefonar para eles. Antes, diante de uma tarefa desagradável, ela tomaria um valium (ou três, quatro, seis) e operaria em meio às névoas. No entanto, agora considerava suas pílulas venenos. Pusera todos os frascos receitados em uma caixa de sapatos e a guardara. Ela não escondia a caixa de si mesma. Agora, escondia-a de Addison.

O mal necessário dos telefonemas. Primeiro Delilah, pois com ela as coisas eram um pouco mais fáceis.

– Alô – atendeu Delilah, agressiva. Isso poderia ser bom ou ruim.

– Meu coquetel beneficente – disse Phoebe. – Em prol da conservação da ilha, na próxima sexta. Você e Jeffrey vão.

– Não.

– Vão, sim. Não existe uma desculpa que funcione comigo. Vocês têm que estar lá. É a primeira coisa que organizo em cem anos.

– Não vou a nada neste verão. Este é o verão do não. Este é o verão que não foi.

Bem, era verdade. Nos verões anteriores, os oito saíam o tempo todo: para o jogo de softball de celebridades em benefício da escola das crianças, o circo para o Ateneu, coquetéis, a mesa dos fundos do Company of the Cauldron, o bar dos fundos do 21 Federal, o concerto de verão para o Boys & Girls Club, o Boston Pops em benefício do hospital. Naquele ano não fizeram absolutamente nada.

– Entendido – disse Phoebe. Quem era ela para falar? Passara oito anos em férias mentais. – Mas neste coquetel vocês têm que vir. Só neste. Uma noite. Mark e Eithne são os responsáveis pelo bufê. Mark disse que vai preparar os *gougères* com queijo derretido no meio especialmente para você, está bem, querida?

– Não.

– Por que não?

– Não vou estar aqui.

– Onde você vai estar?

Silêncio. Ela estava blefando ou sendo dramática. Nunca viajava no verão. Nantucket era o playground de Delilah. Ninguém curtia tanto a ilha quanto ela. Às dez da noite, podia ser vista no lago das tartarugas com as crianças, balançando frango cru amarrado em um fio, esperando que a superfície calma se rompesse. Ou grelhando bifes de costela de uns oito centímetros no deque dos fundos, respingando azeite nos tomates cultivados na horta, dando pulos de alegria se a bola realmente atravessasse os arcos no jogo de *croquet*. Ou cantando junto quando Greg cantava "Hey Girl" no Begonia.

– Para onde você vai? – perguntou Phoebe.

– Para o inferno.

– Meu Deus, Delilah, você vai ao meu evento e pronto. Por favor? Por mim?

– Não posso.

– Tenho uma surpresa para você. Uma grande e feliz surpresa.

– Isso não vai funcionar.

– Claro que vai. Vou confirmar sua presença e a de Jeffrey. Arranje uma babá, está bem?

Silêncio

– Está bem?

– Está.

Phoebe não conseguiu telefonar para Andrea. Umas histórias desconcertantes haviam chegado ao seu ouvido. Andrea deixava os gêmeos vagarem pela cidade desacompanhados e agia de outras maneiras destrutivas. Phoebe não poderia ligar para ela e falar do frívolo assunto de um coquetel. Mas Andrea e o delegado tinham que estar lá. Por causa da surpresa.

Portanto, Phoebe telefonou para o delegado. Molly passou sua ligação no mesmo instante.

– Ei, Luz do Sol – disse o delegado.

– Ei, Eddie.

– E aí?

Phoebe contou ao delegado: coquetel em prol da conservação da ilha, seu primeiro voo em oito anos, era importante para ela que ele e Andrea fossem.

– Está bem, então, vamos.

– Vocês vão?

– Claro. Ando querendo sair um pouco de casa. Vai ser bom para Andrea também. Muito bom.

Phoebe concordou. Mas, espere aí – ela se sentia estranha. Havia sido fácil demais. Phoebe tinha perguntas. Os dois já haviam recebido o convite que ela enviara? Se haviam, por que não tinham respondido? Phoebe estava com a estranha impressão de que Andrea tinha aberto o convite e o jogado fora ou, em seu atual estado mental, o encharcado com gasolina, enfiado numa garrafa e o transformado em um coquetel Molotov. Ed costumava consultar Andrea primeiro. Era o delegado de polícia, mas todos sabiam quem é que mandava. Não era de seu feitio programar as coisas para os dois daquela maneira, sem nem sequer perguntar.

– E tenho uma surpresa – disse Phoebe. – Na festa.

– É permitida por lei?

Phoebe deu uma gargalhada.

– É.

– Bom, então, tudo bem. Nós nos vemos na sexta, se não antes.

Phoebe desligou. Missão cumprida. Devia se sentir feliz.

Mas...?

Algo parecia estranho, não muito bem, em ambas as partes. Ou, talvez, o que parecia estar errado era o fato de terem sido apenas duas ligações em vez de três. Nenhuma ligação para Greg e Tess. Ela não podia se permitir seguir por aquela linha de pensamento. Iria se consumir, ficar exatamente como eles, cantando uma canção fora do tom. Não pensaria nisso. Foi para a piscina.

ADDISON

Florabel se aproximou de sua mesa com notícias impressionantes. Um casal chamado Legris Pouffet e Hank Drenmiller havia feito uma oferta pelo chalé em Quaise. Estavam dispostos a pagar o preço anunciado. Florabel parecia prestes a explodir como um balão cheio de guloseimas. Doces para todos! Pode-se dizer que Addison nunca a vira tão animada. Florabel era uma lésbica que usava batom, uma mulher estonteante que desprezava todo mundo. Gerenciava o escritório da Wheeler Realty há mais de uma década, mas o primeiro imóvel que Addison lhe dera para anunciar, recebendo toda a comissão, era o chalé. E apenas recentemente, depois da morte de Tess, pois ele não conseguia nem pensar no chalé, muito menos lidar com a venda dele. O imóvel pertencia a um casal de idosos de Princeton, em Nova Jersey. O marido fazia parte do corpo de curadores de Lawrenceville, e foi assim que Addison o conhecera. O casal de idosos tinha três filhos vaqueiros – que viviam em lugares como Cody, Wyoming e San Antonio, no Texas –, que não tinham interesse algum em Nantucket e queriam que os pais vendessem o imóvel. Vender, sim, mas o casal queria 3 milhões de dólares, nenhum centavo a menos, por um chalé de veraneio de quatrocentos metros quadrados. E por conta de um cemitério de trezentos anos em Wampanoag, que fazia fronteira com a propriedade, existia um acordo que declarava que o chalé não poderia ser expandido. O imóvel era essencialmente invendável por aquele preço com aquelas restrições. Permanecera no mercado durante anos.

Addison olhou para Florabel, desconfiado.

– Esses Puffy Drenmillers sabem que não podem expandir o chalé, certo? Não podem derrubá-lo e construir outra coisa. Não podem mudar nada. Eles sabem disso?

– Sim! – respondeu Florabel. Certa vez, ela contara a Addison que havia sido líder de torcida no ensino médio e, por mais que isso tenha lhe parecido improvável na época (ela era uma vaca completa, propensa a desprezar as pessoas, concedendo apenas aos seus queridinhos um sorriso malicioso), agora ele tivera uma amostra de seu entusiasmo em dia de jogo.

– E mesmo assim concordaram com os três milhões de dólares?

– Concordaram! – Seus grandes olhos azuis estavam prestes a se transformar em buquês de violetas. Ela estava genuinamente feliz. Para isso, só fora preciso dinheiro, uma comissão de seis por cento sobre os três milhões de dólares.

– Está bem – disse Addison. – Ótimo. Que bom para você. Redija o contrato. – Havia sentimentalismo em sua voz. Ele não conseguia invocar um traço sequer dos cumprimentos esperados. Ele, Addison Wheeler, o Wheeler Negociante, que não amava nada mais do que tinta fresca em um contrato de compra e venda, que era conhecido por jogar o chapéu para o ar quando a possibilidade de um financiamento deixava de existir, que era conhecido por levar o escritório inteiro para um almoço de cinco pratos no Wauwinet quando uma propriedade importante era vendida, não conseguia nem fingir um sorriso em resposta à notícia de que uma propriedade invendável havia sido vendida.

Florabel, graças a Deus, não poderia ter se importado menos com a reação inexpressiva de Addison. Só queria exibir sua satisfação com a notícia para todos no escritório, e ele foi sua primeira parada. Addison deixara o imóvel por sua conta, mas havia sido uma espécie de brincadeira, um elefante branco. Florabel tivera sorte de iniciante – bem, ou isso ou tinha de fato habilidades de corretora, a capacidade de levar o comprador certo à propriedade certa.

Ela passou para a mesa de Arthur Dimmity. Podia-se esperar que ele franzisse a testa com uma inveja indisfarçável, algo que Florabel considerava gratificante. Agora, Addison se dava conta de que deveria ter deixado aquele imóvel nas mãos de Arthur. Este teria dificuldades até com um estande de vendas de limonada no deserto. Trabalhava apenas com aluguéis.

Addison queria correr para longe do escritório –, mas, espere, ele não poderia ser tão óbvio. Contou até dez. O telefone tocou e ninguém atendeu. Era função de Florabel, mas ela estava ocupada demais, se vangloriando. Ele sabia que deveria atender ao telefone para mostrar que isso não estava abaixo de seu cargo e como uma pequena concessão à boa notícia de Florabel. Poderiam ser os Puffy Drenmillers, ligando para desfazer o negócio. Addison estava chateado demais para conversar com qualquer um ao telefone. Deixou chamar para que a ligação fosse atendida pela secretária eletrônica geral.

Por trás, ouviu os tensos cumprimentos de Arthur, que disse:

– Como você conheceu essas pessoas, os Drenmiller?

E Florabel respondeu:

– Acredite, você não vai querer saber.

– Está bem – disse Arthur, num tom amigável (e por isso ele não era um bom vendedor. Nunca insistia). No entanto, dessa vez, Addison concordou – está bem, quem é que se importava, ninguém, nem Arthur, nem ele, que tinha dificuldades para se manter estável. Tinha que sair dali! Com discrição, destrancou a primeira gaveta. O iPhone de Tess ainda se encontrava ali, escondido no fundo. Addison o checava todos os dias, e em todos os dias o aparelho estava frio e silencioso, embora, para ele, zunisse e brilhasse de radioatividade. Hoje, porém, Addison procurava umas chaves, mas não achou as que queria na gaveta – claro que não, estavam com Florabel –, mas achou uma penca diferente e um pensamento lhe veio à mente. Espere aí. Fazia tantas semanas que Tess havia morrido, e ele não tinha pensado na lata de spray contra insetos na garagem.

Addison acreditava que pudesse falar com Tess enquanto dirigia, pois estava sozinho e seguindo em frente, e a combinação dessas duas coisas o deixava num estado psíquico em que ele era capaz de se comunicar com os mortos.

"Estão vendendo o nosso chalé", disse ele. "Já venderam. Ele vai pertencer a outra pessoa no fim de agosto."

Seu coração era poeira. Seu espírito era a borda amarronzada de um ovo malfeito. Ele estava dissecado e seco. Seu corpo estava repleto de areia. Addison e Tess amavam aquele chalé. Addison lhe dissera que o compraria, que pagaria os três milhões. Assim, ela poderia deixar Greg e ele poderia deixar Phoebe e os dois poderiam viver juntos ali. Tess dera uma gargalhada nervosa. Ele estava desiludido. Aquilo não era real. Era uma fantasia. Na verdade, ninguém poderia viver naquele chalé. Ela não poderia viver ali. O que faria com seus filhos?

Tess nunca vira a situação como Addison. Nunca estivera disposta a abrir mão de tudo, a abrir mão de qualquer coisa. Seu caso havia sido, para ela... O quê? Um jeito de passar algumas horas? Um ninho de segurança, um cobertor contra incêndio, uma maneira de se proteger dos estalos das chicotadas que Greg dava todos os dias?

Os dois tinham brigado por isso. Addison não gostava de admitir para si mesmo que tinham brigado, mas tinham. Ele a amava loucamente. Olhava para Tess do outro lado do cômodo quando todos se reuniam e não conseguia acreditar que ela não lhe pertencia. Precisava suportar vê-la de mãos dadas com Greg e beijá-lo e chamá-lo de *querido*. Addison contara a Tess que vê-la tocar em Greg fazia com que quisesse pôr fogo em si mesmo. Ela dissera que tentava não tocar no marido quando Addison estava por perto, mas, às vezes, se esquecia ou não conseguia evitar. Isso fizera Addison ferver de ciúmes e ressentimento: ela tentava não tocar em Greg quando Addison estava por perto, mas e quando ele não estava? Os dois faziam amor? Tess fazia amor com Addison no chalé e, então, chegava em casa e fazia amor com Greg? Ela dissera que não, que estava ofendida com a pergunta, mas ele desconfiou. Greg tinha um magnetismo animal. As mulheres se jogavam nele.

– Com que frequência você faz amor com ele? – perguntou Addison.

– Não muita – respondeu ela.

– Quero que você o deixe – disse Addison.

– Não posso – falou ela. – As crianças...

As crianças eram a zona de imunidade de Tess. Sempre que Addison a pressionava, ela falava das crianças. Podia trair Greg – Deus sabia que ele a traíra –, mas não podia trair seus filhos. Não queria que tivessem pais divorciados, não queria que tivessem um padrasto, e ela, Tess, não queria uma separação, um advogado, guarda compartilhada. Deixara Greg durante aquela semana desgraçada em novembro e pronunciara em voz alta todas as palavras, que mascara e acabara cuspindo.

Addison estacionou na entrada da casa de Tess e Greg. Ele a havia mostrado apenas três vezes desde que a anunciara no mercado. Em todas elas, para visitantes que não sabiam o que acontecera com os donos. Ninguém tinha voltado para olhar pela segunda vez. Ele pensava em abaixar o preço que havia pedido.

Tess tinha a própria chave do chalé. Addison não se lembrara disso quando vasculhara sua casa pela primeira vez, semanas antes, mas se lembrou naquele momento. Certa vez, lhe perguntara onde guardava a chave – Tess tinha paranoia de ser descoberta, onde seria seguro o bastante? – e ela respondera:

– Escondo a chave debaixo do spray contra insetos, na garagem.

Addison encontrou a chave ali. Em uma das várias prateleiras com itens necessários à casa e ao jardim, havia um inseticida de tampa laranja e, debaixo dele, estava a chave.

O dia estava ensolarado e seco, depois de três dias de neblina pesada e temporais com relâmpagos e trovões. A estrada Polpis parecia varrida e completamente limpa, como algo que acaba de ser tirado da caixa. Os campos do lado direito da rua estavam verdes e recém-aparados. A vista para o porto à esquerda parecia brilhante.

– Você me amou de verdade um dia? – perguntou ele.

– Meu Deus – respondeu ela. – Claro que sim. Mas...

– Mas o quê?

– Era complicado. Não era?

Tess costumava mandar letras de música para Addison (o que ele quase lamentava, pois parecia algo tão típico de Greg). Seu trecho preferido era de uma canção do U2: "You say in love there are no rules." ["Você diz que no amor não existem regras."] Tess gostava de acreditar que seu amor por Addison era renegado, algo que estava além de seu controle, algo pelo qual não poderia ser culpada, algo que havia acontecido a ela e não que ela havia feito acontecer. Dessa maneira, não era responsável. O amor os visitara, vindo de cima, em algum momento durante o almoço juntos no Nous Deux. Sandrine tinha feito isso. Sandrine era uma feiticeira.

Addison estacionou na entrada do chalé. Será que iria chorar? Não importava. Agora, ele chorava o tempo todo. Havia parado de se sentir constrangido por isso. Não ia até lá desde, bem, desde 17 de junho, uma sexta-feira. Tess se encontrara com ele enquanto os gêmeos estavam na colônia de férias. Lembrara-lhe, naquele dia, de seu aniversário de casamento iminente. Naquele dia, contara-lhe com delicadeza sobre o planejado passeio de veleiro para o vinhedo.

– Ideia de Greg – falara ela.

– Diga a ele que não.

– Acho que isso seria agressivo. Despertaria suspeita.

– Ele está tentando reconquistar você.

– Ele não pode me reconquistar – dissera Tess. – Sou sua.

– E então, quando é que vocês vão? – perguntou Addison.

– Por favor, não torne isso mais difícil do que já é – respondera ela.

– Por favor, me encontre aqui no domingo à tarde. Uma última vez antes de você ir velejar.

Addison ia ao chalé todo domingo para trocar os lençóis e fazer uma limpeza básica para manter a casa.

– Você sabe que aos domingos é impossível para mim – dissera ela.

O chalé era bonito em pleno verão. O telhado estava drapejado com trepadeiras de rosa carmesim, como o dorso do cavalo campeão do Derby de Kentucky. E as florestas mais adiante estavam cheias e viçosas. Os caminhos entre as árvores eram contornados por lírios e arisaemas. Quando Tess e Addison estiveram ali pela última vez, as rosas ainda não tinham desabrochado.

– Daqui a algumas semanas – dissera Addison – vamos poder caminhar até o mar e nadar. Ninguém irá nos ver. Esta baía é completamente deserta.

– Mal posso esperar – falara Tess.

Addison entrou. Esperava que o lugar estivesse abafado, mas alguém – Florabel? a faxineira? – havia deixado as janelas abertas. A brisa atravessava as telas, e as cortinas brancas, quase transparentes, esvoaçavam como fantasmas.

Os dois tinham feito amor pela última vez – Addison nervoso, Tess querendo se desculpar – e, quando acabou, permaneceram num silêncio atípico. Nunca passavam um tempo em silêncio. A marca de seu relacionamento era o que conversavam. Addison lhe contava cada detalhe de seu dia e Tess fazia o mesmo. Ela conhecia a situação de cada um de seus negócios, e ele, os nomes e as histórias de vida de cada um dos alunos dela. Os dois conversavam e conversavam e conversavam. Meu Deus, era um alívio, um prazer, ter alguém com quem conversar. Em casa, Addison podia falar e Phoebe escutava, mas era estranho. Às vezes, ela era convincente e o entendia e vinha com respostas inteligentes, mas às vezes era como lançar uma bola de tênis no espaço. E Tess podia conversar com Greg sobre as crianças e a escola, mas ele lhe dava a distinta impressão de estar cansado dos dois assuntos. Ela estava proibida de comentar sobre dinheiro, a casa, o emprego do marido como cantor no Begonia e qualquer coisa relacionada ao High Priorities (como April Peck). Então, o que sobrava exatamente? Discutir trechos de programas de TV? Pareceria forçado. Conversas sobre livros, pintura e escultura também. No entanto, Tess podia falar com Addison sobre essas coisas e nunca se cansar disso.

Todavia, Addison lembrava que, deitado ali, no último dia no chalé, lutara contra o silêncio. Tinha coisas a dizer, ah, sim, coisas que levariam a outras coisas.

Prometera a si mesmo que não faria aquilo, mas o fez apesar disso (como sabia que faria quando prometeu a si mesmo). Deitou-se na cama.

Addison poderia tê-la impedido de ir velejar? Porque Deus sabe que ele queria impedi-la. No entanto, tudo o que queria dizer era fraco. Nada era eficaz o bastante. Revira os pensamentos com cuidado, respirara fundo para falar e, em seguida, se calara.

NÃO QUERO QUE VOCÊ VÁ VELEJAR COM SEU MARIDO.

Ele poderia ter gritado aquilo com raiva ou repetido centenas de vezes num fluxo de sussurros, como um lunático, mas nem mesmo isso teria transmitido o ardor de seus sentimentos.

Não passava de um jogo conjurar agora o que deveria ter dito se tivesse sido corajoso o bastante para abrir a boca. Não teria importado o que dissesse, pois ela iria de todo jeito.

Por quê?

Ah, o porquê. O porquê foi a razão de seu silêncio naquele último dia. Era a razão para o nervosismo de Addison e as desculpas de Tess.

Por quê?

Tess disse que não despertaria suspeitas. Mas estava apenas dando uma desculpa. Poderia ter recuado com facilidade. Odiava o mar, sempre odiara. Odiava deixar as crianças de um dia para o outro. O último ano de seu casamento, graças ao acontecimento abominável com April Peck, havia sido um martírio e não digno de comemorações. Ela estava apaixonada por outro.

Tess poderia ter dito qualquer uma dessas coisas, mas não disse. Ia velejar, portanto, porque queria. Queria comemorar o desastre de trem que havia sido o décimo segundo ano de seu casamento com Greg, queria ouvir a canção que Greg compusera para ela, queria comer e beber e dar gargalhadas e fazer amor. Queria ver o cara *tentar*.

Certo? Admita!

Addison não pressionara Tess. Aderira ao princípio tão adorado por tantas garotas de 14 anos de idade: "Se você ama alguma coisa, liberte-a. Se tiver que ser, ela voltará para você." Isso, porém, é besteira, claro. Se você amasse alguma coisa e a libertasse... ela iria (acorde!) encontrar outro alguém para amar.

Nunca passou pela cabeça de Addison dizer "Não quero que você vá com Greg porque e se alguma coisa acontecer? E se vocês pegarem uma rajada de vento no sentido errado, o barco virar, você ficar presa embaixo do casco e morrer? Ou, e se seu marido drogar você e jogá-la do barco?"

Ao ouvir isso, Tess teria dito "Ah, Addison, não seja bobo".

Addison foi até a janela, de onde dava para ver as árvores, o caminho, a faixa de água azul, convidativa. Os dois haviam feito o pacto de amar um ao outro na mesma intensidade, na intensidade máxima, numa intensidade inimaginável, abundante. Ele a amava tanto assim, mas ela andava distorcendo a si mesma. “Tenho medo de você não receber isso direito.”

O chalé tinha sido vendido. Outro casal iria viver ali, fazer amor na cama, olhar pela janela, tomar banho junto ou separado, ouvir Mozart ou Mötley Crüe, preparar *croque-monsieurs* ou omeletes de queijo de cabra, ter um sono tranquilo ou agitado. E nunca saberiam.

Addison tirou o coração de feltro, agora em três pedaços, do bolso da calça. Espalhou os pedaços sobre a cama, como tristes pétalas de rosas. Mas, então, como não suportava deixá-los, colocou-os de volta no bolso, se levantou e saiu pela porta.

ANDREA

Seu tempo no sótão da fazenda chegava ao fim. Era difícil suportar essa ideia. Ela e Jeffrey haviam detalhado dolorosamente vinte dos trinta e cinco anos que Tess passara na terra, e ele sofrera ao longo das histórias da infância das duas em South Boston, do departamento de polícia, das ligações com a máfia, dos padres e das freiras. Acrescentara algumas histórias próprias, histórias que Andrea não conhecia (Jeffrey e Tess haviam descoberto uma raposa sarnenta enquanto caminhavam em torno do lago Saranac, e ela insistira para ele chamar um veterinário e tentar salvá-la. Andrea sabia disso? Não, não sabia, e se deleitou com a história).

No entanto, agora estavam na reta final. Tinham conversado com circunspecção sobre o incidente com April Peck. Andrea ficara muito tensa nesse momento. Esperava que Jeffrey revelasse detalhes que ela nunca ouvira antes, mas, não, ele ouvira a mesma história que os outros. Tinham conversado sobre a viagem para Stowe, a última viagem em grupo. Aquilo os levou aos últimos seis meses. E era esse período o que perturbava Andrea, pois Tess andava diferente nesses últimos seis meses de vida. Andava distante e indisponível. Parara de ir à missa com Andrea. Mentira para ela.

Mentiras! Andrea não confrontara Tess quanto às mentiras, porque estava intrigada com elas e até mesmo constrangida. Se Tess mentia para Andrea, devia haver algo de errado com Andrea. Esta hesitava em discutir tudo aquilo com Jeffrey, mas talvez ele pudesse ajudá-la. O processo pelo qual passavam juntos tinha sido doloroso e bruto em alguns momentos, porém, ultimamente, estava funcionando. Permitia que Andrea tocasse sua sanidade com delicadeza.

– Então, me deixe fazer uma pergunta – disse Andrea. Ela estava, como sempre, à mesa de Jeffrey, em sua cadeira, de frente para quadros e gráficos do crescimento de vários grãos, pilhas de notas fiscais a serem enviadas para os restaurantes e contas. Jeffrey estava sentado sobre o engradado de milho a alguns metros de distância. – Você notou alguma mudança no inverno passado?

Ele estreitou os olhos.

– Talvez – falou. – Ela me parecia mais triste, menos crédula, menos inocente. Podemos esperar tudo isso de uma mulher que passa pelo que ela passou com Greg.

– Todo sábado, às cinco horas, com chuva ou sol, costumávamos ir à missa, lembra?

– Lembro – respondeu Jeffrey.

– No começo de fevereiro, no início da Quaresma, ela parou de ir à igreja definitivamente. Cancelou a missa pela primeira vez, dizendo que tinha uma reunião da associação de pais e mestres. Às cinco da tarde de um sábado? Na igreja, vi Karen e Lizzie, a presidente e a vice-presidente da associação. E *sei* que não tinha reunião nenhuma. *Sei* que ela mentiu para mim. Acontece que Karen e Lizzie sempre estavam na missa das cinco e Tess sabia disso. Então, por que inventaria essa desculpa em especial se sabia que seria descoberta?

– Você comentou alguma coisa com ela? – perguntou ele.

– Não. Deixei para lá.

– E aí?

– Aí, ela perdeu a Quarta-feira de Cinzas. Pela primeira vez em trinta anos, não foi pegar suas cinzas. Quando perguntei o que havia acontecido, ela respondeu que seu dia tinha sido muito ocupado. Que tivera uma reunião com a mãe de um aluno depois da aula. Então, cancelou a missa na semana seguinte. E na semana *seguinte*, ficou de se encontrar comigo na igreja, mas não apareceu. Quando telefonei, ela disse que não havia conseguido dar partida no carro.

– No Kia? – indagou Jeffrey.

– O carro mais confiável na história dos automotivos – falou Andrea. – E tinha mais uma coisa... – Era uma coisinha, uma coisinha que só Andrea notaria: o tom de voz de Tess, sua postura. Em algumas vezes, estava eufórica e feliz e, em outras, se derramava em lágrimas sem motivo. Estava instável. Mas todas as mulheres são instáveis, não são? Sofrem de TPM, elevação e queda de hormônios. Tess tivera sua cota de caos reprodutivo. Talvez a química de seu corpo estivesse em desequilíbrio. No entanto, bem no fundo, Andrea não caiu nessa. Tess não era como as outras mulheres. Para começar, era professora do jardim de infância: paciente e gentil, criativa e organizada. Adorava as crianças e acreditava no poder da tinta e do giz de cera, da cola e da argila, dos livros de história. Sua turma tinha um animal de estimação, um coelho de pelo comprido chamado Bermuda. Ela gostava de jogar beisebol infantil e empurrar as crianças nas gangorras. Tinha uma gaveta cheia de guloseimas, calcinhas limpas e Band-Aids. Seu quarto estava sempre limpo, ela sempre usava vestido ou saia e não levantava a voz. Quando queria silêncio, apagava as luzes e levava um dos dedos aos lábios. Era uma santa. Vê-la triste e mal-humorada... Alguma coisa estava errada.

Andrea perguntara a Ed mais de uma vez:

– Você acha que tem alguma coisa errada com Tess?

A reação de Ed era mandar uma porção de purê de batata para dentro ou grunhir de trás do jornal. Se Andrea o pressionasse para dar uma resposta, ele dizia:

– Ela me parece bem.

Andrea chamava aquilo de uma típica resposta masculina. Quanto a isso, ele falava:

– Quando eu lhe der uma típica resposta feminina, você pode reclamar.

Andrea resmungava com desgosto e Ed vinha com alguma frase sobre como as mulheres de fato sentem as coisas com mais intensidade, leem subtexto onde os homens enxergam apenas um espaço em branco.

– Se você acha que tem alguma coisa errada – dizia Ed –, por que não pergunta a ela?

Está bem. No entanto, Andrea descobriu que tinha medo. Medo de sua melhor amiga, de sua prima mais nova, a quem protegia e adorava. Foi preciso uma noite na casa de Delilah e sete taças de vinho para Andrea confrontá-la. Era a noite do Oscar. Todo ano, Delilah servia champanhe e um bom caviar e preparava bife

Wellington e todos usavam trajes de gala (Addison sempre vestia um smoking, e Phoebe, seu Valentino ou Dior, e os outros faziam o que podiam). Preenchiam as cédulas, punham dinheiro num pote e aquele que acertasse mais respostas vencia. Costumava ser Jeffrey, o que era irônico, já que ele era incapaz de ficar acordado durante um filme inteiro. Na noite do Oscar, eles costumavam se embebedar muito e no último ano não havia sido diferente. Andrea tropeçou em Tess sentada sozinha na escada com sua camiseta preta de renda e suas calças pretas de seda e, com a coragem concedida pelo Chardonnay, decidiu que era hora de confrontá-la.

– Tudo bem com você?

Tess olhou para cima, nada surpresa com a pergunta.

– Tudo.

– Não. Estou falando sério. Alguma coisa está acontecendo. O que é? Faz semanas que você não vai à missa.

– Rompi com o Senhor.

– O que isso significa?

– Não quero conversar sobre isso.

– Você está aborrecida comigo? – Esse era o medo de Andrea. Um medo maior, talvez, do que o que ela estava disposta a admitir. Andrea que era durona, sabia que era irritadiça, agressiva, rancorosa, que havia mulheres que não gostavam dela e que até Phoebe e Delilah tinham seus momentos de dificuldade com ela. Mas sempre reservara sua parte mais legal, gentil e doce para Tess.

Tess amoleceu.

– Não. Meu Deus, não, Andrea. Eu nunca poderia me aborrecer com você.

Andrea sentiu que estava prestes a chorar lágrimas de Chardonnay. Andava quebrando a cabeça, tentando descobrir se fizera algo de errado, se cometera algum erro grave que tivesse magoado Tess.

– É por causa de... April Peck?

– April Peck? – Tess parecia confusa. Então, balançou a cabeça e seu queixo tremeu. – April Peck é peixe pequeno.

"Peixe pequeno." Andrea guardara aquelas palavras porque eram estranhas e também porque foram as últimas sobre o assunto. Addison viera cambaleando e se intrometera na conversa, interrompendo-as, puxando Tess para pô-la de pé, implorando que ela fosse assistir o prêmio. Estavam prestes a anunciar o Oscar de melhor atriz.

– Peixe pequeno? – perguntou Jeffrey agora.

E Andrea olhou para ele.

– O que você acha que isso quer dizer?

Tess cancelara almoços marcados, deixara de ir ao encontro mensal do grupo de leitura, alegara fazer parte de uma turma de pilates intenso na academia que se reunia três vezes por semana. A turma se encontrava de quatro às cinco, às segundas, quartas e sextas, mas, numa quarta, Andrea viu Tess no sempre confiável Kia acelerando pela rua Polpis, às cinco para as cinco. Ela estava muito apressada e foi isso o que chamou a atenção de Andrea num primeiro momento (essa pode ter sido uma reclamação padrão da mulher do delegado, na sua opinião, os habitantes daquela ilha dirigiam rápido demais). Então, Andrea viu que era Tess e quase telefonou para ela, apesar de dirigir em alta velocidade e falar ao telefone ser a última coisa que esta deveria fazer. Andrea checou seu calendário mental, tentando descobrir o que teria posto Tess na rua Polpis às cinco para as cinco numa quarta-feira. Ela não tinha pilates? A academia ficava do outro lado da ilha. Andrea era a mulher do delegado e não o delegado, mas decidiu investigar um pouco por conta própria. O trabalho de detetive era elementar. Andrea telefonou para a academia para perguntar sobre a turma de pilates que se reunia às quatro às segundas, quartas e sextas. O homem que atendeu ao telefone ficou confuso.

– Pilates? Oferecemos pilates às terças e quintas às dez da manhã, e às segundas e quintas, às seis da manhã e da tarde.

– Nada às segundas, quartas e sextas às quatro?

– Spinning às segundas e quartas, às três. Jazz às segundas, quartas e sextas, às cinco e meia. Você quer dançar jazz?

– Dançar jazz? – repetiu Andrea.

Mais tarde, telefonou para a casa de Tess. Esta estava animada.

– Estou fazendo *quesadilla* – falou.

Andrea fez uma pausa.

– Como foi o pilates hoje?

– Foi ótimo! – respondeu Tess. – Sinto que está fazendo efeito. Minha barriga está muito mais musculosa.

Jeffrey estava quieto. Tudo que Andrea ouvia era o som dos ventiladores, que imitavam bem o som que sua mente girando devia fazer enquanto pensava em diversas possibilidades e, em seguida, as descartava.

– Devo declarar o óbvio? – perguntou ele.

– Ela tinha um caso? – indagou Andrea.

– Ela tinha um caso.

Permaneceram naquilo por um minuto, Andrea chocada com a sonoridade daquelas palavras. Bem, ela não era idiota. Essa possibilidade assombrava cada uma das mudanças de humor de Tess, cada mentira e, em particular, as frases "rompi com o Senhor" e "peixe pequeno", usada para se referir a April Peck.

Se April Peck era peixe pequeno, o que era peixe grande?

Tinha um caso? Mas com quem?

– Ela teria me contado – disse Andrea.

– Você tem razão – concordou Jeffrey.

– Não, não teria – falou Andrea.

– Você tem razão – concordou Jeffrey.

– Ela me via como sua mãe.

– Ela não iria querer desapontá-la.

– Eu não teria me desapontado com ela – disse Andrea. No entanto, até mesmo enquanto eram pronunciadas, aquelas palavras pareciam falsas. Andrea sempre tivera uma mistura de sentimentos com relação a Greg, mas acreditava no casamento. (Era católica! Crescera com uma freira morando no porão de sua casa!) Quando Tess e Greg se separaram durante aquela semana em novembro, foi Andrea quem a convencera a voltar. Foi Andrea quem preparara o piquenique para o passeio de veleiro no aniversário de casamento. Quebrara a regra sagrada de não dar presentes porque queria Tess e Greg felizes em seu aniversário de casamento. Sentia que Tess se aprontava para abandonar o casamento e andava dizendo "Fique!"

"Ela tinha um caso."

Andrea sentiu as firmes muletas da certeza. Tess tinha um caso. Isso explicava tudo.

Ela se levantou para ir embora. Suportava apenas uma revelação por dia, e essa era das grandes. Mas será que era de fato tão chocante quanto Andrea considerava que fosse? Não era como uma pilha de roupas sujas no canto com um cobertor por cima? Era só puxar o cobertor e lá estava, exatamente como se sabia que estaria o tempo todo.

Jeffrey também se levantou. Olhava para Andrea com atenção, e ela não conseguia aguentar aquilo porque era uma despedida. Era o fim da jornada secreta e estranha que os dois haviam feito juntos. Andrea confiara seu luto a Jeffrey e ele tinha sido cuidadoso com seus sentimentos. Passara horas e horas falando sobre a vida de Tess. Fora um processo doloroso ao qual mais ninguém teria dedicado seu tempo. Andrea havia ido até lá porque amava Jeffrey e ele a deixara ficar porque a amava também. Enfim, tinham chegado ao fim da história da vida de Tess DiRosa MacAvoy e aquilo significava que Andrea iria parar de ir até lá, que não haveria mais horas roubadas no sótão abafado, e isso era um tipo de coração partido em si.

Jeffrey se aproximou e Andrea sabia que ele tinha a intenção de beijá-la. Tudo bem. Ele era um homem direto. Ela acreditava em sua bússola moral, em seu senso de certo e errado. Ele pegou seu queixo e a beijou com a mesma habilidade que fazia todo o resto – tirar um ovo de debaixo de uma galinha, esfregar uma folha de manjericão e sentir seu aroma. Ele lhe deu um beijo de despedida, uma chave se virando numa fechadura.

– Não quero que você se preocupe com isso – disse ele.

Mas ambos sabiam que ela se preocuparia.

O DELEGADO

O freezer do Juice Bar deu defeito. Era uma máquina tão sofisticada que precisavam de uma equipe de mecânicos da Nascar para consertá-la. Portanto, Kacy não teve que trabalhar naquela noite. Havia se oferecido para levar os gêmeos ao clube Tom Nevers para o parque de diversões, uma deteriorada extensão de terra firme que a vida americana visitava em sua adorada ilha durante dez dias. Parque de diversões queria dizer luzes de neon, parquinhos aos pedaços, jogos forjados com prêmios de má qualidade e comida de fazer o coração parar e estragar os dentes, como algodão-doce, bolinhos fritos, salsichões. Os gêmeos andavam implorando para serem submetidos à depravação do parque havia quase uma semana (ao que parecia, Drew e Barney já tinham ido *duas vezes*), e o delegado ficou aliviado quando Kacy disse que os levaria. Andrea não seria capaz de enfrentar o caos maníaco do parque, e o delegado sentia que já tivera horas de parque de diversões suficientes com os próprios filhos. Deu oitenta dólares a Kacy, recomendou que não deixasse os gêmeos comerem muito açúcar e lhe desejou boa sorte.

Então, telefonou para Andrea e perguntou se ela queria sair para jantar, só os dois. Em algum lugar legal. No Straight Wharf?

Ela recusou. Estava muito cansada (de fazer o quê?). Aproveitaria a paz e a tranquilidade para se deitar mais cedo.

O delegado desanimou. Sentia-se, se pudesse ao menos dizer isso, sozinho. Sempre houvera o espectro de seu luto vagando por algum lugar, e ele se deu conta disso agora. O delegado, como Andrea, sentia falta de Tess, mas também sentia falta de Greg. Este, apesar dos erros, era seu amigo. Por certo, a amizade havia sido desequilibrada. O delegado era um policial, e Greg, um astro do rock. Moralmente, eram peso pesado e peso pluma, uma incompatibilidade total. Mesmo assim, o delegado amava Greg.

Se ainda vivessem no passado e o delegado se visse isolado no trabalho sem opções nem obrigações, teria perambulado até o Begonia, se sentado no bar, batido um papo com Delilah, pedido um sanduíche com cebolas extras e ouvido Greg tocar. Aquele era, na opinião do delegado, um jeito quase perfeito de passar a noite.

Agora, não conseguia encarar o Begonia: sem Greg, sem Delilah, Faith com sua preocupação sufocante, o trio irlandês desafinado no palco. Tinha uma pilha de trabalhos acumulados sobre a mesa, consequência de sua preocupação com os detalhes do acidente, de sua mente que andava distraída e das horas a mais que precisou dedicar a Andrea e aos gêmeos. Devia ficar ali e trabalhar. Pediria a Freda, a despachante da noite, para buscar um sanduíche no Begonia para ele, muito embora ela fosse inamistosa, ainda mais quando sentia que era tratada como uma secretária ou uma garota de recados. Ele teria que pedir com jeito.

Às nove e meia, ainda estava à sua mesa, e o sanduíche, as batatas fritas e a porção dupla de picles de pepino, acabados. Tinha tomado três antiácidos e feito dois terços do trabalho acumulado. O sentimento de cumprimento do dever mantinha sua melancolia distante. Ele nem teria percebido que já eram nove e meia – seu escritório era uma casamata de concreto sem janelas – se Dickson não tivesse batido à porta, fazendo com que o delegado olhasse para a frente. Dickson estava com aquele maldito olhar.

– O que foi? – perguntou o delegado.

– April Peck está aqui – respondeu Dickson. – Foi denunciada pelo porteiro do Rose & Crown por tentar entrar com identidade falsa.

O delegado se recostou na cadeira.

– Meu Deus.

– Já dei um jeito na garota. Ela disse que conseguiu a identidade falsa na internet, mas que não conseguia se lembrar do nome do site. Cobrei uma multa de trezentos dólares, peguei a identidade e ameacei suspender sua carteira de motorista verdadeira. Ela disse que queria conversar com o senhor.

– Comigo?

– Com o senhor.

– Meu Deus – falou o delegado.

– Normalmente, eu teria dito que não. Normalmente, eu teria lhe dado uma suspensão de noventa dias por tentar desrespeitar minha autoridade. Mas aí me perguntei se o senhor gostaria de interrogá-la.

Interrogá-la. Dickson sabia de mais do que o delegado queria que ele soubesse. O estômago do delegado fez um ruído. Ele tinha ingerido aquela comida toda e não havia mexido um músculo. Estava nervoso.

– Mande-a entrar.

Dickson abriu a porta e enfiou a cabeça no corredor.

– Ei, rainha da pista de dança – disse ele –, o delegado concordou em recebê-la.

April entrou, deslumbrante, em algum tipo de vestido de ir a boates preto e prateado brilhoso e um salto agulha prateado. Seu cabelo estava preso para cima. Ela usava um batom avermelhado. Tinha cara de 25 e não de 18 anos.

– Srta. Peck – falou o delegado.

– Pode me chamar de April – disse a garota. Ela estendeu uma das mãos. – Sinto que já conheço você.

– Conhece? – indagou o delegado.

– Conheço – respondeu April. Ela se sentou com compostura, graças a Deus, e as pernas viradas para o lado. – Greg falava de você o tempo todo.

O delegado arrotou roquefort e cebolas sem fazer barulho.

– Greg? – perguntou.

– Greg MacAvoy.

Aquele nome reverberou nas paredes de concreto da sala. April se mostrava aberta. Seus olhos, selvagens e inocentes. Não parecia uma garota que tinha acabado de ser fichada por identidade falsa. Será que estava bêbada? Demonstrara estabilidade sobre os saltos. Seria uma boa atriz? Ou talvez a multa de trezentos dólares e o fato de que não devesse poder dirigir pelo resto do verão não lhe incomodassem. A quem ele estava enganando? Mesmo que apreendessem sua carteira, ela dirigiria de todo jeito.

– O sr. MacAvoy era seu professor de canto? – perguntou o delegado.

– Era.

Ele olhou para o cabelo louro sedoso de April e pensou no quanto Greg devia estar perdido para ter permitido que ela o laçasse. Será que Greg estava naquela situação em que os homens se encontravam quando precisavam de motivação? Sua mulher doce e bela não bastava? Seus dois filhos saudáveis não bastavam? Ele precisava de mais, precisava de alguém que o venerasse, de alguém que o considerasse um herói?

– E...?

– E meu amigo.

– Seu amigo? – indagou o delegado.

Seus nervos se agitavam na região do peito e dos braços. April Peck devia ser apenas mais uma garota bonita do ensino médio, não muito diferente da própria filha do delegado, mas, em vez disso, era um poço de informações, respostas, da verdade. Será que Greg e April Peck haviam tido alguma coisa – uma, duas, três vezes, toda semana, todos os dias? Greg teria motivos para querer drogar Tess? O delegado sabia que descobrir as respostas não traria Tess e Greg de volta, que isso não ajudaria as crianças, mas, como um responsável pelo cumprimento da lei, queria a verdade.

Precisava ser cuidadoso. April Peck havia sido levada para a delegacia por tentar usar uma identidade falsificada. Não estava naquele lugar para responder a perguntas sobre Greg. Não poderia ser obrigada a responder. Pelo que o delegado imaginava, ela sairia de sua sala afirmando que ele tinha agido de modo inapropriado com ela. Pensando nisso, sentiu a primeira onda de compaixão verdadeira por Greg. April Peck era uma bomba-relógio. O delegado devia mandá-la sair dali naquele instante, com uma suspensão de noventa dias. Se Andrea soubesse que April Peck estava ali, o que ela diria?

– Sei o que os outros pensam – falou April.

– O que os outros pensam?

– Que Greg e eu éramos amantes.

O delegado arrotou de novo e sussurrou:

– Desculpe. – Precisava ser muito cuidadoso ali. – Por que pensariam isso?

Ela deu de ombros.

O delegado perguntou:

– Estou um pouco confuso, srta. Peck, quanto ao motivo de sua solicitação para falar comigo.

A tranquilidade no rosto da garota deu lugar à tempestade. Ela iria chorar, e a barreira de proteção do delegado se ergueu no mesmo instante.

– Tem sido tão duro – disse ela.

O delegado assentiu com a cabeça, embora tenha sido um aceno leve.

– Eu queria conversar com você sobre Greg.

– O que tem ele?

– Greg era meu amigo. Sinto falta dele. Eu o amava. Quero dizer, amava *muito*. Ele me ouvia. Tem tanta coisa acontecendo na minha vida... Derek, meu ex-namorado, me persegue, minha mãe está morrendo de um câncer de mama bizarro, e meu pai e meu irmão estão em Nova York, muito determinados a fingir que minha mãe e eu não existimos... – Ela pegou um lenço de papel na mesa do delegado e assoou o nariz, fazendo barulho. – E, na verdade, a única pessoa com quem eu podia conversar era Greg. Ele era tão legal comigo. Era gentil. Foi muito gentil, já que poderia ter arranjado tantos problemas...

– Você o acusou de assédio sexual – disse o delegado. – Ele quase foi demitido.

– Eu sei! Estava confusa. Aquilo foi uma merda completa. Senti ciúmes porque era claro que ele amava a mulher e os filhos. Eu nunca receberia a melhor parte dele. Isso sempre seria de sua família.

– Então quer dizer que você mentiu para a administração? – perguntou o delegado.

April estreitou os olhos, como se ele fosse louco. Louco por pensar que ela tivesse mentido ou por pensar que agora ela lhe contaria a verdade? Ela enxugou os olhos.

– O impressionante é que Greg me perdoou. Quero dizer, depois de tudo aquilo. Ele me perdoou, me ouviu, foi gentil e aí...

– E aí o quê? – perguntou o delegado.

– E aí ele morreu! – respondeu April.

Ela se levantou e andou até a metade da sala do delegado.

– Você estava apaixonada por ele? – indagou o delegado.

April jogou as mãos para o alto.

– Ele era... Ele disse que estava apaixonado por você?

– Sei o que você está tentando fazer – falou April. No canto da sala, havia um armário de arquivos, encimado por um filodendro e umas fotos emolduradas de Kacy e Eric quando mais novos.

April pegou as fotografias e as estudou. O delegado não gostou de ela ter tocado nas fotos de sua família.

– O que estou tentando fazer? – perguntou ele.

– Está tentando me fazer admitir uma coisa – respondeu ela.

– Admitir o quê?

– Viu? Você está fazendo de novo.

"Vocês eram amantes? Ele estava apaixonado por você? Greg teria motivos para drogar sua mulher?" O delegado poderia fazer essas perguntas a April e ela poderia mentir ou lhe contar a verdade. Ele não saberia a diferença. Pigarreou.

– Está bem, srta. Peck. Está na hora de a senhorita ir embora. Sua carteira de motorista está suspensa por sessenta dias.

Ela se virou depressa.

– Trata-se de uma redução da pena máxima, que é de noventa dias – explicou o delegado. Ele poderia ter reduzido a pena para trinta dias, mas não faria isso. E se ela lhe faltasse com o respeito, ele aumentaria para noventa dias.

– Você está me expulsando? – perguntou ela.

– Não sou terapeuta – disse ele. – Sou delegado de polícia. Como a senhorita não tem nenhuma informação nova ou pertinente sobre Greg MacAvoy e seu envolvimento com ele, não temos mais sobre o que conversar. Se a senhorita concluir que existe mais alguma coisa que eu deva saber, sinta-se à vontade para vir falar comigo a qualquer momento. Compreendeu?

April mordeu o lábio inferior.

– Sabe o que Greg disse sobre você? Sabe o que ele me falou?

– Sinceramente, srta. Peck, não me interessa.

Ela respirou fundo, resignada.

– Ele disse que você é o cara mais legal do mundo.

ANDREA

Ela não sabia mais em que estágio estava. Estava no estágio do limbo. Sentia falta de Tess, sentia falta de Greg, sentia falta de Jeffrey, sentia falta de Eddie e de seus filhos, mas, acima de tudo, sentia falta de si mesma.

Perguntava-se: será que um dia voltaria?

Conseguia lidar com algumas coisas, mas, com outras, não. Ela conseguia lidar com o fato de Tess ter tido um amante. Andrea estava com 44 anos, era velha o bastante para compreender que o coração queria o que queria, não importava se fazia sentido, não importava se fosse certo ou errado. Ela não conseguia lidar com o fato de não saber quem era o amante de Tess. Precisava descobrir. Queria conhecê-lo, queria se certificar de que ele amara Tess o suficiente. Será que era alguém que estivera no velório? Será que ela devia escrutinar o livro de presença? Não se lembraria de ninguém além do grupo de amigos, as crianças, a terrível April Peck e sua mãe e do padre Dominic. "Rompi com o Senhor." Tess havia parado de ir à igreja de vez. Tivera um caso com o padre Dominic? Ele era jovem, com quase 40 anos, e bonito em se tratando de um padre. Andrea conseguia lidar com o fato de Tess ter um amante, mas não o padre Dominic. Arrancou aquele nome de sua lista mental pela própria sanidade. Pensou nos outros professores da escola, no diretor, no superintendente. Flanders? Parou. Flanders, não. Por um breve segundo, sorriu.

Andrea conseguia lidar com coisas pequenas, mas não com grandes. Ed chegou em casa com duas entradas para o coquetel em prol da conservação da ilha, que seria na savana e havia sido organizado por Phoebe.

– É na sexta à noite – falou. – Kacy concordou em tomar conta das crianças. Nós vamos.

– Não – recusou Andrea.

– Já comprei as entradas – argumentou ele. – Disse a Phoebe que estaremos lá.

– Não.

– Ela quer nosso apoio. A coitada não faz nada desde...

– Eu não vou, Ed.

– Ela contou que tem uma surpresa para nós.

– Agora é que não vou mesmo.

Ele pôs as mãos nos ombros dela. Era um gesto que quase sempre funcionava. Seu rosto estava a centímetros do dela, seus olhos castanho-esverdeados, a barba curta em seu queixo. Ela adorava o rosto dele apesar de este ter apenas uma expressão, uma expressão que transmitia dedicação e fidelidade às forças da honradez. Era a proximidade de seu rosto que deveria transmitir uma mensagem e o peso de suas mãos sobre os ombros dela, lhe dizendo que ele estava presente, que não a deixaria vagar por ali, que também tinha necessidades e desejos, e que esse era um deles. Ir àquele evento por Phoebe era importante para ele. Mas ela não era capaz de fazer isso.

– Vá você – disse ela. – Eu simplesmente não posso. Vou ficar em casa.

Ele ergueu as mãos.

– Conversamos sobre isso mais tarde.

Andrea não conseguia lidar com um coquetel, mas conseguia lidar com uma ida ao correio e enviar uma caixa para Esmeralda, a órfã brasileira a quem Tess ajudava e que, num piscar de olhos, já estava com 16 anos. Andrea se levantou de repente no meio da madrugada, percebendo que esquecera por completo de Esmeralda.

Tess ainda enviava cuidados presentes para a menina a cada três meses. Andrea escreveu uma carta explicando que Tess falecera, mas que esta se importava muito com Esmeralda, que tinha uma foto dela em sua mesa, na escola. Andrea escreveu que, a partir daquele momento, ela faria os envios. Junto com a carta, mandou arroz integral, aveia em flocos, biscoitos, um exemplar de *O sol é para todos*, um par de chinelos novos, uma revista e um porta-retratos com a foto de Tess.

Andrea discutiu um pouco com Tony no correio sobre como despachar a caixa e como taxá-la, mas acabaram resolvendo tudo. Só precisaram de papelada e dinheiro. Tony atirou a caixa no compartimento de correio aéreo e Andrea estremeceu, pensando nos biscoitos, mas teve a sensação de missão cumprida.

Ao se virar para sair, viu um homem na fila e seus joelhos fraquejaram. Parou e arregalou os olhos. A mulher que se dirigia ao balcão a empurrou para fora do caminho. Andrea gaguejou e deu um passo para o lado, ainda encarando o homem, sem se constranger. Ele olhou para ela e sorriu. Era o homem de seu sonho, o russo, Pyotr, que fizera amor com ela em seu antigo jipe preto, que dissera "O jipe é seu. Você pode fazer o que quiser dentro dele". Que se afogava até ela salvá-lo. Era ele mesmo, e não apenas alguém parecido com ele.

Uma parte de Andrea queria sair logo dali e não olhar para trás. No entanto, ela precisava saber:

– Nos conhecemos de algum lugar?

Os olhos azuis se estreitaram.

– Acho que não – respondeu o homem. Ele tinha um sotaque carregado. Australiano? Estendeu uma das mãos. – Sou Ian Bing. Instrutor de pilates da academia. E então, você frequenta a academia?

Andrea piscou.

– Não – respondeu ela. – Não frequento. – Por dentro, ela fervia e explodia. Ele era instrutor de pilates da academia! Aquele era o sinal. Aquele era o cara. O amante de Tess. Andrea disse: – Mas minha prima frequentava a academia. Tess MacAvoy. Você a conheceu?

A expressão no rosto de Ian não revelava nada. Ele balançou a cabeça, os cachos quase grisalhos.

– Não. Receio que não.

Andrea o escrutinou. Ian parecia sincero, mas ela não acreditava em mais ninguém. Checou a orelha dele – nenhum brinco. Ainda assim, era ele. Esse homem fizera todas aquelas coisas com Andrea nos sonhos. Ela enrubesceu, não conseguiu evitar, e, em seguida, perguntou:

– Então você não conheceu Tess?

– Não – respondeu ele. – Ela praticava pilates?

– Não – falou Andrea.

Ian sorriu para ela como se quisesse dizer... bem, como se quisesse dizer alguma coisa. Ele não conhecia Andrea, ele não conhecia Tess. Andrea fazia o papel de uma idiota completa, mas era *ele*, Pyotr, o russo.

Ela saiu apressada, rumo ao estacionamento.

Andrea conseguia lidar com Kacy cuidando dos gêmeos, mas não conseguia lidar com Delilah cuidando deles. Por duas vezes, esta telefonara para perguntar se poderia levá-los ao parque de diversões com Drew e Barney e, por duas vezes, Andrea negara, afirmando que o parque era caríssimo e que os brinquedos eram operados por viciados em heroína. Então, Kacy os levou àquela coisa abandonada por Deus e eles comeram porcaria, andaram nos brinquedos sem segurança e voltaram para casa com os pés sujos, uma girafa de pelúcia cujo olho caiu no carro, e uma arma de brinquedo que disparava água para Finn, que Tess nunca teria aceitado, mas como Kacy poderia se opor se o delegado andava armado? Andrea criticou o parque de diversões, e Kacy falou, como apenas uma menina de 16 anos honrada poderia:

– Se você não gosta de como cuido dos gêmeos, faça isso você mesma.

Delilah telefonara para Kacy para falar sobre o filme. O filme era mais do que um filme. Era um fenômeno. *Vunderkids 3* estrearia na sexta. Delilah saíra da ilha de avião com as quatro crianças nos dois verões anteriores para assistirem *Vunderkids* e *Vunderkids 2*, para terem a grande experiência de ver a estreia de um filme num bom cinema, e queria levá-los de novo naquele ano. Aquilo já era uma tradição.

– Então, os gêmeos vão com Delilah – disse Kacy na sexta de manhã.

– O quê? – indagou Andrea. Ela tentou manter a voz estável, pois os gêmeos estavam bem ali, na mesa de café da manhã, comendo cereal, agitados e empolgados porque iriam ver *Vunderkids 3* fora da ilha, com a tia Dee e Drew e Barney. Num cinema de verdade com som Dolby e pipoca de verdade com manteiga de verdade...

– Não é manteiga de verdade – falou Kacy.

– ... e caixas grandes de bolinhas de chocolate e pastilhas de menta. E copos enormes de Sprite.

– A tia Dee deixa a gente comer tudo o que a gente quer – disse Chloe.

Andrea puxou Kacy para o corredor.

– Onde é que você estava com a cabeça?

– Delilah disse que é uma tradição.

– Como uma coisa pode ser uma tradição depois de ter sido feita apenas duas vezes?

Kacy bufou. Ela era adorável. Seu cabelo castanho brilhava, seu rosto era dourado de sol, a acne de sua testa havia desaparecido. Depois de trinta meses de aparelhos nos dentes, estes eram alinhados e bonitos. Ela os escovava com creme dental com clareador quatro vezes por dia. Vinha ajudando tanto com os gêmeos. Essencialmente, tinha sido a babá dos dois o verão inteiro e sem pedir um centavo por isso. Olhou para sua mãe e falou:

– Se você não quer que eles vão, por favor, ligue você mesma para Delilah. E depois diga isso você mesma aos gêmeos.

– Você deveria ter me pedido.

– Você me deixa responsável pelas crianças para fazer tudo, menos para tomar decisões? Até mesmo você, mãe, consegue entender que isso é injusto. Pensei que estivesse tudo bem. Eles irão depois da colônia de férias e voltarão para casa no último voo. Vou ficar aqui esperando pelos gêmeos porque você e o papai vão sair.

– Não vamos, não – disse Andrea.

– Vamos, sim – falou Ed, emergindo do quarto em seu uniforme. – A festa começa às sete. E se você não tiver nada para vestir, sugiro que saia e compre uma roupa nova. – Ele usava sua voz de delegado de polícia. Não sugeria nada de jeito nenhum. Exigia.

Zangada, Andrea encarou o marido e, em seguida, a filha. Os dois saíram de perto dela: Ed pela porta para ir trabalhar e Kacy rumo à cozinha, atrás dos gêmeos para levá-los à colônia de férias. Andrea foi para o quarto. Começou a tremer. *Não conseguia lidar com aquilo!* Todos os outros estavam prontos para se reerguer e seguir em frente – ir ao cinema, a coquetéis –, mas Andrea não estava pronta! Ela não queria dar um passo sequer sem Tess.

Pegou a primeira coisa que lhe saltou aos olhos: o troféu de natação que ganhara no campeonato da cidade no último ano do ensino médio. Quebrara o recorde dos duzentos metros borboleta. Atirou o troféu contra a parede, deixando um buraco no gesso do tamanho de uma cabeça. Andrea desmoronou na cama. Até então, andava tão bem.

DELILAH

Era apenas um filme, disse ela a si mesma.

Sequer havia sido ideia sua. Drew tinha visto o trailer de *Vunderkids 3* na televisão e chegado ao quarto da mãe cobrando enquanto ela se sentava na cama, olhando fixamente pela janela para a chuva de verão, espantando os demônios de sua mente.

– Mãe! Mãe! *Vunderkids 3*! A gente vai, não vai? Você leva a gente na sexta?

– *Vunderkids*? – indagou Delilah. A notícia daquele evento monumental passara despercebida. Ela estava cheia de buracos. Perguntou a Drew, de mãe para filho mais velho, se ele compreenderia caso não fossem à estreia naquele verão. Tudo bem se fossem dali a algumas semanas, quando ela estivesse mais disposta?

– Mas, mãe – disse ele –, é uma tradição.

E então Barney entrou, vestindo apenas cueca e meias, e contribuiu com seus dois centavos.

– É, mãe, tradição. *Temos* que ir.

Delilah olhou para seus dois filhos suados. Drew havia desenvolvido os bíceps, e Barney, perdido a gordura de bebê das bochechas. Estavam crescendo, mas ainda eram crianças. Eram os *Vunderkids*. Não precisavam ser arrastados para as patologias da fase adulta. Precisavam ser motivados. Era verdade: pegar um avião para o continente e assistir *Vunderkids* num cinema apropriado era uma tradição. Ela decidiu, de última hora, que iriam. Na sexta. Sexta à noite era o evento de Phoebe. Esta nunca perdoaria Delilah se ela deixasse de ir. Portanto, iria voltar com as crianças às nove, deixá-las com uma babá, trocar de roupa e, então, sair apressada para o evento. Avisaria a Phoebe que esses eram seus planos ou pediria a Jeffrey para avisar Phoebe, de modo que não precisasse lidar com as reclamações inevitáveis.

Delilah organizou tudo. Comprou os ingressos on-line para o cinema, alugou um carro, reservou as passagens de avião. Telefonou para Kacy – Chloe e Finn tinham que ir, fazia parte da tradição – e pediu que tomasse conta das crianças quando elas chegassem em casa, de modo que Delilah pudesse partir para o evento de Phoebe. Kacy concordou. Tudo resolvido.

Era só um filme. Mas a roda de Delilah começou a girar. Ela lavou as roupas, chamou as faxineiras, o limpador de tapetes e os paisagistas para apararem a grama. Na quinta, grelhou uma peça de costelas e preparou seu famoso escondidinho, sua salada de repolho com queijo azul e, pela primeira vez em semanas, os quatro comeram como uma família, numa casa limpa com um jardim bem-cuidado, ao som de Crosby, Stills e Nash. Delilah lavou a louça e guardou as sobras em potes de plástico enquanto Jeffrey leu para os meninos. (Ela adquirira o hábito de deixá-los assistir aos jogos de beisebol até adormecerem no sofá. Na quinta, porém, disse: "Já para a leitura, meninos. Vocês estão precisando muito passar um tempo com seu pai.") Quando Jeffrey voltou para baixo, Delilah estava no quarto, com velas acesas. Tinha posto uma camisola. Os dois fizeram amor e, então, ela foi até a cozinha e voltou com um pedaço de torta de amora-preta com cobertura de chantilly. Depois de a torta ter sido devorada, sobrando apenas umas manchas arroxeadas, Delilah se deitou em seus travesseiros e disse:

– Amo você, Jeffrey Drake.

– A noite foi ótima – falou ele.

Ela concordou. Tinha mesmo sido ótima. Mas não era muito real.

– Não se esqueça de que vamos ao cinema amanhã – lembrou ela. – Você vai ter que ir ao evento da Phoebe sozinho, e mais tarde nos encontramos lá, está bem?

– Posso esperar você – disse ele. – Vamos juntos.

– Não! – falou Delilah, arregalando os olhos.

– Por que você está gritando?

– Você tem que ir ao evento de Phoebe às sete. Você tem que ir, não importa o que aconteça. Prometa.

Silêncio. Ela apertou o braço dele.

– Vamos, prometa.

– Está bem, prometo.

Suas rodas estavam girando! Na sexta de manhã, ela foi ao mercado antes que todos acordassem. Enquanto as crianças estavam na colônia de férias, preparou uma salada de frango e uma panela de suas batatas assadas com queijo Asiago. Preparou uma sopa de pepino com coco, uma tigela de milho e salada de cebolinha com pinhão. Em seguida, limpou a geladeira. Havia pizza velha ensacada e pacotes de parmesão com berinjela do mercado da fazenda comidos pela metade. Lá no fundo, ela encontrou um pacote de morangos que estava coberto de mofo verde felpudo – os mesmos morangos que as crianças colheram na fazenda no dia em que Tess e Greg morreram.

Quando a geladeira já estava brilhando, Delilah passou para seu quarto. Arrumou sua cama e de Jeffrey com lençóis limpos e bateu os travesseiros. Em seguida, organizou o tampo da cômoda. Aparentemente, o tampo de sua cômoda não era organizado desde o nascimento de Barney. Delilah gostava de superfícies bagunçadas. Gostava de largar pedaços e vestígios de sua vida frenética por toda parte – o *New Yorker* aberto na história da escritora Alice Munro, uma propaganda dos sapatos de Sergio Rossi arrancada da *Vogue*, uma receita de gaspacho, uma pintura de Drew, um par de brincos pendentes, um DVD de *Caindo na real*, sua tanga rosa sexy, seus anticoncepcionais, uma fotografia dos meninos vestidos de pirata à bordo do *Endeavor*, um comprovante que dava direito a um brinde do hotel Languedoc, sua entrada vip para a Chicken Box. Delilah se orgulhava de exibir esses lembretes de sua personalidade, se alegrava por estar ocupada demais para guardar tudo aquilo no lugar. Depois, tirou o pó e encerou a cômoda. Tudo o que permaneceu sobre a cômoda foram um bordado branco recém-lavado e sua caixa de joias de madeira, fechada.

Sentou-se à beira de sua cama arrumada com perfeição. Aquele quarto não se parecia mais com o seu quarto. Numa mala pequena que pegou no closet, pôs algumas coisas para ela e para cada um dos meninos, por precaução. Pijamas, escovas de dentes e uma muda de roupas. Era só um filme, mas o que se aprende quando se vive em uma ilha é que nunca se sabe.

Suas rodas estavam girando!

Delilah deixou um bilhete para Jeffrey – pelo menos parecia com um bilhete – e foi buscar as crianças na colônia de férias.

Pegaram o voo que saía da ilha às duas e meia. Drew e Barney já haviam viajado em aviões de oito lugares dezenas de vezes, mas era mais divertido com os amigos. As crianças estavam agitadas. Delilah deveria ter dito a elas para se sentarem pelo bem dos outros passageiros, mas fazia tempo que não as via tão felizes. Aquilo a animava e ela não iria interromper nada.

Delilah apanhou o carro alugado, um Plymouth Voyager. Uma minivan. Ela gemeu para si mesma, mas cada uma das crianças reivindicou um assento individual. Estavam felizes.

Estavam em Hyannis e isso era libertador. Cerca de cinquenta quilômetros de água separavam Delilah e as crianças de todos os outros e, embora na prática levassem apenas 15 minutos para percorrer o trajeto, aquilo representava liberdade psicológica. Ela ligou o ar-condicionado e pôs os discos preferidos das crianças: *High School Musical*, as bandas de rock Buckcherry e Smash Mouth, e o bom e velho cantor popular Bob Seger. As crianças reclamaram que não tinham almoçado e, então, Delilah passou em um drive-through do McDonald's e comprou McLanche Feliz para todo mundo e uma enorme Coca diet para ela.

O cinema da tradição de ver *Vunderkids* no verão ficava em Pembroke, no sul de Boston. Era exatamente o mesmo que o irmão de Tess costumava gerenciar antes de se mudar para Attleboro para ficar mais perto dos filhos. Perfeito. Delilah comprou pipoca com manteiga extra, refrigerantes do tamanho de um balde, nachos com queijo derretido e jalapeños secos, um *pretzel* com mostarda, um pacote de doces de morango e outro de uvas-passas cobertas de chocolate. Aquilo, concluiu, seria o jantar.

Faziam barulho ao mastigar e ao beber. As crianças estavam fascinadas pelo filme e seus rostos brilhavam de manteiga. Deram gargalhadas, torceram. *Vunderkids*! Delilah não assistiu ao filme. Assistiu às crianças assistindo ao filme. Suas rodas estavam girando, mas as crianças estavam despreocupadas. Ela consultou o relógio. Eram seis e dez, seis e vinte, seis e quarenta e cinco. O evento beneficente de Phoebe começaria em dez minutos, e Delilah não estaria lá. Estava num universo alternativo, livre de suas circunstâncias habituais. Era bom estar longe. Era *ótimo*. Ela não pensou em Tess, Greg, Andrea, no delegado, Jeffrey, April Peck, Begonia, Thom e Faith nem na própria falta de discernimento e julgamento, em seu trágico erro provocado por amor e atração proibidos e profanos, pois vivia aquele momento. Estava no cinema com seus filhos. Queria ficar no cinema escuro com seus filhos torcendo para sempre.

Quando os créditos do filme foram exibidos, Delilah foi tomada de medo. Consultou o relógio. Havia tempo suficiente para voltar para Hyannis e pegar o último voo. Ela fez as crianças usarem o banheiro e lavarem o rosto e as mãos com sabonete. Em seguida, se amontoaram no carro, cantarolando o tema de *Vunderkids*.

– E então? – perguntou Delilah, em sua melhor voz animada de recreadora de acampamento. – O que vocês acharam?

Sim, eles adoraram. Ela era a melhor mãe/tia do mundo inteiro!

– Não acredito que já acabou – lamentou Chloe.

Delilah concordou. O tempo passara rápido demais. Ela acabava de respirar como uma pessoa normal. A ideia de voltar para

Nantucket e de ter que ir ao coquetel pesou sobre Delilah. Ela decidiu que deixaria de ir à festa e enfrentaria a ira de Phoebe.

Estava quase escuro lá fora. Quando Delilah estava na estrada havia dez minutos, as vozes que vinham de trás se calaram. Ela ainda não queria ir para casa. Quebrou a cabeça. Como poderiam prolongar a viagem? O que poderiam fazer? Ela avistou um anúncio de uma sorveteria na saída seguinte. Será que, em sã consciência, poderia comprar sorvete para as crianças depois de lhes dar tanta gordura e açúcar no cinema?

– Ei – disse ela. – Alguém quer parar para tomar sundaes com calda quente?

Não houve resposta. Delilah olhou pelo retrovisor e, em seguida, se virou para checar mais uma vez. As quatro crianças dormiam.

– Ei – chamou ela.

Delilah não pensou. E não pensar era bom. Ela virou o carro na estrada e seguiu em direção ao oeste.

PHOEBE

Ela voltou para a savana às cinco horas. Passara o dia todo lá com sua prancheta e sua lista de itens a serem checados e sua habilidade para dar nós na fita prateada escorregadia presa aos balões perolados e iridescentes. Tudo estava em ordem? Tudo estava em ordem. Um piso havia sido instalado sobre a grama áspera e uma tenda erigida sobre o piso. Ao anoitecer, quando a tenda fosse iluminada, de fato pareceria uma festa ao longe, nas selvagens planícies africanas. A savana tinha uma beleza assustadora, cerca de trinta e sete hectares de gramado com algumas árvores retorcidas e majestosas. O farol Sankaty Head e uma estreita faixa do oceano eram avistados mais além.

Os garçons estavam a postos. O barman polia os copos. Phoebe estava com o cabelo preso num penteado. Usava um vestido Anjali Kumar de seda prateado e um moderno colar de corda prateada com contas prateadas e claras. Usava sapatos prateados baixos em respeito à própria savana. Phoebe estava nervosa. Havia de fato segurado nas palmas das mãos o frasco de valium prescrito pelo médico e o sacudido, perguntando-se o que fazer. Tomar um? No último verão, não daria nem para pensar em comparecer a um evento social sem tomar dois valiums ou, de preferência, três. No entanto, no último verão e nos seis verões anteriores, ninguém esperava nada dela. Naquela noite, Phoebe tinha um comunicado a fazer.

Quinze minutos antes da hora de os convidados começarem a chegar, Jennifer deu a Phoebe uma taça de champanhe. Só um gole, pensou Phoebe. Um gole lhe cairia bem.

Jennifer sorriu para Phoebe. Estava prestes a dizer algo lisonjeador. Jennifer, por qualquer que fosse o motivo, achava Phoebe fabulosa – apesar do período de oito anos no submundo –, e a fé que tinha nela lhe fazia sentir fé em si mesma. Aquela noite seria um divisor de águas para Phoebe.

– Em primeiro lugar – falou Jennifer –, obrigada pela ajuda. A festa está linda.

– Não foi nada – disse Phoebe. Ela havia sido sincera. Organizar a festa fora como fazer uma cesta de dois pontos no basquete Phoebe, porém, passara a apreciar o próprio dom de organizar esse tipo de coisa. Tinha um gosto impecável e nenhum detalhe lhe escapava.

– O que você está fazendo por seus amigos é tão impressionante e generoso – falou Jennifer.

– Bem... – disse Phoebe. – Só lamento por você não tê-los conhecido. Eles é que eram impressionantes e generosos. – Lágrimas se formaram, e ela enxugou os cantos dos olhos com um guardanapo. – Está bem. Isso *não pode* acontecer quando eu estiver fazendo meu comunicado.

– Amém – disse Jennifer. E as duas brindaram.

A banda começou a tocar. Phoebe pedira Sinatra, Dean Martin, Bobby Darin, todos das antigas. Queria de fato um clima de velhos tempos naquela festa. Queria que a festa evocasse uma era passada, as festas do clube que seus avós costumavam frequentar. O coquetel da noite se chamava Savana Sidecar. Os garçons ofereciam enroladinhos de bacon, torradas com pimentão e queijo, casquinhas de siri, o clássico coquetel de camarão, minicostelas de cordeiro com geleia de hortelã e *gougères*. Os convidados percorriam uma passagem repleta de luminárias. Phoebe e Jennifer permaneceram na entrada da tenda e cumprimentaram todos. Phoebe conversou com pessoas que não via há anos. Estudara a lista de convidados. O truque era associar o nome certo à pessoa certa. Ela ouvia a si mesma e estava impressionada. Era charmosa. Era engraçada! Queria que a festa não acabasse nunca. Decidiu que arranjaria outra coisa para organizar. Seguiria os passos de sua avó e se tornaria uma anfitriã e se dedicaria à filantropia. Era a sua vocação.

De repente, Addison chegou até Phoebe. Ela o avaliou: ele usava calças cáqui, uma camisa branca, um blazer azul-marinho e gravata-borboleta de madras (Phoebe insistira na gravata-borboleta). Usava sapatos de couro sem meias. Seu cabelo, o que restava dele, estava penteado. Ele cheirava à loção pós-barba e a Jack Daniel's. Era estranho vê-lo daquele jeito – abordando-a como qualquer outro convidado. Aquilo fez com que ele parecesse um estranho. Phoebe se lembrou da primavera em que viu Addison e do quanto o adorara. Ele já estava ficando careca, é verdade, era divorciado de uma socialite famosa e tinha uma filhinha. Não era bem o que Phoebe imaginara para si (imaginara alguém como Reed). No entanto, Addison era rico, era carismático, era experiente, tinha vivido em outros países e feito coisas interessantes. Compreendia a maneira como o mundo funcionava e queria mostrar isso a Phoebe. Ela se conhecia bem o bastante para saber que precisava de alguém mais velho. Aquilo acabara beneficiando-a. Addison havia sido forte o bastante para os dois. Ele foi capaz de suportar. Ter acabado se apaixonando por Tess só mostrava que, no final das contas, ele era humano. Também mostrava a Phoebe o quanto ela andava enterrada. E, apesar de Tess, Addison não a deixara. Ela iria agradecer a ele por isso algum dia.

Phoebe desejava ser capaz de cumprimentar Addison com o mesmo entusiasmo e *joie de vivre* com que cumprimentava todos os outros ou com o tipo de amor secreto e discreto que sua avó sempre reservara ao seu avô (ela florescia na presença dele e murchava na sua ausência, mesmo depois de sessenta anos de casamento). No entanto, o que Phoebe sentiu ao ver Addison foi preocupação, desgaste, um pouco de desprezo, um pouco de orgulho, um pouco de esperança.

"Quantas doses em casa?", se perguntou.

Ele se abaixou para beijar Jennifer primeiro, por cortesia, e, então, Phoebe.

– Está ótima – disse ele. Ela imaginou que se referisse à tenda.

O desprezo emergiu, como uma garrafa que Phoebe vinha tentando segurar debaixo d'água.

– Quantas doses você já tomou? – sussurrou ela.

Ele deu um sorriso carinhoso para ela, mas era fingimento. Fez o número com o dedo indicador e entrou na tenda.

"Uma dose", pensou ela. O que queria dizer duas. Ou, mais provavelmente, três.

O delegado e Andrea chegaram pouco tempo depois. Para o deleite de Phoebe e sua considerável surpresa, os dois estavam sensacionais. Em geral, quando saíam na cidade, usavam cores neutras. O delegado costumava vestir um terno cinza que comprara numa loja de departamentos em 1989. Phoebe o provocava, impiedosa, por causa daquele terno, mas não importava – ela amava Eddie, de terno feio e tudo mais. Andrea costumava usar um bege entediante ou preto. Naquela noite, no entanto, estava com um vestido frente única de seda vermelho e uma sandália vermelha, e Ed estava com calças azul-marinho, uma camisa branca e um paletó riscado de azul e branco. Os Kapenash podiam ter saqueado o armário de Phoebe e Addison, pois estavam estonteantes. Phoebe fez uma dancinha, agitando os braços no ar. O champanhe lhe subia à cabeça.

– Você está linda! – disse Phoebe a Andrea.

Andrea sorriu, mas Phoebe percebeu uma impaciência. Ela teria que abstrair ou os assustaria como dois pássaros bonitos e exóticos.

– Você também está lindo, Eddie. Obrigada por ter vindo.

– Eu não teria perdido esta festa – disse o delegado.

– Onde você arranjou esse vestido? – Phoebe perguntou a Andrea.

– Hepburn.

– Você está de tirar o fôlego.

– Bem – falou Andrea, revirando os olhos.

– Sinto-me honrada por vocês estarem aqui – disse Phoebe.

Andrea assentiu com a cabeça, indiferente, como se dissesse "E deve se sentir mesmo". O delegado, porém, apertou o braço de Phoebe e se abaixou para lhe dar um beijo no rosto.

– A tenda está ótima. Estou pronto para tomar um coquetel. Cadê Addison?

– Lá dentro, em algum lugar – respondeu Phoebe, apontando para a tenda. – Tenho uma grande surpresa para mais tarde, está bem? Tentem ficar à frente quando eu pegar o microfone.

– Uma surpresa? – perguntou o delegado.

– Das grandes – respondeu Phoebe.

Andrea sorriu de novo, mas Phoebe podia ver um balão sobre sua cabeça, que dizia "Grande coisa".

Às oito, Phoebe e Jennifer deixaram seus postos na entrada e circularam pelo lado de dentro para aproveitarem a festa. A banda tocava "In the Mood" e os primeiros convidados começavam a dançar. Ofereceram enroladinho de bacon a Phoebe. O que tinha naquilo, exatamente? Uma tâmara recheada com queijo branco cremoso, enrolada em bacon, coberta de açúcar mascavo e molho worcestershire.

– É mesmo? – indagou Phoebe. Ela escolhera aquilo no cardápio do bufê porque parecia ser algo antiquado. Provou e era delicioso.

Phoebe devia fazer seu comunicado às oito e meia, mas não queria falar até que todos tivessem chegado, e Jeffrey e Delilah ainda estavam à solta – o que mostrava o quanto as coisas estavam atrasadas naquele verão. Delilah costumava ser a primeira a chegar a qualquer lugar e a última a sair. Adorava "encontros", fosse um evento elegante como aquele ou a cantata de férias das crianças ou um piquenique com sanduíches. Delilah florescia quando se socializava. Adorava uma boa conversa, procurava fofocas, saboreava a comida e a bebida, amava a música. Sempre dançava, arrastando Jeffrey para a pista de dança contra a vontade dele. Não gostava de perder nem um segundo sequer da agitação e, se perdesse, tinha que ouvir tudo o que perdera nos mínimos detalhes para que sentisse que estivera ali.

Mas não naquele verão. Naquele verão, Delilah ficou em casa. Não existia mais nada sobre o que valesse a pena fofocar. Ela comeu tortinhas recheadas e pizza e tomou refrigerante diet como se vivesse num estacionamento de trailers. Delilah fazia Phoebe se lembrar de uma boneca que tivera na infância. Na nuca dessa boneca – Annabel era seu nome – havia um botão de liga e desliga. Quando a boneca estava ligada, dava risadinhas e gritinhos, tomava mamadeira e soltava um arroto saudável. Quando a boneca estava desligada, permanecia ali, inexpressiva e calada.

Delilah andava desligada.

Às oito e meia, Jeffrey e Delilah ainda não haviam chegado. Apesar de ter se prometido que não faria isso, Phoebe telefonou para a casa deles. Secretária eletrônica. Será que estavam a caminho? Ela esperaria por mais cinco minutos. Dez minutos passaram e Jennifer tocou nas costas de Phoebe.

– Você tem que falar. As pessoas já estão de saída.

– De saída? Já?

– Os que dormem com as galinhas. Você tem que fazer isso agora, enquanto ainda tem sua plateia.

Phoebe, porém, não tinha sua plateia. Precisava de Jeffrey e Delilah. Deu uma olhada na entrada da tenda. Eles não deixariam de ir, deixariam? Haviam comprado os ingressos. Phoebe conversara com Delilah no dia anterior pela manhã. Perguntara:

– Vejo você amanhã à noite?

E Delilah respondera, afirmativa:

– Amanhã à noite.

Será que dariam o bolo? Seria uma infração da qual a amizade nunca se recuperaria. No entanto, a própria Phoebe cometera tantas infrações.

Foi então que viu Jeffrey entrar na tenda. Seu rosto estava muito bronzeado. Era um bronzeado de fazendeiro. Ele vestia roupas da Nantucket Reds: uma camisa branca com listras azul-marinho e um blazer trespassado azul-marinho. Jeffrey sempre estava bem. É a Universidade de Cornell, pensou Phoebe. Jeffrey sempre estava como se fosse a uma festa no jardim da Liga de Hera.

Ela se apressou até ele.

– Estou tão feliz por você ter vindo – falou. – Cadê Delilah?

Jeffrey franziu a testa. Ela era proeminente e se enrugava numa expressão que Phoebe não conseguia interpretar. Exasperação? Medo?

– Ela não veio? – perguntou Phoebe.

– Ela já vem – respondeu ele. – Vai chegar atrasada.

– Um minuto de sua atenção, por favor? – Jennifer tinha pegado o microfone do líder da banda e estava de pé no meio da pista de dança, esperando que a multidão se acalmasse. Alguém bateu com a colher numa taça. Os convidados sibilavam, pedindo silêncio, um após o outro. Shhhhhhh. Phoebe se virou, em pânico. Espere! Delilah não estava ali! Ainda não estava ali, chegaria atrasada, mas não antes de Phoebe ter que falar. Phoebe observou a multidão, procurando Addison, Andrea e o delegado – onde estavam? Não conseguia encontrá-los. Quando imaginara aquele momento, idealizara que os cinco estariam um ao lado do outro, à frente. Imaginou fazer seu comunicado e ver seus rostos se iluminarem com fogos de artifício, de felicidade, de surpresa, de alegria. Talvez chorassem lágrimas pungentes e tocantes. Agora isso não iria acontecer. Ainda assim, tudo bem? Phoebe planejara aquela festa com tanto cuidado, cada detalhe, desde a seleção de *hors d'oeuvres*, a escolha das músicas, a cor dos balões. E mesmo assim não havia sido capaz de fazer as coisas do jeito que queria.

– Em primeiro lugar, eu gostaria de agradecer a todos por terem vindo. Esta é uma noite muito especial...

Phoebe olhou para Jeffrey. Ele ergueu um coquetel de uma bandeja que passava por ali e tomou um grande gole.

– Há tantas pessoas que gostaríamos de agradecer. Pela deliciosa comida e bebida, Mark e Eithne Yelle da Nantucket Catering Company...

Phoebe olhou ao redor. Viu uma mancha vermelha no canto da tenda. Andrea? O delegado estava com ela? Eles iriam para a frente quando chegasse a vez de Phoebe falar? E onde estava Addison? Agora, ela se arrependia de não ter lhe contado o que fizera, mas queria que ele tivesse uma surpresa, como todos os outros.

– Eu gostaria de agradecer a Sperry Tents e à orquestra Perri Rossi.

Aplausos.

– Mas a verdadeira força por trás das festividades de hoje à noite é nossa dedicada organizadora. Essa mulher doou horas de seu precioso tempo, além de seu considerável talento, seus olhos aguçados para os detalhes e suas inigualáveis habilidades organizacionais...

Eles tinham uma regra no grupo: nada de presentes. Tinham aquela regra desde o começo.

– Senhoras e senhores, a sra. Phoebe Wheeler!

Aplausos.

Enquanto Phoebe se dirigia à frente, as pessoas à sua volta abriam caminho. Ela se sairia bem. Havia tomado apenas uma taça de champanhe e não tinha sucumbido ao chamado do valium. Permaneceria concentrada. Delilah não estava lá, mas Phoebe não podia se preocupar com isso naquele momento. Seu coração batia forte e ela tremia. Respire fundo! Phoebe pegou o microfone. Havia muito tempo que não falava em público, mas era capaz de fazer isso. Ganhara um prêmio de cinquenta dólares num concurso de beleza por equilíbrio e aparência. Equilíbrio! Subira ao palco no ensino médio e anunciara Reed e Shelby Duncan como rei e rainha do baile.

– Obrigada – falou. Olhou para a multidão. Rostos, colarinhos, colares, decotes, mãos segurando bebidas, pernas, sapatos, spray de cabelo, perfume, fumaça de cigarro, Jack Daniel's. Eram apenas pessoas. Todos tinham corações e pulmões e canais lacrimais, exatamente como ela. Avistou Andrea e o delegado no canto dos fundos com Addison. Jeffrey se aproximou deles. Nada de Delilah, mas Phoebe não poderia deixar sua mente vagar. – Como vocês sabem, uma das metas de conservação da ilha é criar trilhas que atravessem nossas propriedades onde a caminhada ecológica seja apropriada, onde famílias possam aprender mais sobre a topografia, a flora e a fauna da ilha sem perturbá-la. Já faz tempo que queremos criar essa trilha aqui na savana. – Ela fez uma pausa. Não olhou para Andrea nem para Addison. Olhou para a frente, para Jennifer sorrindo; para o marido de Jennifer, Swede; para Hank, proprietário do veleiro e sua glamorosa namorada francesa, Legris. – Em junho, perdi dois amigos queridos num acidente de barco. Eles eram professores na escola daqui da ilha e deixaram um casal de gêmeos de 7 anos de idade. – A multidão se calou. A tenda ficou em silêncio. Trezentas pessoas perderam o fôlego. – E decidi que gostaria de homenagear meus amigos, custeando a trilha para caminhada ecológica na savana e batizando-a com os nomes deles. Portanto, em setembro, os trabalhos começarão em um percurso de cinco quilômetros que ficará conhecido como Trilha Ecológica Tess e Greg MacAvoy. – Phoebe sorriu. Teria falado direito? Achava que sim. Os aplausos foram estrondosos. Alguém assobiou. Phoebe elaborara uma frase de encerramento: "Espero que vocês e suas famílias apreciem essa caminhada ao longo dos anos que estão por vir." No entanto, não haveria uma oportunidade de acrescentar essa parte. A orquestra começou a tocar "Walk on By", de Dionne Warnick (como Phoebe pedira), e ela largou o microfone.

Voltou para a multidão, e Jennifer a abraçou e lhe deu uma nova taça de champanhe.

– Estamos todos tão entusiasmados com isso! – falou.

Phoebe teve a sensação de que iria desmaiar e disse:

– Tenho que encontrar... – e saiu andando.

Serpeou pela multidão, mas aqueles eram seus quinze minutos de fama, Phoebe era a garota da festa, as pessoas queriam conversar com ela.

Uma mulher com o cabelo tingido de caramelo agarrou seu braço e disse:

– Meu Deus, Phoebe, você é mesmo um anjo! Fazer uma coisa dessas em memória de seus amigos. E dos filhos deles. As crianças ainda estão aqui? Na ilha?

– Estão. Elas moram com a tia e o tio agora.

– Que Deus os abençoe! – disse a mulher. – E que Deus abençoe você!

– Obrigada – agradeceu Phoebe.

Ela não queria cumprimento algum nem ser considerada generosa. Nomear a trilha lhe custara duzentos e vinte e cinco mil dólares. No entanto, ela e Addison possuíam um dinheiro no banco, apenas rendendo juros, e não tinham nada significativo no que gastá-lo. Phoebe queria dar a Greg e Tess um pedaço de Nantucket. Queria que os gêmeos fossem capazes de caminhar pela trilha da savana e ver a beleza da ilha e sentir como se Tess e Greg ainda estivessem vivos. Ou se nada tão místico acontecesse, tudo bem, pelo menos os gêmeos sentiriam que seus pais eram lembrados e homenageados. Phoebe tivera a ideia enquanto dormia. Andava pensando em Reed e na bolsa escolar do ensino médio da escola de Whitefish Bay e no quanto seu pai, Phill, se sentia feliz ao entregar um cheque de seis mil dólares a um formando toda primavera.

Phoebe apertou as mãos de cinco estranhos ávidos, de pé num semicírculo. Deparou-se com o dr. Richard Flanders, o superintendente da escola, que a envolveu nas dobras de sua consideravelmente grande pessoa. Ela pôde sentir o cheiro de seu pós-barba. Seu braço direito foi afastado do resto do corpo, e ela temia que esse braço derramasse champanhe ou até mesmo deixasse a taça cair.

– É maravilhoso o que você fez – disse Flanders.

– Obrigada – agradeceu Phoebe.

Aquilo não parecia certo. Ela devia ter doado o dinheiro para a trilha anonimamente, mas isso não havia sido possível devido à ligação com Tess e Greg. Então, agora, ela sofria as consequências de sua boa ação. Aquilo a deixava desconfortável de um jeito que não previra.

Phoebe avistou sua gente, seus queridos amigos e seu marido, lado a lado, de costas para todos, numa postura agressiva, inclusive para o garçom, que tentava oferecer ao delegado um ovo de codorna recheado. Conversavam entre si de um jeito sério e deliberado que ela já tinha visto antes. Tinham falado daquele jeito quando Tess e Greg morreram. Tinham falado daquele jeito quando Tess perdeu o bebê. Deviam ter falado daquele jeito em 11 de setembro, quando se deram conta de que Reed morrera. Haviam se fechado e conversavam em voz baixa.

De repente, Phoebe entendeu por que tinham a regra de não dar presentes. Emocionalmente, era complicado demais dar e receber coisas quando havia tantas ligações fortes e sobrepostas entre os oito amigos. Eles eram unidos demais, e presentes requeriam justiça e reciprocidade. "Aqui está. Isso é para você. Está bem, obrigado. Adorei." Uma ideia simples, mas não para eles. Presentes, inevitavelmente, provocariam uma confusão. Phoebe tinha provocado uma confusão. Eles acharam seu presente ofensivo. Ofenderam-se por ela ter pensado naquele tributo e executado tudo sem a participação do grupo. Andrea – é claro! – nunca permitiria que os nomes de Tess e Greg fossem vinculados a nada que não aprovasse. Addison devia estar furioso porque Phoebe gastara quase um quarto de um milhão de dólares sem consultá-lo. (No entanto, ela estava preparada para isso. Parte do dinheiro ela mesma havia herdado e, então, feito sábios investimentos com Reed.) Ainda assim, Tess havia sido a amante de Addison, e ele era o testamenteiro. Tess e Greg lhe pertenciam. E pertenciam a Andrea. Mas, de certo modo, havia sido por isso que Phoebe fizera tudo em segredo. Tess e Greg eram seus amigos também, e ela queria homenageá-los do *seu* jeito, sem a intromissão de pessoas cujas ligações com os dois eram consideradas mais importantes.

Phoebe entrou na roda, pronta para ser castigada. Como era de esperar, Andrea estava chorando.

– Sinto muito – disse Phoebe.

Andrea esfregou o nariz.

– Foi lindo – falou. – Um lindo gesto.

Jeffrey comentou:

– Delilah não vai se perdoar por ter perdido isso.

Addison puxou Phoebe para mais perto, beijou sua testa e disse:

– Você é um gênio.

ANDREA

Às nove horas, ela sentiu que havia cumprido seu dever. Tinha tomado duas taças de Chardonnay, tinha comido seis *hors d'oeuvres*, tinha ouvido o discurso de Phoebe, que homenageou Tess e Greg de um jeito que a própria Andrea poderia ter pensado em fazer se não andasse tão pateticamente voltada para si mesma, se tivesse derramado algumas lágrimas sem desmoronar. Tinha até dançado com Eddie ao som de sua música preferida de Sinatra. Na cabeça de Andrea, ela merecia uma estrela de bronze por tamanha coragem.

Agora, porém, estava pronta para ir embora.

– Já? – perguntou Ed. – Ainda são cinco para as nove. A banda vai tocar até meia-noite.

A ideia de ter que se segurar por mais três horas quase a fez cair de joelhos.

– Quero ir para casa – disse ela.

– Só mais uma hora – falou Ed.

– Agora – insistiu Andrea. – Coitada da Kacy...

– Delilah ainda nem chegou. Então nada de coitada da Kacy. E quando os gêmeos realmente chegarem em casa, ela vai pôr os dois na cama e ganhar quinze dólares por hora para assistir TV.

– Ed – disse Andrea –, não posso ficar.

Addison se aproximou deles com uma bebida na mão. Seus olhos estavam inexpressivos.

– Você está bêbado? – perguntou Andrea.

– Exausto – respondeu ele. – Não tenho dormido.

– Está preocupado com alguma coisa? – indagou o delegado.

– Se eu acreditasse que pudesse escapar daqui sem Phoebe me decapitar, escaparia – respondeu ele.

– Meu salvador – disse Andrea. – Você me leva para casa?

Os olhos do delegado se iluminaram:

– Você se importa?

– De jeito nenhum – respondeu Addison.

– Está bem para dirigir? – quis saber o delegado.

– Estou.

– Eu posso dirigir – falou Andrea.

– Você vai voltar? – perguntou o delegado a Addison.

– Não se eu puder evitar – respondeu ele. – Phoebe está de carro. Ela veio mais cedo e tem que ficar até tarde.

– Vou ficar com ela – disse o delegado. – E com Jeffrey. E Delilah está chegando.

– É melhor ela chegar mesmo – falou Andrea. – Não tem passe livre para perder isso se eu também não tenho.

– Vamos lhe dar cobertura – disse o delegado. Ele se despediu de Andrea com um beijo.

Andrea tirou os sapatos e andou descalça com Addison até o carro. Ele assobiava, tão feliz quanto ela por ter se libertado. Os dois entraram no Mercedes, que tinha assentos profundos e macios e o cheiro inebriante de couro caro. Havia um copo de uísque vazio no console.

– Você bebeu no caminho para cá? – perguntou ela.

– Não conte para o delegado – disse ele.

– Bem, por favor, não nos mate na volta para casa – falou ela.

– Importaria mesmo se eu matasse? – perguntou ele.

Ela olhou pela janela, para os pântanos que passavam depressa. Era uma noite bonita, a lua estava no céu, a festa havia sido boa, o presente de Phoebe tinha sido inspirador – e, no entanto, Andrea tinha dificuldades para sentir alguma coisa. Importaria se ela morresse naquela noite?

Ela disse:

– Tess tinha um amante. – Sua respiração embaçou a janela do carro.

Addison perguntou:

– Você quer ir para a minha casa e tomar uma taça de vinho?

– Está bem – respondeu ela.

JEFFREY

Phoebe era a estrela da noite e isso era bom de assistir. Ela brilhava como nos velhos tempos. Seu olhar e o de Jeffrey se encontraram. Ela se afastou de um grupo que ele não conhecia e caminhou, quieta, na sua direção. O vestido de Phoebe era prateado e parte do brilho se refletia em seus olhos.

– Onde está a sua mulher? – perguntou ela.

Jeffrey consultou o relógio.

– O avião dela chega às nove e quinze.

– Avião? – indagou Phoebe.

– Ela levou as crianças ao cinema – respondeu Jeffrey.

– Cinema? – perguntou Phoebe. – Por que hoje?

Jeffrey deu de ombros. Era difícil explicar aquilo a alguém que não tinha filhos.

– Hoje era o dia. De todo jeito, vou buscá-la no aeroporto. E volto com ela em meia hora.

– É melhor voltar mesmo – disse Phoebe. – A banda vai tocar até meia-noite.

Jeffrey chegou ao aeroporto às nove e dez. Era uma noite de sexta-feira, no mês de agosto, e o lugar estava zunindo – aviões lotados de executivos vindos de Nova York, Boston e Washington adentravam o terminal e eram recebidos por mulheres bonitas, crianças gritando, golden retrievers frenéticos presos na coleira. Jeffrey tinha tomado dois coquetéis na festa, que o haviam afetado de um jeito estranho. Sua ansiedade era imensurável. Ele queria ver sua mulher sair do avião com as quatro crianças. Em alguns momentos naquele dia, ele tinha questionado o próprio bom senso por ter deixado Delilah ir. Estaria ela mentalmente estável o bastante para viajar com quatro crianças? Ela lhe parecera melhor na noite anterior. Havia cozinhado, os dois haviam feito amor e comido torta. Tudo correra bem. Tudo iria ficar bem. Jeffrey não tinha motivos para se preocupar, mas queria ter ficado na cerveja.

Ele esperou e esperou. O fluxo de executivos diminuiu, depois diminuiu mais ainda e, em seguida, acabou. Jeffrey consultou o relógio. Quinze para as dez. Ele perguntou nas duas companhias aéreas: ainda chega mais algum avião hoje?

– Não, senhor. Esse foi o último.

Jeffrey telefonou para o celular de Delilah. A ligação caiu direto na caixa de mensagens de voz.

Telefonou para casa. Ninguém atendeu. Então, ligou para a casa dos Kapenash. Kacy atendeu.

– Kacy? – disse Jeffrey. – Delilah está aí? As crianças estão aí?

– Não – respondeu ela. – Ainda não chegaram.

– Delilah ligou para você?

– Não. Ela disse que viria no voo das nove.

– Estou no aeroporto – falou ele. – Já estou esperando há quarenta minutos. Eles não vieram em nenhum dos voos.

– E você ligou para Delilah?

– Caí na caixa de mensagens de voz – disse Jeffrey. – Ele não havia falado com ela desde a manhã daquele dia. – Está bem. Vou tentar encontrá-la.

Jeffrey telefonou para o celular de Delilah de novo e, de novo, caiu na caixa de mensagens de voz.

– Que merda, Delilah, ligue para mim! – disse ele.

Jeffrey não podia voltar para a festa sem ela – Phoebe ficaria brava e o adorável equilíbrio que alcançara iria, possivelmente, desmoronar em um declive com desvio para o lado de decepção e preocupação desnecessárias. Portanto, foi para casa. Odiava drama. Esse era o fazendeiro que havia dentro dele. Gostava de coisas estáveis e confiáveis: as estações, o clima que se dividia em padrões previsíveis, os ciclos da terra. Plante uma semente, veja-a crescer e dar frutos, colha o fruto, permita que a planta seque e morra, e adube o solo para receber a próxima semente a ser plantada.

É claro que haveria uma explicação razoável: tinham perdido a sessão do filme que pretendiam assistir e precisaram esperar pela seguinte; Delilah ficara presa no trânsito no caminho de volta para casa; se distraíram em algum restaurante com brinquedos ou um parque de diversões à beira da estrada e perderam o último voo. E Delilah, como sempre, não se lembrara de carregar o celular, que acabara ficando sem bateria. Está bem.

No entanto, ele não estava bem. O que sentia era um preocupante desassossego. Desde a morte de Tess e Greg, a vida em sua casa era uma tempestade iminente. Jeffrey sabia disso, mas andava ocupado na fazenda. Era agosto. Ele sempre sustentou que não havia diferença alguma entre julho e agosto, a não ser a de que julho era o mês do milho, e agosto, o do tomate. No entanto, todos os dias o mercado da fazenda lhe mostrava que se enganava. O lugar estava lotado. A fila para comprar delicatessen era de doze pessoas. Joanna, a confeiteira, fazia cinco dúzias de tortas triplas de frutas vermelhas por dia. E o cesto de milho estava cheio, com trezentas espigas recém-colhidas num minuto, e vazio uma hora depois. Jeffrey não conseguia se concentrar em nada que não fosse a sobrevivência. Só pensava em colher milho, ervas, flores, beterraba e pepino e abobrinha e cenoura, alface e couve e nabo. Em cuidar das abóboras, das dálias e dos crisântemos. Aguar, colher, semear. Em rezar para que Delilah aguentasse firme até janeiro, quando ele tirava quatro semanas de folga e poderia dar a devida atenção à sua crise emocional. Todavia, não era idiota. Sentia que as coisas estavam prestes a se partir. Observava pelo canto do olho. Delilah era um pêndulo. Maníaca e hiperativa num minuto, chorosa e desesperada no outro. Por que cargas d'água ele havia permitido que ela saísse com as crianças da ilha?

Em casa, tudo estava quieto. Ele abriu a geladeira e a encontrou limpa e abastecida com comida. Delilah planejava uma festa? Pretendia receber os amigos depois do evento? Havia um engradado de garrafas de Heineken enfileiradas como soldados verdes de vidro no fundo da gaveta, e Jeffrey pegou uma.

Havia um bilhete sobre a bancada da cozinha, que ele não tinha visto quando se apressava, por volta de seis e meia, para se vestir. Um bilhete? Era uma folha de anotações branca e comum. As letras em tinta preta diziam: "Isso não quer dizer que não amo você. Eu amo. Isso é eterno. Sim e para sempre." Jeffrey releu o bilhete. Era o trecho de "Suíte: Judy Blue Eyes". Greg costumava cantar essa música toda hora e Delilah cantava junto. A primeira parte da música era, na avaliação de Delilah, a mais perfeita já composta.

Será que aquele bilhete era para Jeffrey? A letra era de Delilah. Seria antigo ou ela pretendia que ele o encontrasse naquela noite? Jeffrey tentou o celular dela de novo.

"Você tem que ir, não importa o que aconteça. Prometa."

O fundo de sua garganta doeu. Ele subiu para o quarto dos filhos. Em ambos os quartos, as camas pareciam ter sido arrumadas por camareiras de hotéis luxuosos. As cômodas estavam organizadas, e as gavetas, fechadas. Ele abriu uma delas. Faltava alguma roupa? Elas de fato pareciam mais vazias, como costumavam ficar quando Delilah deixava a roupa suja acumular.

Jeffrey respirou fundo.

Ele não gostava de drama nem de tirar conclusões precipitadas. No entanto, não gostava do jeito como as coisas estavam arrumadas: uma geladeira cheia de comida, a casa limpa, camas bonitas, cômodas organizadas, o bilhete. Tinha pensado que as coisas estavam *melhorando*. Tinha se parabenizado por ter esperado a instabilidade de Delilah e a tempestade passarem. Tinha pensado que Delilah estava se acertando. Mas não.

ADDISON

A casa era de uma limpeza impecável, mas ele ajeitou as coisas mesmo assim. Tirou a poeira de uma taça de vinho. Andrea tomava Chardonnay. Addison tinha uma adega climatizada repleta de vinhos brancos e, ali, na última prateleira, havia duas garrafas de seu Meursault preferido, o vinho que ele e Tess tomaram no almoço no Nous Deux, o vinho que Addison jurou nunca mais tomar de novo. Ele abriu a garrafa.

"Tess tinha um amante."

Addison procurou tira-gostos na despensa. Uma mistura de castanhas, uma caixa de biscoitos salgados. Será que havia queijo? Ele olhou na geladeira. Nada.

Provou o Meursault, serviu uma taça a Andrea e, em seguida, decidiu se servir de uma taça também, muito embora tivesse prometido nunca mais tomá-lo de novo. Entregou a taça a Andrea e despejou as castanhas numa tigela. Ela não disse nada. Ele devia pôr uma música.

– Aonde vamos nos sentar? – perguntou ele.

– Ah, meu Deus, Add, não estou nem aí – disse ela.

De alguma maneira, aquela era exatamente a resposta certa. Alcançava o tom certo: os dois seriam francos um com o outro. Addison iria sugerir que se sentassem lá fora, perto da piscina, mas aquilo parecia agradável demais. Havia dois tamboretes na bancada. Addison se sentou, em seguida Andrea se sentou e ele pôs a tigela no meio de um e de outro.

– Então – disse ele.

– Vamos não conversar – falou Andrea. – Vamos apenas beber por um tempo.

Addison assentiu com a cabeça. Muito bem, pensou. As seis doses de Jack Daniel's faziam efeito. Agora ele estava oficialmente bêbado. Andrea devia precisar de mais umas dez taças até se sentir pronta para ouvir o que ele tinha a lhe contar. Addison, porém, não podia esperar e disse:

– Eu tinha um caso com Tess. Estava apaixonado por ela.

Andrea tomou o vinho. Não falou nada.

Tomou a taça toda em três minutos. Addison marcava o tempo. Ele encheu a taça dela. Tinha a mão trêmula. Queria que ela dissesse alguma coisa, mas tinha medo do que ela diria.

"Desculpe-me", falou ele a Tess.

Sentiu-se quarenta e cinco quilos mais leve. Sentiu que podia subir dois degraus de cada vez das escadas dos fundos e pular na piscina.

Andrea encarava o nada. Seu rosto se dividia entre o desprezo e o que ele imaginava ser um alívio. Ela era durona. Sempre fora. Addison tentou lembrar se um dia os dois já tinham ficado sozinhos daquele jeito. Em Vegas, haviam procurado os caça-níqueis juntos. Andrea alimentava a máquina ao seu lado quando ele ganhou os mil e setecentos dólares. Ela havia sido a primeira pessoa a abraçá-lo e a pular de alegria enquanto a máquina cuspia sua boa fortuna. No 11 de Setembro, foi ao hospital onde o médico examinava Phoebe depois do aborto. Abraçara Addison e se lamentara com ele. Ela os visitara todos os dias durante semanas, levando sopa caseira e bolinhos de uma confeitaria. Addison se lembrava de ter passeado com Andrea pela National Gallery, em Londres. Os dois pararam diante da pintura *Les Parapluies*, de Renoir. E também houve a vez em que Addison e Andrea fizeram uma aula de surfe em Sayulita, no México, com um expatriado com cara de sujo chamado Kelso.

Addison quebrou o silêncio, perguntando:

– Você lembra daquela aula de surfe que fizemos?

Ela não respondeu. Addison foi o parceiro de surfe mais improvável da existência, mas o delegado e Jeffrey, com aquele seu jeito estoico e duro, se recusaram categoricamente. E Greg, que já era tão bom surfista, não queria nem precisava fazer uma aula para iniciantes. Phoebe era delicada demais, Delilah era descoordenada demais e Tess tinha medo do mar. Com isso, só sobrava Addison. Andrea implorou:

– Vamos lá. Nunca pedi nada a você

Ele se rendeu porque ela estava certa: nunca havia lhe pedido nada. Juntos, os dois vestiram os trajes de mergulho e remaram sobre suas pranchas até o nível da água atingir a altura do peito, onde Kelso, o instrutor de surfe chapado que tinha cavanhaque, tatuagem e piercing, os empurrou nas ondas. Andrea ficou de pé primeiro. Então, cem tentativas depois, Addison conseguiu. Foi uma revelação, andar sobre a água daquela maneira, mesmo que por apenas alguns segundos antes da inevitável queda. Ele e Andrea conversaram com Kelso, tomando cervejas na cantina mais tarde.

Quando terminaram a garrafa de vinho (tinham levado trinta e dois minutos), o telefone tocou. Addison verificou: era Jeffrey.

– Devo atender? – perguntou ele.

– Você acha mesmo que agora é uma boa hora? – disse Andrea.

– Quer que eu abra outra garrafa de vinho? – ofereceu ele.

– Por favor – aceitou ela.

Addison abriu o vinho. A casa estava escura. Escura demais para ver a tensão no ar?

– Vamos conversar sobre isso? – perguntou ele.

– Estou curiosa. Por que falar sobre a aula de surfe?

– Não sei. Só me veio à cabeça. Algo que nós dois fizemos juntos.

– Você foi comigo quando ninguém mais quis ir – disse ela.

– Não me custou nada. Foi divertido.

– Por que você não me contou sobre Tess antes? – perguntou Andrea.

– Isso não é óbvio?

– Tess... – começou ela, mas não conseguiu continuar. O nome ecoou ali, na casa escura. O nome não era mais do que um suspiro. – Eu sabia que Tess tinha alguém. Descobri, por fim. Quando ela ainda estava viva, pensei que houvesse algo de errado. Pensei que fosse comigo.

– Com você?

– Ela parou de ir à igreja comigo. Disse que tinha rompido com o Senhor. Aí, descobri que ela mentia sobre por onde andava, o que fazia e fiquei magoada. Não compreendia.

Addison estendeu o braço para pegar fósforos. Acendeu algumas velas no bar.

– Faz muito pouco tempo que descobri que não era comigo. Descobri que havia mais alguém.

– Era comigo.

– Era com você. – Andrea balançou a cabeça. – Meu Deus, Add, onde você estava com a cabeça?

– No amor que eu sentia por ela.

– Você a amava? – perguntou Andrea.

– Eu a amava, adorava, venerava.

Andrea assentiu. Seus olhos brilhavam à luz das velas, lembrando um lince ou uma pantera.

– Eu agradeceria a você por isso, se não fosse tão *errado*. Quais eram os seus planos?

– Eu queria que ela se separasse de Greg. Queria viver com Tess. Queria me casar com ela.

– E ela queria isso?

– Não – respondeu ele. – Para ser bem sincero comigo mesmo, eu teria que dizer... que acho que ela não queria.

Andrea fez que sim com a cabeça, o nariz na taça de vinho.

Addison sentiu uma sombra encobrir sua cabeça e seus ombros, como uma grande e assustadora presença, à espreita, atrás dele. Nunca tivera a intenção de revelar nada, mas viu que não fazia sentido contar uma parte e não tudo.

– Eu queria que Tess contasse a Greg sobre nós no passeio de barco. Pedi a ela para fazer isso.

– Contar a Greg no *aniversário de casamento* deles?

– Pensei que fosse um bom momento. Os dois estariam sozinhos, sem as crianças.

– Você acha que ela fez isso? – perguntou Andrea.

– Tenho a sensação... – começou Addison. Meu Deus, ele havia esperado por tanto tempo para *dizer* isso. – De que Tess contou a Greg e ele a matou.

Silêncio na casa. As chamas das velas tremeluziram.

– E isso faria com que tudo fosse culpa minha – falou Addison.

DELILAH

Ela dirigiu e dirigiu. Cruzou a fronteira para o estado de Nova York. Agora era oficialmente um sequestro. A cada saída, pensava "Eu devia fazer a volta". Mas era uma sensação boa demais seguir para longe de Nantucket. Era uma sensação boa demais pôr quilômetros de distância entre ela e o berço de sua agonia. Depois de atravessar Albany, ela precisava decidir se queria cruzar o estado pela rodovia expressa ou pelo sul. O que seria mais seguro? Ela desconfiava de que na rodovia expressa houvesse mais policiais. Escolheu a rota pelo sul. Leatherstocking Land, "terra das calças de couro", o lugar preferido do escritor James Fenimore Cooper. Era, literalmente, o caminho por onde seguiriam. Literalmente? Ela era louca. Desde que soubesse que era louca, seria sã, não é?

Delilah monitorava a si mesma em busca de sinais de exaustão. Tinha acordado naquela manhã, às cinco, quando Jeffrey partiu para a fazenda. E se levantado da cama às seis para ir ao mercado. Parecia impossível que aquele ainda fosse o mesmo dia. Dez e meia, onze e quinze. Seus batimentos cardíacos estavam irregulares. Agora, porém, Jeffrey já tinha se dado conta de que Delilah havia ido embora. O celular estava na bolsa, mas ela havia decidido não o checar para ver o que continha. Estava tonta e apavorada. Suas atitudes eram irresponsáveis e até criminosas, mas o que não podia ser explicado eram seus dois monstros: o do luto e o da culpa. Ela precisava tentar correr mais rápido do que eles.

Não fazia ideia de para onde iam. Queria começar de novo, queria outra vida. A vida que recebera, ela havia arruinado. Onde arranjaria uma nova vida? O primeiro lugar que lhe veio à cabeça foi Sayulita, no México. Delilah poria as crianças na escola, elas aprenderiam a falar espanhol, aprenderiam a surfar, se tornariam tão bronzeadas quanto os nativos. Quatro crianças expatriadas sofisticadas. Ela abriria um quiosque para vender tacos de peixe.

Delilah não levaria as crianças para o México.

Ela as levaria para... South Haven, Michigan, a cidade onde crescera, para a casa em que seus pais ainda moravam. Era para lá que seguia? Ela poderia aparecer no pórtico vitoriano do lar dos Ashby com quatro crianças, sendo que duas delas nem eram suas? Sua mãe as receberia? Assaria biscoitos e mostraria às crianças o caminho que descia até o lago? O lago Michigan era tão grande quanto o oceano. Eles poderiam colher mirtilos, passar o dia em Saugatuck e em Holland. Delilah poderia dormir na cama de sua infância com Chloe ao seu lado e os meninos em colchões infláveis espalhados no chão, e ela finalmente se sentiria segura para pensar.

Que ironia o lugar de onde fugira na adolescência ser o lugar para onde fugia agora. Mas isso fazia sentido, não fazia? Num sentido cíclico?

Alguém se mexeu no banco de trás. Barney, é claro.

– Mãe? – chamou ele.

Delilah teria que arranjar um jeito de explicar aquilo. "Vamos visitar seus avós. Vamos viajar pelas estradas. É uma tradição de verão dos americanos!" Ela não poderia assustá-los. Teria que escolher as palavras com muito, muito cuidado.

– Oi? – disse Delilah. – Estou bem aqui, querido.

Houve um barulho. Um gemido, um ruído alto, um gaguejo e um esguicho. Um fedor. Um choro sufocado. Delilah respirou fundo. Ah, não! Não! Sim – mais uma vez, um som de ânsia, um cuspe. Barney estava enjoado. Estava vomitando. Tinha sujado a parte de trás do carro toda, suas pernas inteiras, as pernas de Chloe inteiras. Meu Deus, que cheiro horrível. Ele estava vomitando mais ou engasgando – meio galão de 7-Up ou qualquer outro elixir verde que tivesse pedido, um quilo de pipoca boiando em óleo de coco e pedaços de alcaçuz vermelho. Já fazia tempo que Delilah desconfiava de que aqueles doces fossem feitos de plástico e, portanto, indigeríveis.

– Mãe! – chamou ele.

– Estou bem aqui – disse ela. – Vamos parar.

Delilah pegou a primeira saída, onde havia um hotel. Estavam na cidade de Cobleskill. Ela disse a si mesma que tudo bem. Não entraria em pânico.

Estacionou o carro e olhou para trás. Vômito por toda parte. Meu Deus, a minivan. Nunca mais seria a mesma. Barney estava coberto por uma gosma radioativa. Estava chorando. Ela queria abraçá-lo, apertá-lo, lavá-lo, jogar aquelas roupas fora, botá-lo numa cama limpa. No entanto, ele teria que esperar. Mas tinha só 6 anos. Conseguiria esperar?

– Preciso deixar vocês aqui. Já volto. Vou até aquela porta bem ali para arranjar um quarto para nós e volto, está bem?

– Não! – urrou Barney. Ele estava soluçando. Se bebê. Seu queridinho. Ela não poderia deixá-lo nem mesmo pelos dez minutos que levaria para fazer o check-in no hotel.

Drew abriu os olhos e falou:

– Pode ir, mãe. Você arranja um quarto para a gente. Eu fico aqui com Barn.

Delilah não esperou para ver se a oferta agradava Barney. Pulou do carro e saiu correndo. Parecia ter levado o cheiro de guardado do cinema consigo. Barney tinha vomitado em seu cabelo.

Seria Lei de Murphy se, justo quando mais se precisa de um recepcionista capacitado para agilizar o seu check-in no hotel – à meia-noite, digamos, quando se tem uma criança vomitando no carro – acaba-se se deparando com um retardado incompetente. O cara se mexia em câmera lenta, exatamente como o truque que os *Vunderkids* usavam contra os vilões para enganá-los. Delilah estava tão cansada que, por um instante, ficou confusa. Aquilo fazia mesmo parte do filme a que acabara de não assistir? O cara era magrelo e desajeitado, com o cabelo ralo e bagunçado como o de um professor maluco. Tinha a pele amarelada e pálida, os dentes ainda mais amarelados e um nariz enorme. Seu crachá dizia "Lonnie", um nome triste e antiquado que lhe caía bem.

Lonnie deslizou uma ficha pelo balcão que Delilah deveria preencher. Ela precisava levar as crianças para o quarto. Depressa!

Depois de só Deus sabe o que mais, Lonnie se mexendo tão devagar que parecia andar para trás, ele empurrou as chaves sobre o balcão.

– Quarto 432, no quarto andar, nos fundos. O jeito mais fácil para se chegar lá é...

Está bem, está bem, disse Delilah. Ela acharia o caminho. É claro que Lonnie parecia tê-la acomodado no quarto mais longe possível do estacionamento.

Ela voltou para o carro apressada (enquanto estava lá dentro, tivera visões de alguma personalidade demente fugindo com as crianças, sequestrando-as da sequestradora). Pegou Barney, sacrificando as próprias roupas. Acordou as outras crianças e elas a seguiram como ovelhas. Atravessaram os corredores frios do hotel, que era sinistro pela falta de estilo. Barney tinha as pernas presas à cintura de Delilah e sua boca quente e fedida aberta, tocando seu pescoço. Ela não tinha mãos para levar a maleta. Precisaria refazer os dois quilômetros e meio e voltar ao carro. Iria despir Barney primeiro, pô-lo no chuveiro (um pensamento que lhe dava pesadelos – o menino *odiava* o chuveiro) e acomodá-lo na cama com o irmão.

Delilah encontrou o quarto 432, o último quarto abandonado por Deus, mas, abençoadamente, ficava bem perto das máquinas de gelo e de venda. Ela tentou enfiar o cartão que servia como chave no compartimento sem ser capaz de ver suas mãos. De alguma maneira, conseguiu abrir a porta e entrou. Havia um banheiro logo à esquerda, um pequeno corredor com um armário aberto com prateleiras e um saco para lavagem a seco, duas camas de casal, uma TV sobre a cômoda, uma escrivaninha, uma mesa, duas cadeiras, uma pintura de um moinho e uns cães de caça, uma janela com cortinas compridas pesadas e brocadas e um ar-condicionado no máximo. No quarto, fazia uns dois graus.

– Está bem! – disse Delilah. Enfim, um abrigo.

– Tia Dee?

Era Finn. Ela se virou para descobrir o motivo do pânico que parecia haver em sua voz, bem em tempo de vê-lo cuspir uma onda verde de vômito nos arredores da lixeira marrom de plástico, mas, na verdade, aquilo se espalhou pela cômoda toda.

– Para o banheiro! – esbravejou ela. Delilah sabia que tinha se mostrado sem compaixão. Mas, meu Deus, o que é que estava acontecendo ali? Ela deitou Barney e empurrou Finn até o banheiro. Levantou o tampo da privada e voltou a cabeça dele para baixo bem na hora do jato seguinte se espalhar pelo vaso.

Chloe foi para a cama mais distante, desavisada ou nada impressionada, tirou os sapatos e se deitou.

Os dentes!, pensou Delilah. Chloe precisava escovar os dentes, mas Delilah tinha que lidar com outras coisas primeiro e, além disso, as escovas de dente estavam na mala. Drew parou ao lado de Delilah e falou:

– Mãe?

– Você vai vomitar também? – perguntou ela.

– Não – respondeu ele.

– Está bem. Que bom. – Ela sabia que ele queria instruções, que queria ajudar. Oito anos de idade e já gostava de resolver problemas. Precisava dizer? Drew era exatamente como o pai.

Delilah perguntou:

– Você consegue tirar as roupas do seu irmão?

Drew assentiu com a cabeça como um bom soldado.

– Pode apostar que sim.

Delilah se abaixou para acariciar as costas de Finn. Aquilo era culpa sua. Ela não poderia ter esperado que os organismos de crianças acostumadas a comer milho recém-colhido e frango caipira reagissem bem às quase venenosas quantidades de açúcar e gordura que ingeriram.

Se Jeffrey visse aquilo...

Ela tentou expulsar esse pensamento da cabeça.

... ele diria que ela teve o que mereceu.

A minivan estava coberta de vômito. O quarto do hotel já havia sido degradado e eles estavam ali fazia apenas um minuto e meio. Ela, Delilah, estava toda suja de vômito. Tinha vômito no cabelo. Ouviu uma briga que lhe era familiar vindo do quarto e soube que, embora Barney estivesse sedento e desidratado ou talvez outra porção de vômito se formasse dentro de seu corpo, ele também resistia ativamente à ajuda do irmão para se despir.

Drew insistiu:

– Foi a mamãe que mandou!

Barney disse:

– Tira as mãos de mim!

Delilah deixou Finn gemendo e choramingando e separou seus filhos. Tirou as roupas de Barney sem misericórdia enquanto Drew reclamava.

– Você disse que eu podia ajudar!

Ela jogou as roupas imundas numa pilha no canto. O que precisava era da mala que estava no carro. Poderia, em sã consciência, mandar Drew buscá-la? Ele era forte e atlético, capaz de lidar com as chaves do carro e com o cartão para abrir a porta do quarto do hotel, de pegar a mala e percorrer todo o caminho de volta para lá. Mas será que ele era capaz de fazer aquilo em plena madrugada, quando – Delilah tinha certeza – havia sequestradores e pedófilos à espreita, nos arredores do estacionamento?

Não.

– Preciso buscar a mala – disse Delilah. Ela queria sua escova de dentes e as crianças precisavam trocar de roupa.

Esperou até Finn se sentir forte o bastante para se levantar. Então, o levou para a cama onde sua irmã tinha adormecido depressa, deixou-o de cueca e o pôs sob as cobertas. Ajustou o ar-condicionado. O quarto começava a feder. Delilah jogou algumas das toalhas finas do hotel sobre os lugares óbvios em que Finn havia vomitado.

– Já volto – disse ela a Drew. Barney estava encolhido sob as cobertas.

– Posso ver TV? – perguntou Drew.

– Não – respondeu Delilah. Era uma hora da manhã. O que haveria na TV do hotel além de pornografia?

– Por favor?

– Não, Drew. Todos os outros estão dormindo.

Ele fez uma careta para ela.

– Este lugar é horrível. Odiei aqui.

Bem, então eram dois, mas Delilah não podia articular isso porque as crianças seguiriam seu exemplo. Ela precisava ser positiva, não importava o que acontecesse.

– Só parei porque seu irmão estava passando mal. Não vamos ficar neste lugar.

– Onde vamos ficar? – perguntou Drew. – Para onde estamos indo?

"Michigan", pensou Delilah. A ideia tinha se enraizado dentro dela. As crianças jogando água para cima no lago, as crianças colhendo mirtilos.

– Outro lugar – respondeu ela.

Delilah desceu até o estacionamento para pegar a mala. Estava exausta. Muito cansada. Só queria dormir.

Quando voltou para o quarto, ouviu um barulho que não lhe agradou. A porta do banheiro estava fechada. Ela a abriu.

Drew estava de joelhos, vomitando na banheira.

PHOEBE

Todos a haviam deixado, menos o delegado e as outras cem pessoas que estavam dançando. Não lhe faltavam parceiros de dança. Ela dançou com Swede, ela dançou com Hank Drenmiller, ela dançou com o diretor-executivo da instituição que trabalhava em prol da conservação da ilha. Todos lhe disseram o quanto era maravilhosa, o quanto era boa e generosa. Phoebe se sentiu a mais bela do baile, como costumava se sentir em noites especiais antes de Reed morrer: bonita e charmosa e tão, tão sortuda por ter a vida que tinha.

No entanto, algo a consumia, um sentimento impostor, um sentimento de que não merecia nada daquilo. Vinha bebendo champanhe a noite toda para combatê-lo, mas, como sempre no caso do álcool, seus sentimentos latentes se tornavam mais fortes e não mais fracos. O fingimento vinha à tona, expondo...

A banda terminou "These Boots Were Made for Walking". Phoebe e o diretor-executivo se separaram e bateram palmas, corteses. Phoebe observou a multidão. Todos se divertiam *muito.* Ela conseguia se sentir bem com isso. Avistou Eddie meio deslocado, com um coquetel na mão. Ele não estava dançando nem conversando com ninguém, mas parecia feliz.

Phoebe fazia rafting num rio de champanhe. A banda passou para "Love Potion Number Nine". Ela pegou na mão do delegado.

– Venha, Eddie. Vamos dançar.

– Eu não danço – disse ele. – Você sabe disso. Nem com a minha mulher, nem com a rainha da Inglaterra.

Phoebe o puxou para a pista de dança.

– Mas comigo, esta noite, você vai dançar.

– Não – falou ele, tentando não sorrir.

– A festa é minha – disse Phoebe –, e você vai dançar se eu quiser.

E adivinhe? O delegado sabia dançar. Era tão forte e firme e equilibrado quanto o pai de Phoebe. Ele a conduziu, ela o acompanhou. Phoebe voltou aos seus 17 anos, no clube de Whitefish Bay, no baile de boas-vindas, depois de ter se ausentado por um tempo. Havia ficado em segundo lugar para a rainha, depois de Shelby Duncan, a namorada de Reed. Reed e Shelby pareciam tolos, mas fofos com suas coroas de papel laminado.

Phoebe ficou confusa. O delegado a girou e, em seguida, segurou-a de novo. Era como seu pai. Era um lugar seguro. Ela fitou os olhos dele com firmeza. Ele parou e a afastou com o braço esticado.

– O que você fez foi ótimo – disse ele.

– Preciso lhe contar uma coisa – falou ela.

O delegado não se mexeu. A música acabou, as pessoas bateram palmas. Phoebe estava caindo. Caindo! Soltou seu poste e tombou no rio de champanhe. Estava se afogando. Será que alguém a salvaria?

Phoebe contou ao delegado quando os dois se sentaram em cadeiras dobradiças na noite escura do lado de fora da parte oval da tenda iluminada:

– Dei um comprimido a Tess. Só um. Mas era dos bons.

Ela tentou explicar, mas suas palavras se embolavam umas nas outras. Tess e Addison tendo um caso, apaixonados, descobertos por Phoebe nos dias frios e cruéis do início de abril. Phoebe os vira juntos no chalé em Quaise, mas não dissera nada. O que poderia dizer? Ela compreendia. De um jeito estranho, em meio à confusão mental provocada pelas drogas, ela aprovava. Mas não de verdade, é claro. Não por completo. Tinha seus momentos de clareza, seus rompantes de ciúmes. Addison estava apaixonado por Tess. Mas Phoebe não disse nada, não fez nada. Escondeu-se sob uma mortalha de drogas. Esperou. Dias, semanas, meses. Vigiava o caso dos dois, media sua temperatura. Addison estava mais envolvido do que Tess. Tess queria recuar. Addison não deixava. Queria que ela se separasse de Greg. Como Tess se sentia com relação a isso? Phoebe não sabia dizer.

Tess procurou Phoebe dois dias antes de seu aniversário de casamento. O passeio de barco iria acontecer. Tinham checado a previsão do tempo. Haveria muito vento. Greg estava ávido para se aventurar, para comemorar a data. Eles precisavam disso. Eles mereciam isso. Ele tinha uma surpresa. Compusera uma canção. Andrea preparava um piquenique. As crianças passariam a noite com Delilah.

Tess nem precisou pedir. Phoebe previu o que ela queria. Sabia que Tess estava nervosa por causa do passeio (aquele mar aberto todo, o vento, as ondas) e havia uma ansiedade extra acima de tudo isso, uma coisa a mais, algo que Tess iria fazer ou dizer, algo que ela iria confessar ou sufocar.

Phoebe disse:

– Quero lhe dar uma coisa.

Tess olhou como se fosse protestar. Nada de presentes! Delilah procurava Phoebe para lhe pedir drogas, assim como Andrea e Greg quando tinham dores musculares ou de cabeça. Mas Tess, nunca.

– Isso seria ótimo – falou Tess.

Phoebe poderia ter pegado leve com ela. Um calmante, um antidepressivo ou até mesmo um valium ou dois teriam bastado para atenuar as coisas. No entanto, nas profundezas de sua mente, Phoebe guardava a cena que vira pela janela do chalé: Addison na cama, Tess em seus braços, os olhos dela fechados, os dele voltados para o teto.

Phoebe lhe deu um dos preciosos comprimidos contrabandeados que conseguia com o colega de quarto de Reed da época da faculdade, Brandon, vindos do grande mercado negro de drogas. Mandaria Tess direto para a estratosfera da heroína.

– Lembre-se de tomá-lo com comida – recomendou Phoebe. Ela pôs o comprimido na palma da mão de Tess e dobrou seus dedos sobre ele.

– Ela o tomou – disse o delegado.

Phoebe assentiu com a cabeça. Tess tomara o comprimido e o champanhe que Andrea mandara. Então o barco pegou uma rajada de vento e Tess perdeu o equilíbrio ou foi jogada do barco. Ela já não nadava muito bem em condições ideais. Com a droga percorrendo seu corpo, não teve a menor chance.

Greg deve ter morrido tentando salvá-la.

Por fim, Phoebe chorou. Não aos soluços histéricos de tirar o fôlego que dera diante do choque ao receber a notícia, mas, em vez disso, chorou profundamente. Era um poço sem fundo de mágoas, culpa e arrependimento. Chorava como uma mulher que fizera o impensável. Matara sua melhor amiga, deixando duas crianças órfãs de mãe.

– Não tive a intenção de matá-la – disse Phoebe. – Eu só queria... Sei lá... lhe dar um empurrão. Mas o que mais posso pensar agora, a não ser que eu...

Até mesmo depois de dez coquetéis, o delegado era um homem de razão. Ele tocou suas costas e falou:

– Você não a matou. Deu a ela um comprimido para acalmar os nervos. Estava tentando ajudá-la.

Phoebe queria ser julgada por assassinato. Queria a pena de morte.

– Eu podia ter dado um tranquilizante a Tess – disse ela. – Mas lhe dei um comprimido contrabandeado.

– Não foi o comprimido o que a matou. Ela se afogou. Caiu do barco, o que faz disso um acidente. Ou...

– Ou ela foi empurrada – completou Phoebe.

– Ou ela foi empurrada. – O delegado suspirou. – Mas sabe de uma coisa? Ainda bem que você me contou isso. A droga apareceu no exame toxicológico, e o laudo tem me consumido desde... Eu não sabia o que pensar. Bem, o que pensei foi que Greg tivesse injetado heroína em Tess e depois a jogado do barco para poder ficar com April Peck.

Phoebe falou:

– O que fiz não foi nem um pouco melhor do que isso. Dei a Tess um comprido, sabendo que era forte demais para ela. Eu queria estragar o aniversário de casamento dela. Tess tinha um caso com meu marido e eu quis transformá-la num zumbi. Aí, ela *morreu*, Eddie. Ela está morta e Greg está morto e a *culpa* é *minha.*

– Tudo o que você fez foi dar o comprimido a ela – disse o delegado. – Você não a obrigou a tomá-lo.

Phoebe não se confortava.

– É o opiato mais forte do mercado. Nem é legal, Ed. Eu tomava um, você sabe, nos dias mais sombrios, e viajava pelo espaço. Não conseguia dirigir nem preparar um sanduíche. Não conseguia lavar o cabelo. Ficava tão fora do ar. – Ela olhou para ele. – Sou um monstro.

O delegado pegou na mão de Phoebe. A tenda brilhava diante dos dois como um grande bolo de aniversário branco. Ela estava exausta, fraca, cheia de dores de cabeça. A questão era que ela sentia falta de Tess. A verdade absoluta era que Tess e Addison poderiam ter se casado e deixado Phoebe desabrigada e desamparada e, mesmo assim, seria melhor do que isso, pois Tess e Greg estariam vivos. Todos eles estariam juntos. Ainda.

JEFFREY

Onde, onde, onde?

Ele era o marido daquela mulher. Devia conhecer os funcionamentos mais profundos de sua mente. E conhecia, não é? Delilah acreditava que as pessoas eram previsíveis. Ninguém era capaz de mudar de verdade. Presumidamente, ela devia aplicar essa teoria a si mesma. Em sua primeira e tórrida semana de namoro, ela se descrevera como um pássaro que não podia ser capturado nem engaiolado. Contou a ele a história de sua fuga no ensino médio. Toda vez que Jeffrey e Delilah discutiam, ela ameaçava ir embora. Sua presença na vida dele, como ela sempre sustentou, era temporária. Aquilo parecia uma ameaça superficial porque Delilah se dedicava muito à casa e ao lar. Sua casa era um ninho bem-feito. Era um paraíso para seus filhos e amigos e os filhos de seus amigos. Delilah teria gastado tanta energia construindo e nutrindo um lar só para abandoná-lo? Ela garantia que sim. E veja, foi o que fez.

Jeffrey tinha telefonado para a casa de Addison e Phoebe, mas ninguém atendeu. Não queria incomodá-los no celular se ainda estivessem na festa e estragar seus bons momentos. Não ligou para o delegado e Andrea porque não queria que nenhum dos dois entrasse em pânico – alertasse todas as unidades policiais ou considerasse Delilah uma sequestradora.

Ele disse a si mesmo que estava exagerando. Delilah havia ficado presa fora da ilha e por algum motivo não tinha conseguido dar um jeito de ligar para ele.

No entanto, era um homem inteligente e conhecia sua mulher. Aquilo tinha a ver com Tess e Greg. Jeffrey acreditava que tivesse a ver com Delilah e Greg. Os dois trabalharam juntos no Begonia durante anos. Tinham passado só Deus sabe quantas noites juntos até tarde, bebendo, fumando maconha, cantando, guardando os segredos um do outro. Delilah sempre tomava o partido de Greg. Era a defensora dele. Era sua amiga mais íntima num grupo em que todos eram amigos íntimos. Jeffrey era orgulhoso demais para admitir, mas aquela amizade o incomodava. Culpava-a por certas deficiências no próprio relacionamento com Delilah. Greg acabava sendo o namorado dela, fazendo com que Jeffrey fosse... o quê? O pai dela. Agora, ali estava Jeffrey. Outra versão de Nico Ashby, perseguindo sua filha foragida.

Pegou mais uma cerveja na geladeira e se sentou em uma poltrona para esperar até que amanhecesse.

ADDISON

Restavam apenas dois ou três dedos na segunda garrafa de Meursault. Tanto Addison quanto Andrea estavam muito bêbados, mas, apesar da natureza genuína e intensa e emocionalmente traiçoeira de sua conversa, se divertiam. Ou talvez apenas Addison se divertisse. Ele e Andrea tinham parado de falar, mas ouviam jazz, balançavam a cabeça, e Andrea, embora não sorrisse exatamente, havia atenuado seu semblante exasperado.

– Conte-me por que você foi expulso de Princeton – falou ela.

– Ah – disse Addison. – A história de Princeton.

– Ed diz que essa história é ótima.

– Mas é só isso: uma história. Na verdade, não fui expulso de Princeton. Só não me formei com a minha turma porque não tinha créditos suficientes em matemática.

– Conte a história mesmo assim.

Ele atendeu ao pedido. Uma semana antes de se formar, Addison e seu companheiro, Blake Croft, invadiram uma festa num jardim oferecida pelo reitor aos doadores do fundo anual. Addison e Blake usavam chapéus de palha e paletós em tons pastel. Tomaram rum e tônica e comeram ostras vivas para fortalecer sua virilidade. O reitor, recém-divorciado, estava na festa com uma mulher extremamente bonita e extremamente jovem chamada Nadine. Ela mirou em Addison, envolveu-o em uma conversa particular e excitante e o puxou pela mão para o toalete feminino, onde os dois... Aqui, Addison arqueou as sobrancelhas, mas Andrea não abriu um sorriso. Ele, em sua defesa, de fato perguntou a Nadine sobre o reitor, e ela disse:

– Ah, ele é um velho antiquado.

Addison, por acaso, concordava.

Quando os dois emergiram do toalete feminino, desarrumados e radiantes, o reitor estava parado ali na fila.

– Mas essa não era a pior parte – falou Addison.

– E qual era a pior parte? – perguntou Andrea, séria.

– Nadine não era a namorada do reitor. Era a filha dele.

– Ah – fez ela, completamente surpresa.

Addison balançou a cabeça. Estava muito bêbado. Talvez tivesse contado tudo errado.

– Você aprendeu alguma coisa com essa história? – perguntou Andrea.

– Aprendi – respondeu ele. – Aprendi a tomar cuidado com as mulheres.

– Mas não muito – disse ela.

– Mas não muito – repetiu ele.

Houve um ruído na porta. Phoebe e o delegado entraram.

– Chegamos! – cantarolou Phoebe. Ela olhou para o delegado. – Sua mulher está aqui.

Andrea se levantou e endireitou a saia de seu vestido vermelho.

– Para tomar uma saideira antes de dormir – disse ela. – E estreitar os laços. Addison acaba de me contar o que aconteceu em Princeton.

– O que aconteceu em Princeton? – perguntou Phoebe.

– Estou exausta – disse Andrea. – Preciso do meu travesseiro.

– Meu Deus, eu também – falou Phoebe.

O delegado pegou na mão de Andrea.

– Senti sua falta – disse ele.

– E eu senti sua falta – disse ela.

– E eu senti sua falta – disse Phoebe a Addison. Ela atravessou o cômodo e caiu no colo dele. Estava muito bêbada. Devia estar mais do que ele. – Você sentiu minha falta?

– Senti sua falta – disse ele.

* * *

Nas profundezas geladas e escuras do quarto do casal no meio da noite, Addison e Phoebe fizeram amor pela primeira vez em mais de nove meses.

Addison sentiu Phoebe subir nele. Sentiu o movimento de seu quadril e de seus seios, sentiu sua boca no pescoço dele e suas mãos subindo e descendo pelo corpo e, antes que se desse conta disso, reagiu. Não acreditava no que estava acontecendo. Não acreditava que aquela mulher gostosa, carinhosa e ávida fosse sua esposa. Aquilo, naquele momento, não parecia uma redescoberta, não como simplesmente andar de bicicleta. Era como se outra mulher tivesse entrado no quarto às escondidas para seduzi-lo.

– Phoebe? – indagou Addison, só para ter certeza.

– Por favor? – disse ela, pensando que ele se recusaria. Já havia se recusado naquele verão. Mas, naquela noite, tudo bem.

Por quê? Ele só se perguntaria isso mais tarde, quando se deitasse ofegante e cansado e Phoebe se recolhesse aos seus sonhos contentes. Tinha a ver com o óbvio: ele contara a verdade a Andrea. Compartilhara o fardo, sentia-se mais leve e esse, como se deu conta, era o primeiro passo para deixar Tess descansar em paz e seguir em frente com sua vida. Phoebe era sua vida. E ainda havia a outra parte da noite a ser considerada. A festa beneficente de Phoebe, seu evento maravilhoso e elegante e seu comunicado incrivelmente generoso, surpreendentemente apropriado e tocante: uma trilha para caminhadas ecológicas com o nome de Tess e Greg. Era um gesto magnífico. O nome da trilha era ótimo, uma boa coisa que Phoebe fez. Ela aceitava as mortes de Tess e Greg em vez de tentar fugir da realidade.

Então, em uma noite que incluía aceitação e homenagens, deixar em paz e seguir em frente, Addison e Phoebe se encontraram, de novo.

DELILAH

Eram duas da manhã. As crianças dormiam. O quarto fedia. Delilah estava exausta. Assustada. Sua imaginação ameaçava começar uma guerrilha. Ela não tinha defesas. Estava prestes a se render. Leve-me. Os pensamentos deram lugar a outros pensamentos mais obscuros. Aquilo era horrível. Ela andara tão vigilante por tantas noites longas, mas agora não lhe restava nada. Sua cabeça tombou para a frente sobre a frouxa sustentação do pescoço. Ela descansou o rosto sobre o frio topo da mesa.

Está bem.

Lá vinha Tess com as crianças. O Kia parou na entrada, como fizera centenas de vezes antes e, como sempre, Delilah se certificou de que a casa estava limpa o bastante, arrumada o bastante, como um ambiente decente para se criar crianças. TV desligada, sem louças na pia. Seus filhos tinham que estar lá fora brincando ou lá dentro, trabalhando num projeto criativo. Essas coisas importavam para Tess. Hoje, Drew e Barney estavam lá fora de novo, batendo com tudo nas bolas de *croquet.*

Tess saiu do carro com uma aparência adorável – os óculos de sol vermelhos com bolinhas brancas, os shorts jeans, os chinelos fofos. Mas parecia preocupada. Delilah conhecia aquela mulher há muito tempo, reconhecia cada expressão em seu rosto, e havia algo de errado. Havia algo de errado com Delilah também. Sua cabeça pesava e doía, seus dentes rangiam. April Peck no Scarlet Begonia. Greg cantando "Tiny Dancer". Greg e April Peck estacionados na praia. Tinham consertado as coisas. Greg andara mentindo, talvez, o tempo todo. Traindo Tess. Traindo Delilah. Supostamente, contava-lhe tudo.

Ele não escaparia dessa.

Tess beijou os gêmeos centenas de vezes. Ela os abraçou e, então, os abraçou mais uma e outra vez. Disse:

– Por favor, sejam bons. Amo vocês. Sabem que amo vocês.

Os gêmeos assentiram, a beijaram de volta e, em seguida, tentaram se soltar. Ela os apertou depressa até se retorcerem e se libertarem e correrem para o quintal a fim de reclamar seus malhos preferidos de *croquet*.

Delilah acompanhou Tess até o carro. Ela iria fazer isso? Estava mais do que furiosa, no limite, não importava se Greg nunca mais falasse com ela. Tudo o que queria era que ele pagasse. Seus dentes tiniram com um resíduo metálico. Ela vomitara, brigara com o marido, que não fizera nada de errado. Não deixaria Greg ter um adorável aniversário de casamento.

Perguntou a Tess, em voz baixa:

– Como é que você está? Você está bem?

E ela respondeu, rápido demais:

– Estou, sim. Tudo bem.

Delilah respirou fundo. Pular?

Tess disse:

– Só estou preocupada com as crianças.

Delilah se irritou. Preocupada em deixá-las com ela?

– Os gêmeos vão ficar bem – falou. – Vamos colher morangos hoje à tarde.

– Estou com um sentimento estranho – disse Tess.

Pular.

Delilah começou:

– Escute, não sei como dizer isso, então, vou simplesmente dizer. Está bem?

Tess assentiu a cabeça sem dar uma palavra. Uma última chance de recuar! Delilah ouviu as gargalhadas das crianças no jardim. Tess e Greg eram seus amigos, a coisa mais próxima de uma família que ela tinha naquela ilha – mas, como Jeffrey gostava de lembrar, ela não tinha nada a ver com os assuntos particulares dos dois.

Delilah não tinha nada a ver com aquilo. A verdade estava em suas mãos, mas não era função sua revelá-la.

– Sei que você e Greg andam passando por momentos difíceis – disse Delilah. – Jeffrey e eu estamos torcendo por vocês. Tenham um bom aniversário de casamento, está bem?

Tess olhou, intrigada, como se perguntasse "Era isso"?

– Está bem – disse ela. – Obrigada.

– Não precisa me agradecer. Ligue para mim quando voltar – falou Delilah.

– Ligo, sim! – falou Tess. De repente, ela sorriu. – Meu Deus, como estou nervosa. Estou mesmo com um frio na barriga porque vou passar um tempo com meu próprio marido. Acho que isso é um bom sinal, não é?

– Você sabe que sim – disse Delilah. Ela acenou enquanto Tess dava ré na entrada e saía.

Delilah tinha o rosto apoiado sobre a mesa do quarto de hotel deprimente. Havia um brilho azul, emitido pelo relógio digital: 2h58.

Ela não contara a Tess. Não pronunciara as palavras que teriam impedido Tess de entrar naquele barco. Mantivera sua boca fechada, e a verdade, guardada. Não queria se intrometer nos assuntos particulares de Tess e Greg. Com menos generosidade, quisera ser a única a saber os segredos de Greg. Sempre quisera ser aquela que mais sabia sobre ele.

E...

E o quê?

Tess e Greg morreram. A mente de Greg estava em outro lugar. O vento ficou com o melhor dele. Greg perdeu o controle, o barco virou, os dois ficaram presos embaixo. Ele tentou salvar Tess, mas não conseguiu? Empurrara Tess do barco de propósito, depois mudara de ideia e fora atrás dela? Ele mesmo contou a Tess sobre April Peck e ela pulou? Ninguém nunca saberia o que aconteceu, mas Delilah sabia de uma coisa. O que quer que tenha acontecido, ela tivera o poder de impedir e não o fizera.

Delilah acordou com o pescoço duro ao som de Barney respirando pelo nariz. Ergueu a cabeça. Ele estava sentado de frente para ela.

– Mãe – sussurrou. – Estou com sede.

Barney estava pálido e suado, o cabelo espetado, os olhos fundos, mas alertas. Delilah se levantou. Seu corpo inteiro doía por ter dormido na mesa como uma assistente de advogados sobrecarregada. Tocou na testa do filho. Fria e úmida. Drew estava deitado, se revirando, mas Chloe e Finn ainda dormiam, imóveis, com as cobertas puxadas por cima da cabeça. Delilah saiu pelo corredor para pegar um balde de gelo e, então, na torneira da pia do banheiro, encheu copos d'água.

Levou água para Barney, que ele tomou de imediato, e, em seguida, checou a testa de Drew. Fria.

Delilah trouxe outro copo d'água para Barney.

– Vou descer para pagar a conta – disse ela. – Já volto. Vocês se vestem?

– E o café da manhã? – perguntou Barney. – Estou com fome.

– Vamos comer no caminho – respondeu Delilah. – Vamos encontrar uma lanchonete Bob Evans.

– Que legal – disse Drew.

Delilah sorriu. As crianças se sentiam melhor. Ela podia deixá-las felizes com um café da manhã no Bob Evans e outras coisas que não tinham em Nantucket. O resto do mundo selvagem era riqueza para eles.

Ela desceu até a recepção para pagar a conta. Lonnie ainda estava trabalhando.

– Para onde você vai hoje? – perguntou ele.

– Não sei – admitiu ela.

Ele tombou a cabeça, confuso.

Ela voltou a pensar na Delilah que estivera determinada a viver deliberadamente. Arranjaria café da manhã para as crianças deliberadamente. Então, decidiria o que fazer. Seu pescoço doía. Sua alma doía.

Tess! Greg!

Ela era culpada de suas mortes. Não era algo do qual conseguiria fugir.

Quando voltou para o quarto, as crianças tinham desaparecido. Delilah piscou. Checou o número na porta: 432. Observou o quarto. Estava vazio. A televisão, desligada. A mala, escancarada no chão. As roupas sujas de vômito, numa pilha. Onde estavam as crianças? Escondidas? Delilah olhou no armário, atrás das cortinas de brocado, embaixo das camas. Então, saiu correndo pelo corredor, chamando por eles. Gritando! Ela acordaria todos os outros hóspedes do quarto andar, mas não importava.

– Drew! Barney! Barney DRAKE!

Nada.

Delilah não conseguiu esperar pelo elevador. Desceu as escadas, apressada, até a recepção e chamou Lonnie. As crianças, três meninos e uma menina. Onde estão?

Lonnie gaguejou.

– Você não viu as crianças? Não ouviu? Elas não passaram correndo por aqui?

Não.

Onde ela deveria procurar? Será que estavam na piscina? No salão de jogos? Ela deveria verificar ali primeiro: sim, está bem, a piscina interna e, em seguida, o salão de jogos ao lado, os entretenimentos modestos daquela porcaria de hotel. Ou será que decidiram não esperar pelo Bob Evans e haviam ido tomar o café da manhã no restaurante fuleiro? Estavam com fome, queriam panquecas e bacon, uma fatia de melão pálido, uma rodela fina de laranja fora da estação.

Delilah se concentrou na respiração. Não usara Lamaze durante o nascimento de nenhum de seus dois filhos, mas a usava agora. Inspire fundo e expire em intervalos curtos. Ela correu pelo corredor até a piscina. A piscina interna era um triste retângulo turquesa num cômodo azulejado que se desintegrava e tinha um cheiro forte de mofo e cloro. A cadeira de resina de plástico do salva-vidas estava deserta e uma pilha de toalhas brancas ásperas permanecia intocada. Ninguém ia ali havia dias.

O salão de jogos ao lado abrigava duas máquinas de fliperama ultrapassadas que piscavam e emitiam ruídos distorcidos, um defunto do jogo do Pacman e uma mesa de pebolim com metade dos jogadores amputados da cintura para baixo. Nada de Drew nem Barney nem Chloe nem Finn. Ela havia conseguido perder quatro crianças. Não só os próprios filhos como os filhos dos outros. Tocou seu rosto. Suas bochechas queimavam.

O restaurante lhe dava um pouco mais de esperança. Fervilhava! Em quase todas as mesas havia famílias com crianças pequenas comendo panquecas que pretendiam representar o Mickey Mouse nadando em poças de geleia e encimadas por manteiga que pretendia parecer creme chantilly. Delilah serpenteou por entre as mesas. Será que as crianças tinham sido atraídas até ali pelo cheiro de bacon e salsicha?

Elas não estavam no restaurante. Delilah voltou correndo para a recepção. Lonnie ainda estava lá, parecendo mais retardado do que nunca.

– As crianças passaram por aqui? – perguntou Delilah.

Lonnie balançou sua cabeça abaixada.

Delilah atravessou as portas deslizantes automáticas. Permaneceu sob o pórtico e observou o estacionamento. Mais adiante, depois do hotel, ficava a estrada. Será que teriam andado até lá? Simplesmente não havia como.

– Drew! – gritou ela. – Barney!

Em algum lugar do estacionamento, um alarme de carro soou. Ela o tinha desligado?

Delilah correu pelo estacionamento. Respiração Lamaze –, mas não havia tempo! Ela precisava encontrá-los! Não era religiosa. Não rezava. Agora via que isso era um erro, uma falha, um vazio. Tess e Andrea eram católicas, e Greg e o delegado, embora relutantes, conviviam com aquela fé rígida e estruturada. Addison era membro da Igreja Anglicana. Phoebe havia sido membro da mesma Igreja, mas desde o 11 de Setembro desenvolvera a própria religião, uma mistura de budismo com misticismo vodu alucinatório induzido pelas drogas. Jeffrey era presbiteriano, um fazendeiro leal, um manejador de forcados, um protestante *gótico americano*. Levava os meninos à igreja independente aos domingos, às dez e meia, duas vezes por mês. Punha doações na cesta do ofertório, cantava a doxologia em voz alta, passava um mês de fins de semana realizando trabalhos estranhos em torno do interior ventilado e antiquado. Delilah fora criada numa combinação complicada de ortodoxos gregos e luteranos, mas abandonara ambos. Ia à igreja com Jeffrey na véspera de Natal porque gostava dos coros. No entanto, passava o resto do tempo espiritualmente à deriva.

Delilah contornou o hotel, inspecionando-o pelo lado de dentro. Havia cantos e fendas, lugares para se esconder – entradas de serviço, governança, uma entrada separada com um dossel destinada às famílias que levavam seus filhos para tomar café da manhã ali, como se aquilo fosse um presente.

– Barney! – gritou ela. – Drew! Andrew DRAKE!

– Mãe – gritou alguém.

E então, ela os viu. Quase engasgou com o alívio que sentiu. Era algo palpável, uma vapor químico espesso que tomava seu corpo e a deixava ofegante enquanto tentava gritar. O alívio quase parou seu coração.

Atrás do hotel, no que devia se chamar de jardim dos fundos, havia um playground. O esqueleto de balanços, duas gangorras carcomidas, o disco enferrujado de um carrossel no qual andavam Chloe, Finn e Barney. Drew empurrava.

– Meu Deus! – disse ela. Agora estava chorando. – Fiquei tão assustada. Pensei que tivesse perdido vocês.

As crianças não falaram. Observaram Delilah como se ela fosse um alienígena recém-saído de um disco voador, como se fosse algum tipo de vida selvagem inidentificável que saía de trás de um arbusto.

– Fiquei tão preocupada! – disse ela. – Graças a Deus vocês estão bem! – Graças a Deus, graças a Deus. Ela se deu conta de que a agonia, o pânico, a *preocupação* frenética de arrepiar os cabelos eram, claro, o que Jeffrey, Andrea, o delegado, Phoebe e Addison sentiriam quando percebessem que Delilah havia fugido com as crianças. Ela não suportava pensar que mais ninguém se sentisse daquele jeito. Em algum lugar dentro de seu ser culpado e despedaçado, batia um coração.

Delilah esperou até o carrossel desacelerar e se sentou entre Finn e Barney. Puxou Drew e Chloe para o seu colo e, embora fossem grandes demais para isso, permitiram que ela os segurasse.

– Vamos voltar para casa agora? – perguntou Barney.

Ela beijou o topo de sua cabeça.

– Sim – respondeu, como a mãe equilibrada que era. – Vamos voltar para casa agora.

O DELEGADO

Pela manhã, ele estava cansado e sofrendo com um pouco de ressaca. Pensou em tirar o dia de folga, alegando não passar bem, algo que fazia uma vez por ano, mas, em casa, recebeu um telefonema de Dickson, pedindo que ele fosse para a delegacia o quanto antes.

O delegado não gostou de como soara a voz de Dickson.

– Por quê? – perguntou.

– April Peck está aqui e quer falar com o senhor – respondeu Dickson.

– Ah, meu Deus – disse o delegado. Ficou aliviado por Andrea ainda estar dormindo. Desligou o telefone. Kacy passava manteiga num muffin inglês, sobre a bancada. – A que horas os gêmeos vão chegar em casa?

– Humm – respondeu ela. – Não sei direito. – Sua voz estava estranha. Ou talvez fosse o zunido no ouvido do delegado. Ele e Phoebe tinham dançado perto demais dos metais da banda.

– Está bem, tenho que ir para o trabalho. Por favor, não acorde sua mãe. Você vai estar por aqui quando os gêmeos chegarem em casa?

– Humm – disse Kacy. – Acho que sim.

"April Peck", pensou o delegado. "Meu bom Deus."

– Tenho que ir – falou.

Ele estava sem banho, com a barba por fazer, sem uniforme e teria que se conformar com o café abominável que Molly fazia na delegacia. Tudo aquilo era mau presságio. E, de algum jeito, precisava arranjar um lugar em sua mente para a confissão que Phoebe havia feito na noite anterior. Greg não drogara Tess. Phoebe lhe dera um comprimido do mercado negro. Addison e Tess tinham um caso. Então, agora o delegado sabia de onde vinham os opiatos no sangue de Tess, e as ligações de e para Addison estavam explicadas, mas será que o cenário havia ficado um pouco mais claro?

Dickson estava de pé na entrada da sala do delegado.

– Ela está lá dentro? – perguntou o delegado.

Dickson assentiu com a cabeça uma vez.

– Quer falar com o senhor e só com o senhor.

– Tudo bem. – O delegado abriu a porta de sua sala e Dickson, relutante, voltou ao trabalho.

***

Ela usava uma camiseta cinza e shorts de corrida. Estava sem maquiagem e com o cabelo louro preso num rabo de cavalo. Olhava fixamente para o próprio colo. O delegado pôs seu café sobre a mesa e largou o corpo sobre a cadeira. Sentia-se um lixo.

– Em que posso ajudá-la, srta. Peck?

Ela ergueu a cabeça. Tinha o rosto vermelho de quem andara chorando. O delegado tentou não reagir. Não podia fazer isso. A garota entendia? Ele não era terapeuta. Não podia ficar sentado ali "ouvindo" enquanto ela falava sobre Greg.

– Srta. Peck.

– Estive com Greg na noite da véspera da morte dele – disse ela.

O delegado não se mexeu. Jeffrey lhe contara aquilo, porém, havia mais?

– O que aconteceu? – perguntou o delegado. – Você disse que "esteve com ele", mas o que isso significa? O que aconteceu entre vocês dois?

– Não importa o que fizemos ou o que não fizemos – falou April.

E o delegado pensou: "Essa garota é tão desorientada."

– O que importa é o que ele *disse*. É o que ele me *contou*.

O delegado se permitiu respirar. Em seguida, tomou um gole do café que lhe contraía a boca.

– Está bem – falou ele. – O que Greg lhe contou?

– Greg me disse que amava a mulher dele. Que nunca, nem em um milhão de anos, deixaria a mulher e os filhos. Fez com que eu repetisse "Você ama sua mulher". Disse que não me amava. Que não podia mais ser meu amigo. – Ela fungou. – Disse que amava a mulher dele.

O delegado assentiu com a cabeça.

– Mais alguma coisa?

– Greg disse que tinha composto uma música para ela, pelo aniversário de casamento. Uma música com um nome muito estranho.

– E qual era? – perguntou o delegado. Sua voz estava rouca.

– Além do além.

– Além do além?

– É. Quer dizer além... do além.

O delegado escreveu aquilo no bloco de anotações sobre a mesa.

– Está bem – falou. – Mais alguma coisa?

– Não – respondeu ela, se levantando. – Isso ajuda?

– Sim – disse ele. – Ajuda.

Quando ela chegou à porta, o delegado perguntou:

– Srta. Peck? O que fez a senhorita decidir vir até aqui?

April mordeu o lábio inferior e respondeu:

– Minha mãe morreu ontem à tarde. No hospital.

Ele perdeu a fala por um instante.

– Lamento.

April disse:

– Tenho que melhorar minha conduta se um dia quiser ser alguém.

E, então, saiu.

ADDISON

Em questão de horas, o mundo estava diferente. Ele havia confessado seu caso a Andrea e feito amor com sua mulher pela primeira vez em meses. A vida era convidativa. Phoebe se levantou cedo para voltar à savana e ajudar na limpeza, e Addison foi para o escritório.

Era muito cedo, mas Florabel estava lá, em sua mesa, tomando um café diabólico – preto, forte, fervendo.

– Como foi a festa? – perguntou.

– A festa? – Addison levou um minuto para descobrir a que festa Florabel se referia. – Foi ótima! – disse ele. – A comida estava uma delícia!

– Você conheceu os meus clientes? Hank e Legris?

Addison coçou o nariz. Aqueles nomes lhe diziam alguma coisa? Ele enrolava como um profissional. Era muito bom em encontrar seu caminho no escuro até alguém acender a luz.

– Hank – falou.

– E a namorada dele, Legris. São amigos de Phoebe. Têm aquele veleiro enorme.

– Ah, isso mesmo – disse Addison. O cara do veleiro. Hank. Amigo de Swede e Jennifer. Na verdade, estivera naquele barco duas vezes, mais ou menos dez anos antes. Naquela época, não havia nenhuma Legris, não que ele soubesse. Hank acabara de se divorciar e havia um quarteto de mulheres jovens atrás dele. – Que clientes? – perguntou.

Florabel lhe lançou um olhar.

– Só tenho dois clientes, Negociante. Hank e Legris estão comprando o chalé em Quaise.

Addison sorriu e assentiu com a cabeça para mascarar seu coração partido. Hank, o cara do veleiro, estava comprando o chalé. Hank e Legris, amigos de Phoebe?

– Estou um pouco confuso – admitiu.

– Phoebe é amiga dos meus clientes, Hank e Legris, que estão comprando o chalé em Quaise. Foi ela quem contou a eles sobre o chalé, na verdade.

– Foi? – Agora, o rosto inteiro de Addison coçava. Havia algo de errado naquilo. Phoebe não sabia nada sobre os imóveis que ele tinha à venda, muito menos sobre seu imóvel mais confidencial, que era o chalé.

– É! Compraram um lugar tão pequeno porque já têm um barco enorme.

Bem, fazia sentido. Mas não a outra parte.

– Não foi Phoebe quem lhes contou sobre o chalé – disse Addison.

– Foi, sim.

– Ela não sabia desse chalé. Não sabe nada sobre nenhuma das propriedades à venda.

– Bem, Phoebe sabia desse chalé. Eu lhe contei. Ela chegou aqui um dia, na última primavera, procurando por você, e eu falei que você devia estar no chalé. Lembra quanto tempo você passou, ao longo do inverno, dando um jeito naquele lugar?

"Dando um jeito naquele lugar." Addison vasculhou a mesa em busca de algo para apertar. Florabel estava inventando aquilo para torturá-lo? Ele teve medo de olhar para ela. Encarou o telefone, desejando que este tocasse para que ela o atendesse e ele tivesse uma chance de respirar.

– Phoebe nunca viu o chalé – falou.

– Viu, sim, com certeza – afirmou Florabel. – Expliquei a Phoebe exatamente onde ficava e ela foi até lá. Mais tarde, telefonou para me agradecer. Disse que tinha encontrado você sem problemas.

– Ela disse que tinha me encontrado? – indagou ele.

Florabel assentiu com a cabeça e uma expressão presunçosa nos lábios.

– Quando foi isso?

– Na primavera passada. Março, abril.

Addison estreitou os olhos para Florabel. Ela era uma vaca tão desagradável. Estaria tentando chantageá-lo? Pensava que ele aumentaria sua comissão ou lhe daria uma parte do dinheiro do orçamento operacional da empresa?

– O que é que você quer, Florabel? – perguntou ele.

– Não quero nada, Negociante. Só saber se você conheceu Hank e Legris. Se Phoebe apresentou vocês. Se você fez contato com eles, nossos clientes, os compradores do chalé em Quaise.

– Não conversei com eles na festa – disse Addison. – Phoebe não nos apresentou.

– O que é que você tem? – perguntou Florabel. – Eu só estava *perguntando*!

Addison quis uma bebida no mesmo instante. A que horas começavam a atender no Begonia? Ele poderia ir até lá e arranjar uma? Concluiu que não. Se ficasse todo confuso e atrapalhado agora, não seria capaz de resolver isso e fazer com que tudo acabasse bem. Florabel estava enganada. Phoebe não sabia do chalé. O telefone tocou e Florabel atendeu. Isso deu a Addison uma oportunidade de pensar, devagar e com calma, no que ela havia dito. Florabel disse que os compradores do chalé, Hank (sobrenome?) e sua namorada Legris (Que nome é esse? Parecia ter vindo de um igarapé), eram amigos de Phoebe. Aquilo era verdade. Apesar de ele não saber que amigos eram aqueles. Phoebe conhecera Hank havia muito tempo, na época em que organizava eventos e comparecia aos que eram organizados por outras pessoas, na época em que saía para se divertir com Jennifer e Swede. Phoebe tinha retomado o contato com Jennifer e Swede naquele verão, na festa de 4 de Julho de Caroline Nieve Masters, e, como Addison sabia, feito dois passeios no barco de Hank desde então. Está bem, digamos que isso os torne amigos. Será que Phoebe falou sobre o chalé com Hank e Legris? Não, porque ela não sabia de sua existência. Naquele instante, Addison parou para refletir. Não gostou do jeito como Florabel o chamou de Negociante na sua cara. Sabia que esse era seu apelido na cidade, mas chamá-lo assim na sua cara era claramente desrespeitoso. Addison não pediu que ela parasse em momento algum porque sabia que ela não pararia. Era desobediente àquele ponto, terrível àquele ponto. Por que não a demitira anos antes? Por que-por que-por quê? Bem, ela era uma baita administradora, extremamente organizada. Mantinha o escritório em ordem, não deixava passar detalhe algum e... era honesta. Não o chantagearia nem mentiria.

E, como Florabel não mentia, o que disse era verdade: Phoebe aparecera no escritório numa tarde qualquer da primavera, procurando por Addison. Ele estava no chalé, "dando um jeito naquele lugar". Florabel, como não mentia, disse a Phoebe onde ele estava. Explicou a ela como chegar lá. Deve até ter desenhado um mapa em uma folha do bloco de anotações da Wheeler Realty. Phoebe dirigiu até o chalé. Então, naquele verão, comentou sobre ele com Hank e Legris quando disseram que procuravam um "lugar pequeno".

Até ali, tudo bem. No entanto, Addison ainda tinha perguntas.

Primeira: Florabel sabia que Addison saía para se encontrar com alguém no chalé em Quaise? (Outro motivo para não tê-la demitido era o fato de ela ser a pessoa mais esperta que ele conhecia. Clinicamente esperta. Pertencia à Mensa.) Então, sim, podia-se afirmar que ela sabia exatamente o que estava acontecendo. Mandara Phoebe ao chalé de propósito, talvez tenha até *insistido* para que ela fosse se encontrar com ele lá porque... esse era o tipo de vaca maliciosa que Florabel era.

A grande pergunta, a mais crucial, era... quando Phoebe foi até o chalé, o que encontrou?

Será que ele devia telefonar para Phoebe?

Para quê? Ela sabia.

Florabel tentava chamar sua atenção.

– Negociante! – disse ela. Estava em frente à própria mesa, estalando os dedos na cara dele. – Meu Deus, o que *é* que você tem hoje? Sua mulher no telefone.

Phoebe? Agora Addison estava assustado.

– Anote o recado – mandou ele. – Estou ocupado.

– Ocupado? – indagou Florabel. – Meu Deus, Negociante, se você fosse meu empregado, já teria sido demitido. – Ela voltou para o telefone e desligou segundos depois. – Ela quer ajuda na savana. Disse que há centenas de guardanapos do coquetel espalhados pelo gramado.

– Está bem – falou ele, alheio.

Phoebe sabia de Tess. Descobrira em algum momento da primavera quando fora procurar Addison, mas encontrou Florabel em vez disso e esta a encaminhara para o chalé. Phoebe vira os carros de Addison e Tess. Deduzira tudo apenas por ali ou espiara pela janela (o que é horrível demais para se imaginar, então, risque essa parte). Não contara a ninguém. Não contara a Delilah. Não confrontara Tess nem Addison. Passara a primavera sob um manto de medicamentos pesados. Talvez a realidade não tenha sido registrada.

Ou ela não se importou.

Ou ela viu as coisas como eram. Phoebe se tornara um território devastado e submerso em entorpecentes. Fora incapaz de estabelecer qualquer vínculo emocional com Addison durante oito anos. Depois da morte de Reed, no 11 de Setembro, ela desaparecera. E, durante esses oito anos, Addison permanecera ao seu lado. Ele a apoiava e se importava com ela. Jogava fora as drogas e a acompanhava nas consultas com o dr. Field. Ele a mantinha confortável, a aliviava de toda a responsabilidade. Pagava às faxineiras o dobro, aprendera a gostar de comida para viagem, levava-a para passar férias nos melhores hotéis, mantinha sua vida social ativa, inventava desculpas quando ela desmaiava sobre a sopa ou quando lhe dava um branco no meio de uma conversa. Ele a mantinha em segurança. Subia montanhas e atravessava rios carregando-a. Doara cem mil dólares para o fundo de bolsas escolares de Reed e pôs outros cem mil em uma conta para Domino. Passava horas e horas na terapia do luto, onde Phoebe chorava descontrolada ou ficava sentada, num estupor. Desistira de todos os sonhos de ter um filho. O aborto, que também acontecera em 11 de setembro, fora um acidente causado por um estresse extremo. Phoebe poderia engravidar de novo com tranquilidade. Mas não, não iria fazer isso, não queria. Não deixava Addison tocá-la.

E ele vivera com isso, durante anos e anos.

E então Tess veio até ele ou ele foi até Tess, foi uma descoberta mútua, os dois se apaixonaram.

Talvez Phoebe compreendesse isso. Talvez – meu Deus, isso seria possível? – ela aprovasse.

Addison se lembrou da época em que conheceu Phoebe. Ela estava deitada sobre uma toalha no parque Bryant. Usava um vestido curto, com estampas de flores e comia salada de um recipiente de plástico. Addison se sentiu como se tivesse encontrado uma pulseira de diamantes sobre o gramado. Lembrou-se do quanto ficou impressionado. Quer dizer que algo tão bonito não pertence a ninguém?

Ele a agarrara logo. E tantos anos depois, aguentava firme.

"Ah, Phoebe."

Addison destrancou a primeira gaveta de sua escrivaninha, onde tinha escondido o iPhone de Tess. Estava na hora de parar de esconder as coisas. Ele entregaria o telefone ao delegado. E ali, na primeira gaveta, havia um envelope com o seu nome. Era a letra de Tess. Caramba! A letra de Tess? Com certeza se parecia com a dela. Ele olhou ao redor. Florabel falava ao telefone de novo, sussurrando com uma de suas namoradas.

Addison abriu o envelope, e havia um bilhete lá dentro, que dizia:

"Vou voltar para Greg e as crianças. Explico meus motivos quando chegar em casa. Por favor, saiba que sempre terá um pedaço do meu coração. Tess."

Ele dobrou o bilhete de novo, enfiou-o no envelope e o pôs na gaveta.

Permaneceu numa bolha por... Bem, não sabia ao certo quanto tempo.

Florabel estalava os dedos para ele de novo.

– Negociante! E quanto a ajudar Phoebe a recolher os guardanapos do coquetel? Você vai?

Ele olhou para ela, que era a única que tinha uma cópia da chave de sua gaveta. Abriu a gaveta e pegou o envelope.

– Foi você quem pôs isso aqui?

Florabel suspirou de um jeito que quase demonstrava compaixão.

– Foi.

– Onde conseguiu isso?

– Encontrei isso há semanas – respondeu ela. Agora sua voz continha um elemento atípico: culpa. – Encontrei esse envelope no chalé, quando você me deixou responsável pela venda do imóvel. E aí, juro por Deus, Addison, me esqueci *completamente* dele. Só que o encontrei de novo ontem à noite, enquanto organizava minha mesa. É importante?

Addison deu de ombros. O telefone tocou e Florabel pareceu ávida para atendê-lo. Bem, ou ela estava mentindo, algo que nunca fazia, ou estava dizendo a verdade: tinha se "esquecido" do envelope, algo que nunca faria, e o "encontrado" enquanto organizava sua mesa, algo que nunca fazia porque sua mesa estava sempre imaculada. Florabel guardou o bilhete até sentir que Addison era capaz de lidar com ele. Devia ter imaginado de quem era e o que dizia. Talvez tivesse até aberto o envelope e o selado de novo sem qualquer sinal de violação. Talvez Florabel não tivesse sido apenas uma líder de torcida, mas também uma agente da CIA.

"Tenho medo de você não receber isso direito." O bilhete. Tess o deixara ali para Addison encontrá-lo no domingo, quando ele costumava ir ao chalé para trocar os lençóis e ajeitar as coisas. No entanto, ele não havia ido até lá naquele domingo por causa do acordo de nove milhões e duzentos mil dólares do porto Polpis e, no dia seguinte, Tess morreu. Então, quem encontrou o bilhete foi Florabel.

Era importante? "Por favor, saiba que sempre terá um pedaço do meu coração." Ele pegou os três pedaços do coração de feltro desfiados e os pôs sobre a mesa. Qual pedaço?

Addison juntou os pedaços, enfiou-os no fundo do bolso e foi para a savana, ajudar sua mulher.

JEFFREY

Enquanto estava de pé, no cais, esperando a barca aportar, ele poderia ter tido inúmeros pensamentos, mas, por qualquer que fosse o motivo, pegou-se recordando a tarde em que levara um tiro.

Havia sido dezessete anos antes, no período frenético, mas emocionalmente seco de sua vida, depois de Andrea deixá-lo e antes de ele conhecer Delilah. Na época, Jeffrey era pau para toda obra na fazenda. Fazia tudo sozinho.

No fim do outono, arava a terra onde colhera abóboras. Os sulcos estavam repletos de abóboras abertas, como crânios partidos ao meio, cuspindo sementes e polpa. A plantação de abóboras ficava na extremidade ao sudoeste da fazenda, na fronteira com pinheiros espessos ao longo da estrada Hummock Pond. Jeffrey estava no arado, observando enquanto os restos de abóbora eram revirados, voltando para o solo para nutri-lo. Ouviu um barulho e pensou que o arado se deparara com uma pedra – e, num instante depois, estava caindo do arado na terra. Ele gemeu. Sentiu uma dor incrível e ardente nos flancos. Era como se sua camisa pegasse fogo. O que estava acontecendo? Era como se sua mente fosse rapidamente sugada por um túnel e distorcida. Ele tocou no ponto onde sentia dor e ergueu a mão. Sangue. Sua camisa estava encharcada. O que estava acontecendo? Jeffrey não fazia ideia. Ele desmaiou.

Alguém que passava por ali ligou para a emergência, e Jeffrey acordou com algumas técnicas em emergências médicas pondo-o sobre a maca e deslizando-o para dentro da ambulância, como se enfia um pão no forno.

– Você levou um tiro – disse uma das técnicas. Ela havia cortado a camisa de flanela que ele usava para trabalhar e inspecionava o ferimento. – Alguém estava atrás de um cervo.

Jeffrey tentou erguer a cabeça, mas descobriu que não conseguia.

Passou três dias no hospital. Três dias de trabalho que não poderia se dar ao luxo de perder, mas o que lhe restava fazer? Ele tinha levado um tiro, como poderia acontecer se servisse na Guerra do Golfo ou fosse atingido em um fogo cruzado.

No dia seguinte ao que Jeffrey levou o tiro, um policial entrou no seu quarto do hospital. Aquilo não pareceu nada de extraordinário no início. Alguém mencionara que a polícia queria conversar com ele. O que acabou sendo extraordinário foi que o policial era Edward Kapenash, o novo delegado. Faltavam policiais na delegacia, então, o delegado cuidava do caso pessoalmente.

– Além do mais – disse ele a Jeffrey –, não é todo dia que alguém leva um tiro em Nantucket.

Jeffrey deixou de gostar do cara no mesmo instante, não só por causa desse comentário, mas porque se deu conta de que aquele cara, Ed Kapenash, era o namorado de Andrea.

Jeffrey perguntou:

– Você é o namorado de Andrea?

– Noivo – respondeu ele. – Eu a pedi em casamento há duas semanas. – Ele tirou um pequeno bloco de anotações do bolso da camisa, ávido para ir direto ao assunto. – Você conhece Andrea?

– Sou Jeffrey Drake – disse ele, embora pudesse imaginar que o delegado já soubesse seu nome.

O delegado abaixou o bloco de anotações e disse em um tom de voz que poderia ser descrito como interessada cautela:

– Sei.

Os dois se avaliaram com cuidado no momento de silêncio mortal que veio em seguida. Jeffrey lamentava o quanto era injusto o fato de ele estar prostrado na cama ferido por um tiro enquanto o delegado estava ao lado da cama com seu uniforme engomado e seu distintivo reluzente.

– Bem, de qualquer forma, parabéns. Andrea é uma garota maravilhosa.

– É – disse o delegado. – Ela é mesmo.

Outro momento de silêncio veio em seguida, durante o qual Jeffrey pensou: "É bom você cuidar bem dela."

O delegado falou:

– Então, me conte o que aconteceu.

A barca atravessava as águas verdes do porto de Nantucket. Era uma bela tarde clara e sem vento, e Jeffrey precisou entrefechar os olhos, mas avistou Delilah e as crianças no deque da frente. Seu coração se acalmou. Graças a Deus.

Quando Delilah tinha ligado do seu celular às oito e meia daquela manhã, Jeffrey mal foi capaz de conter sua fúria.

– Onde é que você está? – perguntou ele.

– Em Cobleskill, Nova York.

Ele juntou os molares para não gritar e disse:

– O que você está fazendo em Cobleskill, Nova York?

– Pegamos um pequeno desvio. Mas não se preocupe. Estamos voltando para casa.

"Isso não quer dizer que não amo você. Eu amo. Isso é eterno."

– Quando? – perguntou Jeffrey.

– Na barca das três horas.

– Na barca? Por que vocês simplesmente não pegam um avião?

Ela lhe contou sobre quando fugiu, na época do ensino médio. Era uma história que Jeffrey ouvira inúmeras vezes antes – ela se dava conta disso, está bem? –, e ele estava prestes a interromper Delilah quando ela disse:

– Até hoje, só penso no quanto desejei, naquela época, ter alguém no cais, esperando por mim.

Delilah e as crianças acenaram da proa do barco. Jeffrey acenou de volta. Ela sempre dizia que as pessoas são previsíveis, que se pode esperar que ajam exatamente como são. Queria alguém esperando por ela no cais.

E ali estava ele.

O DELEGADO

Ele esperou algumas semanas até a poeira baixar e, então, convocou uma reunião.

Todos concordaram: tinham coisas a discutir. Coisas estranhas, difíceis, secretas.

Onde seria a reunião? O delegado queria que todos eles se encontrassem na sala de conferências da delegacia, mas Andrea disse:

– Meu bom Deus, Ed, não.

Addison sugeriu a outra ponta do leque – o Begonia –, mas este foi descartado no mesmo instante.

Delilah se ofereceu para receber todo mundo em sua casa, depois que as crianças dormissem. Combinaram às dez horas. Ela acendeu velas, preparou pasta de grão-de-bico e azeitonas e amêndoas e figos frescos e queijo cremoso. Todos se sentaram em torno da mesa como se fosse para um jogo de tabuleiro. A casa estava em silêncio, a não ser pelo som da respiração.

O delegado começou:

– Então, está bem.

E tudo emergiu, como o enchimento de um travesseiro.

Addison apaixonado por Tess. "Você vai contar a ele? Vai contar a ele que me ama?"

O relacionamento que Greg mantinha com April Peck. "Estive com Greg na noite da véspera da morte dele."

Delilah ter visto Greg estacionado na praia Cisco com April Peck, mas não ter contado a Tess.

Phoebe ter dado a Tess opiatos do mercado negro.

Os encontros de Andrea e Jeffrey no sótão.

A carta que Tess deixara para Addison. "Vou voltar para Greg e as crianças."

A conversa do delegado com April Peck. "Greg me disse que amava a mulher dele. Compôs uma música para ela."

– Além do além. – O título da música havia sido tirado de um poema, ao que parecia.

E então, do nada, Andrea disse:

– E eu não me tornei freira.

O delegado pôs a mão sobre a dela.

– Graças a Deus – falou.

– Todos nós nos culpamos – disse o delegado. Até mesmo ele, o delegado de polícia, se responsabilizou. Poderia ter confrontado a situação de Greg e April Peck em fevereiro, mas decidira fazer vista grossa. – Se olharmos para o que sabemos, foi assim: Greg ia voltar para Tess, Tess ia voltar para Greg, ele tinha composto uma música para ela. Tess tinha concordado em velejar. Os dois tomaram champanhe, comeram petiscos do piquenique e Tess tomou o comprimido porque ventava muito naquela tarde, o mar estava revolto, e ela, assustada. O relatório da Guarda Costeira, corroborado pela prova apresentada pelo médico-legista, considera isso um acidente. Tess e Greg estavam bebendo, Tess estava dopada por causa do comprimido, Greg não era um marinheiro bom o bastante para estar no mar naquelas condições, o barco virou e eles se afogaram. Pelos ferimentos, parece que tentaram salvar um ao outro.

A chama da vela tremeluziu. Delilah apoiou o rosto nas mãos, pensativa.

– Tentaram salvar um ao outro – disse ela.

– Tentaram salvar um ao outro – repetiu Addison.

– Foi um acidente – falou o delegado. – Ninguém teve culpa.

– *Ninguém* teve culpa – repetiu Andrea.

– O perdão é uma coisa poderosa – disse o delegado. – Perdoo a mim mesmo e perdoo cada um de vocês. Perdoo Tess e Greg. Mas temos uma missão pela frente. Temos duas crianças para criar.

Chloe e Finn vão morar com Andrea e comigo, mas precisarão de todos nós para transformá-los em adultos saudáveis e produtivos. Precisarão ser amados por nós como seus pais os teriam amado. Está bem?

– Está – ecoou a mesa.

Jeffrey disse:

– Acho que devemos fazer um minuto de silêncio.

– Concordo – falou o delegado. – E todos permaneceram quietos por um bom tempo. Andrea e Phoebe abaixaram a cabeça. Delilah olhou fixamente pela janela escura. Addison tirou os óculos e pressionou os olhos.

Então, Jeffrey pigarreou.

– Obrigado – disse ele.

O delegado assentiu com a cabeça e alcançou um salgadinho. Delilah ligou o som: Steve Wonder cantando "I Believe". Andrea pediu:

– Eu gostaria de uma taça de Chardonnay, por favor.

E então Phoebe se levantou.

– Esperem um minuto – falou ela. – Esperem um *minuto*!

Todos pararam.

Phoebe disse:

– Addison e eu temos uma coisa para lhes contar.

EPÍLOGO

PHOEBE

Ela pagou, aprovou a arquitetura da paisagem e a sinalização, acompanhou o andamento, indo para a savana até mesmo nos brutais dias frios de inverno, e escolheu o dia de cortar a fita: 20 de junho, o aniversário de um ano da morte de Greg e Tess, o aniversário de casamento dos dois.

Chloe e Finn iriam cortar a fita e todos eles – o delegado, Andrea, Kacy e Eric, Jeffrey, Delilah, Drew e Barney, Addison, Phoebe, e seu bebê, Reed Gregory Wheeler, de quatro semanas e dois dias, confinado num canguru – caminhariam pela trilha numa cerimoniosa primeira vez.

Aconteceu exatamente como Phoebe imaginara. Chloe e Finn cortaram uma fita amarela de cetim no começo da trilha (o que quer dizer que Chloe cortou e Finn esticou o braço para parecer que estava cortando) e os quarenta e sete cidadãos de Nantucket presentes aplaudiram, corteses (e, sim, alguns choraram).

Phoebe ficou de pé com o bebê Reed adormecido contra o peito e observou enquanto Andrea, o delegado, Addison, Jeffrey e Delilah liam a placa.

Trilha em memória de Gregory MacAvoy
e Tess DiRosa MacAvoy
doada com amor pelos Náufragos

O delegado se virou e sorriu. Drew, Barney e Finn correram à frente da trilha, gritando como índios. Chloe perguntou se poderia colher flores silvestres e Phoebe disse:

– Esta é uma área de preservação. Você sabe o que isso significa?

– Significa nada de flores? – perguntou Chloe.

– Bem, talvez uma só – respondeu Phoebe. – Já que é a trilha da sua mãe e do seu pai.

Chloe sorriu e se apressou para alcançar os meninos.

Exatamente como Phoebe imaginara, foi um dia lindo.

DELILAH

Você não esperava que ela deixasse Phoebe dar a última palavra, não é?

Havia uma última história para contar. E, na verdade, não era a última, pelo menos não cronologicamente. No entanto, deve ter sido a mais importante, de alguma maneira elusiva.

Num daqueles anos, os oito amigos fizeram uma viagem para Sayulita, no México. Sayulita fica na costa, ao norte de Puerto Vallarta. Era um paraíso não depredado – praias com areias que pareciam açúcar, grandes ondas, rochedos verdes e vistosos erguidos acima. A cidade era uma mistura de arquitetura colonial espanhola com um encrave de expatriados. Havia cafeterias e quiosques de taco e frangos nas ruas. Eles tinham alugado uma casa de quatro quartos construída à margem de um dos rochedos verdes e vistosos. Um caminho de pedras os levava da cidade para a casa. Era um trecho íngreme que deixava todos ofegantes, mas, em seguida, impressionados com a vista da varanda superior. A casa era um exemplo perfeito de simplicidade. Tinha entradas arqueadas e chuveiros do lado de fora, e era mantida fresca por preguiçosos ventiladores de teto e paredes espessas de estuque. Havia um pátio cimentado e uma piscina oval de água salgada. Um hibisco no jardim provocava um deleite sem fim em Tess. Ela passara a semana toda com uma flor rosada enfiada nos cabelos e, de brincadeira, o restante do grupo andava com flores de hibisco nas narinas, no decote ou nas calças.

Delilah concluía agora que a viagem para Sayulita havia sido a melhor porque não tinha a ver com as luzes e o dinheiro de Las Vegas, nem com os importantes pontos turísticos de Londres, nem com o cenário hipster de South Beach. Tinha a ver com ficar descalço e não se preocupar. Eram oito indivíduos permitindo uns aos outros serem indivíduos e, ainda assim, reunindo-se como um todo maior do que a soma de suas partes. As recordações que Delilah tinha de Sayulita brilhavam. Ela se lembrava de ter passado pela cidade com Andrea, Tess e Phoebe e de cada uma ter comprado uma canga de uma mulher enrugada com manchas de tabaco nos dentes. Passaram a semana toda usando suas cangas sobre os trajes de banho. Compraram tacos de peixe de um menino de 12 anos e de sua mãe. Aqueles tacos ainda eram a melhor coisa que Delilah já provara. O peixe era uma espécie de caranha, pescado naquela manhã bem cedo pelo pai/marido e havia sido marinado no azeite, suco de limão-galego, alho e pimentas e, em seguida, grelhado num braseiro de carvão chamado *hibachi*, preso ao carrinho. O peixe grelhado estava envolvido por uma tortilha feita à mão e guarnecido com tomates frescos, alface picada, pedaços de abacate cremosos, flocos de um queijo branco que não tinha outro nome senão *queso* e aquela coisa toda era salpicada com um creme de limão-galego forte. Os tacos eram dez pedaços de nirvana, tão deliciosos que Delilah tremia à noite de desejo, e custavam setenta e cinco centavos.

Phoebe adorava as vitaminas de banana. Andrea e o delegado amavam a carne assada de um quiosque a um quarteirão dali. Greg comprou uma garrafa de tequila *especiale* de um homem que vagava em frente ao mercado. Todos tinham certeza de que a tequila os mataria, mas o homem fizera uma lavagem cerebral em Greg, afirmando que a tequila era *mucho especiale*, muito embora a garrafa custasse apenas dois dólares.

– O cara disse que essa tequila pode curar *câncer*!

Fizeram margaritas com a tequila e os limões do limoeiro do jardim e todos ficaram num ânimo que passou de prata para ouro. A tequila era mágica! Pela manhã se sentiam felizes e leves, mais saudáveis do que no dia anterior. Será que poderiam importar aquela coisa e ganhar uma fortuna?

Permaneciam ao redor da piscina, numa corrente humana, compartilhando livros. Andrea partiu o seu no meio e deu o começo para Delilah enquanto lia o fim. O delegado se levantava cedo toda manhã e observava as baleias perto da praia com seu binóculo. Andrea queria aprender a surfar e convenceu Addison a ir com ela.

Os outros seis assistiram a aula de surfe da praia. Orgulharam-se de Andrea. Ela era uma nadadora muito habilidosa e se deu bem com a prancha. Eles incentivaram Addison. O cara não levava o menor jeito, mas era um bom camarada. Quando, por fim, se levantou e pegou uma onda, foi aplaudido de pé.

Uma noite se destacava na mente de Delilah, embora ela não conseguisse lembrar se era a terceira ou a quinta ou a sétima. Eles tomaram as margaritas enfeitiçadas, viram o sol se afundar no mar. Greg dedilhava seu violão e Tess tinha um hibisco nos cabelos. Jeffrey estava queimado de sol, e Addison, dolorido por causa da aula de surfe. Phoebe usava sua canga de um jeito que parecia um vestido atraente. O delegado estava numa missão secreta na cidade. Fizera um acordo com o pescador e voltara com uma sacola cheia de peixes marinados e todos os outros ingredientes para preparar os tacos. Delilah os prepararia!

Margaritas, tacos de peixe, tochas, os oito sentados ao redor da mesa ao ar livre na ordem de sempre. Eles jogaram um jogo de tabuleiro usando apenas palavras em espanhol, mas ficou escuro demais para enxergar as peças e ninguém falava espanhol direito mesmo. Então, passaram para as cartas, mas estavam tão tontos por causa da tequila mágica que só lhes restava jogar Go Fish. Abandonaram as cartas, e Greg tocou violão, e cantaram músicas de Peter, Paul & Mary – "If I had a Hammer", "Leavin' on a Jet Plane", "Blowin' in the Wind" – até concordarem que já era hora de ir para a cama. Amanhã era outro dia.

Os casais flutuaram pela casa de mãos dadas.

Jeffrey e Delilah.

Phoebe e Addison.

Eddie e Andrea.

Tess e Greg.

Foram para seus quartos.
Deitaram-se na cama
E apagaram as luzes.
Boa-noite.

AGRADECIMENTOS

Meus mais profundos agradecimentos a Christine Smith, por salvar minha vida.

- ehc

LEIA TAMBÉM, DA AUTORA:

UM CASO DE VERÃO

Ela era a mãe e a esposa perfeita.
Ele, a tentação perfeita.

Claire tem problemas em estabelecer limites. Durante toda a sua vida, assumiu responsabilidades, carregou fardos, atendeu a pedidos. Parte de seu charme e parte de seus problemas dizem respeito a um sentimento constante de culpa. O nascimento prematuro de Zack, seu caçula, e o acidente de sua amiga Daphne contribuem para esse mal-estar.

Ainda assim, Claire é uma mulher bem-sucedida e quer o máximo da vida – e não pode reclamar do que esta lhe tem oferecido: um marido dedicado, quatro crianças adoráveis e reconhecimento como artista. Então, quando aceita produzir o baile de gala da Nantucket's Children, uma organização social da ilha em que vive, ela tem certeza de que conseguirá dar conta da tarefa. Claire pode fazer o que quiser.

No entanto, quando o planejamento para o evento a empurra em direção à órbita do bilionário Lock Dixon, o inesperado acontece.

Lock insiste em trabalhar mais próximo dela – as reuniões são frequentemente acompanhadas de uma garrafa de vinho –, e Claire não pode mais ignorar os toques sutis e os olhares demorados dele. Para sua surpresa, também não pode ignorar a maneira como se sente em relação a Lock. Em consequência disso e de outros fatos fora de seu controle, o baile de gala, sua vida e sua família começam a sair dos trilhos.

Um Caso de Verão, da aclamada autora Elin Hilderbrand, primeiro lugar na lista de mais vendidos do *New York Times*, retrata o amor, a perda e a incerteza de um romance proibido e de uma paixão incontrolável à medida que conduz o leitor rumo ao coração de uma mulher que começa a questionar suas escolhas.

Impresso no Brasil pelo
Sistema Cameron da Divisão Gráfica da
DISTRIBUIDORA RECORD DE SERVIÇOS DE IMPRENSA S.A.
Rua Argentina 171 – Rio de Janeiro, RJ – 20921-380 – Tel.: 2585-2000